KB253707

천연기념물이 된 바보

글·최병식

東文選

머리글

헬렌 켈러가 일제시대에 우리나라를 방문했을 때 금강산도 가고 판소리도 들려 주었더니 앞을 볼 수 있는 사람이나 소리를 들을 수 있는 사람보다 더 즐거워하더라는 기적 같은 이야기가 있다.

운보 김기창은 언젠가 이 이야기를 꺼내면서 눈 언저리에 이슬이 맺혔다. 운보 역시 자신의 귀에서 가끔씩 칸타타 같은 웅장한 소리가 아름답게 들려온다고 말하면서 흥분을 감추지 못했다. 물론 고막이 완전히 손상된 그에게 있어 불가사의한 일이다.

글쎄, 영혼이 타들어가는 우주의 소리일까.

아무튼 그의 침묵, 바다 밑 수백 킬로미터쯤에는 훨—훨 타오르는 어떤 불길들이 있는 것만 같다. 그러면서 그는 또 세상의 모든 소리를 들을 수 없는 것에 대해 신에게 고맙게 생각한다는 말을 되뇌이기도 한다.

그만큼 그의 예술세계에 깊이 함몰될 수 있었던 천혜의 조건이기도 해서일까.

"들을 수 없는 것이 어쩌면 한없이 고마운 선물인지도 모르지. 하느님께 감사해요."

가끔씩 그가 내뱉는 진정한 의미를 갈파할 수 있을까마는 아무튼 그는 듣지도 말하지도 못하는 신체적 불구의 조건과 어려운 가정환경, 19세 때 소년가장이 된 설상가상의 신세에서 금세기 한국 예술사에 우뚝 선 거목으로 성장했다. 뿐만 아니라 그는 조금도 운보에 못지 않을 만큼 이 시대 예술의 선각자였던 부인 우향 박래현과의 동지적 부부로서 사랑과 연민과 갈등, 작업과 현실에서 빚어지는 치열한 괴리 등으로 연속되는 한 편의 예술작품 같은 열정적인 사랑의 스토리를 엮어 나갔다. 그런가 하면 이 땅의 장애자들에게 헌신적으로 바친 박애와 봉사정신 또한 참된 아름다움을 실천해 간 진眞의 경지에 선 예술가의 초상이었다.

그의 이같은 세 가지의 신화, 즉 신체 불구적인 조건과 가정환경의 극복, 위대한 예술가로의 성장, 장애자들에 대한 박애정신의 실천은 비록 57세의 한창 나이로 비극적인 삶을 마감하지만 또 한 명의 운보라고 말할 수 있는 아내 우향 박래현과의 사랑 이야기와 함께 세계사적인 인간 승리의 대드라마가 아닐 수 없다.

우리는 흔히 예술사에서 베토벤과 고야를 농아의 대명사처럼 생각해 왔다. 베토벤은 후반기 경제적 어려움에 겹친 청각마비에 자살을 결심하고, '가을에 낙엽이 땅 위에 떨어지듯 내 희망도 사라졌다……'라고 유서를 썼을 정도였으나, 《제5교향곡 운명》·《제6교향곡 전원》 등으로 대표되는 불후의 명작들을 작곡했으며, 1824년 5월 빈 극장에서의 《제9교향곡 합창》은 환희에 찬 교향곡의 절정을 이루었다. 그는 결국 1827년 3월 26일 57세의 나이로 B♭장조 현악4중주의 마지막 악장인 그로스 푸가를 대신하는 론도를 마지막으로 세상을 떠났다.

스페인 출신 화가 고야는 당시까지 전통에 도전하여 근대 회화의 시금석이 된 작가로서 근대 미술사의 거장으로 손꼽힌다. 그는 46세에 궁정수석화가라는 최고의 영예에 오른 지위에서 청각이 마비가 되었으나, 이를 극복하고 《성 안토니오 데 라 프로리다 성당의 천정화》·《마야》와 같은 많은 명작을 남기고 거장으로 성장해 나간다.

필자는 10년에 걸친 운보와의 대화, 3년여에 걸친 집필과정이 마무리될 무렵 운보가 이들 두 거인들과 어떻게 비견이 될 수 있을까 하는 점에 대해 생각해 보았다. 물론 여기에는 그 예술적 절대가치에 대한 평가가 수반되어야 하겠지만, 운보에서는 한마디로 그들에게서는 찾아볼 수 없는 예술가이기 이전에 한 인간으로서 보여 준 사랑과 헌신이 곁들여진 예술세계를 구가한 불멸의 족적을 느낄 수 있었다.

한 인간으로 돌아간 불멸의 흔적, 그 흔적은 거의 좌절에 가까울 정도로 어려웠던 가정·사회적 배경과 후반기 장애자들에 대한 각종 사회봉사의 헌신적 업적에서 쉽게 찾아볼 수 있다. 이러한 예를 통해 우리는 지금까지 어떤 예술가에게서도 찾아볼 수 없는 물컹거리는 액체로 흐르는 인간 본질에 대한 감동적인 연민과 숭고적 미감에 이르는 드라마를 발견하게 된다.

또한 그는 평생을 한국과 동양 예술의 전통적 정체성을 추구해 왔고 바보산수라는 미술사적 한 페이지를 전개함으로써, 현대 한국 미술에 서구 미술의 무비판적인 추종 사조가 급증해 가고 있을 때 그는 시대적 소명을 위해 최선을 다했다.

아직 그의 삶이 끝나지 않은 시점에서 예술사적인 절대평가는 있을 수 없다지만 그가 얼마만큼 천연기념물적이고 바보적인 인간이었으며 불멸의 예술가였는지에 대한 진정한 기술은, 오히려 그가 살아 있을 때 집필되고 진행됨으로써 보다 생생한 사실들로 인지될 수 있으리라는 생각이다.

이 책의 집필은 본디 필자의 학술적 관심 분야인 미술이론, 그 중에서도 한국 미술이론 분야에서 애석하게도 작가론적 연구가 미진했다는 자각에 의해 1년여에 걸쳐 자료를 수집하고 집필하는 기간에 그 구상이 시작되었다.

애초에는 《운보 김기창의 예술론 연구》라는 제목으로 학술논문을 목표로 했던 것이 이 자료 수집 기간에 필자의 마음을 강하게 흔들어 놓았던 것이다. 그것은 그나마 지금까지 연구되어 온 작가론의 전형들이 지극히 고전적이고 인문학적 접근에서 비롯되었고, 그 결과 한 작가의 생애 전반에 걸친 보다 적나라한 생활 저변에 깔린 사상적 근원과 감정의 포말들을 섬세하게 이해할 수 없는, 어찌 보면 지극히 형식적인 접근으로 마무리되었다는 비판적 시각에 서게 된 것이다.

그로 말미암아 진정한 작가론의 바탕은, 그가 여행했던 지역의 나무 한 그루 풀 한 포기, 그리고 그가 함께 살고 만나고 이야기하고 교우했던 사람들로부터 느꼈던 감정, 그가 잠을 자는 모습, 깨어나는 습관, 하잘것없을 것 같은 공상이나 기벽·취미 등과 같은 요소들로부터 비롯되어야 가능하다는 결론에 도달했다. 즉, 극히 일상적이고 삶의 숨김없는 일기장을 엿보는 듯한 편안한 이해가 때로는 정형화되다시피 한 미술사적인 배경, 그 어느 측면보다도 중요한 역할을 할 수 있다는 것을 느꼈던 것이다.

더욱이 운보와 같이 신체적 불구와 그것을 극복하는 불굴의 인간 승리, 예술이라는 이름의 영역 외적인 사랑·심리, 사회적인 폭넓은 의미를 포괄하는 작가의 경우는 더군다나 어떠한 선입견이나 고정된 방법론도 없이 가볍게 접근해 보는 연구나 서술이 오히려 학술적 접근보다 더욱 진실된 의미의 작가론이 아닐까라는 충동이 일게 된 것이다.

글의 서술은 우선 학술적 입장의 자료를 수집하면서 얻게 된 여러 문헌, 구술적 자료가 바탕이 되고, 약 10여 년 동안 운보를 만나 오면서 틈틈이 필자에게 들려 준 과거의 기억들과 예술세계 등이 밑거름되었다. 그리고 무엇보다도 바탕이 된 것은 그 자신이 남긴 적지 않은 분량의 수필이나 자전적 내용의 단편들이었으며, 이 책의 여러 부분에서는 이 글들을 뼈대로 하여 가감된 곳도 적지 않다.

한편 현실적 어려움으로 인해 고증이나 자료의 뒷받침이 불가능한 일부는 필자의 임의대로 기술할 수밖에 없었고, 가능한 한 사실을 비약적으로 왜곡하거나 지나친 가감은 삼가했다. 형식은 평전적評傳的인 성격을 띠었으나, 보다 쉽고 사실적인 상황 전개를 위해서 상당 부분에 소설적 기법을 부분적으로 도입하였다. 그 이유로 인해 필자의 전공 영역과는 거리를 느끼게 되었지만 집필과정 내내 그것이 오히려 글을 긴장시키는 요인이 되어 주었다는 사실을 거의 마무리할 단계에서야 깨닫게 되었다.

여기에 또 하나의 용기와 자극이 되어 주었던 것은, 이 글이 집필되는 도중에 필자의 연구실이 바로 담 하나를 두고 국립재활원이 훤히 내려다보이는 자리에 위치하게 되었다는 사실이었다.

처음에는 무심결 이사를 했지만, 시간이 지나면서 병실을 오가는 장애자들의 모든 움직임들이 의미 깊게 와닿았고, 잘 진전되지 않을 때는 그들의 모습을 지켜보면서 자극과 용기를 되찾을 수 있었다는, 우연이지만은 아닐 것 같은 사실을 밝혀두고 싶다.

이 책은 어디까지나 소설 형식을 띤 평전으로서 학술적인 접근은 가능한 한 쉽게 풀어서 쓰도록 노력했다. 그러므로 참고 그림들도 일체 상상에 맡길 수밖에 없었다. 다른 한 권의 학술적 보고서인 《운보 김기창의 예술론 연구》와 함께 동시에 발간됨으로써 미진한 학술적 접근은 위의 책에서 참고될 수 있을 것이다.

집필을 위해 아낌없는 도움을 주신 책의 주인공 운보 김기창님과 그의 아들 김완님 부부, 그의 가족 여러분, 그리고 그의 동지들인 서예가 김기승, 화가 김학수·안동숙님과, 우향의 뉴욕 친구였던 유영수·조종완 여사, 한국의 박을복·손인실·최옥영 여사와 심도식 사장, 송영희 여사 및 박명자·이규일·나부영·문은희·심경자·김정자님 등 1백여 명에 이르는 여러 인사들의 폭넓은 도움 말씀이 모두

초석이 되었다.

어려움 속에서도 흔쾌히 출간에 심혈을 기울여 주신 동문선 신성대 사장님과 직원 여러분, 교열에 참가한 분들의 노고에 감사드리며, 이 책의 또 한 사람의 주인공, 고 우향 박래현 여사와 세상의 모든 장애자들에게 금잔화 꽃잎을 한아름 흩날려 드리는 바이다.

수유리 남석제藍石齊에서

최 병 식

차　례

I

운니동 18번지

익 살

종로 2가의 YMCA 강당에서는 그날따라 학부형들이 꽉 들어찬 채 얼마 전 문을 연 중앙유치원의 기금 마련 연극이 시작되었다. 귀여운 유치원 어린이들이 토끼나 사자·원숭이·호랑이 등의 동물 모습으로 탈을 쓰고 나와 춤을 추고 노래를 하며 재롱을 떨어 박수갈채를 받았다. 그리고는 세번째 순서인 연극이 시작되었을 때 어린이 오케스트라가 등장했다.

그 중 덩치가 유치원생답지 않게 큰 어린이가 단정한 옷차림에 막대기 하나를 들고 맨 앞에 서서 악기를 든 친구들과 함께 관객들을 향해 꾸벅 인사를 했다. 관객들은 궁금하기도 하고, 한편으로는 절을 하는 모습이 마치 진짜 오케스트라 연주회 지휘자의 등장을 흉내낸 것 같아 박수를 치면서 한바탕 웃었다.

그러자 이번에는 스물서넛이나 됐을까, 분홍색 원피스를 예쁘게 차려입은 여자 선생님이 무대 뒤에서 조마조마하다가 풍금 있는 곳으로 걸어가 상기된 모습으로 아이들을 쳐다보더니 이내 건반 위에 손을 올려놓았다. 이를 신호로 아이들은 제각기 연주를 시작하려는 자세를 갖추었고, 막대기를 든 아이는 선생님의 첫 건반소리를 신호음으로 나름대로 이리저리 악기를 연주하는 아이들에게 지휘봉처럼 흔들어댔다. 피리 부는 아이 쪽으로 막대기가 향하면 그 아이는 갑자기 피리를 불어댔고, 북을 치는 아이 쪽으로 향하면 갑자기 둥둥둥둥 북을 쳐대는 것이었다.

그러나 그 키다리 어린 아이의 재롱 섞인 지휘솜씨는 여기저기 내키는 대로 소리를 내게 했고, 각 파트마다 악기가 제멋대로 희한한 화음을 내면서 그야말로 우스꽝스러운 장면이 연출되었다. 그러자 지휘자격인 아이는 더욱 신이 나서 막대기를 이리저리 좌우로 마구 휘둘러대고, 연주하는 아이들 또한 정신없이 막대기를 주시하며 불었다가 그치기를 연신 반복하고 있었다.

그리고 이윽고는 막대기의 방향에 관계없이 아무 데서나 연주를 해서 오케스트라는 그만 뒤죽박죽이 되어 갔다.

어린 김기창의 익살스런 지휘자 배역이었다. 그는 어려서부터 못말리는 개구쟁이였다. 유치원 선생님은 처음에는 거의 매일같이 주의를 주다가 생각 끝에 오히려 그의 이런 점을 이용하여 무대에서 능력을 발휘하도록 했고, 그녀의 기지가 적중한 순간이었다.

네번째 무대가 막을 올렸다.

막이 오르자 머리를 딴 어린이들이 한복을 차려입고 무릎을 꿇은 채 "개골―개골―개골" 마치 개구리 같은 소리로 제각기 한문을 읽고 있었다. 기창은 학우들의 공부가 시작된 한참 후에야 머쓱한 표정으로 무대에 올라왔다. 올라오자마자 서당 선생님이 눈을 부릅뜨고 꾸지람을 하는 바람에 한껏 움찔하다가 다리를 걷어붙이고는 한바탕 회초리를 맞았다. 그리고는 뚱한 표정으로 선생님의 천자문을 따라했다.

"하늘―천."

선생님이 따라하라고 했다. 그러나 기창은,

"따―지"라고 한다.

"뭐라구? 따지가 아니라 하늘 천이야, 이 맹꽁아."

"하늘―천." 다시 말하자 역시,

"따―지"라 한다. 이번에는,

"따―지"라고 하자,

"검을―현"이라고 한다. 다시,

"검을―현" 하자,

"누를 - 황" 하고 따라한다.

꼭 한 자씩 앞서 가는 기창의 심술이 기가 막히다는 듯 선생님은 회초리를 높이 들어 바로 무릎 앞을 힘껏 내리친다. 움찔 놀란 기창은 다시 고개를 숙이고는 공부하는 척 진지하다. 그러다가 기창은 졸음이 와서 허공에 대고 입을 크게 벌려 하품을 했고, 선생님의 표정이 험악하게 일그러진다.

서당에 나가서 공부를 해본 주인공 기창의 성격에 잘 맞도록 계산된 연극이었지만 하품을 한 것만은 각본에 없었다. 그러나 관객들은 그것도 치밀하게 계산된 연극의 일부분으로 알고 다시 배꼽을 잡고 웃으면서 박수갈채를 보냈다.

마지막 서당 연극이 끝나고 갑자기 실내에 불이 켜졌다. 그리고는 아이들이 열어놓은 작은 함에서 수십 마리의 비둘기들이 날아올랐다. "와——" 하면서 실내는 온통 박수소리와 함께 비둘기들을 잡으러 다니는 아이들로 수라장이 되었다.

그리고는 얼마 후 어린 아이 몇 명이 종이로 만든 함을 앞에다 매고 장내를 돌기 시작했다. 관객들은 제각기 1원이고, 2원이고, 기금을 작은 함에다 넣어 주었고, 얼마 되지 않아 돈이 수북이 쌓인 함들이 한자리에 모였다.

아버지의 모습은 없었지만 외할머니 · 어머니가 시종 대견스러워하면서 어린 기창의 익살스런 재롱을 지켜보았다.

그러나 바로 그 순간순간들이 운보 김기창의 일생에서는 처음이자 마지막으로 무대에 서서 자유로운 대화를 할 수 있었던 기회이었을 줄이야! 그가 들었던 예쁜 선생님의 풍금소리, 관객들의 박수갈채와 웃음소리, 친구들이 불규칙하게 불어대던 피리소리, 그 모두가 다시는 들을 수 없는 꿈만 같은 기억의 상자 속으로 잠겨 버린 것이다.

기창의 청각 경험은 이렇게 1919년 겨울, 여섯 살을 마지막으로 끝이 난다.

운니동 18번지

한윤명(1894-1932), 그는 본명이 한영달로서 김기창의 어머니이자 김승환의 처였다. 아니 처라기보다는 정확히 말하자면 당시에는 첩이었다. 남편 김승환은 공주에서 이미 조선경이라는 4년 연상의 여자와 결혼을 한 사이였고, 총독부 토지관리국에 취직이 되어 상경했다가 하숙집을 찾던 중 윤명의 집에 하숙생으로 들어가 인연을 맺게 된다. 그러다 점차 두 사람은 사랑에 빠지게 되고, 기창을 낳게 되었던 것이다. 당시 윤명의 나이는 17,8세의 꽃다운 나이였고, 기창을 낳은 것은 19세 때였다. 그런 연유로 기창과 그의 동생 기학·기태 등이 모두 호적으로는 윤명의 아들이 아닌 본부인인 조선경의 자식으로 기록되었다.

그래서였을까.

사실 김기창은 자신의 출생연도에 대해서도, 1913년 2월 18일 오후 2시 20분으로 되어 있는 호적과는 달리 1914년으로 기억하고 있고, 아버지의 가족이나 친할아버지·삼촌들에 대해 언급한 기록은 평생 동안 거의 없다. 그 가장 큰 이유로서는 아버지 김승환의 두 집 살림과 무능함이었다.

여기에서 잠시 운보 김기창이 태어난 집의 배경과 보통학교 입학 이전의 생활을 살펴보자.

창덕궁의 돈화문으로부터 길 건너 큰길에 접한 오른편 작은 골목으로 접어들면 인사동으로 이어지는 길목이 된다. 그대로 나가면 단성사로 이어지는 뒷길이 되는 셈인데, 골목에 접어들어 불과 1백 미터쯤이나 될까, 왼쪽 조그만 골목의 거의 막다른 집이 18번지이다. 30 여 평 남짓의 길다란 ㄱ자 형식으로 보통의 허름한 기와집에서 그는 태어났다.

대궐 앞에는 지금의 국립국악원이었을 아악원雅樂院이 자리잡고 있어서 가끔씩 국악 연주소리가 담 너머로 들려오곤 했다. 특히 새벽녘에 대궐을 지키는 병정들이 교대하면서 부는 나팔소리와, 단성사에서 손님을 부르는 북소리·꽹과리 소리들은 무척이나 인상적이었을 것이다.

동네 주변에는 당대의 예술가도 많이 살았는데, 대궐에서 흘러내리는 맑은 개울물을 인사동 쪽으로 건너면 서화書畵로 유명한 구룡산인 김용진(1882-1968)의 집이 있었다. 더 가면 명창 박귀희의 집이 자리했고, 큰길 건너 와룡동에는 이당 김은호의 집과 화실이 좁은 골목길 안 오세창의 생가와 이웃하고 있었다.

여기서 기창의 일생과 직결되는 아버지 김승환에 대해 잠시 살펴보자. 앞서 언급한 바와 같이 그는 20대 초반에 경성에 상경하여, 당시 진명여고 1기생이었던 신여성 한윤명에게 또 동거 형식의 장가를 들게 된다.

당시 윤명의 집은 부친이 일찍 세상을 떠났으나, 남기고 간 산과 논이 전국에 흩어져 있어서 비교적 풍족한 편이었다. 그래서 김승환은 한윤명과의 실질적인 결혼 후 총독부를 그만두고 금광을 찾아다니는 광산업에 손을 댄다. 그러나 실패를 거듭하게 되고, 급기야는 증권에 손을 대면서 가정을 파산으로 몰고 가는 무능력한 가장으로 전락하게 된다.

기창이 태어난 때는 바로 아버지 김승환이 사업에 손을 대려는 시기였으며, 그후로 시간이 지날수록 아버지의 사업이 곤두박질치면서 집에는 장기간 출타하여 돌아오지 않는 날이 많았다. 그 이유는 물론 금광업이라는 사업의 성격이나 기울어 가는 회사의 탓도 주요 원인이겠지만, 한동안은 공주에 있는 본처에게 가 있던 시간도 있었으리라는 추측이 가능하다. 이렇게 되니 점진적으로 집안 살림은 파산으로 치닫게 되고, 어머니와 외할머니가 집안을 돌보게 된다.

이와 같이 기울어져 가는 가세에서 기창은 성장해 갔다.

그러다가 다섯 살이 되던 해에 기창의 일생에 있어서도 잊을 수 없는 추억이 시작되었다. 어느 날 어머니가 기창을 와룡동에 있는 서당으로 데리고 갔던 것이다. 거무스레한 얼굴에 몹시 말라 보이는 훈장님의 망건 쓴 모습이나, 한복을 입고 회초리를 들고 있는 모습이 무척이나 근엄해 보였다. 어린 기창도 마루에 무릎을 꿇고 앉아 7,8명의 또래 어린 아이들과 공부를 시작했다.

그때의 공부래야 두말할 나위 없이 《천자문》부터 외워 나가는 것이었다. 회초리의 매운맛도 봐가며 어설프게 익힌 한문이었지만, 네 살부터 여섯 살까지 어느덧 《천자문》과 《계몽편啓蒙篇》·《통감通鑑》 1권을 다 배웠고, 붓글씨 공부도 겸하여 먹물과 모필, 즉 지필묵을 처음으로 대할 수 있는 기회를 갖게 된다.

지각이 시작되는 운니동 시절의 어린 기창은 일제 암흑기의 좁은 골목길 서당의 마룻바닥에서 근대적 유산을 배워 나가고 있었다. 그리고 그에게 있어서 이 배움터는 어느 무엇보다도 큰 의미를 지니고 있었다. 그것은 비록 어린 시절 2년여의 짧은 기간이기는 했지만, 유일하게 듣고 말할 수 있었던 배움의 터였고, 평생 동안의 예술관과 잠재의식의 바탕에 있어 전통적 사상의 근거를 마련했다는 의미를 동시에 수반하고 있었기 때문이다.

어린 기창은 서당 공부에 잘 적응하여 책머리에다 선생님이 〈특순통特順通〉이라고 써 주는 높은 점수를 여러 번 받았다. 그때마다 특히 어머니는 몹시 즐거워하며 떡도 하고, 잎담배 싼 것을 행랑어멈을 통해 서당으로 보내기도 하였다. 어려서부터 그는 워낙 몸집도 크고 명랑하고 익살스러워서 별탈없이 무럭무럭 자랐고, 여섯 살이 되자 다

시 기창은 어머니의 손을 잡고 새로 문을 연 중앙유치원에 다니게
된다. 인사동의 승동보통학교 바로 옆에 있던 유치원은 당시만 해도
신학문의 수용과 함께 개설된 현대식 교육기관이라고 볼 수 있었다.
그렇게 되니 오전에는 유치원에서 신학문의 아동 교육을, 오후에는
여전히 큰길 건너 위치한 와룡동의 서당에서 전통 학문인 한학을 배
웠다.

비극과 개성 생활

"기창아, 정신이 좀 드니?"
"애, 기창아."
분명히 의식을 회복한 듯 눈을 뜬 기창이건만 아무런 말이 없다.
이번에는 할머니가 불렀다.
"기창아 일어나서 미음이라도 들어야지."
"어머니, 할머니, 아무것도 들리지 않아요. 뭐라고 그러셨어요?"
순간 윤명의 눈앞에 벼락이 치는 것 같았다.
장티푸스도 문제였지만 할머니가 달여마시게 한 인삼물이 그렇지
않아도 높은 열에 시달리는 기창에게 고열을 초래하여 청각신경을
파괴하는 결과를 가져왔던 것이다.
기창이 유치원을 졸업하고 여섯 살이 되어 중앙유치원 바로 옆에
있던 승동보통학교에 입학한 것은 이듬해 1920년의 일이었다. 입학식
이 있던 이틀 후에 지금의 장충단공원 자리에서 전교생 운동회가 열
렸고, 기창도 외할머니와 함께 참가했다. 2인 3각 경기를 재미있게 치
르고 행사가 끝날 무렵 기창에게 갑자기 오한이 엄습했다.

장티푸스에 걸린 것이었다.

병은 크게 차도가 없고 어느새 몇 달이 지나갔다. 그런데 병세가 조금 나아지는 듯했던 어느 날 외할머니가 정성껏 달인 인삼을 한 사발 마시고 난 뒤 갑자기 심한 고열이 나면서 며칠간을 혼수상태에 빠져들었다. 외할머니나 어머니 모두가 한방을 모르는 관계로 보약으로 먹이려던 인삼이 상극 체질인 기창에게는 오히려 병을 악화시키는 결과를 초래한 것이다.

여러 날 동안 기창의 영혼은 불길에 휩싸였고, 죽음과 삶의 문턱을 오가면서 악몽과 고통의 시간을 보내야 했다.

비극이었다.

집안은 벌써 동생 기학이 세 살이었고, 기태가 한 살바기로 한참 재롱을 떨고 있었다. 가뜩이나 아버지의 점진적인 파산과 두 집 살림의 행각에 괴로워하는 어머니의 심경은 기창에게 닥친 청천벽력 같은 선고로 말미암아 어찌할 바를 몰랐다.

"아이구 아이구, 내 손주 기창이를 어찌할꼬……."

모녀가 아무리 얼싸안고 울부짖어도 기창은 반응이 없었다.

그 맑디맑은 검은 동공만을 껌벅거리면서 기창은 그저 오랜만에 받아보는 눈부신 햇살을 멀거니 응시하고 있었을 뿐이었다.

윤명은 한가닥 실오라기 같은 희망이라도 붙잡고 싶었다.

그녀는 기울어 가는 가세에도 불구하고 백방을 수소문하여 기창의 청각 회복을 위해 힘썼지만 효험이 없었다. 외할머니는 외할머니대로 죄책감 때문에 괴로워하였고, 기창만 보면 눈물을 글썽거렸다. 자라오줌이며, 침이며, 담배연기며, 최면술이며, 각종 방법을 동원해서 노력했으나 허사였다. 절망은 이제 거의 깊은 심연으로 빠져들고 있었다.

해질 녘 단성사에서 들리는 날라리 소리나, 꽹과리 소리가 식구들에게는 유난히도 슬프게 들렸다. 그리고 어린 기창이 매일 들었던 돈화문의 보초 교대 나팔소리도, 단성사 날라리 소리도 이제는 영원히

들을 수 없는 침묵으로만 남아 있을 뿐이었다.

진명여고를 1회로 졸업한 신여성이었던 한윤명은 참으로 비참해져 가는 자신의 주변을 돌아보게 되었다.

현대의 지성 사르트르의 삶에서도 아버지는 존재하지 않는다고 공식적인 결정을 내린 바와 같이 기창이나 기창의 가정 모두는 아버지나 남편·사위라는 단어를 그리 의미심장하게 받아들이지는 못했다. 가세는 일확천금을 꿈꾸고 증권에까지 손을 댄 아버지 김승환의 실패로 기울 대로 기울어 갔다.

기창의 치료도 그러했지만, 아버지의 실패와 함께 설상가상으로 외아들이었던 외삼촌 한봉수의 경제적 무능과 낭비벽 또한 정도를 넘어신 것이었다. 한마디로 그때 운니동 18번지 기창의 일가는 남자농사에 있어서는 악운만 겹쳤던 것이다.

게다가 윤명은 그 와중에서도 기창의 셋째동생이 되는 기백을 낳게 되었으니 건강도 말이 아니었거니와 당장 한끼를 이어가기가 어려울 지경이었다.

산후조리도 할 겨를이 없이 어머니 윤명은 직접 생활고를 해결해야 된다고 결심을 굳혔다. 입학 이틀째, 운동회 이후 학교에도 나가지 못하고 집에만 있는 기창과 이제 막 태어나 울고 있는 젖먹이를 바라보면서, 도저히 방도가 없었다.

"김서방은 어디를 갔기에 며칠째 소식도 없디여. 아이고 내 신세야. 어쩌다 이렇게 되었을꼬……."
라고 한탄하는 할머니를 볼 적마다 모든 것이 자신의 탓이라는 생각에 가슴이 찢어지는 듯했다.

결국 학창 시절 여러 동료들에게 수소문을 하던 차에 마침 개성 정화여학교 교장으로 재직중이던 김정혜로부터 교사직 권고를 받았다. 경성도 아니고 개성이기는 하지만 아무리 생각을 해봐도 별 뾰족한 방안이 없었다. 처음에는 아버지 김승환이 극구 반대를 하였으나,

결국 그도 할머니도 어머니의 결정을 대체할 묘안이 없었다. 여섯 식구나 되는 전가족의 호구지책을 책임질 만한 그 무엇도 없이 무작정 기다리고 있을 수만은 없는 일이었다.

"어머니 아이들을 부탁해요. 저 어린 것들을 놔두고 가자니 가슴이 미어지지만 어떡하겠어요. 가서 자리잡히면 경성으로 자주 뵈러 오겠어요. 죄송해요. 못난 저 때문에 이렇게 고생하시게 해서……."

기창이 열 살이 되던 1923년, 윤명은 우선 웬만한 살림들은 꾸려가지고 졸지에 청각이 마비된 장남 기창만을 데리고 개성행 기차에 올랐다. 전송하는 할머니가 눈시울을 적시는 모습도 가슴 아팠겠지만, 그보다 기학이 기태도 그렇지만 이제 몇 달 젖도 먹어보지 못한 핏덩어리를 떼어두고 경성을 떠나야 하는 윤명의 심정은 그야말로 기막힌 노릇이었을 것이다.

차창 밖에는 봄을 알리는 빗줄기가 한 방울 두 방울 바깥쪽 창문에 아련히 맺혀가고 있었다. 미끄러져 가는 경성역의 플랫폼이 아직도 흐르고 있는 눈물에 가려 뿌옇게 어른거렸다.

가을을 타고 온 차에서 튀어나와 혼잡된 역외驛外로 이 몸이 내어놓이게 되자 푸른 하늘 밑에 기복起伏되어 문 앞의 구릉일맥丘陵一脈이 벌써 고려고정高麗古情을 잔뜩 품어안고 이 몸을 첫맞이하여 준다.

라고 근대 한국 미학의 지성 고유섭은 개성의 첫인상을 쓰고 있다.

개성은 4백30여 년 고려의 고도古都이다.

송악산이 있고, 외성·황성·궁성·내성 등 옛 성곽들에 둘러싸여 있다. 장경궁·수령궁·덕자궁 등 옛 궁터 역시 여러 곳에 산재해 있고, 사찰로는 고려 영정을 봉안하던 봉은사·광명사·흥국사·안화사 등이 있을 뿐 아니라, 만월대·첨성대의 흔적과 대흥산성·천마산성·현릉·박연폭포·선죽교·좌견교·낙타교 및 수많은 옛 절터를 볼 수 있다. 산세로는 북에서 남으로 뻗은 마식령산맥의 끝부분에 천마산·송악산과 용수산 등이 솟아 있고, 한강·예성강과 어우러져 아름다운 지세를 이루고 있다.

기창이 어머니와 함께 거처하게 된 곳은 정화여학교 교장인 김정혜의 사택이었다. 멀리 송악산이 보이고 맑고 얕은 시냇물이 흘러내리는 곳에 자리잡은 기와집은, 어찌 보면 그로서는 처음으로 자연 속에 파묻혀 천진난만하게 뛰어놀 수 있어 무엇과도 바꿀 수 없는 어린 시절의 고귀한 추억이기도 했다.

그는 이곳에서 경성에서는 볼 수 없었던 거위나 두루미·오리떼, 그리고 미꾸라지·메기·붕어·피라미 등의 물고기와 여치·메뚜기·장수하늘소 등 많은 곤충류와 동물들을 만날 수 있었고, 대궐에서 내려오던 물보다 더 맑고 싱그럽게 흐르고 있는 시냇물 속에서 마음껏 뛰어놀 수가 있었다. 기창은 매일같이 호기심이 발동했다. 그럼으로써 얼마 전의 충격으로부터 헤어나기 시작했고, 어떤 해방감을 맛보게 되었다. 그리고 붙임성 있는 성격 때문에 며칠 되지 않아 친구들도 여럿 사귀었는데, 그 중에는 기창보다 세 살 위인 김인승 (1911-)도 있었다.

김인승은 개성의 부유한 가문에서 출생하여 후일 도쿄 미술학교를 졸업하고 아카데믹한 사실주의 화풍으로 서양화단의 거목으로 성장했다가, 미국 L.A.에 영주하게 된다. 아무튼 그들은 초가와 기와집이 잘 어우러진 동네의 개울을 온통 누비고 다니기도 하고, 아예 송악산 근처의 숲에 들어가 송도 저수지를 지나 송지동을 누비든가 아니면 아예 송악산보다도 훨씬 높은 천마산까지 마음껏 쏘다녔다. 그는 개성에서의 자유스러움으로 인해 얼마 전 겪어야 했던 육신의 비극이 말끔히 치유되는 듯했고, 오히려 유치원 시절 보여 주었던 익살스러움이 더하여 어머니를 조바심나게 하는 일이 한두 번이 아니었다.

그러나 기창은 다른 친구들처럼 학교를 다니는 것도 아니고, 어머니가 출근한 시간에는 온종일 혼자서 뛰어놀 수밖에 없었다. 그렇게 되니 그나마 알고 있던 어휘들마저 점차 잊혀져서 친구들과 노는 시간에도 말은 급격히 줄어들었다.

윤명은 다시 한번 당황했다.

무엇인가 손을 써야 했지만 당장 학교생활에 익숙해져야 하는 본인의 일이 더 급했다. 기창은 기창대로 일과후나 휴일을 이용해서 친구들과 싸다니는 일이 경성에서는 맛보지 못했던 것이라 무료함도 차츰 잊어가는 듯했다. 더군다나 술래잡기나 새총 쏘는 일, 송악산 일대를 싸다니는 일에는 별로 말이 필요가 없었고, 친구들도 기창의 그 골목대장과 같은 큰 덩치와 우직한 뚝심을 보고 잘 어울려 주어 즐겁기만 했다.

교장인 김정혜는 목소리부터 여장부다운 면모를 지니고 있었고, 신여성 교육자로서 이상이 원대했다. 그래서인지 학교생활 1년도 채 되지 않아 학생이나 교직원들에게 인기가 여간이 아닌 윤명을 총애하고, 후계자 양성을 위해 미국 유학까지도 여러 차례 권하게 되었다. 처음에는 별생각이 없이 들었던 유학 권유는 시간이 갈수록 윤명의 마음을 끌리게 했다. 그러나 윤명에게는 먼 꿈이요 이상일 뿐이었다.

그녀는 번민했다.

남편에 대한 좌절감이나 개성에서 겪게 된 교직생활을 통한 민족교육의 현실을 생각하면 현실적으로나 이상적으로나 당장이라도 떠나고 싶었지만, 천성적으로 독한 심성을 지니지 못한지라 어린 자식들의 장래와 지아비의 뜻을 고려하지 않을 수 없었다. 그리고 몇 년 사이 기창 때문에 부쩍 노쇠해 보이는 홀어머니의 모습이 남편의 고뇌스런 얼굴과 함께 안개 낀 송악산의 산등성이 저만치서 수없이 어른거렸다.

'정말 교장 선생님의 권유대로 미국행이 실현된다면 기학·기태·

기백이야 어떻게 어머님께 맡겨본다고 하지만, 기창이는 또 어떻게 될까……'

2년여의 개성 생활이 지나갈 무렵 윤명은 많은 시간 동안 번민했다. 뛰어노는 여중생들의 천진한 웃음소리를 들으면서, 또는 느티나무가 무성히 치솟아 있는 교정을 거닐면서 몇 개월간의 고심을 거듭했지만 뾰족한 묘안이 없었다.

그러던 어느 날 불현듯 경성으로 올라가 제안이라도 해봐야겠다는 결심이 섰다. 어찌 되었든 남편에게 의사를 타진해 볼 수밖에 없다는 생각에서였다. 오랜만에 다시 기차여행을 떠난다는 즐거움에 이리저리 두리번거리는 기창을 데리고 윤명은 개성역 플랫폼 난간에 기대어 한 동안 물끄러미 허공을 바라보았다.

기차가 서서히 역을 벗어날 즈음 어린 기창이 느끼기에도 무슨 이유인지는 모르겠으나 분명 어머니 윤명의 얼굴에는 수심이 가득했다. 그때 한 량의 화물차가 시커먼 연기를 내뿜고는 빠른 속도로 지나갔다. 침묵만 지키고 있던 기창은 비록 언어로서는 불가능했지만 마음을 집중시켜서 어머니에게 영문을 물었다.

"엄마, 왜 그러세요?"

오랜만에 들어보는 목소리였기에 더욱 그러했을까, 어느덧 어엿한 소년이 되어가는 그을은 기창의 얼굴을 바라만 볼 뿐 윤명은 여전히 말없이 수심에 차 있을 뿐이었다.

이번에는 아예 조그만 보따리를 왼손으로 옮겨쥐고 오른손으로 힘차게 어머니의 손을 흔들어 보았다. 그제서야 어머니는 창백한 미소를 띠며 그냥 기창의 머리를 쓰다듬어 주는 것이었다.

경성 방문의 결과는 잿빛이었다.

아버지 승환은 윤명의 자초지종을 듣자마자,

"도대체 그것을 말이라고 해?"

라고 내뱉으며 버럭 화를 내고 대문을 박차면서 집을 나가 버렸고,

외할머니는 한동안 무거운 표정만을 지은 채 대답이 없었다. 그리고
는 밤늦게 만취해서 돌아온 승환으로부터 오히려 개성에 있는 것조
차도 용인할 수 없다는 단호한 발언을 들어야 했다.

다시 개성 생활은 시작되었다. 기창은 여전히 송악산 계곡이다, 송
도 저수지다 하며 천방지축으로 뛰어다녔다. 그러나 윤명의 개성 생
활의 한편은 괴로움의 연속이었다. 벌써 기창이 열두 살이 되었으니
3년이라는 세월을 개성에서 떨어져 지낸 것이다. 식구들도 그리웠고,
그렇다고 겨우겨우 연명해 온 운니동 집의 살림이 나아진 것도 아니
었다.

아이들도 커가고, 살 길은 막막한데 아무리 김교장의 경제적 후원
이 있다 하지만, 미국 유학은 가당치도 않은 꿈 그 자체일 뿐이었다.
뿐만 아니라 남편 승환은 유학은커녕 하루 빨리 돌아오라는 장문의
편지를 벌써 여러 차례 보내왔다.

초가을이나 되었을까, 고도古都의 새벽은 유난히도 푸른색으로 도시
를 덮고 있었다.

윤명은 유학을 포기하기로 결심하고 은인으로 생각하는 김교장에게
밤새껏 자신의 처지를 설명했다. 자초지종을 듣고 고개를 끄덕이며 아
쉬움을 금치 못한 김교장은 딸과 같은 윤명의 손을 잡고 마당을 거닐
었다.

"한선생, 그러나 우리 좌절하지 맙시다. 우리의 여성 교육을 책임져
야 할 세대는 역시 한선생 세대입니다. 경성으로 돌아가더라도 한선
생이 이 어려운 민족의 암흑을 밝혀 줄 인재라는 것을 결코 잊어서
는 안 됩니다. 우리는 일깨워 줄 선각자가 절실히 필요합니다."

윤명의 볼에서는 주르르 눈물이 흘러내리고 있었다. 그야말로 그의
꿈 같은 삶의 새 설계와 희망이 좌절되고 마는 순간이었다. 아니 그
보다도 기구한 자신의 운명을 한탄하고 싶었을 것이다.

담 너머 우거진 소나무숲 쪽에서 까치 한 마리가 연신 꼬리를 들먹

이며 윤명을 바라보았다. 한두 시간이라도 눈을 붙이려고 방에 들어와 한참 꿈나라로 가 있는 기창의 머리를 쓰다듬으려니 더욱 북받쳐 오는 슬픔을 억누를 길이 없었다.

"어떡허나…… 어떡허나……."

"학기는 끝내고 떠나겠습니다."

이렇게 말하며 고개를 떨군 윤명 때문에 이튿날도 김교장의 걱정은 태산 같았으나, 몇 달이 지나고 이듬해 3월 졸업식이 끝난 후 송별식은 치러졌다. 그날따라 키 큰 느티나무들이 봄의 처연한 아름다움에 반짝이며 고도의 아침을 자랑하고 있었다.

전교생이 운동장에 모인 가운데 윤명을 떠나 보내는 김교장의 송별사가 있은 후 학생들도, 송악의 아침도 모두 울었다.

"여러분, 이처럼 많이들 나와 주셔서 감사해요. 3년간 정들었던 이곳을 오랫동안 기억하겠습니…다. 공부도 열…심……."

말을 잇지 못한 윤명은 두 손으로 얼굴을 가린 채 흐느껴 울었다. 그리고 얼마 후 연단을 내려왔다. 학생들은 모두 다 손을 흔들었고, "선생님"을 외치고 있었다. 낡은 가죽가방 하나를 어느 학생이 받아들고 버스에 오르는 데까지 뒤따르고 있었다. 모래알과 같은 작은 점들로 멀어질 때까지, 아니 그들과 함께 생활했던 3년을 눈으로는 볼 수 없을 때까지 덜컹거리는 버스의 차창에 고개를 내밀고 기린처럼 물끄러미 보았다.

긴 그림자를 드리운 검정치마와 바람결에 흩날리던 흰저고리의 옷고름들이 이제 윤명의 심상적인 화면으로 정지해 들어왔고, 뽀얀 먼지 속으로 지워져 갔다.

기창의 개성 시절은 그리 긴 시간은 아니었다. 그러나 이후 예술세계에 있어서, 특히 바보산수와 같은 자유분방한 산수의 경지를 그려내는 데 결코 잊을 수 없는 기억들이었다. 그는 개성 시절을 통하여 잠재적이었겠지만, 장애의 충격으로부터 야기된 비극을 치유하는 즐거움을 만끽했고, 소년 시절을 자연 그대로의 들녘에서 뛰놀며 추억을 쌓게 된다. 그가 만년에 그리고 있는 자유분방한 필치의 산이나 들녘·초가집·기와집들의 소재나 정신세계의 고향은 바로 개성 시절의 기억과 인상이 적지 않게 작용되었다고 말할 수 있으며, 그럼으로써 그만큼 의미 있는 소년 시절의 경험을 했다고 볼 수 있는 것이다.

열두 살의 1학년

어머니 윤명은 경성으로 돌아온 후 아무리 생각해도 기창의 교육 문제를 하루라도 빨리 해결해야 할 것만 같았다. 열두 살이 되어도 글자도 모를 뿐 아니라 학교 교육이라고는 보통학교 입학식 다음날 등교한 일밖에는 없었다. 그래서 기창이 몇 년 전 입학했었던 승동보통학교를 찾아 학교 당국에 사정을 이야기했고, 마침 새학기가 시작된 지 얼마 되지 않아 학교에서도 숙고 끝에 입학을 허락했다.

"기창아, 어쨌든 배워야 한단다. 오늘부터는 학교에 나가는 거야."

하며 윤명이 데리고 간 승동학교는 인사동과 YMCA 사이의 좁은 골목에 위치한 승동예배당의 아래층을 교실로 쓰고 있던 조그마한 규모였다. 담임 선생님은 학급에서는 유일한 장애 학생인 기창의 좌석 배정 때문에 고심하다가 기창의 키나 덩치가 커서 어려운 일이었지만, 우선 가장 관심을 가질 수 있고, 학생이나 교사 모두가 관찰을 하기에 용이할 만한 맨 앞자리에 앉혔다.

짝을 지어서 앉게 되어 있었는데 바로 옆자리에는 통통하고 작은 여자 아이가 앉아서, 뒤에서 보면 정반대 거인과 단발머리 통통이의 두 사람이 앉아 있는 듯하여 수업시간에도 아이들은 웃음이 저절로 나왔다. 그러나 기창은 이제 일고여덟 살 차이로 동생뻘 되는 아이들의 웃음거리가 별로 문제되지는 않았다.

어렸을 적부터 큰 덩치에 어울리게 대범한 성격을 지니고 있었던 탓인지 이미 동네 아이들의 놀림감이 된 것 정도는 모르는 척할 수 있는 배짱이 어느 정도 습관화되었던 것이다. 때로는 돌을 던지면서 지나가는 기창을 놀려먹기도 하고, 듣는지 못 듣는지를 시험하기 위해 큰소리로 욕지거리를 하고 장난치는 아이들이 있었지만, 그때마다 호랑이 시늉으로 두 팔을 포효하는 듯하면서 익살스럽게 소리치면, 아이들은 기겁을 하며 도망을 치곤 하였다. 가끔씩 화가 나면 여러 명과 한꺼번에 싸움을 하여 코피를 흘리거나 긁혀서 들어가는 경우도 한두 번이 아니었다.

그런 기창을 보는 윤명도 말할 수 없이 속이 상했지만 일면에서는 그의 씩씩함이 대견스러웠다.

시간이 흐르자 친구들과 어울리는 것도 그렇지만 문제는 공부시간에 선생님의 말을 알아들을 수 없으니, 개성 시절에 자유롭게 싸다니던 기창으로서는 항상 삐걱거리는 책걸상의 생활이 답답할 수밖에 없었다. 수업시간 때마다 무슨 뜻인지도 모른 채 멀뚱하니 여선생의 얼굴이나 쳐다보고 있었으니 선생으로서도 답답할 노릇이었다.

한 학기가 거의 다 가도록 글자도 모르는데다가 서당 시절에 익혔던 한자는 한 자도 없을 뿐 아니라 수화手話를 익혔을 리는 더더욱 만무했다. 뾰족한 대화의 방법이 없어 그러한 기창을 바라보는 담임선생님도 역시 어찌할 줄 몰랐다. 이러한 이유로 가끔씩 기창은 울적해졌다. 창문 밖 교회 마당에는 맨드라미·분꽃·나팔꽃·봉선화·해바라기 등 여러 꽃들이 피고 지고 하여 그나마 선생님 얼굴과 꽃밭이라도 바라보다가 빨간 잠자리라도 날아가면 즐겁게 뛰놀던 송도 저수지며, 송악산이며, 천마산 생각이 간절했다.

'철민이랑 인승이는 무엇을 하고 있을까…?'

기창은 점점 개성 생각이 간절했다.

지루한 여름이 가고 가을이 왔다.

그러던 어느 날부터 개성에서 놀던 때를 생각하는 것에도 진력이 났다. 글자는 모르니 읽을 수 없고, 교과서에 그려진 그림들이라도 쳐다보아야 지루한 시간을 메울 수 있을 것 같았다. 첫 페이지부터 보고 또 보고, 책 한 권에 그려진 그림을 수백 번도 더 보았다. 그렇게 되니 가을이 다 갈 무렵에는 몇 권의 교과서에 그려진 삽화들을 모조리 섭렵하여 눈을 감고도 생각이 날 정도였다. 2학년이 될 때까지 그림 구경은 계속 되었고, 새봄이 온 어느 날 기창은 문득 그 그림들을 그려보고 싶은 충동을 느꼈다.

우선 쉬운 그림부터 시작하기로 하고, 새나 개·꽃들로부터 시작해서 며칠이 지나서는 사람도 그려보았다. 책에 있는 그림을 보고 똑같이 옮겨야 되는 일이라서 다른 종이에 그리는 것보다는 책의 빈 공간에 그리는 것이 훨씬 편리했다. 책의 여백에다가 뾰족한 연필로 빽빽하게 그림을 그리면서 수업시간을 메우게 되니, 시간도 빨리 가고 그림 그리는 일 자체가 즐겁게 여겨졌다.

2학년 1학기가 다 갈 때쯤에는 처음에 그릴 때의 어색함도 점차 줄어들고, 실제 삽화와 구분하기 어려울 정도로 비슷하게 그릴 수 있게 되었다. 그렇게 되니 2학기에 가서는 더욱 신이 나서 거의 교과서마다 여백이 없을 정도로 빽빽하게 그림으로 들어찼다.

기창은 참으로 오랜만에 진한 흥미를 느꼈다.

누구와도 대화할 필요 없이 오로지 그리고 싶은 책의 그림을 비슷하게 그릴 수 있다는 것은 자신의 무료한 수업시간을 해결하는 데 더없이 좋은 방법일 뿐 아니라, 한편으로는 뭐라 말할 수는 없지만 대화가 통하지 않는 자신의 장애적 한계를 뛰어넘을 수 있는 좋은 해결방안으로도 여겨졌다.

기창의 담임 선생님은 그가 수업시간에 그림 그리기에 열중하는 것을 오래 전부터 알고 있으면서도 딱히 무어라 야단을 칠 수가 없었다. 처음 한두 번은 다른 학생들에게 영향을 미칠 것 같아 그만두라고 타일러 보려고 했으나, 기창이 워낙 진지하게 열중해 있는 것을 보고서는 그렇게라도 공부에 흥미를 느껴 나가도록 해볼 작정이었다. 그리고는 얼마 후 기창의 어머니 윤명에게 잘 설명해 주었다.

"기창 어머님, 기창이가 얼마 전부터 그림 그리기에 열중하고 있습니다. 처음에는 말려볼까도 생각했는데, 곰곰이 생각하니 별다른 방법도 없고, 또 워낙 그림을 잘 그려서 그대로 놔두었어요. 수화라도 할 수 있으면 대화가 될 텐데, 글자도 모르고…… 아무튼 기창이만 보면 제가 도리를 다 못하는 것 같아 죄송해요."

이머니 윤명은 현명하였다.

어렵게 구한 직장에서 돌아온 후 밤늦게 기창의 책가방에서 책들을 꺼내 자세히 살펴보았다. 개성 시절 스스로가 교편을 잡았던 윤명인지라 몇 달 동안을 기창의 효과적인 교육방법에 대해 고심하기 시작했다. 수업시간에 수업에 임할 수 없는 기창의 입장과 제법 소질이 있어 보이는 빽빽한 그림들을 대할 때마다, 한편으로는 그의 재능을 발견하여 대견하기도 했지만, 아무리 그렇다 해도 기본적인 글자를 모르고서는 앞으로 어떤 일도 할 수 없으리라는 생각이 굳어져 갔다. 그러나 무엇보다도 그녀는 기창을 도울 시간적인 여유가 부족했다.

당시 그녀는 경성으로 돌아온 지 얼마 되지 않아, 친구의 소개로 세브란스 병원 치과 간호사로 취직이 되어 이미 몇 달째 근무를 하고 있었다. 집안 살림은 남편 승환이 여전히 실업자 생활을 면치 못하고 있어서 더욱 어려울 수밖에 없었다. 그래서 개성에서 돌아오자마자 빚을 갚을 길이 없어 일본인에게 집까지 팔아야 했고, 20원씩의 월세를 내야만 했다. 그렇지 않으면 온 식구가 길거리에 나앉게 될 판이었다.

생활도 문제지만 사업에 실패했다는 죄책감 때문에 술로 세월을

보내면서 공주와 경성을 왔다갔다하는 승환의 이중행각도 윤명에게
는 찢어지는 고통이었다. 이제는 무엇인가 결단을 내려야 했다.

하루는 밤늦게 만취가 되어서 귀가하는 남편 승환에게 윤명은 굳
은 결심을 하고 다그쳤다.

"이제 이중살림은 지겨워요. 당신이 이처럼 무책임하게 집안 살림
걱정은 내팽개치고 만다면 더 이상 참기가 힘이 들어요."

"그럼 낸들 어떡허란 말이여."

"아이들은 아이들대로 공주로 호적이 되어 있고, 엄마 없는 자식들
인 것을 모르세요? 저는 뭐예요? 도대체 제가 당신에게는 무슨 존재
인지 한번 시원스럽게 말이나 해보세요. 생활은 생활이라 해도 도대
체 무슨 낙으로 살아가란 거예요."

윤명은 거의 외마디에 가까울 정도로 울부짖었다. 헝클어진 머리카
락이 흐르는 눈물에 뒤범벅이 되어 더욱 비참해 보였다.

승환은 지금껏 그날과 같은 윤명의 절규를 들어본 적이 없었을 뿐
아니라 초라한 자기 자신의 처지를 되돌아보게 되었다. 그리고 조선
경과 이혼을 하고 윤명과 재혼을 하는 형식으로 호적을 정리함으로
써 다소나마 자신의 죄책감을 만회하려고 하였다. 사실 본처와도 기
용·기찬 등 아들 둘을 두고 있었지만 이미 어쩔 수가 없는 노릇이
었다.

그러나 여전히 상황은 절박하고 비참했다.

이미 어음종이가 서랍에 가득히 쌓였고, 빚쟁이들이 시도 때도 없
이 들락거렸다. 생각다 못한 윤명은 방 두 개를 깨끗이 치우고 하숙
을 치기 시작했다.

겨우 얻은 직장이지만 하루 종일 자신의 전공도 아닌 간호사 일을
한다는 것은 쉬운 일이 아니었다. 게다가 집에 돌아오면 아무리 어머
니가 집안 살림을 꾸려간다 해도 윤명이 해야 할 일이 산적해 있었
고, 대충 정리를 하고 나면 벌써 몇 년째 거의 의사소통이 되지 않고

있는 기창 때문에 편히 쉴 수도 없었다.

결국 윤명은 기창에게 직접 한글을 가르쳐 보기로 마음먹었다.

그러나 출퇴근 시간에 차 안에서 아무리 연구를 해도 ㄱ·ㄴ·ㄷ의 발음을 익히게 해줄 당장의 도리가 없었다. 입 모양으로 해도 한계가 있고, 무엇보다도 글자의 뜻을 이해시켜 주는 일은 더욱 어려울 것 같았다. 그래서 아예 ㄱ·ㄴ·ㄷ은 뛰어넘고, 가·나·다·라를 기창이 서당에서 착실히 익힌 한자를 비유하여 습득하도록 하면 쉬울 것 같았다.

"기창아, 서당에서 배우던 것이 생각나지? 《천자문》처럼 한글에도 스물네 개의 자모음이 있단다. 그리고 한자를 생각하며 따라해 봐."

애써 뜻을 손짓·발짓해 기며 몇 번씩 설명해 주고 나서는,

"가(可), 나(那), 다(多), 라(羅), 마(馬)……."

윤명은 글자마다 일일이 입 모양을 보여 가며 한자를 비유하여 기창의 소리 기억을 되살리려 했다. 그러나 그것은 애초부터 불가능했다. 소리를 내는 일보다는 우선 글자를 가르치는 일이 중요했다.

밤마다 피곤한 몸으로 기창과의 씨름이 시작되었다.

기창은 그래도 한자를 써가며 읽는 것이라 서당생활의 기억을 더듬어 보려고 애썼다. 처음에는 도무지 진척이 없었지만, 한달이 가고 두 달이 가고, 3학년이 되었을 때, 겨우 가·나·다·라의 글자를 완전히 읽을 수 있었다. 그러나 가장 큰 문제는 소리글자와 뜻글자의 차이를 이해하지 못하는 것이었다. 〈가〉의 뜻을 한문의 〈可〉, 즉 〈가능하다, 좋다〉는 뜻으로 받아들이거나, 〈마〉를 〈馬〉의 뜻으로 받아들이려는 것이었다.

윤명은 그림으로 보조설명을 시도했다.

예를 들어 〈사〉(師)라고 했을 때 서당 선생님을 그리고 가위표를 밑에 친 다음, 물건을 사는 모습을 행동과 그림으로 어설프게 백지에 그려 보였다. 그래서 〈사〉가 스승이 아니고 〈물건을 산다〉는 뜻을 지

니고 있다는 〈사다〉의 앞글자라는 것을 이해시켰고, 〈가〉(可)는 〈가능하다, 좋다〉라는 뜻이 아님을 설명하기 위해 개나 사람이 앞으로 가는 그림을 그려 보였다. 그럼으로써 〈가다〉의 앞글자라는 것을 설명하였다.

기창도 그제서야 고개를 끄덕이면서 약간씩 이해하기 시작했다. 그가 알고 있던 한자와 한글의 구조가 다르다는 것을 알게 되었고, 소리글자의 뜻이 여러 가지로 변형되며 원형적인 의미와 동사 등의 구조가 있음을 이해하게 되었다.

또 지루한 한 학기가 지났다.

경성역 근처에 있는 세브란스 병원까지 전차로 출퇴근하는 일도 피곤한 일이지만, 기창과 씨름을 하는 것은 생각보다 쉬운 일이 아니었다. 거의 1년이 다 되니 기창은 다행히 점차 흥미를 느끼고 〈가나다라〉의 뜻에 따라 한자에 비유해서 간단한 단어를 이해했다. 예를 들면 〈먹다〉는 〈食〉으로, 〈가다〉는 〈去〉로, 〈앉다〉는 〈座〉로 외우게 하면 쉽게 해결이 되었다.

어설프지만 드디어 몇 글자를 읽고 쓸 수 있게 되었던 것이다.

"그래, 잘한다. 우리 기창이가 꼭 해내고 말 거야. 절대로 배워야만 해…… 그래야만 살 수 있다."

3학년 가을쯤 되었을까.

기창도 글자를 익히는 일이 이제는 점점 신이 났다. 그동안 답답했던 기이한 글씨들이 비로소 무슨 뜻인지를 알게 되니 신기하기도 하고, 잊혀져 가던 《천자문》도 다시 기억을 되살릴 수가 있었다. 그리고 무엇보다도 어머니가 기뻐하시는 모습에서 은근한 보람을 느꼈다.

어느 날인가 기창은 외할머니와 어머니가 안방에 동생들과 앉아 있을 때 드디어 스스로 짓고 쓴 하루의 일기를 펼쳐보였다. 아직 서툰 글씨이기는 하지만 그래도 1년여 만에 터득한 글씨치고는 제법 세련되었고, 그 내용도 왠지 가슴을 찡하게 하는 감정이 있었다.

어느새 두 사람은 기창을 와락 얼싸안고 감격의 눈물을 흘렸다.

"기창아, 정말 장하구나. 이 에미의 답답했던 가슴이 툭 터지는 것 같다. 그래 배워야 한다. 배워야지만 너의 그 장애를 극복할 수 있는 거야."

윤명의 기쁨은 더 한층 컸다. 슬프고 비참한 상황에서의 행복일수록 그 행복은 크다고 했던가. 어렵고 힘든 1년여의 글자 익히기에서 드디어 윤명은 기창과의 간단한 언어소통이 가능하게 되었던 것이다.

기창도 신이 나서,

"어머니, 할머니, 이제 기창이도 글 쓸 수 있어요."

라고 서툰 글씨로 공책 한귀퉁이에 써보였고, 윤명 일가는 실로 오랜만에 행복한 하룻밤을 보낼 수 있었다.

기창은 그날 밤 웬일인지 도무지 잠이 오질 않았다.

학교에서도 이제는 말로는 할 수 없지만 책을 펼치면 무슨 내용인지 조금은 알 수 있게 되었고, 윤명의 그림·손짓·발짓·표정에 의한 설명에 의해 선생님이 쓰는 칠판 글씨도 상당 부분 이해를 할 수가 있게 되었다. 게다가 한자를 기본으로 일본어도 조금씩 익히다 보니 한 자 한 자를 배워 나가는 것이 흥미로웠고, 그럴 때마다 또 다른 단어를 알고 싶었다.

그러다가는 문득 개성에 있을 친구들 생각과 소나무숲이 그리워지기도 했다. 몇 번이고 가보고 싶었으나, 그 먼 곳을 어떻게 갈 수 있단 말인가.

그날 밤도 기창은 동생들과 이불 속에 누워 개성 시절의 개울물이며, 저수지 근처에서 뛰놀던 생각에 여념이 없었다. 유난히 밝은 보름달 빛이 곤히 잠들어 있는 동생 기학의 얼굴을 처연히 비추고 있었다.

문학소년

앗——.

무심결 아래를 내려다보는 순간 기창은 자신도 모르게 외마디를 질렀다. 친구들과 북악산 봉우리까지 먼저 오르기를 시합했지만, 기창은 지름길보다도 가까운 가파른 바위틈을 타고 오르려고 했던 것이다. 여기서 다시 내려갈 수도 없고, 경성 시내가 까마득히 내려다보이는 산중턱에서 식은땀을 흘리다가 가까스로 봉우리에 닿았다.

기창의 소년 시절 성격은 한 가지에 진지하게 몰입하는 것과 격렬하고도 모험적인 행동, 개구쟁이라고밖에 할 수 없는 동네의 말썽쟁이로 표현될 수 있다. 약 2년여에 걸쳐 어머니로부터 글자 익히기가 어느 정도 완숙해지자 다시금 시간만 있으면 동네 친구들과 험한 장난을 하고 노는 일로 여념이 없었고, 남은 보통학교 생활 내내 그러했다.

그는 대개 운니동과 인접해 있는 익선동, 학교가 있는 인사동 친구들과도 어울려 놀게 되었는데, 한번 어울리기 시작하면 시간 가는 줄 모르고 북악산까지 가서 그 험한 산줄기를 타곤 했다. 골목싸움도 각 골목끼리 패거리를 정하고 다른 패들이 그 골목을 지날 때마다 일종의 텃세 같은 것을 부리며 으름장을 놓거나 싸우기도 했는데, 기창은 특히 다른 패들의 목표가 되었다.

우선 귀머거리라는 이유로 "바보, 병신, 귀머거리!" 하면서 돌을 던지고 주먹질을 하며 놀리는 것이 대부분이었지만, 큰 덩치가 싸움꾼 같은 인상을 주어 장난을 좋아하는 아이들과 늘 충돌하기 일쑤였다. 기창도 야성적인 성격이어서 항상 그들과 마주치면 피하지 않고 정면으로 부딪쳤으며, 밤늦게까지 어울리는 일이 많아 어머니로부터 야단을 맞는 일도 한두 번이 아니었다.

그의 미지에 대한 도전, 어떤 일에 몰입하는 진지한 열성은 노는 일에만 그런 것이 아니라 책을 읽거나 그림 그리는 일에도 마찬가지였다.

기창이 책 읽기에 열중하게 된 동기는 열너댓 살 때, 그러니까 승동학교 3,4학년 때의 일이다. 어머니 윤명은 기창이 학교가 끝나면 거의 날마다 또래의 친구들과 어울려 위험한 장난을 하면서 늦게 들어오므로 아예 그가 근무하는 세브란스 병원으로 전차를 타고 와서 같이 귀가하자고 했다.

푸릇푸릇한 새싹들이 움트던 어느 초봄 무렵, 기창은 그날도 병원으로 가서 현대식으로 꾸며진 병원 대기실에서 어머니를 기다리며 비치되어 있는 여러 잡지책들을 뒤적이면서 시간을 보내고 있었다.

글은 다 읽을 수 있었고, 무엇보다도 원색적인 그림과 사진이며 삽화들이 교과서에서 보는 것과는 차원이 달라 보여 흥미를 느꼈다. 교과서와는 비교가 안 될 정도로 종류가 다양했고, 외국의 사진이나 아름다운 풍경들이 나올 때도 있었다. 신기하기도 하고 시간도 잘 가고 하여, 어느새 기창은 대기실에서 잡지 보는 일에 심취하기 시작했던 것이다.

어머니를 한참 기다리던 기창은 대기실을 들락거리는 일본 사람들의 기모노에 그려진 문양이며, 환자들의 보호자일 것 같은 여러 사람들의 옷차림을 재미있게 살펴보고 있었다.

그때 흰 가운을 걸친 어머니가 기창에게 다가와, '기창아, 오래 기다렸지? 조금만 더 있거라. 그대신 엄마가 이 책을 줄 테니 읽고 있어'라고 쓴 쪽지를 책과 함께 쥐어 주고 급히 진료실로 돌아갔다.

책표지에는 〈어린이〉라는 글씨와 함께 호랑이가 그려져 있었다. 기창으로서는 처음 보는 어린이 잡지였다. 기창은 책을 받아들자마자 자신도 모르게 강한 흥미를 느꼈다. 한참 후 어머니가 부르는 것도 듣지 못할 정도로 책 속에 깊이 빠져들었고, 그날을 계기로 《별나라》·《새벗》·《소년계》 등 어린이용 잡지책과 단행본들을 탐독하게 되었다. 매일 서점에 들러 책을 고르기도 했고, 어머니 또한 기창의 이러한 독서열을 격려하면서 몇 권을 한꺼번에 구입해 주었다.

특히 처음 어머니가 기창에게 준 《어린이》는 1923년 개벽사에서 방정환이 중심이 되어 발간한 책으로서, 고한승·마해송·정인섭·윤극영·이원수 등의 기라성 같은 아동문학계의 명사들이 글을 싣고 있었다. 그 중에서도 방정환의 〈형제별〉, 윤극영의 〈반달〉 등과 같은 동요들이 대표적이었다. 기창은 이와 같은 어린이 소설이나 동요를 닥치는 대로 읽었고, 점점 단행본에 심취해 갔다.

그는 이제 학교 부근과 집이나 병원 근처의 서점에는 싫증을 느꼈다. 더 흥미 있는 책을 찾아보기 위해서 하교길에는 종로와 진고개에까지 진출하여 《괴도 루팡》·《각테 안경잡이의 최후》 같은 재미있는 소설들을 사가지고 그날 밤에 곧바로 읽기 시작했다.

《철가면》·《집 없는 아이》·《삼총사》·《소공자》로부터 시작해서 조금 단계를 높여 톨스토이·헤밍웨이·도스토예프스키 등의 명작들을 한글과 일어판의 구분 없이 열심히 읽었다. 그리고 잡지에는 가끔씩 삽화들이 그려져 있었는데, 괜찮다 싶으면 그대로 베끼기도 하고 책도 읽었으므로 일거양득이었다. 그래서인지 내용도 있고 그림도 있는 조선일보 연재만화 《멍텅구리와 윤바람》이 너무 재미있어서 매일 신문이 오기만을 기다렸다.

이때 기창은 루팡에 감동되어 있었는데, 너무나 심취한 나머지 루팡을 그대로 흉내내려고 종로의 조그만 가게에 들어가 물건을 훔치려다가 주인에게 들킨 적도 있었다. 가게 주인이 대각선으로 큼직한 거울을 달아놓고 훔쳐가는 아이들을 감시했던 것을 몰랐던 것이다.

"네 이놈, 이런 도둑놈이 있나. 그 사과 빨리 내려놓지 못해!"

아무튼 들켰다는 것을 느꼈을 때는 이미 때가 늦었다.

　역시 소설은 소설이었다는 것을 기창은 깨달았다. 이렇듯 기창의 승동보통학교 3학년과 4학년 초반은 어머니에게 깨우친 한글을 바탕으로 일본어까지 익혔고, 심한 장난꾸러기로 즐겁게 뛰놀기도 했다.
　시간이 지날수록 문학에 심취해 갔고, 한편 그림 그리는 일도 게을리 하지 않았다. 그런가 하면 학교에서 배운 동시童詩 짓는 일이나 스스로 글을 써보는 일도 5학년이 되어서는 매우 흥미를 느꼈다. 그의 소년 시절은 확실히 문학과 미술, 두 분야에 흥미와 재능을 지니고 있었다.
　기창은 드디어 창작에까지 손을 댔다.
　5학년 때 7월호 《어린이》 부록 신문에는 분명히 기창의 〈매암이와 쓰르람이의 노래〉가 평문과 함께 실려 있었다.

　　매암 매암 매암 울음 울 때에
　　쓰르람이 쓰르르 흉내냅니다.
　　작년에 간 부모가 그리웁다고
　　매암 매암 매암이 구슬피 울면
　　쓰르람이 쓰르르 위로합니다.
　　매암 매암 매암이 울음 그치면
　　쓰르람이 쓰르르 노래합니다.

　평문에는 '한여름 날의 시원한 감각을 느끼게 한다'라고 되어 있었다. 그러나 이 평문은 그의 사정을 깊이 이해하지 못한 상태에서 쓴 일상적인 정도일 뿐이었다. 기창의 가슴 속 깊이 흐르고 있는 어떤 비애의 서정적 극복이라는 동심의 미학이 물씬 느껴지는 이 시는, 마치 자신과 어머니의 그 애틋한 모정의 물소리를 묘사하고 있었다. 동시에 그 당시 기창의 막연한 고독과, 그 고독을 이겨내려는 스스로에 대한 위로가 매미와 쓰르라미의 이중주를 통해 해맑게 그려져 있었던 것이다.

두 달 전 갓 태어난 기만에게 젖을 주다가 이 시를 읽은 윤명은 수십 번을 읽고 또 읽었다. 읽을수록 기쁨을 감출 수가 없었다. 기창의 외할머니, 이제 열두 살이 된 기학이, 열 살이 되어 보통학교에 다니는 기태도, 일곱 살 된 기백, 그리고 한 살바기 기옥도 모두 이 시를 듣고 또 들었다.

윤명은 특히 '작년에 간 부모가 그리웁다고 매암 매암 매암이 구슬피 울면' 구절을 읽을 때마다 눈물이 더 흘렀다.

'이 어린 것이 무엇을 잘못하여 저런 벌을 내리셨고, 그리고 다시 지혜와 재능을 주시나이까……'

시를 음미하면 음미할수록 북받쳐 오는 감격과 비통함이 교차했다.

"기창아! 참 장하다. 매미의 매암매암도 쓰르라미의 쓰르르도, 아무것도 들을 수 없는 네가 어쩌면 이렇게 훌륭한 시를 쓸 수 있단 말이냐. 우리는 너에게 평생의 짐을 지어 주었는데, 너는 우리들에게 희망과 용기를 불어넣어 주는구나!"

기창은 신문 공백이 있는 곳에 써보였다.

"어머니, 정말 내가 쓴 동시가 당선된 거지요? 어머니가 기뻐하시는 것을 보니 기창이도 즐거워요. 이제 더 좋은 동시를 많이 많이 써 드릴게요."

문학소년 김기창, 이 보통학교 시절인 아마도 열두세 살 때쯤 그에게는 잊을 수 없는 기억이 하나 있었다.

어느 날 어머니 윤명은 햇살이 내리쬐는 일요일 오후에 반갑게 여자 손님 한분을 맞이했다. 그 여인은 부유한 집 딸처럼 보였는데, 가죽 코트에 반짝반짝 윤이 나는 검정색 서양식 구두를 신고 있었다. 흰 피부에 예쁘기가 어머니 윤명만해 보였다. 그 손님이 안방으로 들어가고 한참 후에 윤명은 기창을 불렀다.

마루 밑에는 검정색 서양식 하이힐 한 켤레가 가지런히 놓여 있었다.

"기창아, 어머니 학교 후배로 가까운 친구이기도 하다. 그리고 이분은 우리나라에서도 유명한 여류화가이시란다. 일본 유학도 다녀오시고 네가 갓난아이 때는 자주 업어 주기도 하셨지. 너는 기억이 없겠지만…… 인사드려라."

소리를 크게 하여 기창에게 말했지만 기창은 건성이다. 그도 그럴 것이 그렇게 지나가는 형식적인 대화가 그에게는 수도 없이 많을 수밖에 없었고, 대충 상대방의 표정과 분위기로 감을 잡아야 할 수밖에는 없었기 때문이다. 아무튼 기창은 중요한 손님이 오신 것이라는 것만은 느낄 수가 있었지만 구체적인 것은 알 턱이 없었다. 기창은 넓죽 큰절을 올리고는 그 방을 나왔다.

그러나 비록 어린 나이의 기창이었지만, 왠지 향기로운 화장품 냄새 등 그분은 보통사람들과는 다른 그 무엇이 있는 듯하였다. 그래서 그가 장성한 이후에도 그 기억을 오래 간직하고 있었던 것이다.

그 여인은 윤명의 진명여고 후배인 이 땅의 최초의 여류 서양화가 나혜석(1896-1946)이었다. 그는 당시 이미 도쿄 여자미술전문학교를 졸업하고 동인지 《학지광》에 최초의 근대적 여권을 강조한 〈이상적 부인〉과 그후 〈회생한 손녀〉 등을 발표했는가 하면, 함흥 영생중학·서울 정신여학교 미술교사를 거쳐 3·1운동으로 옥고를 치렀으며, 1920년에는 김일엽·염상섭·김억·오상순 등과 《폐허》의 동인으로 새로운 문명의 메신저가 되어 한 시대의 선각자적인 횃불을 밝히고 있었다.

그가 기창을 만나게 된 것은 세계여행을 떠나던 1927년 직전으로 여겨지며, 기창은 14세였다. 그후 그는 화가로서의 활동은 쉬지 않았으나 춘원 이광수·김우영·최린 등과의 비극적 종말로,

"네 어미는 과도기에 선각자로 그 운명의 줄에 희생된 자이었더니라……"

라는 말을 남기고 그 종적이 묘연한 삶을 마감한다.

기창은 마치 그 시절 읽었던 소설의 한 페이지들처럼 줄곧 그녀와의 이때 만남을 깊이 간직했고, 남이 아닐 듯한 정감이 짙게 스며 있어, 그후 간간이 그녀의 소식을 접할 때마다 꼭 한 번 만나고 싶은 충동과 어머니와 같은 연민의 정이 느껴지곤 했다.

한종언과 그의 죽음

생활은 여전히 어려웠다.

동생들은 늘어갔고, 열 명에 가까운 대식구가 되어 밥 먹는 시간에는 아이 우는 소리, 서로 더 먹겠다고 싸우는 동생들 등쌀 때문에 무엇을 제대로 먹어보기가 힘이 들었다.

어머니 윤명은 이러한 그의 생활에서도 끈질긴 잡초처럼 굴하지 않고 대식구를 위해 혼신의 힘을 다했다. 기창은 그후로도 수십 편의 동시를 지었고, 학교 작문시간은 그의 독무대였다. 담임 선생님도 그에게 남다른 격려를 아끼지 않았고, 해마다 달라지는 그의 모습에 놀라워할 따름이었다.

기창은 작문 이외에 체육에도 소질이 있어 전국체전에 육상·테니스 선수로 출전하여 릴레이에서는 은메달을 수상하였는가 하면, 조선어 독본시간·미술시간 역시 그의 차지였다. 항상 그 시간이 기다려졌고, 학교 급우들도 형님같이 오빠같이 잘 따라 주었다.

그러던 어느 날 기창이 책가방을 메고 인사동에서 운니동으로 막 접어들어 골목길에 들어서는데, 너댓 명의 동네 아이들이 갑자기 기창이를 기다렸다가 돌멩이를 던지면서,

"야—— 이 귀머거리야. 잡을 테면 잡아봐라."

하면서 놀려댔다. 기창은 여느 때와 다름없이 책가방을 팽개치고 그 중 한 명을 잡아서 싸우려고 막 달겨드는 순간 돌멩이가 멍—하니 귓전을 때렸다. 윽—— 하고서 쓰러지는데 마침 이를 보고 있던 한 청년이 급히 달려와 기창을 부축해 주었다.

"이제 괜찮다. 아이들은 다 도망쳤어. 정신차리거라."

기창은 한참 후에야 정신이 들었다.

"이제야 정신이 드는구나. 아프지 않니? 귀 밑이 좀 찢어졌는데…… 나는 한종원이라고 해. 내가 부축해 줄게."

기창은 고맙다는 표정을 지어 보였다. 그리고는 얼굴을 찌푸리면서 혼자서 일어나려는 몸부림을 반복했다. 한참 후에야 그 청년은 기창이 농아라는 것을 알아치리고는 내심 깜짝 놀랐다. 그리고는 흩어진 책들을 주섬주섬 챙기고 기창의 집에까지 바래다 주었다.

당시 그 청년은 경기고의 전신인 제일고보 2학년생이었으며, 나이는 스무 살 가량이었다. 키가 좀 크고 얼굴이나 피부가 흰둥이같이 좀 창백해 보이고 가끔씩 기침을 심하게 했지만, 성격이 어른스러워 기창이 따르고 싶은 형님 같은 타입이었다. 종원도 장애자인데다 어려운 가정형편에도 용기를 잃지 않고 자라가는 기창의 처지를 알고서는 기특하여 아껴 주고 싶었다.

"말을 못하고 못 알아들으니 얼마나 답답하겠니? 내가 도와 줄 것이 있으면 언제든지 달려와. 자—식, 그래도 넌 씩씩했어."

그후 기창은 처음으로 그의 집에 놀러가게 되었는데, 방에 들어서자마자 눈에 띄는 것은 한 장의 그림이었다. 어느 영화배우 얼굴이 숯 같은 것으로 거의 비슷하게 묘사되어 있었다. 종원이 그렸다는데 도무지 무엇으로 어떻게 그렸는지가 궁금해서 직접 만져보려고 하자 종원이,

"어—어, 기창아, 만지지 말아. 그것은 손에 새까맣게 묻는 거야."

기창은 도대체 뭐길래 저렇게 제지하는 것인가 하는 표정을 지어

보이고 얼른 종이를 찾아,

"무엇으로 그린 거야?"

라고 써보였다.

종원은 목탄木炭이며 버드나무를 태워서 만든 재료이고, 학교의 일본인 미술 선생님이 가르쳐 주었다고 대답했다. 기창은 다시 왜 쉬운 연필을 놔두고 이런 숯검정으로 그려야 하느냐고 물었다. 그러면서도 한편으로는 종원이 서양 배우 얼굴을 꽤 잘 그렸다고 생각했고, 자기도 그림에 심취해 있었다는 것을 종원에게 알리고 싶은 생각에 마음이 급해졌다.

종원은 자기도 자세히는 모르지만 어떤 사물을 표현하는 데 있어 보다 근원적으로 관찰을 하는 것이 필요하며, 그 관찰된 사물의 어둡고 밝은 명암이나 형태를 더욱 효과적으로 그릴 수 있으려면 목탄의 기초적인 훈련이 있어야 한다고 설명하면서, 그것이 곧 〈데생〉이라고 글로 써서 설명을 해주었다.

기창은 고개를 끄덕거리더니 강한 호기심을 보였고, 자신도 그림을 잘 그린다고 썼다. 그랬더니 종원은 책상서랍에서 목탄을 꺼내고 벽쪽에 세워 놓은 화판 뒤에서 흰종이 한 장을 가져와서는,

"그럼 그려봐."

하면서 앞침으로 고정시켜 주었다.

기창으로서는 난생 처음으로 대하는 새하얀 사각의 화면이었다.

종이를 마주한 순간 야릇한 흥분과 감동의 음률이 순식간에 기창의 가슴을 스쳐갔다. 한참을 종이 속으로 빨려들어 가는 듯 바라만 보고 있다가 기창은 이왕 내친김에 되도록이면 잘 그려서 종원에게 그동안 닦아온 그림솜씨를 자랑하고 싶었다.

목탄을 조심스럽게 손에 쥐고 종원이 책상 위에 붙여놓은 여자 배우 사진을 머리 속에 숙지한 다음 천천히 그리기 시작했다. 그러나 처음 만져보는 목탄이라는 재료는 도무지 종잡을 수가 없었다. 몇 번

을 그어도 가루가 떨어져서 숯검정이 되는가 하면, 조금 세게 쥐어도 맥없이 부러져 버렸다. 이 광경을 물끄러미 보고 있던 종원은,
　"목탄은 나뭇가지를 태운 거라 힘이 없어. 살살 다뤄야 되고, 이렇게 문지르기도 하고 긋기도 하는 거야."
라고 하며 목탄지 위에다 반복해서 목탄을 긋고 난 후 손으로 문지르고 다시 그 위에 긋고는 헝겊 같은 것으로 닦아내는 시늉을 시범적으로 해보였다. 기창은 처음에는 그리 쉽게 목탄을 다룰 수가 없었다. 아무리 짙게 그으려 해도 가루가 자꾸 떨어지는데다가 손으로 문지르면 그 예쁜 여배우의 얼굴이 마치 숯장수 얼굴처럼 검어지기 일쑤였다.

　그것을 본 종원이 이번에는 꼬챙이 끝에 솜을 말아놓은 것을 주더니 그것을 고무 대신 써보라고 했다. 그날 몇 장을 반복해서 그리면서 기창은 난생 처음으로 목탄이라는 신기한 재료와 씨름을 하였고, 그러는 사이에 여배우의 얼굴은 예뻐지기는커녕 걷잡을 수 없이 새카만 추녀로 변해 갔다.

　이를 지켜보고 있던 종원은 기창의 열의가 마음에 들어 목탄과 종이 몇 장, 꼬챙이와 솜 등을 기창에게 선물하고 열심히 그려보라고 했다. 기창은 외국인 영화배우 더글러스의 브로마이드, 즉 사진을 한 장 들고 와서 저녁도 먹는 둥 마는 둥하며 밤늦게까지 목탄 데생에 푹 빠져 있었다. 그리고는 매일같이 학교가 끝나기 무섭게 친구들과 어울려 다니는 것도 까마득히 잊고 곧장 집으로 돌아와 목탄 그림에 열중했다. 일주일이나 지났을까.

　기창은 드디어 종원을 집으로 데리고 왔다.

　조그만 방안에는 그때 주었던 목탄지 말고도 신문지나 누런 시험지 같은 것에 그려 벽에 붙여놓은 열댓 장 정도의 데생이 있었는데, 종원은 처음 그린 솜씨치고는 비약적으로 숙련되어 있는 것을 보고 방에 들어서자마자 큰 동물을 보고 놀라는 듯 움찔하였다.

“와—— 기창이 솜씨가 놀라운걸. 장래 화가님이 되시는 것 아니
야? 정말 잘 그렸어.”

“이만하면 날 제자로 받아 주는 거야?”

“당치않은 소리. 제자라니, 오히려 내가 제자가 되겠는걸.”

둘은 그림을 천천히 살펴보면서 필담으로 여러 가지 의견을 교환
하였다. 그후로도 여러 차례 이런 일이 반복되었고, 얼마 후에는 기
창도 비록 나이 차이가 있었지만, 종원의 그림에 대해 의견을 제시하
는 등 나름대로 그림으로 맺어진 친구, 즉 처음으로 화우畵友를 갖게
되었던 것이다.

기창은 무엇인지는 잘 모르겠지만 그 힘든 목탄 데생이 지금까지
자신이 그려온 교과서나 노트의 삽화들과는 한 차원을 달리하는 매
력이 있다고 생각되었다.

그후 종원은 제일고보의 일본인 미술교사에게 배운 데생 기법과
중요한 사항들을 메모하여 곧바로 기창에게 일러 주었다. 예를 들면
식빵이나 가제로 보다 이상적인 음영을 표현할 수 있다든가, 섬세한
터치의 기교나 목탄 굽는 방법 등, 기창은 비록 자신이 보통학교 5학
년이고 나이는 겨우 열여섯 살이지만, 마치 무슨 고보생 정도는 되는
것처럼 의젓하게 종원의 메모대로 목탄 데생을 계속했다.

그런데 그로부터 몇 달이나 지났을까, 종원은 별로 건강하지도 않
은 몸으로 갑작스럽게 장가를 들었다. 장남인 관계로 그랬는지 아무
튼 장가를 든 후에는 아무래도 그와의 만남이 뜸해질 수밖에 없었다.

그러던 어느 날이었다. 그날도 학교에서 돌아와 영화배우의 브로마
이드를 보며 데생에 열중해 있을 때 어머니가 황급히 기창을 불렀다.
종원의 집에 급히 가보라는 것이다. 길거리에서 사람들이 웅성거리고
종원 어머니의 울음소리가 들렸다. 이상한 생각이 들어 기창이 문 밖
에 둘러선 사람들 틈을 헤치고 들어가니 종원의 어머니가 기창의 손
을 잡고 더욱 서럽게 흐느꼈다.

　한구석에는 흰 소복을 입은, 앳되어 보이는 한 여인이 역시 창백한 모습으로 무릎을 꿇고 있었다.

　종원이 죽은 것이다.

　원래 폐병을 앓아 기침이 잦은 것을 보아왔지만 그것이 이렇게 무서운 병이었던지는 꿈에도 몰랐다. 결혼을 한 지 불과 몇 달도 채 안 되어 홀연히 떠나 버린 종원은 흰 이불에 덮여 평소와 다름없이 잠을 자는 것처럼 창백한 얼굴로 누워 있었다. 한쪽 벽에는 주인을 잃은 브로마이드 데생들이 바람에 펄럭이고 있었다. 그 순간에도 기창은 종원이 죽었다는 사실을 믿을 수가 없었다. 그저 말없이 생애 처음이자 그 당시 한 유일한 동지를 잃었다는 것만을 직감적으로 느꼈을 뿐이었다.

　그날 밤 기창은 마당에 서서 유난히 빛나는 은하수들을 쳐다보았다.

　'종원 형이 저기 저렇게 먼나라로 갔단 말인가? 그렇게 철석같이 형제가 되어 그림을 그리자고 약속까지 해놓고서는…….'

　그때서야 비로소 기창의 가슴에 친구를 잃은 슬픔의 강물이 엄습해 오기 시작했다.

II

입문

입 문

종원의 죽음으로 인해 막연하나마 삶이 어떤 거대한 세계에 의해 운행되고 있다는 것과, 너무도 허무하게 가버린 그의 존재를 통해 인생의 무상함이 느껴졌다. 그래서인지 그림 그리는 일도 별로 신이 나지 않았고, 데생만 보면 종원의 생각이 나서 당분간 그림을 쉬기로 했다.

갑자기 우울한 나날이 사춘기의 기창을 엄습했다.

화려한 가을이 지나고 겨울이 왔다. 눈이 어느 해보다도 수북이 쌓였고, 종원의 집 앞을 지날 때마다 목탄 데생과 브로마이드, 그리고 그의 어머니가 통곡하던 모습, 종원 부인의 소복차림, 이불 속에 누워 있던 종원의 모습 등이 모두 되살아났다.

그러나 기창은 무력했다.

기창으로서는 어떠한 도움도 줄 수가 없었던 것이다. 다시 한달이 흘러 겨울의 중간으로 접어들었을 때, 집에서는 기창의 장래 문제를 논의하지 않을 수 없었다. 그가 5학년으로 보통학교를 졸업을 하게 된 것이었다.

열일곱 살이 되던 해 봄에는 드디어 졸업식이 있었고, 어머니는 선물로 평소 읽고 싶었던 소설책 몇 권을 사 주었다. 학교의 선생님들이 모두 기창을 격려했고, 외할머니와 어머니는 기창을 꼭 껴안아 주며 대견스러워했다.

"축하한다, 기창아. 그리고 대견하기도 하구."

윤명과 승환은 그날 밤 진학을 시킬 것인가, 직장을 나가게 할 것인가에 대해 줄곧 생각했다. 그러나 아무리 궁리를 해본들 일단 진학은 거의 불가능했다. 동생이 다섯이나 있는데다가 집안 형편도 여의치 않았으므로 직업을 갖는 것이 좋겠다는 데는 둘 다 동의했다.

승환은 처음에 목수를 제안했다.

특별히 말이 필요 없는 기술직이니 제 밥벌이는 할 수 있을 거라고 덧붙였다. 그러나 어머니 윤명은 달랐다. 그는 기창이 무엇을 해야 한다는 것을 아버지 승환에 비해 너무도 잘 알고 있었던 것이다. 더욱이 승환은 집에 있는 날보다 없는 날이 많았고, 관심을 가질래야 가질 수도 없는 처지였기에 어머니 윤명의 결심이 중요했다.

"아무튼 목수는 안 돼요. 저 아이가 제 생각으로는 그보다는 훨씬 더 많은 재능을 지니고 있다고 생각해요. 조금만 더 시간을 주세요."

윤명은 몇 달 동안 심사숙고한 끝에 불우한 환경과 조건을 딛고 일어선 세계적인 예술가들이 얼마든지 있다는 생각을 하고는, 기창이 평소에 그토록 즐겨하는 미술 쪽으로 거의 마음을 정했다. 비록 그림을 그린다는 것이 당시만 해도 〈환쟁이〉라고 하며 천한 신분으로 비하시키는 직업이긴 했지만 신학문을 접한 윤명은 그와 같은 인식에 좌우되지는 않았다.

그림을 그리는 화가가 된다는 것은 어쩐지 자유로운 영혼을 가질 수 있다는 것과 같고, 듣거나 말하지 않아도 인간다운 삶을 살아갈 수가 있으리라는 막연한 생각에서 친구들이나 직장에서 모시고 있던 세브란스 병원의 치과 의사인 미국인 부스 박사 내외에게도 상의하였다.

윤명의 아들이 농아라는 사실을 안 부스 박사 내외도 윤명의 생각에 찬성했고, 외국에도 얼마든지 그와 같은 역경을 이겨낸 위인들이 있다는 것을 설명해 주었다.

'화가로 만들어 보자.'

윤명은 심사숙고한 끝에 결론을 내리고 친구들에게 마땅히 배울

만한 곳을 수소문했다.

그러던 차에 당시 저명한 화가이자 서예가인 해강 김규진 선생을 안다는 사람이 있어 해강 문하에 입문시키려고 했으나, 마침 진명여고 1기 동기생 중 백윤옥이 당시 최고의 등용문이던 총독부 주도의 조선미술전람회, 즉 〈선전鮮展〉에 등단하여 각광을 받고 있는 향당 백윤문의 누나라는 것을 뒤늦게 생각해 냈다. 윤명은 그 길로 윤옥에게 부탁을 했고, 윤옥도 쾌히 응해 주었다.

1930년, 그러니까 기창의 나이 열일곱이 되던 해 가을이었다. 어머니 한윤명과 백윤문의 누나 백윤옥, 그리고 김기창 셋이서 백윤문이 입문해 있는 이당以堂 김은호金殷鎬 선생의 사숙私塾을 찾았다.

당시 이당 김은호는 생존하는 자가들 중에서는 가장 널리 알려진 저명한 화가였다. 일찍이 한국 근대 미술사의 두 거봉인 안중식(1861-1919)과 조석진(1853-1920)이 주도하던 경성서화미술원에서 수학하였으며, 어용화가御容畵家로서 임금님의 초상을 그리는 어진御眞 제작과 섬세한 인물, 산수 그림에서 크게 명성을 날렸다. 한때 도쿄에 건너가 유키 소메이〔結城素明〕를 중심으로 한 일본화의 영향을 받았고, 허백련과 함께 베이징〔北京〕을 다녀오기도 했다.

1930년, 기창이 그를 찾게 되는 무렵에는 당시 1922년 일제 총독부에 의해 창립된 한반도 최고 규모와 권위의 미술전인 〈조선미술전朝鮮美術展〉(선전)을 1회부터 참여하여 줄곧 4등·특선·입선을 거듭해 오다가, 1930년부터 한해 전인 1929년에 평입선에 그친 것을 항의하며 참여를 거부했다가, 그후 다시 심사 참여로 〈선전〉 대열에 가담한다.

1930년 가을, 기창이 이당 화숙을 찾았을 때는 그 위치가 운니동 집의 바로 이웃인 권농정, 즉 권농동 161번지에 있었다. 운니동에서 길을 건너 약 4백 미터 정도 골목길을 끼고 들어가면 종묘 쪽으로 기와집이 있었다. 그 집을 이당은 낙청헌絡靑軒이라 당호堂號를 붙였는데, 이 명칭은 근대의 명인 위창葦滄 오세창吳世昌이 지어 준 것이었다.

이 집에는 당대의 서화 애호가들도 많이 모여들었다. 몇 명만 열거하면, 학자인 위당 정인보·해여 임상종·송사 조인섭, 양반광대라 불리던 성악가 김석구, 중추원 서기관 이승범, 부호인 이천응, 진주의 선비 이정, 그외에도 김영세·오용택·최병헌 등 수십 명이 있었다. 그들은 낙청헌에서 사군자를 치거나 서로간에 교류를 하였는데, 이들 말고 아예 미술가로 나서겠다고 입문해 있던 제자도 여럿이었다.

이당 김은호는 이 낙청헌에 여러 동호인들이 모이는데, 어떤 명칭이 필요하다 하며 이당의 이以자를 따서 〈이묵회以墨會〉라는 간판을 걸고 항상 즐겁게 그들을 맞이했다.

기창은 "그림 그리시는 유명한 화가님을 찾아뵌다"고 하여, 남색 양복을 꺼내 깨끗이 다려입고 졸래졸래 골목을 지나 선생의 집 마당에 들어섰다. 가을이라 키 큰 해바라기가 마당 한구석에서 고개를 길게 늘어뜨리고 있었다. 문하생으로 보이는 청년이 미리 연락을 받았다고 반색을 하며 안내해 주었다.

사랑채 방으로 들어서니 이당은 불편한 듯 아랫목에 누워 있다가 그들이 들어가니 힘겹게 일어나 벽에 기대어 앉았다. 기창은 유명한 화가라고 소문만 들었지 실제로 가까이에서 보니 긴장도 되고 순간적으로 호기심이 발동하여 어찌할 줄을 몰랐다. 윤명과 백윤문 누나인 윤옥이 먼저 절을 한 후 어머니의 눈짓으로 기창도 넓죽 큰절을 올렸다.

짧은 머리에 쉰이 되었을까 하는 나이에 인자하게 생긴 이당의 품격이 기창에게는 긴장을 더하게 하였다. 다소 수척해 보였는데 이당은 이때 위궤양을 앓는 중이었고, 그후로도 10여 년간을 더 고생하게 된다.

어머니 윤명은 인사 소개를 한 뒤 기창이 보통학교 1학년 때 청각이 마비된 것과 평소 그림을 즐겨 그리던 일, 뒤늦게 공부에 열중하다 목탄 데생에 심취했던 일, 성격과 장래 문제를 한참 설명한 뒤 간 곡하게 기창의 장래를 맡아달라는 부탁을 했다.

기창은 알아들을 수도 없고, 또 긴장도 풀 겸 무릎을 꿇고 뒤에 앉아 방에 걸린 그림들을 살펴보았다. 커다란 비단 화폭에 어떤 초상화를 그렸는데 완성되지 않은 채 걸려 있었다. 자신이 연습하던 브로마이드 목탄 데생과는 비교할 수 없을 정도로 섬세하고 실감나는 그림이어서 순간적으로 압도되었다.

"와…!"

눈이 휘둥그래져 있는 기창.

"선생님, 제 아이를 화가로 키워 보고 싶습니다. 신체적인 장애는 얼마든지 극복할 수 있는 명랑한 성격을 지녔으니 굽어살펴 주십시오. 말씀하시는 일은 무엇이든지 할 각오가 되어 있습니다. 잘은 모르지만 예술가가 되는 일은 평생을 두고 가야 할 정도로 험한 길이라 생각됩니다. 저 아이의 평생을 부탁드립니다."

어머니는 무릎을 꿇고 두 손을 가지런히 모아 기도하듯이 간청하는 모습이었다. 그러자 이당은 가볍게 고개를 끄덕이면서 크게 걱정하지 말라는 말과 함께 허락을 하였다.

이로써 기창은 예술가로서의 일생이 결정된 것이다.

기창은 이날 이후로 장장 반세기에 가까운 47년간을 매일같이 스승 이당 선생에게 큰절을 올렸다.

어머니 윤명은 고마움을 표시하였고, 준비물을 여쭈었다.

"그림 그리는 종이 중에 당지唐紙가 있고, 벼루·먹·붓·연적 등이 있으면 됩니다. 나머지는 서서히 준비하셔도 됩니다. 이렇게 화가의 길을 걷게 하신다니 나로서는 반갑기 그지없습니다. 지금도 우리 낙청헌에는 장래 화가가 되고자 하는 여러 젊은이들이 그림을 배우고 있습니다. 서로 의지하여 노력하면 모두 높은 경지에 이르게 됩니다. 그런데 기창이는 글로 써서 설명하면 알아듣겠지요?"

"다행히도 기창이는 글을 쓰고 읽을 줄 아니 걱정하지 마십시오. 불편하신 데 실례가 많았습니다."

말이 끝나자 큰절을 하고도 다시 스무 번은 더 작은 절을 하고 마루를 내려오는 윤명, 안도의 숨을 내쉬면서 희색이 만면했다.

"기창아, 너의 운명은 이제 저 선생님께 맡기기로 했다. 아무쪼록 선생님 말씀 잘 듣고 이 다음에 훌륭한 화가가 되어야 한다. 예술가란 평생을 다해 공들여야 되는 거야."

어깨를 툭툭 치며 격려하는 어머니 친구와 좁은 권농동을 다시 나와 바로 인사동에 가서 준비물을 샀다.

사실 기창의 미술에 대한 인연은 물론 가깝게는 한종원과의 브로마이드 데생, 교과서 삽화 베끼기 등으로 거슬러 올라가지만, 하나밖에 없었던 외삼촌 한봉수의 영향 또한 적지 않았다. 그는 중앙중학교를 졸업하고, 일본에 가서 미술대학을 2년 다니다 그만두었는데, 방학 때 운니동 집에 들르면 마당에 세발 달린 화가畵架를 받쳐 놓고 작은 캔버스를 그 위에 올려놓은 뒤, 집안의 꽃나무나 천도교 건물·북악산 등 근처의 풍경을 유화로 즐겨 그렸다. 이때 기창은 열 살이었는데 이와 같은 외삼촌의 그림 그리는 모습이 신기했고, 항상 잠재적으로 그 근사한 모습을 연상했다.

그로부터 7년 뒤, 기창은 드디어 미술가의 첫발을 내딛는 이당의 문하생이 된 것이다.

〈선전〉의 등단과 운포

이당 김은호의 후일담이지만, 처음에 기창이 들어오는 것을 보았을 때 이당은 상서로운 길조인 봉황새 한 마리가 성큼성큼 걸어 들어오는 듯하더라고 했다.

기창은 첫날부터 스승에게 붓 잡는 법과 먹 가는 법, 종이 자르는 법, 선 긋는 법부터 배우기 시작하였고, 며칠이 지난 후에는 먹을 묻힌 상태에서 붓을 물에 부분적으로 담가내 먹의 짙고 옅은 농담을 표현하는 법과, 붓의 종류·위치·방향을 어떻게 이용하여야 보다 좋은 선을 그을 수 있다는 기초적인 지도를 해주었다.

기창은 그 순간들이 꿈을 꾸는 듯했다. 교과서에다 삽화나 베끼는 정도이던 그로서는 상상조차 할 수 없는 훌륭한 그림을 그리는 선배·스승 밑에서 입문해 있다는 것이 절로 신이 날 수밖에 없었다.

이당의 몸이 불편했던 관계로 다른 기초적인 것은 이미 입문해 있던 선배로부터 배우게 되었다. 그때 선배로는 취당 장운봉(이후 장덕으로 개명)·향당 백윤문·규당 한유동 등이 있었다. 당시 화실은 본래 당대 서예계 최고의 명성을 떨치던 김돈희(1871-1936)의 집이었던 권농동 집을 낙청헌으로 이당이 나누어 썼고, 바로 옆이 김돈희·해강 김규진의 집이었다. 그리고 얼마 되지 않아 낙청헌이 비좁았던 이당은 낙청헌으로부터 조금 떨어진 골목 앞쪽에 이묵헌以墨軒이라는 또 한채의 집을 마련하였는데, 여기에서 기창은 장운봉·한유동·백윤문, 그리고 월전 장우성 등과 함께 그림 수업을 하게 된다.

월전 장우성은 이천에 사는 이당의 매부가 천거를 하여 운보보다는 조금 뒤인 이듬해 봄에 사숙을 하게 되는데, 부친이 한학을 해서인지 한복을 입고 갓을 쓴 채 이묵헌을 찾아왔다. 그의 부친 장수영은 이당 김은호와도 절친한 위당 정인보와 잘 아는 사이여서 이후에 그는 위당의 제자로서 한학을 배우기도 했다.

동문수학한 선배들은 모르는 것을 친절하게 지도해 주었고, 사군자며 기초적인 색채 다루는 법, 화훼 치는 법 등을 이듬해 초까지 배워나갔다. 그 중 향당 백윤문은 물론 그의 누나와의 인연도 있었지만,

이미 6회 때부터 줄곧 〈선전〉에 입선해 오는 등 이당의 문하생 중 가장 신임이 두터워 조교 같은 신분으로 기창을 지도해 주었다. 이당도 기창의 진지한 자세가 마음에 들었다. 신이 나기 시작한 기창은 아침부터 저녁까지 매일같이 이묵헌에 붙어앉아 먹도 갈고, 색채 구사하는 법 등을 어깨 너머로 구경하며 간간이 이당 선생에게 보여 줄 그림도 그렸다.

기창은 매일같이 어머니에게 이묵헌에서의 일들을 말씀드렸고, 어머니는 기창이 절로 신이 나서 열심인 것을 볼 적마다 자신도 용기가 생겼다.

"그래, 선배님들 말씀 잘 듣고 제발 큰 화가님이 되어 보거라. 엄마 친구 나혜석 아줌마도 네가 그림을 그린다니 손뼉을 치고 좋아하시더라."

그러던 2월, 이당은 비록 나이는 어렸지만 어느 학생보다도 열심인 기창에게 용기를 주고 싶었다. 그래서 기창을 불러 큰 그림 한폭을 그려보도록 일러두었다.

기창은 드디어 자신에게도 그림을 그릴 기회가 주어졌다는 기쁨에 큰절로 보답하고 나와서는 괜히 마당을 여남은 바퀴나 돌면서 "어—흥" 하면서 호랑이가 표효하는 모습을 해보였다. 기창의 익살이 기뻐서 어쩔 줄 몰라 하는 사이에 발동을 한 것이다.

선배들은,

"그놈 참, 대체 무슨 일이길래 저렇게 좋아하노."

라고 하면서 어안이 벙벙했다.

기창은 그때까지는 기초를 닦는 훈련에만 여념이 없었다. 먹선을 수없이 긋고, 재료 다루는 법을 익히고, 겨우 농담 내기와 형태 정도를 묘사하는 작업을 하고 있었을 뿐이었다. 그러나 스승의 지시에 선배들처럼 하루빨리 한폭의 작품다운 작품을 그려보고 싶었다. 그것이 곧 그토록 고생만 하시는 어머니에게 기쁨을 안겨 드리는 최선의 길이고, 죽은 한종원의 소원을 풀어 주는 일이라는 어떤 사명감 같은 것이 느껴졌다.

'종원 형이 여길 같이 다녔다면 얼마나 좋았을까. 내가 이토록 성숙한 그림을 그릴 수 있는지를 알면 그는 어떤 기분일까.'

권농동에서 운니동 집은 불과 5분거리였다.

짧은 거리지만 석양 무렵 집으로 돌아가면서 기창은 자주 생각에 잠겼다. 그 대부분이 종원의 생각이었고, 한편으로 영화배우들의 브로마이드를 베낀 기억을 더듬으면 저절로 웃음이 나왔다.

그러나저러나 스승 이당이 그려보라고 한 큰 그림의 소재는 목전에 닥친 기창의 가장 큰 고민거리였다. 선배들의 화판에는 이미 산수며 인물이며 화훼기 서서히 밑그림으로 드러나기 시작했다. 며칠간을 생각해도 도무지 무엇을 어떻게 그려야 할지 막막하기만 했다. 오후 시간에는 소재를 구하러 시장이나 거리에도 나가 보고, 동물들도 스케치해 보았다.

그러던 어느 날 이묵헌의 조그만 화단 앞에서 고매한 운치로 피어나는 홍매紅梅 꽃잎의 자태가 아름다워 그저 우두커니 앉아 있었다. 고심하고 있는 기창을 발견한 선배 규당 한유동은,

"그림이란 생각만 해서 그려지는 것이 아니야. 틈나는 대로 많은 스케치를 해야 돼. 이당 선생님은 그림 배우실 때 천독千讀, 즉 천번을 그렸느냐, 백독百讀, 즉 백번을 그렸느냐가 고민거리였다네. 즉, 어떤 사물의 외형적 형태를 화필로 표현할 때 그 소재가 정해졌다 하더라도 밑그림을 수없이 반복하여 형상의 한계를 초극해야 된다는 것이지. 그래서 이당 선생님은 팔에 부기가 있는 날이 많았다네. 용기를 갖고 자네의 그 다분한 재능을 발휘해서 우선 여러 곳을 두루 돌아다니면서 소재를 발견해 보게. 그 근원은 항상 가까이 있는 법일세."

그리고는 기창의 손목을 덥석 잡으며 용기를 주었다. 기창은 한유동의 격려를 듣고 조금 풀어지기는 했으나, 그가 평소 생각한 화가로

서의 길이 이토록 어렵고 험난한 과정을 거치게 되는가를 생각하니 다소 자신감이 수그러들었다.

맥없이 한달쯤을 지내다가 평소 어머니를 따라다니던 감리교회에서 이당 선생이 다니는 장로교파인 안국동의 안국교회로 옮기게 되었는데, 그날도 화창한 날씨에 교회에 갔다가 안국동 고궁의 담이 바로 보이는 뒷골목을 지나게 되었다. 그런데 갑자기 어떤 기와집에서 한 소녀가 허공으로 치솟았다 사라지고 조금 후에는 다른 소녀가 솟아오르고, 그러기를 여러 번 반복하는 것이었다. 그때 스승이나 한유동이 항상,

'소재는 가까이 있는 법일세.'

라고 말한 구절이 번쩍 스쳐갔다.

순간 자기도 모르게 문간으로 접근하여 안을 살피니 부잣집 딸들로 보이는 처녀 몇 명이 깔깔거리며 한참 재미나게 널뛰기를 하고 있었다. 기창은 갑자기 그 장면을 그리고 싶었고, 항상 어깨에 끼고 다니던 스케치북과 연필을 꺼내어 빠르게 그 장면들의 특징과 윤곽선을 포착했다. 펄럭이는 치마며 댕기, 즐겁게 놀고 있는 표정 등을 자세히 그려가지고 뛰다시피 빠른 걸음으로 권농동으로 가서 좀더 크게 옮기고 구성을 해서 이당에게 보였다.

이당은 기창의 스케치를 보고서 내심 놀라웠다. 불과 몇 개월 만에 그려낸 스케치 솜씨로는 제법인데다 소재를 포착하는 자세가 상당히 숙련된 감성을 지니고 있는 듯했다. 특히 그의 스케치는 살아 있었다. 대개 처음에는 움직이지 않는 사물을 찾아서 그림의 소재로 선택하는 것이 일반적인데 기창은 처음부터 생동감이 넘치는 소재에 관심을 두었기에 더욱 그랬다.

"잘 됐군. 이것들을 가지고 그려보거라."

이당은 서랍에서 비단과 채색 안료를 꺼내어 기창에게 내밀었다.

기창은 감동해서 어쩔 줄을 몰라 방을 나오다가 그만 문틀에 앞이

마를 정면으로 부딪혀 버렸다. 여전히 창백한 이당의 입가에 모처럼 만에 환한 웃음이 터졌다.

"허허허, 그놈 참."

비단틀도 바로 주문하고, 특히 한유동과 장운봉에게 많은 지도를 받아가며 채색 개는 법과 아교 다루는 법, 초벌부터 점차 채색해 가는 법들을 차분히 배우면서 한두 달 열심히 그렸다. 네 명의 소녀들을 배열해서 높이 뛰어오르는 한 소녀를 중심으로 시선이나 동작들을 구성했고, 배경은 기와집과 소나무를 곁들였다.

아마 큰 전람회가 있는 모양이었다.

그전에도 언제나 그러했지만 3월부터는 부쩍 사람들의 출입이 잦아졌고, 확실한 영문을 모르겠지만 이묵헌에는 조금씩 긴장간이 돌고 있었다. 기창은 드디어 작품을 완성했고, 작품에 쓸 화명畵名, 즉 낙관용으로 어머니 윤명은 기창에게 운포雲圃라는 두 글자를 손수 지어 주었다. 몇십 번 다른 종이에 써본 다음 처음으로 화명畵名을 그림 한구석에다 써넣었다. 작품은 액자에 끼워지고 선배들 그림과 함께 달구지에 실려서 어디론가 운반되었다.

그리고는 모두들 말이 없었다.

특별한 일은 없었지만 어떤 허탈한 기분이 엄습해 오면서 기와집 마당에서 티없이 뛰어놀던 소녀들과 종원 생각이 났다. 선배들도 여느 때와 달리 초조한 기분으로 지루한 며칠을 보냈다. 내리쬐는 햇살이 늦봄의 이묵헌 마당에 쏟아붓는 듯 강렬해졌고, 꽃이 활짝 피어 있었다.

며칠이 지나고 한유동이 신문을 들고 상기된 표정으로 대문을 열고 뛰어들어 왔다.

"선생님! 선생님! 감사합니다. 저희 화우들이 모두 입선되었습니다."

흥분을 감추지 못하며 한유동은 말도 제대로 잇지 못했다.

이로써 기창은 무슨 영문인지도 모른 채 널뛰기를 그렸던 100호

정도의 처녀작이 1931년 제10회 〈조선미술전람회〉에 〈판상도무板上跳舞〉라는 제목으로 당당히 입선을 하게 된 것이다. 당시 이당 화숙에서는 한유동·백윤문·장운봉·김기창 등이 입선했고, 이미 등단하여 있던 스승과 같은 연배인 박승무·이상범 등과 배렴(1911-68)도 같이 입선을 하였다. 또한 서양화부에서는 이 땅의 여류 선각자 나혜석도 2년 전 모스크바·파리·미국 등의 세계여행을 마치고 돌아와 입·특선을 했고, 당대의 전위적 교란자이자 시인인 이상李箱 역시 서양화부에서 〈자상自像〉으로 평생의 유일한 입선을 기록하였다.

그 중에서도 확실히 신미辛未년의 〈선전鮮展〉 입선작가에 있어서만큼은 김기창과 이상의 입선이 사건이었다. 당시 기창보다는 세 살이나 네 살이 위였던 1910년생인 이상은 그해 역시 최초의 시 〈이상한 가역반응可逆反應〉을 7월에, 〈오감도〉를 일본어로 《조선과 건축》 8월호에 연달아 발표하여 그 자신의 전환점을 가져오는 한해가 되었다. 그의 〈자상自像〉은 확실히 폴 세잔이나 피카소의 초기 분석적이고 재용해되는 혁신적인 화풍을 시도하고 있었다. 그는 아마추어였지만 미처 정리되지 않은 형상성이나 입체적 처리 등 조형적 재질과 열정이 듬뿍 분출된 작품이었다.

신문도 이들을 특종으로 보도했다. 특히 기창의 입선은 조선의 장애자들을 위해서 불굴의 인간 승리라는 깊은 뜻을 지니고 있었다.

1931년 5월 23일자 《동아일보》 기사는 〈미전 수상작품 작가 영예의 미전 신입선자—당년 18세의 농소년聾少年 김기창군〉에서 다음과 같이 쓰고 있다.

이번 조선미술전람회에 처음으로 입선된 이들 가운데에 동양화 〈판상도무〉를 출품한 운포雲圃 김기창金基昶군, 금년에 열여덟 살 되는 소년으로 더욱이 듣지 못하는 불구자인 점에서 하나의 이채이다. 군은 일곱 살 되던 해에 승동보통학교에 입학하였다가 며칠

되지 않아서 우연히 병을 얻었는데 1년 만에 병은 나았으나 귀를 듣지 못하게 된 것이라 한다.

그래도 김군은 공부하기를 좋아하여 어떻게 해서든지 학교에 다니려고 무진 애를 썼다. 다행히 열두 살부터 다시 승동보통학교에 다니기 시작하여 작년 봄에 졸업하였다. 듣지 못하므로 창가와 체조만은 못했으나 다른 학과에서는 늘 만점을 받았다고 한다.

보통학교에서부터 그림을 잘 그려서 승동학교를 마치고 곧 김은호씨에게 가서 공부를 시작하여 겨우 1년쯤 되는데 이렇게 영예의 입선이 된 것이라 한다.

기자는 김군의 모친 되는 한윤명씨를 찾은즉, 기쁨이 넘치는 얼굴로 기자를 맞으며,

"듣지 못하는 아이가 완전한 사람들과 같이 입선되었으니 매우 기쁩니다. 아직 그림을 배운 지도 얼마 안 되고 그다지 잘 그리지도 못했을 텐데 입선된 것은 요행인가 합니다. 부모 된 마음에는 참으로 기쁩니다만 불구자라는 것이 한편으로는 슬프기도 합니다" 하고 고개를 숙여 버리고 더 말씀이 없었다.

라고 했으며, 《조선일보》에서는,

어렸을 때에 귀가 멀어서 불행한 날을 보내는 금년 18세 된 소년이 김은호씨의 문하에서 동양화를 연구하여 오던 바 이번 미전에 출품한 것이 입선이 된 김기창군은 불구자이고, 집안이 넉넉치 못한 터에 그의 노력에는 누구나 감탄한다는데 군은 시내 승동보통학교 당국자의 양해를 얻어 그 학교를 마쳤으며 재학 당시에는 정구 선수였고 그외에 동요를 잘 쓴다는데 누구나 이의 천분을 생각하고 후원자가 나서기를 바란다 한다.

라고 쓰고 있다.

어머니 윤명은 처음에는 귀를 의심했으나 석간신문을 보니 활자로 찍힌 것이 아들의 이름이 분명했다. 그 기쁨은 어린 시절 기창이 글자를 익히고 나서 느꼈던 것보다 더욱 뜨거운 전율로 다가왔다. 기쁨에 넘친 윤명은 곧바로 이묵헌으로 달려가 작년 가을에 그랬던 것처럼 정중한 큰절을 올렸다. 이당도 윤명에게,

"기창이 저놈이 무슨 길조인가 봅니다. 밤낮을 가리지 않고 저렇게 하다 보면 듣지 못하고 말하지 못하는 것이 무슨 문제가 되겠습니까?"

참으로 오랜만에 운니동 집에서는 스승과 선배들을 초청하여 늦게까지 조촐한 저녁식사가 있었고, 한유동은 자기 입선보다도 기창의 입선을 더욱 축하하고 싶은 심정이었다.

기창은 그날 밤 이당 선생을 배웅하고 돌아오는 길에 종원의 집 앞에서 얼마를 서성거렸다. 브로마이드 그림들과 흰 이불로 덮여진 종원의 창백한 모습이 선명하게 눈앞에 어른거렸다.

입선작 〈판상도무〉(널뛰기)는 어머니의 근무지인 세브란스 병원 치과 과장인 미국인 부스 박사가 1백 원이라는 거액으로 구입하여 자신의 진료실에 걸어두었다.

첫사랑

예술가에게 자신의 이름이 활자화된다는 것은 다른 어느 경우보다도 특별한 의미를 지닌다. 그만큼 예술가들은 밀폐된 자아 속에서 몸부림치며 자기와의 끝없는 투쟁을 연속하기 때문에 자신의 결정체가 대중들에게 선보이게 될 때, 더군다나 객관적 평가가 이루어질 때,

그 감동은 진한 매력을 싣게 된다.

기창, 아니 운포雲圃는 바로 열여덟에 야릇한 흥분과 난생 처음으로 어떤 거대한 가능성에 도전할 수 있는 자신감을 갖게 되었다. 작품이 풀리지 않아 벽에 부딪히거나 울적할 때면 항상 오려놓은 신문조각에 빨간색으로 줄쳐진 자신의 이름을 바라보며 위안을 삼았다.

이듬해는 창경궁을 내 집처럼 드나들며 스케치 한 3백여 호의 대작 펠리칸 한쌍을 그린 〈수조水鳥〉를 제11회 〈선전〉에 출품하여 두 번째로 입선을 하게 되었고, 역시 전시는 경복궁에서 개최되었다.

이해에는 동문 수학한 이당의 애제자 향당 백윤문이 문하생으로서는 처음으로 〈선전〉 특선을 차지하여 축제 분위기였고, 월전 장우성도 입선하였는가 하면, 서양화에서는 박수근·이쾌대·양달석 등이 일본 사람들의 이름 속에 끼어 있었다. 어머니의 친구이기도 한 나혜석도 역시 세 점이 나란히 입선되었다. 기창이 그린 펠리칸은 그림이 너무 큰 관계로 입선권에서 밀려날 뻔했다. 이 그림은 그릴 장소도 마땅치 않아 안국교회의 김우현 목사의 후의로 교회 사택 이층에서 그렸던 것이다.

생활비나 재료비가 많이 들어갔으나, 미국인 부스 박사가 〈판상도무〉 비슷한 소품 몇 점을 팔아 주어 다소 도움이 되었다.

기창은 여러모로 성숙해 갔고 이듬해 스무 살에는 다시 〈선전〉에서 〈여女〉로 연 3회 계속 입선을 하게 된다. 이 작품은 부유한 집 의자에 앉아 악보를 들고 만돌린을 다리에 올려놓은 두 여자의 모습을 그린 것이다. 한 사람은 한봉수, 즉 외삼촌의 부인이며, 또 한 사람은 외할머니 친구의 손녀 소제였다.

소제는 그 당시 몇 달간 운니동 집 건넌방에 머물고 있었는데, 장안의 내로라 하는 권번기생의 딸로서 할머니와 함께 살고 있었다. 뽀얀 피부에 가냘프게 생긴 몸매며, 붉은 입술과 눈빛이 소담하면서도 매력적이라고 생각했던 터였다.

더군다나 스케치를 하면서 막내누이 기옥과 함께 모델이 되어달라고 부탁하니 쉽게 승낙해 주었고, 그림을 그리는 동안 화구도 정리해 주고 물감들을 챙겨 주는가 하면 붓도 빨아 주었다. 소제도 기창에게 호감이 있어 하는 눈치였다. 시간이 지나면서 둘은 가까워졌다. 지나치게 긴장한 끝에 운포의 이마에 땀방울이 맺히면 옷고름으로 닦아 주기도 하고, 같은 포즈도 몇 번이고 반복해서 움직이지 않고 취해 주었다. 그의 처지도 어쩐지 기창으로서는 동정심이라기보다는 형태만 다를 뿐 서로 비슷한 점이 있다고 느끼고 있었다.

"이소조가 모델을 서 주어서 그림이 더 잘 되는 것 같아요. 그런데 너무 오래 앉아 있는 것 아녜요?"
라고 필담을 쓰면 소제는,

"기창씨만 좋다면 더 오래 앉아 있어도 돼요. 너무 긴장하지 마시고 작품에만 열중하세요."
라고 필담을 썼다. 작고 소담한 글씨가 마치 그녀 같았다.

기창은 처음에는 이소조라 부르면서 자주 소제와 데이트를 즐겼다. 둘은 창경궁 돌담길을 거쳐 창덕궁으로 내려와 밤늦게까지 걸었다. 서로 말은 없었지만 표정과 몸짓만으로도 그 뜻을 헤아렸다.

비록 소제는 동갑나기였지만 기창보다는 훨씬 어른스러워 보였고, 어머니와 같은 온화한 표정이었다. 목을 타고 죽 흐르는 곡선도 아름다웠지만, 흰 치마 저고리를 입고 거니는 우아한 모습은 누나 같은 느낌으로도 와닿았다.

"지금 그리는 그림 말이에요. 제가 그렇게 곱게 생겼나요? 기창씨는 과장이 심하네요."
기창은 두 손을 허공에 벌리며 그 호탕한 웃음을 터뜨린다.

큰 덩치의 기창이 고궁의 벽을 배경으로 서 있어서 그런지 그날따라 소제의 눈에는 우람한 한 그루의 소나무와 같이 느껴졌다. 그만큼 기창은 이제 개구쟁이 소년에서 청년으로서의 면모를 갖추어 가고 있었다.

기창은 제11회 〈선전〉 발표가 나고 얼마 안 되어 사랑의 열병에 시달렸다. 그러던 어느 날 또 다른 작품을 위해 세브란스 병원 대기실에 가서 소제를 모델로 스케치를 하고 돌아와 드디어 어머니에게 연필로 말했다.

"저…… 소제와 결혼하면 안 될까요?"

"뭐, 뭐라구?"

어머니 윤명은 그렇지 않아도 걱정이 태산 같았다. 그 이유는 소제가 회생할 수 없는 병에 걸려 있었기 때문이다. 이미 그때 그녀는 폐병에다가 목에서 종양이 발견되어 늘 병원을 다녀야 했고, 소제 할머니는 그 때문에 항상 윤명과 걱정을 하고 있던 터였다. 기창이 소제와 어울리는 것을 보면서 내심 조심스러웠으나, 윤명은 그렇게까지 진전될 줄은 몰랐다. 기창에게 그의 병세가 심각하며 얼마 살지 못할 것이라는 것을 자세히 설명했고, 기창은 그 순간 믿을 수 없다는 듯 실망을 감추지 못하고 고개를 떨구었다. 그리고 보니 어쩐지 그녀는 밤새껏 기침을 멈추지 않는 날이 많았던 것 같았고, 평소에도 자주 기침을 하던 생각이 났다.

첫사랑의 좌절이었다.

소제는 얼마 후 동네에 방을 얻어 나갔다. 그리고 시집을 갔고, 얼마 후 그 기린처럼 길다랗게 생긴 흰 목줄기에 붕대를 감고 기창의 집을 찾아온 적이 있었다. 핏기 없는 얼굴과 야윈 몸매가 기창이 보았던 얼마 전의 소제와는 전혀 다른 모습이었고, 불현듯 종원의 마지막 모습이 스쳐갔다.

두 사람은 참으로 오랜만에 마주 섰지만 소제의 창백한 모습 때문이었을까, 할 말을 찾지 못했다. 기창은 그저 할머니가 타 주신 설탕물 한 그릇을 쟁반 위에 받쳐들고 마루에 걸터앉은 소제에게 마시라고 권유했다. 그리고 기창은,

“결혼식 때 가지 못해서 죄송해요.”
라고 필담으로 썼다.
　소제는 마당 한구석에서 파르르 떨고 있는 싸리나무의 앙상한 가지들을 응시할 뿐 아무런 말이 없다가,
　“정말 오랜만이네요. 벌써 가을이 다 갔군요.”
라는 한마디만을 남겼다. 그로부터 2주 후 기창은 소제가 죽었다는 소식을 외할머니로부터 전해 들었다. 그날은 이묵헌도 빠진 채 종일 창경궁 길을 서성거리다 벤치에 앉아 소제를 생각하고 또 생각했다. 그후로부터 몇 년 동안 기창은 명륜동이 나올 때까지 창덕궁에서 창경궁으로 이어지는 돌담길을 틈나는 대로 서성거리며 거닐었다. 그곳을 거닐 때마다 첫사랑 소제는 항상 그 뽀얀 펠리칸 같은 살결로 선명히 떠올랐다.
　‘제가 그렇게 곱게 생겼나요? 기창씨는 과장이 심하네요.’
　그 구겨진 종이 위에 또박또박 예쁘게 쓰여진 소제의 연필 글씨가 보면 볼수록 기창의 가슴 속에 깊이 새겨져 갔다. 그는 양복 속주머니에 몇 년 동안을 소제가 쓴 그때의 글귀를 곱게 접어서 간직하고 있었다.
　비록 손목 한번 잡은 적은 없지만, 둘은 그야말로 순수한 사랑의 기운을 느꼈다. 그러나 삶과 죽음의 양편으로 헤어진 그들의 첫 만남은 기창에게 종원과의 사별 이후 또다시 죽음을 맛보아야 하는 아픈 시련으로 와닿았다. 그러나 그가 결혼하기 전 미리 스케치해 두었던 소제의 모습은 이듬해 12회 〈선전〉에 입선하는 〈여女〉와 13회 〈정청 靜廳〉의 모델로 쓰여지게 됨으로써, 살아서 못다 한 인연을 예술세계에서 보다 영원한 사랑으로 간직하게 된다.

큰 죽음

부스 박사의 소개로 일자리를 구한 기창이 신촌의 연희전문학교 버커 교수의 딸 엘리스를 지도해 주고 돌아와 집에 들어섰을 때였다.

어머니의 얼굴은 여동생을 난 후의 산후 부황으로 백지장처럼 창백하게 변하여 부어 있었고, 부기가 다리까지 번져 거의 숨을 가누지 못하고 있었다.

외할머니와 어머니의 친구는 어쩔 줄 모르고 걱정만 하고 있었다. 기창은 죽을 힘을 다해 뛰어가서 의사를 모시고 왔다. 의사가 강심제를 놓고 나간 지 10분쯤 후에 어머니는 갑자기 감았던 눈을 번쩍 뜨면서 허공을 바라보았다. 그리고는 계속 무슨 말인가를 하려다 끝내 한마디도 못하고 바로 숨을 거두었다. 창백한 흰 손을 기창의 얼굴에 올려놓은 채였다.

1932년 10월 15일 토요일 오후 2시였다.

어머니의 나이는 서른여덟 한창 때였고 기창은 열아홉이었다.

순간적으로 일어난 일이라 외할머니와 기창 모두는 넋이 나간 사람들처럼 망연자실 어떠한 표정도 없었다.

그리고 한참 후 목놓아 울었지만 그녀의 몸은 이미 싸늘하게 식어가고 있었다.

산후 부황에 심장마비와 뇌일혈이 겹쳐 돌아가셨다는 의사 정박사의 진단이었다. 아버지 승환은 거의 집에 들어오지 않아 얼굴을 본 지가 언제인지 가물가물할 정도였고, 동생들은 갓난아이까지 여섯이나 되었다.

철부지 동생들까지 식구 모두가 울부짖었지만 어머니 윤명은 이미 얼음장처럼 굳어 있었다.

"어쩌면 이럴 수가…… 하느님!"

그러나 곧바로 기창은 감히 눈물조차 나오지 않는 엄청난 현실을 깨달아야만 했다. 꼬박 3일간을 기창은 어머니 윤명의 시신을 지키면서 넋이 나간 사람처럼 움직이지 않았다.

장례식에는 세브란스 병원에서 온 부스 박사 내외와 의사·간호사들이 함께 참석했고, 이묵헌 선배들, 안국교회에서도 사람들이 와 주어서 기독교식으로 조촐히 치러졌다.

그리고 시신이 미아리 공동묘지로 운구되는 순간, 기창의 눈에 보이는 모든 것들은 어떠한 감정도 유보된 채 그저 허구적인 소설의 한장면들만 같았다. 그리고 찬송가가 아침의 운니동 18번지를 은은히 송별할 때 기창은 막연한 두려움 속으로 자신이 빠져들고 있음을 느꼈다.

그것은 결코 슬픔이라는 감정과는 또 다른 어떤 차원의 비극이었다.

울부짖는 동생들을 위로하고 기창은 실신하다시피 몸져누운 외할머니를 위해 미음을 끓였다. 그리고 며칠 후 이당 선생을 찾아 동생들과 외할머니의 생계까지 책임져야 하는 소년가장이 된 집안의 절박한 사정을 말씀드리고, 화가의 길을 포기하려는 생각까지 하고 있다는 심정을 토로했다.

이당은 한참을 듣고 나더니,

"이제 와서 자네의 붓을 꺾을 수는 없지. 그렇다고 쉴 수도 없는 일이지. 애초에 그랬다면 나에게 입문을 하지 말았어야 하지 않나. 평생을 내게 맡긴다는 어머니의 말씀이 잊혀지지 않아. 공자님께서 말씀하시길, 추운 겨울이 된 뒤에야 소나무와 잣나무가 다른 나무보다 뒤에 더디 시들게 되는 것을 알게 된다고 하셨다. 좀더 참고 〈선전〉 출품을 쉬지 말고 계속해야 한다. 일본인들의 틈새이기는 하지만, 아무튼 지금 살 길은 그 길밖에 없지. 집안 살림은 내가 좀 도와줄 수 있으니 소품 좀 그려가지고 며칠 후 다시 오거라."

잔잔하고도 카랑카랑한 목소리로 이당은 기창에게 위로를 하면서 붓으로 연습삼아 그리고 남은 화선지 위에 자신이 말한 내용을 필담으로 써내려 갔다. 기창은 선생의 준엄한 채찍과 배려에 감격하여 집으로 돌아왔으나, 얼마 전 어머니가 낳은 갓난아이가 영양실조인지 젖을 먹을 수가 없어서인지 밤새껏 사경을 헤매다가 새벽에 숨을 거두었다.

'그래, 아가야, 잘 가거라. 어머니를 따라 훨훨 날아가면 좋으련만……'

〈매암 매암 매암이〉 동시가 서글프게 떠올랐다.

'매암 매암 매암이 구슬피 울면 쓰르람이 쓰르르 위로합니다. 매암 매암 매암이 울음 그치면……'

눈물도 흐르지 않았다. 한달도 살아보지 못한 이름두 없는 막내동생을 가슴에 꼭 껴안고 마당을 한바퀴 돌아 주었다.

기창이 해줄 수 있는 것은 오로지 그것밖에는 아무것도 없었다.

다시 교회 사람들의 기도가 뒤따랐다.

그러나 이 기구한 동생의 죽음에는 슬퍼할 수 있는 어떠한 시간적·감정적인 겨를도 없었다.

그리고 좌절을 이겨내야 할 어떤 방안을 강구했다.

이당 선생에게 소품을 그려갔고, 이당은 간간이 친구들에게 그림을 팔아 주었다. 또한 기창이 스스로 아르바이트를 하거나, 또는 부스 박사 내외가 소개해 준 외국인들에게도 조금씩 그림을 팔 수가 있었다.

이같은 와중에서 아버지 승환은 여전히 어떠한 도움도 되어 주지 못했다. 오히려 1년이 지난 후 공주의 본처와 다시 재혼을 하여 거의 발길이 끊어지다시피 했다. 1933년 봄이 오자 지난해에 소제와 외숙모를 모델로 그려두었던 〈여女〉를, 어머니 윤명이 일본에 주문하여 특별히 사 주었던 안료를 사용하여 그렸다. 채색 안료를 볼 때마다 어머니의 생각이 간절했지만, 어머니에 대한 그리움만으로 그 어려운 좌절을 되씹곤 하였다.

드디어 작품이 완성되고, 제12회 〈선전〉에 입선되었다.

어머니가 사 준 안료, 그림의 모델은 첫사랑 소제, 그리고 두 사람 모두가 한해에 세상을 떠난 영혼들. 참으로 잊을 수 없는 자신의 작품 〈여女〉를 전시장에 가서 기창은 보고 또 보았다.

경복궁은 화사한 늦봄의 꽃잎들이 푸른 잔디 위로 흩날리고 있었다.

어머니와 소제를 보내고

다시 가을이 왔다.

창경궁과 창덕궁의 돌담길은 온통 낙엽으로 깔려 있고, 총독부 쪽은 은행나무로 샛노란 거리를 만들고 있었다. 은행잎들은 바람이 그들의 피부에 닿기도 전에 벌써 우수수 허공에 맥없이 흩어져 내렸다.

이 시대에 생존했던 모더니스트라고 할 만한 엘리트 청년들은 그 맥없이 흩날리는 은행잎의 운명처럼 매일같이 자신들을 단두대에 세워 놓는 연습을 하고 있었다.

희망이 익명화된 어두운 터널의 시기, 검은 광부처럼 지친 모습으로 사랑하는 연인의 볼에 뜨거운 키스 한번 꿈꾸지 못했던, 그 민족의 비극이 진행되던 총독부와 고궁은 이렇게 흩날리고 있었다.

민족은 엎드린 채 문화도 죽고, 자유가 피폐되어 가던 쇠사슬의 가을, 그 처연한 가을이 운니동에도 저물어 가고 있었다.

운명運命이란 것은

사람들은 1만 년 후萬年後의 그 어느 1년年 CALENDAR까지도 만들 수 있다.

태양太陽이여 달이여 종이 한 장으로 된 CALENDAR여
달밤의 기권氣圈은 냉장고冷藏庫다.
육체肉體가 냉각冷却한다. 영혼靈魂만이 월광月光만으로서 충분
充分히 연연燃燃한다.

기창과 함께 처음 〈선전〉에 입선했던 시인 이상李箱은 1932년에
이런 시를 남기고 있다. 기창, 아니 운포 역시 육체가 냉각되고 불타
는 영혼만이 활활 타오르고 있었다.

그 무렵 운포는 서서히 작가로서의 고뇌에도 불을 당겼다.

'선전이라는 탈출구는 무엇인가? 일본인들의 문화정책에 어쩌면
비굴한 춤을 추는 광대는 아닐까?'

당시 미술계는 민족미술의 계승을 표방하고 1918년에 창립되었던
서화협회 주도의 〈서화협회전〉(協展)과, 총독부 주도의 친일세력인 〈선
전〉의 양대 계파가 치열한 공방전을 벌이고 있었다.

은사인 김은호도 〈선전〉에 참여했지만 한동안 서화협회 등에 가입
했고, 지운영·김용진·노수현·이상범·변관식 등 기라성 같은 선
두 그룹이 〈협전〉을 중심으로 뭉쳐 있었다. 이후 1937년에 결국 친일
세력에 의해 막을 내리게 되지만, 분명 〈협전〉에 대한 매력은 민족
세력의 규합이라는 의미를 강하게 내포하고 있는 데서 비롯되었다.

많은 청년작가들은 고뇌했다. 그들을 이겨내려면 그들을 알아야 한
다는 사상도 중요하지만, 그렇다고 무턱대고 이 명분 없는 비민족적
싸움을 지속해야만 하는지에 대한 의문이 더한층 짙게 일었다.

운포 김기창에게는 이와 같은 청년 미술가로서의 고뇌와 함께 어
머니·소제에 대한 그리움이 하염없이 흩어지는 낙엽들만큼이나 밀
려들었다.

겨울 동안 기창은 그 상처들만큼이나 많은 생각을 했다. 그리고 우
두커니 단성사 거리를 지나면서 치열한 삶의 현장을 지켜나가려는

무리들을 직시할 수 있었고, 한편에서는 별세계 같은 이묵헌의 엄격한 예도藝道를 동시에 넘나들었다.

집안 형편은 더 이상 어떻게 할 수 없을 정도였고, 해가 바뀌면서부터 그 정도는 더욱 심해졌다. 일본인에게 나가는 집세만도 적은 돈이 아니었고, 동생들까지 보살피다 보니 자신의 신세를 한탄할 시간도 없었다. 그래서 여전히 부스 박사의 소개로 미국인 자녀들의 그림을 지도하는 일도 하고, 간간이 이당 선생이 팔아 주는 소품들로 급한 것들을 메워나가고 있었다.

그래도 변함없이 다시 13회 〈선전〉은 다가오고 있었다.

"무엇을 그릴까?"

스케치해 둔 그림 여러 장을 뒤적거려 보았다.

"그래, 작년에 입선한 〈여女〉를 두고 신문에서는 무슨 부르주아적 배경을 짜집기한 반현실적 작품이라고 비판했지."

기창은 개의치 않고 밀고 나가고 싶었다. 그래서 작년에 소제와 누이동생 기옥을 데리고 어머니의 직장인 세브란스 병원 대기실에 가서 스케치했던 것을 작품으로 결정했다. 사실 그보다는 얼마 전 너무도 허망하게 떠난 첫사랑 소제에게 그림을 바치고 싶은 마음이 작품을 결정하게 된 더 큰 요인이었다.

그녀의 영혼을 그려두고 싶었던 것이다.

서양식 응접실에 축음기가 놓여 있는 탁자를 가미하고, 부채를 든 소제의 다소곳하고 청순한 자태를 묘사했다. 그의 모습은 사실 작년에 그를 스케치했던 그대로의 모습에 가을과 겨울 동안 줄곧 상상으로 연연해 왔던 이상적인 모습이 어우러져 그려지고 있었다. 작품이 잘 되지 않을 때는 여느 때처럼 창경궁 돌담길을 몇 번이고 거닐었고, 밤에 배가 고플 때는 물 몇 사발을 떠다 놓고 마시면서 허기를 달래곤 했다. 그리고 가끔 길 건너 혜화동 병원의 정원에 들어가 샛노랗게 만발한 개나리를 바라보면서 울적한 마음을 달래 기도 했다.

결과는 역시 입선이었고, 제목은 〈정청靜廳〉이었다.

5월의 경복궁은 항상 그랬지만, 우미한 고궁의 자태가 완만한 곡선들로 한껏 흐드러져 있었다.

화사한 경복궁 처마의 번앙전기飜仰轉起가 용마루로부터 내림마루 추녀와 사래로 이어지면서 하늘을 향해 받쳐진 바라기의 곡선으로 비상하는 듯이 서 있었다. 이제 버들의 물 그림자에 소제의 추억을 띄워 보낼 때가 된 것 같았다.

전시실에 걸려 있는 한폭의 그림으로 그의 영혼을 담아두려는 기창의 사모곡은 그나마 그녀에 대한 연민을 정리하는 비망록과 같은 역할을 해주었다.

극히 짧았던 그녀와의 기억들을 털이 비리고, 어머니에 대한 그리움을 떨쳐 버리기 위해서라도 새로운 그림을 그려야 했다. 이당의 허락으로 작품을 민족미술의 대표적 결성단체인 서화협회의 〈협전協展〉에 출품하기로 한 것이다.

플로렌스 부스

그해 〈협전〉에도 입선이 된 것을 보면 미술계의 등단은 아주 운이 좋은 편에 속했다. 아무튼 지금껏 출품한 작품들이 낙선된 것이 없었으니, 아무리 열심히 작품에 임했다지만 다행이지 않을 수 없었다.

그러나 문제는 다급한 생활고였다.

아무리 열심히 노력해도 가장으로서 기창이 할 수 있는 노력에는 한계가 있었다. 식구들은 영양실조 때문에 모두 얼굴이 누렇게 부어 있으면서도 누구 한 명 일을 할 수 있는 사람은 없었다. 기학이 열여

넓이고, 기태가 열여섯, 기백·기옥을 거쳐 기만이 여섯 살이었다.

매일 현실의 단두대에 섰다.

아침부터 한 끼 한 끼를 잇는 일이 꿈만 같았다. 육순이 다 되어가는 외할머니는 이제 팔아치울 옷가지나 살림들도 없었다. 외삼촌이 일본에 드나들다 사 준 기창의 코트까지 전당포에 넘어간 지 오래였다.

기아飢餓의 처참한 현실은 더욱 어머니에 대한 그리움으로 밀려들기도 했고, 냉수 몇 사발로 밤을 새우는 일을 밥 먹듯이 할 수밖에 없는 극한의 인내를 요구했다. 이때 플로렌스 부스 박사 내외는 기창의 어려운 소식을 듣고 사람을 보내 기창을 만났다. 그리고 백방으로 이 가난한 청년 화가이자 소년가장을 도울 길을 모색했다.

초기 선교사와 의사의 자격으로 세브란스 병원의 치과를 이끌어 간 부스는 당시 피아니스트인 부인과 함께 서울에 머물면서 한국의 의료계·예술계에 많은 공헌을 한 사람이다. 더구나 부인은 종로의 YMCA에 관현악단을 조직해서 지휘하기도 한 서양 음악의 보급자였다. 이후 1940년 일제가 선교사 미국인들을 추방할 때까지 그들은 개화기에서 식민지로 곤두박질친 한국의 신문화를 위해 열심히 노력했다.

그들은 기창을 위해 우선 〈판상도무〉와 같은 소품들을 그리게 하여 수십 점을 팔아 주었을 뿐만 아니라, 동생 기학을 병원의 사진부에 취직시켜 주었다. 그리고 자신의 딸에게 묵화를 가르치는가 하면, 버커·앤더슨씨의 집에 개인강습을 주선하고, 다른 사람들도 화요일·목요일에 10시부터 두 시간 동안 한자리에 모아서 가르치도록 주선했다. 이를테면 취미반 강습인 셈이었다.

여름 휴가철에는 그들의 별장이 있는 원산시 갈마반도의 명사십리로 풍속화류와 그림을 그려오게 해서 미국인들에게 팔아 주었는데, 덕분에 기창은 명사십리로 가는 길목의 유명한 곳들도 구경할 수 있었다.

명사십리는 명승지였다.

연두도리에서 두남리를 거쳐 성북리에 이르는 8킬로미터의 새하얀 모래사장과 백사장을 끼고서 모래땅 수킬로미터에 걸쳐 만발한 해당화가 소녀의 붉은 입술 같은 자태를 바닷바람에 나부끼면서 나그네들을 맞이했다. 작은 가시들을 가볍게 떨면서 그 융모絨毛를 파르르 흩날리고 있는 황홀지경의 해당화 꽃밭을 지나면서 기창은 바다 저편을 향해 마음껏 달려가고 싶은 충동을 느꼈다. 스케치북과 그림들을 백사장에 내려놓고 죽 늘어선 소나무숲을 따라 마음껏 뛰어보았다. 보통학교 시절의 전국체전에 참가했던 솜씨가 여전했다. 몇 번씩 긴 모래사장에 발자욱을 남기고는 풀썩 누워서 푸른 하늘을 멍하니 바라보곤 했다.

갑자기 개성 시절에 뛰놀던 송악산이며 개울물·교정 선생님·친구들이 어머니·소제·종원의 얼굴과 겹쳐져서 새털구름 사이로 주마등처럼 스쳐갔다.

열흘 정도 부스 박사의 별장에서 그림을 팔고 난 후 다시 돌아오는 길에 기창은 금강산·안변·설봉산에 이성계가 무학대사의 해몽을 듣고 왕이 될 것을 기도하기 위해 지었다는 석왕사·삼방협곡 등을 고루 들러서 스케치도 하고, 비록 긴 시간은 아니었지만 천지지간에 충일한 대자연의 원기를 맛볼 수 있는 호연지기의 도덕적 용기를 체감할 수 있었다.

금강산에서는 장정·양진·온정리를 거쳐 외금강의 구룡폭포에 이르러 옥녀봉과 비로봉·관음봉·세존봉 등을 두루 감상하고 스케치북에 열심히 사생한 후 도시락을 먹고 하산하였다.

아무도 없는 산속을 지나기가 무서우면 지저귀는 새들을 향해 몇 번이고 찬송가를 부르곤 했다.

이 천지간 만물들아
복 주시는 주 여호아

전능 성부 성자 성신
찬송하고 찬송하세.

그러나 부스 박사 내외는 그로부터 6년 후에 일제에 의해 추방되어, 부인은 미국으로 가고 남편은 중국 북경의 협화대학의 록펠러 메디컬 센터에 근무하다 2차대전 때 상해로 피난을 갔다. 그곳에서 3년간 은신하였지만 일본 헌병에게 매질을 당해 귀가 멀게 됐고, 이후에 미국으로 건너가 만년을 보냈다. 부스 부인은 유언에서도 자신의 재를 태평양에 뿌려달라고 했다. 그 이유는 아마도 그 바다의 물결이 태평양을 건너 한반도에 닿을 수 있기 때문이었으리라.

기창이 이 시기에 받은 부스 박사 내외로부터의 후원과 인연은 이당 선생의 이묵헌 지도에 버금가는 막대한 은혜였다. 그들로 인해서 30년대 후반은 그나마 굶주림을 조금씩 해결할 수 있었고, 무엇보다 쉬지 않고 미술가의 길을 갈 수 있게 되었던 것이다.

이당과 후소회

기창은 이듬해 14회 〈선전〉에서 두 점이 모두 입선되었고, 10월의 〈협전〉에서도 세 점이 한꺼번에 입선되었다. 한편 이당 화숙인 이묵헌에서는 해마다 입선자를 여러 명 배출하면서 나날이 그 권위가 높아져 갔다. 그리고 동문수학한 청년 작가들끼리의 우정도 돈독해져 그룹을 결성하여 해마다 전시를 개최하자는 의견이 나왔다. 밤새껏 토론을 한 끝에 결정을 보았고, 이당 선생에게 말미를 꺼냈다.

이당은 이 말을 듣자마자 맹자가 말한 삼락三樂, 즉 천하의 세 가지 즐거움 중에 영재를 길러내는 일을 세번째 즐거움으로 치는데, 바로 그 기쁨을 얻었다며 즐거워하였다. 그러던 중 친구이자 당대 한문학의 최고봉인 위당 정인보가 놀러왔기에 그 명칭을 청하니, 위당은 다음날 희색이 만면하여 다시 들렀다.

"아, 논어 〈팔일八佾〉에 〈회사후소繪事後素〉라는 말이 있지 않소. 공자님이 미술을 직접적으로 논한 유일한 문구인데, 알다시피 후소가 희고 깨끗한 종이로 비유되기도 하지만, 그보다는 사람의 맑은 정신과 학문, 품격적 수양을 먼저 닦은 다음에 회사, 즉 그림을 그려야 한다는 뜻으로 이해될 수 있습니다. 그러니 〈후소회後素會〉라고 하면 어떻소. 썩 마음에 들지 않겠소?"

마침 외 있던 한문학지 혜여 임상종도 무릎을 치면서 좋다고 맞장구를 쳤다. 제자들은 모두 찬성했고, 1월 18일에 권농동 집 낙청헌에서 창립을 선언했다. 그때 창립 멤버로는 백윤문·한유동·장덕·장우성·이유태·조중현·김기창 등이었고, 창립전은 태평로의 전前 국회國會 사무처 건물인 조선실업 구락부에서 10월 30일부터 11월 3일까지 5일간 열렸다. 작가는 백윤문·한유동·장덕·김기창·장우성·조중현·이석호·노진식·조용승·정도화 등이 참여했고, 김은호와 변관식이 찬조 출품을 하였다.

가히 당대의 최대 화숙畵塾다운 면모였다.

이당 김은호는 자신의 화숙에 입문한 제자들을 때로는 다정다감하게, 때로는 불 같은 성미로 다스렸고, 이석호·안동숙·이길범 등은 아예 그의 집에서 숙식을 같이 하면서 지도한 경우이다. 근대적 화숙의 전형이자 어쩌면 마지막이기도 할 이른바 무릎제자식의 정감어린 교육제도에 의해 현대 미술계를 짊어지고 갈 신세대가 양성되었던 것이다.

그 중 안동숙이 이당의 제자가 되는 과정은 당시 그에게 무릎제자가 되는 다른 많은 작가들의 경우를 유추할 수 있게 한다.

하루는 낙청헌 사랑채에서 이당이 한참 화필을 다듬고 있는데 행상을 하는 한 소년이,

"사과 사려! 사과 사려!"

하고 낭랑한 목소리로 연일 골목길을 지나면서 외치고 있었다.

그 소년의 목소리가 하도 낭랑하여 이당이 잠시 문을 열고 보니, 대나무로 짠 지게 같은 대바구니에 그저 스무 알 남짓의 탐스런 사과를 짊어지고 다니면서 사과를 파는 것이었다. 귀엽게 생긴 외모도 그러했지만 재주가 있어 보이는 매무새나 눈동자가 행상을 하기에는 아까운 소년인 듯했다.

몇 달이 지났을까.

그 소년은 하루도 빠짐없이 골목길을 지나면서 '사과 사려'를 외쳤다. 이당도 그때마다 빠짐없이 몇 알씩을 사 주곤 했는데, 어느 날 집안으로 들어오라고 한 뒤 소년의 집안 내력과 자초지종을 물었다.

열다섯쯤 되었을까. 전남 함평이 고향인 소년은 보통학교 때 갑자기 집안이 파산하여 숙부와 할머니가 있는 경성에 올라와 고학을 하려고 했는데 집안 형편이 어려워 행상에 나섰다는 것이었다.

가문도 괜찮은 처지였는데 갑자기 파산한 뒤부터는 가족들이 시름에 잠겨 자기가 조금이라도 보탬이 될까 하여 시키지도 않은 그 일을 하고 있다는 것이다.

소년은 거리낌 없이 또박또박 경황을 설명했다. 그리고는 자신에게 베풀어 주는 관심이 너무도 고마워 사과 한 알을 그냥 주려고 호주머니에 슬며시 넣었다. 그러자 이당은,

"이런 것은 필요없다. 그보다는 내가 써 주는 소개장을 가지고 이 사람을 찾아가 봐라. 그러면 취직을 시켜 줄 것이다. 잠깐 기다리거라."

잠시 후 이당은 붓으로 쓴 먹이 채 마르지도 않은 편지 한 통을 정중히 봉하여 들고 나왔다. 앞면에는 〈화신백화점 박흥식 사장 귀하〉 이렇게 써 있었다. 소년은 그 편지를 들고 당시 최초의 백화점이었던

화신백화점으로 가서 사장 뵙기를 청했다. 그러나 우선 비서실을 들어가는 일도 쉽지 않았다. 꾀죄죄한 옷차림에 작달막한 촌티 나는 어린 소년을 당시 대재벌인 화신백화점 사장이 쉽게 만나 줄 리 만무했다.

"애야, 너와 같이 우리 사장님을 만나려는 사람이 하루에도 수십 명이란다. 무슨 일인지는 모르지만 사장님은 그리 한가한 분이 아니야."

"이당 김은호 화백께서 보내셨는데요."

"이당 김은호가 누구야. 난 못 듣던 사람인데."

소년은 하는 수 없이 허탕만 치고 돌아와 다시 낙청헌으로 갔다. 이당은 그 말을 듣고는 곰곰이 생각했다.

'그렇게 무턱대고 보낼 일이 아닌데……'

"내가 너무 경솔했구나. 글쎄 우리 화가들은 그런 일에는 도무지 서툴러서…… 그렇다고 안 만나 줄 것은 뭐람. 그럼 말이다, 이렇게 하자. 나하고 여기서 그림을 그려볼 생각 없느냐?"

"내가 어떻게 그림을 그려요? 그림 그리면 환쟁이라고 놀려대고 할머니도 반대하실 텐데…… 그리고 우리 집 살림은 누가 돕고요."

"이놈아 내가 할머니께 편지를 써 드리마. 한번 말씀드려 보거라."

소년은 그 편지를 들고 이번에는 할머니에게 달려갔다. 할머니는 이후에 군정 시절 대법원장 김용무 선생의 누이가 되는 분이었고, 신여성이었다. 편지를 받아본 할머니는 그 자리에서 승낙했고, 다음날부터 대바구니 사과장수는 내팽개치고 이묵헌 화숙에 입문했다. 이당은 이튿날 개울 건너 이묵헌으로 데리고 가서 제자들에게 소년을 소개했다.

"이 소년은 안동숙이라고 한다. 여자 이름이지만 놀리지 말고 항상 동생처럼 돌봐 주거라."

늦으면 언제든 이묵헌에서 먹고 자는 등 자기 집처럼 기식하면서 그림을 그려도 되었다. 이미 그렇게 기식하면서 그림을 배우는 몇몇 선배도 있었는데, 일관 이석호, 이후에 이길범 등은 그 중 눈에 띄는 동학들이었다.

안동숙安東淑.

이후 이 소년은 오당吾堂이라는 호를 받았는데, 이 호는 〈나도 이 당以堂처럼 될 수 있다〉는 뜻을 지녔다. 그 뜻의 유래는 조선시대 최후의 명인 오원 장승업이 자기도 단원 김홍도가 될 수 있다 하여 비슷한 호를 붙인 데서 비롯되었다고 한다. 오당 안동숙은 이후 결국 독학으로 대학을 졸업하고 이화여대 교수·미대 학장을 지내게 되며, 현대 동양화단의 저명한 작가가 된 바로 그 사람이다.

경우에 따라 조금씩 다르겠지만 이당 화숙의 교육은 이러한 예들이 얼마든지 있으며, 그렇게 시작한 소년들이 현대 동양화단에 대가로 성장해 온 예가 적지 않다.

그러한 이유 때문에 이당은 근대 6대가의 한 사람으로 불리는 영광을 안고 있지만, 예술세계보다 교육적인 측면에서 더욱 높게 평가되는 것만은 분명하다. 한편 그의 개인적인 예술관과 품성은 한마디로 평생을 장인적匠人的인 기질로 일관했다고 볼 수 있다.

그의 장인 기질을 읽을 수 있는 대목은 독특한 종교관이다. 그는 이미 언급했다시피 안국교회에 오랫동안 나갔지만, 김우현 목사로부터의 장로직 권유를 끝까지 사양했다. 그 이유는 종교와 예술은 분명한 어떤 획을 그어야만 한다는 사고에서였다.

그의 평소 신념은 석가모니를 그려달라는 주문을 받아도 다른 종교이지만 그 그림을 그릴 수 있는 독립적인 예술관이 있어야 진정한 장인적 화가의 위상이 유지될 수 있다는 것이었다.

또 재미있는 것은 그에게 신년 세배나 결혼식 후에 인사차 들른다거나 하는 특별한 때에는 사람들에게 그림을 선사하게 되는데, 그림을 넣은 봉투 한 장과 다른 흰 봉투가 옆에 가지런히 놓여졌다는 얘기다. 그림 선물을 받는 사람은 그림만 받아도 황공한데 다른 봉투까지 주니 궁금할 수밖에 없다. 그 봉투는 다름 아닌 표구값이었다. 이당은 그림을 표구까지 해서 선물을 해야 되는데, 미처 챙기지 못했다는 뜻으로 언제나 그런 식으로 예의를 갖추었던 것이다. 그렇게 되니 그림을 받는 쪽에서는 감동 그 자체만 남을 뿐이었다.

기창은 이와 같은 이당의 총애를 받고 있었고, 어느덧 그의 은혜를 입고, 먹고, 베고 있다시피 한 애제자로서 성장해 가고 있었다.

〈선전〉시대의 영광

'그래, 새로운 소재를 찾아야겠다. 지루한 응접실에 앉아 있는 고답적인 포즈나 악기를 연주하는 따위도 취미에 맞지는 않지. 그러니 나더러 무슨 부르주아니 뭐니 얼토당토않는 비평이나 해대지. 기가 막혀서, 나더러 부르주아적 취미를 지니고 있다니. 제발 천분의 일이라도 그렇게만 되었으면 오죽 좋을까?'

장독대 옆 마당에 핀 진분홍 분꽃을 멀거니 바라보며 기창은 마음속으로 중얼거렸다. 얼마 전 〈여女〉 작품을 보고 어떤 신문에서 그가 부르주아적인 취미를 지녔다고 비판했었다. 문득 그 생각이 나면 화가 치밀기도 하고, 한편으로는 실제로 새로운 소재를 찾아보고 싶었다.

제12회 〈선전〉 때 《조선일보》에 실린 이갑기의 동양화 평에서는,

……김기창 너무나 지독한 부르주아 취미다. 조선인으로서 이 화폭에 나타나 있는 정도의 생활을 할 자가 있다면 가회동 골목 문화주택쯤에 두서넛 있는 것 같다. 어쨌든 부르주아가 가질 만한 가구란 것은 모조리 주워모아서 이리저리 무질서하게나마 배치하느

라고 이 작가는 상당히 고심하였을 것이다…….

라고 기창의 〈여女〉를 비꼬았던 것이다. 작품 〈여女〉는 물론 당시에
는 최상류사회에서나 볼 수 있는 가구나 소품들이 그림에 등장하고
있었지만, 그것은 어디까지나 그만큼 이상화된 장면을 연출해 내고
싶어서였을 뿐이었다.

기창은 그때부터 내심 표현은 안했지만 그 글의 내용이 무척 비위
에 거슬렸다. 예술이라는 것이 모두 그 현실에 적합한 소재나 배경만
으로 다루어져야 한다면 꿈과 이상을 다루어야 할 자유는 어디에 있
단 말인가.

'배고프기로 따지면 제까짓 놈이 나만이야 하려구.'

생각할수록 분했지만 좋은 작품으로 대항하는 길밖에 없었다. 고민
에 고민을 거듭하다 그와 상관없이라도 어차피 소재의 국면 전환은
필요할 것도 같고, 여러 사물을 고루 다루어 보는 것은 습득과정으로
서도 좋을 것 같았다.

그래서 독특한 소재를 생각해 보건대 문득 떠오른 것이 해녀였다.
어찌 보면 기창의 이와 같은 국면 전환은 작가로 성장해 가는 하나
의 필수적 과정이기도 했다.

기창은 드디어 〈선전〉 등단 이후 처음으로 부딪힌 빈정거림을 쓰
디쓴 약초처럼 자신도 모르게 되씹고 있었다.

어렵게 목포에 닿아 다행히도 제주도에만 있다던 해녀들을 만날
수가 있었다. 서울에서 모델을 서달라고 미리 써간 화선지를 펴보이
며 부탁을 하니 그들은 쾌히 승낙하고 포즈를 취해 주었다. 신이 나
서 스케치를 하고 3일째에는 배경으로 쓸 파도를 찾았으나 별로 신
통치가 않았다. 하는 수 없이 경성으로 돌아와, 함흥 근처 흥남 앞바
다가 거친 파도와 벼랑으로 유명하다기에 동문 수학한 안명준에게
편지를 띄우고, 1월 말에 온통 눈보라가 한창인 경성역을 출발했다.

　함흥에 도착하니 명준이 마중을 나와 있었으나, 그곳도 많은 눈이 내리고 있어서 도무지 앞을 분간할 수가 없었다.

　"형! 참 오랜만입니다. 이렇게 뵈니 더욱 반갑네요. 글세 해녀 때문에 함흥 구경도 다하고, 출세했네요. 어쨌든 파도나 잘 부탁해요. 이당 선생님께서 안부 전하셨어요."

　기창은 명준 집에서 하루를 묵고 흥남으로 가서 다시 1박을 한 후 절벽에 올랐다.

　거센 눈바람을 맞으며 정상에 올라 더 이상 땅의 느낌이 없는, 허공이 느껴지는 바위 끝에 다다랐다.

　명준이,

　"기칭이! 절벽이야, 질벽!"

　손짓으로 연신 바다를 가리키며 주의를 주었다.

　과연 장관이었다.

　흰 파도가 여지없이 절벽에 그 큰 덩치를 부딪치면서 시퍼런 바다 저편으로 밀려가기를 연신 반복하고 있었다. 게다가 눈까지 동반한 바람이 어찌나 센지 스케치북을 넘길 수가 없을 정도였다. 기창은 그 푸른 파도를 보자 갑자기 자기도 알지 못하는 곳으로부터 흥미와 의욕이 솟구쳤다.

　"이만하면 흡족해?"

　'그래, 고마워 명준 형.'

　마음 속으로 대답했다. 무언無言이지만 상대도 기창의 표정으로 충분히 이해하고 있었다. 같은 길을 가는 동지적인 호흡이 두 사람의 감동으로 인해 투합되고 있었을 것이다.

　한동안 칼날처럼 내리깎인 절벽의 아래를 바라보니 무섭기도 하고 현기증도 났지만, 팔뚝이 얼어붙어 감각을 느끼지 못할 때까지 한 4, 5일 스케치를 계속했다.

　항상 저녁 무렵에야 능선 아래 흙으로 만든 초가집 숙소에 내려와 몸을 녹였는데 그날따라 호롱불 밑에서 그 집 할머니와 아이들이 얘기하고 있는 모습이 너무도 인상적으로 와닿았다. 다음날은 다시 경성으로 돌아가는 날이기도 해서 그 대화 장면을 기념으로 세세히 스케치해 두었다.

떠날 때쯤 날씨도 개이고 바다 색깔도 약간 초록색으로 변하였다. 기창은 명준과 엿새 동안 많은 대화를 나누었고, 마치 친형과 같은 따뜻한 정을 느낄 수 도 있었다.

"형! 나더러 어떤 비평가가 부르주아적이라는데 어떻게 생각해?"

기창은 큰 덩치를 비틀거리며 두 팔을 허공으로 벌리면서 입은 갈매기 모양을 하고 있다.

"허허, 누가 자네더러 그러던가? 그런 부르주아가 이런 흙담집에서 잠을 자고 있나? 신경쓰지 말게. 그럴 수도 있는 거야. 우리 선생님이 그리시는 어진 말일세. 그 어진 단추 하나라도 그렸더라면 큰일날 뻔했구먼. 굳은 의지로 자네의 그 재기 넘치는 실력을 마음껏 발휘해 보게."

밤에는 하늘의 별들이 유난히도 밝게 반짝거렸다. 명준이 말했다.

"저 빛나는 별들은 그 스스로 반짝이고 있지 않나? 우리들 예술가들은 바로 저 별들처럼 누구의 도움도 없이 어두운 밤하늘을 아름답게 수놓는 별이 되어야 하네."

"그래요. 감동적인 말씀이네요. 내 영원히 잊지 않고 간직할게요."

기창은 명준에게서 문득 종원의 친밀함과 동지애적인 느낌을 강하게 받았다. 섭섭한 작별이 있었고, 다시 경성으로 돌아와 완성한 〈해녀〉는 제15회 〈선전〉에 여섯번째로 입선을 하게 되었다.

그리고 다음해에는 바로 그 토담집에서 스케치했던 것을 기초로 외할머니와 동생들을 모델화하여 다시 재구성한 〈고담古談〉과 〈농가의 일우〉〔農家の一隅〕 두 점을 출품하였다. 〈고담〉은 어릴 적 동생들과 자라온 자신의 기억을 되살려 흥남 스케치 때 그 기회를 포착한, 네

어린 아이가 호롱불을 켜놓고 할머니에게 옛날애기를 듣는 장면이며, 〈농가의 일우〉는 어미소와 송아지를 그린 것으로, 어머니 윤명 생각이 간절하여 자신과 비유하여 그려본 소재였다. 여느 때처럼 최선을 다했지만 심사 결과는 여전히 두려웠다.

잠을 이루지 못한 화창한 어느 봄날, 그해 처음으로 심사 참여에 들어간 스승 이당 김은호로부터 부름을 받았다.

"기창아, 놀라지 말아라. 내가 이번 심사를 다녀왔는데, 너에게 드디어 큰상이 내릴 것 같다. 이제 그만하면 너의 어머님 유언대로 소원을 성취하는 듯하구나."

기창은 놀랄 수밖에 없었다. 그리고 두 눈을 의심하지 않을 수 없었다. 그러나 스승이 달필로 쓴 필담은 분명하게 깐깐한 머새으로 쓰여져 내렸다. 그 폭풍 전야와 같은 침묵의 며칠이 지난 후 갑자기 아침부터 《매일신보》·《조선일보》의 기자들이 집으로 들이닥쳤다.

제16회 〈선전〉에서 창덕궁상 겸 특선을 생각지도 않았던 그 〈고담 古談〉이 해냈던 것이다.

소식을 기자로부터 확인하는 순간 기창은 그저 멍―할 뿐이었다. 외할머니가 와락 기창을 껴안아 주었다. 길 잃은 새끼호랑이 한 마리를 안아 주는 것처럼. 기자들이 찾아와 필담으로 인터뷰에 응한 후 자신도 모르게 반사적으로 미아리 묘지에 묻힌 어머니 윤명을 찾아갔다.

큰절을 두 번 하고 그저 말 못하는 죄로 침묵만 지킨 채 멍하니 무릎을 꿇었다. 땅거미가 질 때 멀리 남산 쪽으로 붉은 노을이 찬란히, 그리고 서서히 그 아름다운 보랏빛으로 색채를 바꾸면서 어둠으로 떨어져 갔다.

"어머니의 이름으로 이 영광을 바치겠어요. 조금만 더 사셨더라면 이 기쁨을 함께 나눌 수 있지 않아요? 주께서는 어쩌면 이처럼 매정하시답니까……"

무성히 자란 봉분 풀숲에 고개를 떨군 기창은 두 손을 잡고 한동안 일어설 줄을 몰랐다.

무질서하게 자란 잡초들을 대충 정리하고 묘지를 내려올 때에는 죽 늘어선 보랏빛 제비꽃들이 막 어둠 속으로 자취를 감추기 시작하고 있었다.

밤에 이묵헌으로 인사하러 가니 동문 선배들이 축하하느라 헹가래를 태워 주었고, 이당은 석간신문의 기사들을 오려두었다가 전해 주었다. 〈무언불청십년無言不聽十年, 채관彩管을 잡고 재생再生〉·〈모친 묘전墓前에 달려가 특선 깃붐을 명인고유鳴咽告由〉라는 제목들이 눈에 띄었다.

무명화가의 등용문 미전 영예의 특선特選이 발표되는 날 동양화 부분에 있어서 고담古談 작가 운포雲圃 김기창金基昶, 24이라는 무명화가의 이름을 찾을 수가 있었다. 사실 그의 이름은 여태껏 화단에서조차 널리 알려지지 않았고, 이를테면 문자 그대로의 무명화가였고 풀밭에 묻힌 잡초雜草와 같은 존재였었다. 그러나 잡초는 잡초대로 쓰러지지 않았으니 세상에 과연 불구不具의 천재가 있다면 고담의 작자 운포 김기창군을 말함이 아닐까. 군은 일곱 살 때에 예술가에게 있어서 제일 귀하다고 하는 귀가 열병으로 들리지 않게 되었고 말조차 자유스럽게 못하는 반벙어리가 되고 말았다. 말하자면 두 가지 감각을 잃은 예술가이다. 이 불구의 천재에게 특선의 기꺼운 소식을 전하려고 기자는 그날 시내 운니정雲泥町 십팔 번지 그의 화실을 찾으니 기자를 맞는 이십사오 세의 큼직한 체구, 얼굴에는 넘치는 듯한 정열을 보이고 있는 젊은이가 바로 김군이었다.

기자는 붓과 종이를 들고 필담으로 '고담이 특선으로 되었습니다' 하고 쓰니 그의 얼굴에 긴장이 갑자기 풀리는 것 같았다. 오랫동안의 인고忍苦와 부단의 조력이 빚어낸 긴장의 빛이 풀리며 큰짐을 풀어 놓는 듯하다. 웃음을 웃는다. 필담은 계속되었다.

"이번 고담은 제가 어릴 때부터 다소 문학을 조독하였기에 지나간 어린 시절의 기억을 그리려고 하였습니다. 그러나 필치가 약하였고, 둘째 뜻대로 표현이 되지 않아서 나도 대단 불만히 생각하고 있었는데, 그것이 특이 되리라고는 생각조차 안하였습니다. 사실이라면 오로지 이당以堂 김은호金殷鎬 선생의 지도하여 주신 덕택인 줄로 압니다."

"그림을 그리게 된 동기입니까?"

"별로 동기라고 할 것은 없습니다마는 5년 전에 돌아가신 어머님께서 그림을 배우게 하셨지요. 그래 승동부통학교〔勝洞普校〕를 졸업한 후 어머님의 말씀대로 이당 선생님을 찾아 그림공부를 시작하였습니다. 이번까지 바로 일곱 번 입선한 셈입니다. 그런데 금년 작품은 수개월 동안 연구하고 그것을 표현시키느라고 고생도 많이 하였습니다."

그림 그리기에 불편하지 않느냐는 물음에,

"그야 보통사람보다 불편한 일이 많다고 생각합니다만 그렇다고 별로 다른 것이야 없겠지요. 장래요? 물론 그림을 그리지요. 나에게는 오직 그림 그것뿐입니다. 내 힘이 미치는 데까지는 어머님의 남기고 가신 뜻과 이당 선생님의 큰 은혜를 생각하여서라도 힘껏 조선 화단을 위하여 일생을 바칠 작정입니다. 결혼은 아직 안했습니다. 그렇게 바쁜 것도 아니고 지금은 결혼할 생각조차 없습니다."

그의 얼굴에는 새로운 핏기운이 돌고 있었다. 기자는 불구의 천재화가에게 영광이 있을지이다 하고 빌었다. 그의 육친으로는 아버지와 동생들 모두 일곱 식구라고 한다.

소화昭和 12년(1937) 5월 14일 《조선일보》 기사이다.

중견작가의 대열로

제16회 〈선전〉에서의 영광은 《매일신보》의 표현대로 〈선전〉 최대의 감격 중 하나였다. 여느 때와 다름없이 기창은 전시회장인 5월의 경복궁으로 향했다. 설레이는 마음과 다소 불안한 마음이 미미하게 교차했다. 그 불안감은 마치 자신의 벌거벗은 나상裸像을 적나라하게 거울을 통해 들여다볼 때 느끼게 되는 일종의 예술가적인 본능적 수치심이기도 했다.

〈고담古談〉은 그대로 그렇게 걸려 있었다.

그러나 고생했던 그 세찬 흥남의 눈보라 대신 많은 인파들이 자신의 작품 앞에 설복되고 있었다.

'어머니께서 살아계셨다면…….'

많은 사람들이 손가락으로 그림을 가리키면서 무슨 말인가를 한참 주고받다가 다른 그림으로 발길을 옮겼다.

기창도 전시장을 둘러보았다. 서양화부에 들어섰을 때 기창에게는 뜻밖의 기쁜 일이 기다리고 있었다.

분명히 특선작이며 기창과 같은 창덕궁상인 〈나부裸婦〉와 입선작 〈검은 옷의 여인〉〔黑衣の衣〕·〈화실〉 등 세 점에 김인승이라는 이름이 붙어 있었던 것이다.

'아! 인승, 개성 시절에 함께 뛰놀던 송악산 놀이패 그 친구일까? 자―식 희한한 운명이군.'

그제서야 신문에 났던 자기 옆의 활자가 바로 그였다는 것을 기억해 냈다. 경황이 없어서 거기까지는 생각지 못했던 것이다.

특선작 〈나부裸婦〉는 적나라했다.

대담한 포즈와 데생력, 터치의 세련도가 강한 인상을 주었다. 기창은 어릴 적 옛 친구가 같은 길을 가고 있다는 것 때문에 뛸 듯이 기뻤고, 인승도 자신과 같은 최고상인 그 의젓한 창덕궁상 겸 특선에 올랐다는 것이 자랑스럽기까지 했다.

기창이 막 〈검은 옷의 여인〉을 보고 인승과의 추억을 더듬으며 눈을 떼려고 할 때, 어떤 신사가 등 뒤에서 기창의 어깨를 툭툭 쳤다.

"어! 어! 인승!"

"어! 기창이! 정말 오랜만이네. 이거 얼마 만인가. 나는 자네 소식 다 듣고 있었네. 신문에도 여러 번 났더구먼. 그래 어머님은 돌아가셨다고. 참 안됐네. 미처 뵙지 못해 죄송스럽고. 몰라보게 됐구먼……"

인승은 잠시 기창의 그 큰 덩치를 얼싸안았고, 대화는 계속되었다.

인승은 연신 크고 넓게 입을 벌려 기창에게 의사를 전달하려고 애썼다. 기창도 인승의 두 어깨를 놓지 않고,

"축하해! 그래 우리 모두 오늘 축하하는 날이야! 세상에, 개성에서 개구쟁이였을 때 보고 여기서 또 보다니."

알고 보니 그는 1931년 일본으로 건너가 도쿄 미술학교를 졸업하고 돌아와 막 국내 서양화단에 화려한 데뷔를 마친 순간이었다. 그는 이후에 한국 서양화단의 아카데미즘을 이끌어 간 선두주자가 되었고, 미협 이사장·이대 미대 학장·예술원 회원과 같은 자리를 지낸 예술가로서 직업운이 많은 그런 인물이 되었다.

그리고 재미있는 사실은 그의 첫 특선작 〈나부裸婦〉는 전시는 되었으나, 그 대담한 나체라는 이유 때문에 총독부에 의해 인쇄가 금지되었다. 제16회 〈선전〉 도록에는 '발행 금지되어 절취됨'(發行禁止に付 切取)이라고 써 있을 뿐이었다. 당시로서 출판 검열에 걸린 것이라

고 봐야 할 것 같다. 실제로 당시에는 심사가 끝난 직후에는 가장 먼저 전시장을 찾는 불청객이 경찰서 일본인 담당 순사들이었다.

근대의 아카데미즘이 위세를 떨치는 시대에 자주 발생되었던, 예술가들의 숨통을 조여놓는 박탈의 현장이었다.

기창은 〈선전〉 도록을 보고 내뱉었다.

"무식한 쪽발이놈들!"

그리고 별로 즐기지는 않았지만 오랜만에 술잔을 기울이며 인승을 위로를 해주었다.

기창의 득명得名, 그리고 입신은 확실히 어떤 자극이었다. 어려운 생활고도 어느 정도 이겨낼 수 있게 되었고, 여러 인연들과의 영원한 이별도 그 때문에 위안이 되었다. 그리고 부스 박사나 이당 선생에게는 극히 작은 부분이지만 은혜에 대한 보답이 된다고 생각되었다.

1938년에서 40년까지 기창은 연달아 〈선전〉의 특선을 거듭하는 기염을 토한다. 그 중 38년의 〈하일夏日〉은 그가 평소 친누이처럼 대해 왔고, 그녀 또한 기창의 처지를 연민하여 동생으로 생각해 온 의매義妹 박양금과 영화배우이자 모델인 한은진을 모델로 하였다. 그리고 그 해에는 일본인 작가이자 〈선전〉 심사위원인 야자와 츠루미〔失澤弦月〕가 기창을 눈여겨 보살펴 준 덕으로, 일본에 건너가 그의 화실과 도쿄의 여러 곳을 돌며 일본 회화의 현주소를 파악하게 된다. 이 인연으로 그후 여러 차례 일본을 드나들게 된다.

38년의 〈하일夏日〉은 〈고담古談〉이 갖는 꽉 찬 화면의 생동감 넘치는 대상간의 조화나 사실성과는 달리 극도로 단순하고도 절제된 두 여인의 세련된 필선과 공간감으로부터 비롯되는 사실성이 중심이 되었다.

〈하일夏日〉은 특선이자 총독상을 수상했다.

바야흐로 등용문으로서는 최고봉에 이른 것이다.

생활도 그만큼 나아져서 그림 주문이 심심찮게 들어왔고, 18회의 〈고

완古翫〉과 19회의 〈여일麗日〉도 특선이 되어 4회 연속 기록으로 20
회, 즉 1941년에는 드디어 스승 김은호, 그리고 청전青田 이상범李象
範에 이어 세번째로 대망의 추천작가의 서열에 오르게 된다. 추천작
가란 심사 대상에서 제외되면서 해마다 초빙작가로 선택되는 제도로
서 이후에는 심사위원 선발도 이 추천작가들에서 하게 된다. 그러므
로 이 반열에 오르는 것은 공모작가들의 꿈이기도 했다. 이 해에는
김인승도 함께 추천작가가 되어 더욱 기뻤다.

　기창은 나날이 저명해져 갔고, 후소회 중에서는 첫번째 추천작가가
되어 이당을 기쁘게 해주었다. 그리고 일본인 야자와 츠루미〔失澤弦
月〕는 〈선전〉 심사 때문에 자주 경성에 왔다. 그는 경성역에 내리자
미지 마중나온 인사들에게,

　"김군 잘 있소?"
라는 인사로 시작하여 많은 이들의 주목을 받을 정도였다. 물론 그는
이당과 함께 심사에 3회나 들어갔는데, 기창의 작품에 대단한 애착을
갖고 있었다. 물론 여기에는 기창이 어려운 여건 속에서 초극적인 노
력을 쉬지 않는 불굴의 정신에 대한 격려도 내포되어 있다고 할 수
있으나, 무엇보다도 회화적 자질에 심취한 것 같았다. 심사과정에 있
어서도 기창의 작품에 대해 유별난 관심을 보였고, 이당에게도,

　"조선의 미술계가 김군과 같은 청년이 있어서 더욱 밝아 보입니다.
훌륭한 제자를 두었소이다. 우리 일본에서도 우노〔字野逸雲〕군이 기창
군과 같이 청각마비가 되었는데도 〈선전〉에서 계속 상을 타 자랑스
럽긴 하지만……."
라고 인사를 건네곤 하였다. 당시 기창과 일본인 우노 이츠운〔字野逸
雲〕은 양국 화단의 화제거리였다. 둘 다 청각장애에 말까지 못하는 불
구자였기 때문이다.

　이당은 이후 그의 호의와 식견이 고마워서 애지중지하던 고려청자
한 점을 선물하였다.

이와 같이 운포 김기창은 이렇게 이묵헌에 입문한 지 11년 만에 거의 최고봉의 단계인 추천작가의 서열에 오르는 영광을 안게 된다.

푸른 전복들의 좌절

그러나 이 시기의 예술가라고 하여 누구나 그와 같은 행운을 잡을 수 있었던 것은 아니었다. 거의 대다수의 작가들이 그보다는 오히려 시대의 푸른 전복戰服을 입고 질식해 가는 처절한 절규를 남기고 갔다.

37년에는 기창과 함께 단 한 번의 입선을 하였던 큐비즘적인 〈자상自像〉의 주인공이자 이 시대의 교란자 이상李箱, 즉 김해경金海卿이,

"레몬 향기를 맡고 싶소."

라는 한마디를 남기고 4월 17일 도쿄 제대부속병원에서 27세로 숨을 거두었다. 이후 수화 김환기의 아내가 되는 그의 아내 변동림이 유골을 가지고 돌아왔을 때, 이상에 의해 교란을 당했던 많은 동인들은 김유정과 합동으로 영결식을 치렀다. 이상이 남긴 그 짧은 객혈 인생에 대한 전격적인 교란은 그후 두고두고 문학사의 한 과제가 되었다.

어머니의 여학교 후배이자 절친한 벗이었던 선각자 나혜석.

그녀의 전위적 행위들 역시 근대라는 고전적 규범에 의해 방랑과 좌절만을 안겨 주었다. 파리에서 최린과의 염문과 김우영과의 이혼 소동 이후, 《삼천리》지에 〈이혼고백서〉를 던지고 수덕사 견성암의 김일엽을 찾아나선 해가 1937년, 기창이 〈선전〉에서 연속적으로 특선의 기염을 토할 즈음이었다.

34년 32세로 영원히 시를 쓸 수 없게 된 소월 김정식도 그렇지만 당시의 지식인들은 죽음이라는 사선을 넘나들며 거듭되는 30년대의

숱한 장송곡을 지각되는 순간마다 들어야 했다.

시대가 그러했듯이 이묵헌에도 항상 즐거운 일만 있는 것은 아니었다. 시간이 흐르면서 특히 〈선전〉을 중심으로 분명한 희비가 엇갈렸고, 좌절을 거듭하는 작가들에게는 더없는 비극이 뒤따랐다. 〈선전〉은 확실히 그들에게 있어서는 신기루였다. 그 신기루의 희생자라고나 할까.

기창에게 잊을 수 없는 사건은 그의 선배 향당香塘 백윤문白潤文에 관한 비극이었다. 본래 향당은 1906년 종로구 낙원동에서 한약방을 경영하는 백필용의 장남으로 태어나, 1925년 19세에 이당 문하에 입문하여 1927년 제6회 〈선전〉부터 입선되기 시작하여 뒤늦게 1932·34·36·39년 4회에 걸쳐 특선을 차지할 정도로 인정을 받게 된다. 그러나 그의 발탁은 후배이자 거의 제자와 같은 입지의 기창보다도 뒤늦었을 뿐 아니라, 연속적인 특선을 하지 못한 관계로 추천작가의 대열에도 오르지 못한 정신적 압력을 감당해 내야만 했다.

더하여 그의 작품은 반일적反日的이거나 탈아카데미즘을 구가하는 일련의 시도로 인해 일제의 눈 밖에 나게 된다. 그는 작품이 잘 되지 않으면 친구 정홍거와 바로 돈화문 앞에 있는 이왕직국악원을 찾곤 했다. 그곳에서 창唱을 듣노라면 소재도 떠오르고 영감이 스며든다는 것이었다.

그는 어느 날 역시 정홍거와 창을 들으러 갔다가 우연히 남도南道소리로 된 〈상산사호商山四皓〉를 들었다. 그때 향당은 정홍거에게,

"원래 이 소리는 속세의 어떤 경지를 넘어선 사람들을 의미하는 것이네. 그렇지만 내가 느끼는 상산사호는 이 사회의 암울함과 생존경쟁의 현장, 나아가 우리 민족의 항일정신으로 와닿는군……"

그는 그즈음 한숨만 길게 내쉬며 새로운 작품을 구상하고 있었다. 그렇게 하여 아버지의 한약방에 찾아오는 노인들을 모델로 1년 반 정도 스케치를 한 후 완성된 작품이 〈분노憤怒〉이며, 1935년 14회 〈선

전)에 〈엽계두葉鷄頭〉와 함께 출품된다. 그러나 심사과정은 난상토론이었다. 장기판이 뒤엎어진 상태에서 분을 참지 못하고 행동적으로 대드는 상대편을 점잖게 타이르는 다른 한 사람의 모습과, 친구로 보이는 제삼자의 만류하는 모습 등 세 사람 관계나 비유가 문제된 것이다. 비교적 호전적인 모습으로 보이는 사람은 그 머리 모양이나 외형이 일본인과 닮아 있었고, 타이르는 사람은 전형적인 한국 사람 같았다.

이는 곧 한국인이 일본인의 침략을 야유하는 내용으로 쉽게 비유되었고, 특선 후보에서 당장 입선으로 추락했다. 그런 그 입선마저 겨우 심사위원인 마에다 세이손〔前田靑邨〕·노타 큐호〔野田九浦〕 두 일본인이 선처를 베푼 것이었다. 그러나 사건은 여기서 끝나지 않았다.

〈선전〉 작품의 심사가 끝나자마자 일본 순사들이 들이닥쳐 검열을 하였고, 〈분노〉가 제일 먼저 눈에 띄어 향당은 그날 종로 경찰서에 연행되어 며칠간 곤욕을 치러야 했다.

그 일이 있은 후에 그는 우선 소재에 있어서 새로운 경향을 추구하려 했다. 특히 1940년 19회 입선작 〈가두소견街頭小見〉은 길거리에서 흔히 볼 수 있는 떡 치는 사람들의 모습과 어린 아이를 업고 가는 여인의 일상생활이 적나라하게 담겨져 있었다. 그 소재 역시 민중적 내용을 담은 작품으로 인식되고, 줄곧 〈선전〉 관계자뿐만 아니라 일제에게도 요주의 인물로 시찰받게 된다.

향당의 이와 같은 일탈은 민족의식에서 기인된 회화적 반영이기도 했지만, 어느 면에서 보면 정형定形을 거부하는 작가적 기질에서 야기된 끊임없는 시대적 발언이기도 했다.

그러나 향당의 예술세계와 기개는 1940년, 즉 기창이 네번째 특선을 하는 해를 마지막으로 〈선전〉과의 인연을 끝내게 된다. 더 이상 무의미한 〈선전〉 참여를 거부했던 것일까. 아니면 한발 늦은 자신의 입문을 비관해서였을까. 충격은 결국 정신적 증세로 진전되었다. 향당 백윤문은 그 이듬해까지의 작품생활에 종지부를 찍고 35년이라는 긴 시간 동안 거의 식물인간과 같은 기억상실증에 걸렸고, 그의 놀라운 재기才氣와 화단에서의 광채는 한순간에 빛을 잃게 된다.

그가 이렇게 된 데는 그의 스승인 이당 김은호나 동문 화가들까지도 일부 작가만을 편애했으며, 보다 적극적으로 백윤문의 회화세계를 변호하지 못했다는 등의 오해에 휘말리게 하는 상처를 남겼고, 누구보다도 기창의 가슴을 애타게 만들었다. 그만큼 기창에게 있어서 향당은 은인과 같은 존재였기 때문이다.

당시 향당은 충격에 의한 정신적 증세로 몇 달이 지나도록 대화를 거부했고, 과거의 기억이 상실되는 현상이 나타났으며, 일체의 작품 제작이 중단되었다.

이는 물론 그가 평소 과묵한 성격을 지녔고, 작품생활의 모든 정신적 압력과 고뇌를 내면적으로 은닉하고 감내하려고만 하였던 탓에, 그 정신적 폐기물들이 한꺼번에 곪아터진 결과이기도 했다. 그러나 세간에 그 계기라고 알려진 것은 이묵회 내부에서부터 〈선전〉 등단을 둘러싸고 비롯된 불협화음의 요인도 적지 않았다는 점이다.

이후 향당은 35년간 자식들과 함께 여러 곳을 이사하며 대화도 없고, 거의 기억을 잃어버린 비극적인 삶을 살아가게 된다. 기창은 그의 이러한 모습이 너무도 안타까웠을 뿐 아니라, 10대의 은혜를 조금이라도 보답하기 위해 역촌동 그의 거처에도 여러 차례 찾아가 문병을 하였다.

그때마다 기창은,

"향당 형님, 형님의 그 〈분노〉에서의 재기와 정열은 다 어디로 가 버렸습니까? 창唱이라도 저 대신 한번 들어 주실 수 있다면 동생은 여한이 없겠습니다. 기억을 더듬어 보십시오. 지금은 그 한많은 일제 치하가 아니에요. 광복된 지도 오래이고, 나도 이렇게 늙었고…… 불구는 제발 저에게만 머물게 하시고, 하느님 이 기구한 운명을 굽어

살피소서……"

　그때마다 눈썹에 이슬이 맺히기를 한두 번이 아니었다.

　그래서였을까.

　가족과 화우들의 기도 덕분에 향당은 긴 35년간의 침묵을 깨고 어느 날 기적적으로 기억을 되살렸다. 그리고 한동안 작업을 하여 1978년 9월 1일 신문회관에서 재기전을 가지나 이듬해에 비극적 삶을 마감한다.

　이묵헌에서 향당의 비극은 무엇보다 화우들 모두에게 자기를 재확인하는 반성의 계기가 되었다. 더구나 〈선전〉의 삼분의 일을 휩쓸다시피 하는 후소회 멤버들의 방만함은 작가적 양심과 인성人性 본연의 위치를 일깨우는 양면적 자극이 필요한 때이기도 했다.

　어두운 시대의 상처와 좌절은 그에 그치지 않았다. 40년대에 접어들면서부터 일제는 광분한 채로 치열한 전쟁을 치르고 있었고, 점차 패색이 짙어가면서 한반도 전체를 전쟁의 총알받이로 삼으려 했다. 물자동원령이 내려지고 학도병 징용의 아비규환과 전쟁 참여를 독려하는 문화적 행위들이 자행되었다. 미술계라고 하여 예외일 수는 없었다. 1940년 7월, 이른바 내선일체內鮮一體를 주창하면서 〈성전聖戰미술전〉이 열렸고, 41년 2월에 회화봉공繪畵奉公을 내세운 〈조선미술가협회〉가 창립되었으며, 42년 10월의 〈조선남화연맹전朝鮮南畵聯盟展〉을 개최, 수익금을 일본군에 헌납했고, 총독부 정보과와 국민총력 조선연맹이 후원하여 42년에서 44년까지 열린 〈반도총후半島銃後미술전〉, 43년 2월 서양화가들의 〈단광회丹光會〉, 44년의 〈결전決戰미술전〉 등이 잇달아 개최·결성되었다. 이와 함께 각종 관제 기관지를 통한 문화 선전행위는 황국식민화皇國植民化의 치욕적인 광분으로 내몰리게 된다.

　해방 이후 내로라 하는 미술계 원로들이나 대학 강단에 섰던 교육적 공로자들이 바로 이 시기의 일제 앞잡이 노릇을 했다는 근거가 드러나면서 뒤늦게나마 역사적 탄핵의 대상이 되기도 했다.

서른을 갓 넘긴 기창이었지만 그의 위치로 보아서는 이미 당시 미술계의 중진 대열에 서 있었다. 〈선전〉 특선 4회와 추천작가라는 직함이 그의 꼬리표로 달려 있었기 때문이다. 그렇기 때문에 비록 그라고 해도 당시 황국식민화를 부르짖는 일제의 문화전략의 주요 대상에서 벗어날 수는 없었다. 이후 두고두고 평생 동안 운보 김기창의 화력畵歷에 상처를 남기는 이 시기의 친일 성향의 흔적은 그의 의도였든, 아니면 별 의도 없이 기고하게 된 것이든 아니었든 그 진실을 차치해 두고라도 그 자신과 미술계의 아픈 과거였음에는 틀림이 없다. 기창이 친일적 문화전략에 이용된 예는 반도총후미술전 참여와 1920년 11월에 창간된 조선식산은행의 사보 《회심會心》지에 43년 3월과 44년 4월 2회에 걸쳐 게재한 삽화와, 43년의 《매일신보》에 실린 〈님의 부르심을 받들고서〉 칼럼의 삽화를 들 수 있다.

은사 김은호도 〈금채봉납도金釵奉納圖〉를, 개성 시절의 소꿉친구 김인승도 《회심》지와 《매일신보》에 삽화를 그렸고, 수십 명의 작가들이 친일적 미술행위에 가담하였다. 이당 김은호는 그의 친일적 흔적 중에서도 바로 이 〈금채봉납도〉 제작으로 인하여 후일 대표적인 친일작가 중 한 사람으로 비판받기도 한다.

당시 〈반도총후미술전〉은 〈선전〉 특선작가들에게는 무조건 참여하도록 강요하였고, 해마다 11월 초순에 삼월·정자옥·삼중정·화신백화점 등에서 열렸다. 식산은행의 사보 《회심》지는 기창과는 둘도 없는 관계였던 이강수가 편집을 맡고 있었기에, 평소 스케치해 둔 것을 별 의도 없이 제공했다고 운보 김기창은 회상하고 있으나, 거슬러 올라가 보면 그가 이미 〈선전〉 추천작가의 대열에 입신했다는 것만으로도 그 시대의 대다수 중견작가들의 문화적 행위는 친일이었다고 말할 수 있을 것이다. 어떤 분별력의 증표도 좌초되고 무디어졌을 이 시기의 아픔은 이 땅의 수많은 지식인들이 걸어왔던 시대의 구렁텅

이였다.

이렇게 당시의 예술인들은 시대의 쇠사슬에 끌려 차가운 시체로 굳어졌는가 하면, 가난한 시인은 절규를 남기고 신기루를 꿈꾸며 숨을 거두었고, 의식불명의 충격 속으로 빠져들기도 했다. 기창 역시 아무리 죽마고우 이강수가 가져간 몇 점의 드로잉, 그리고 별뜻 없이 그려 준 작품이 《회심》지에 이용당하게 되었다. 또한 〈선전〉 추천작가로서의 난처한 입장으로 강제성을 띠었다 하더라도, 결과적으로는 일본의 대동아전쟁을 찬양하는 내용으로 변신되어 몇몇 작품은 이용당하게 되었다.

후일 그는 당시 상황을 절대적으로 친일 의도를 가지고 제작한 것은 아니라는 해명의 기록을 남기지만 일부에서는 그 순간적인 오류조차도 용인하지 않으려 했다. 그 시대 예술가들은 이렇게 일제의 전쟁 광분 속에서 비극적 전복戰服을 입어야 했고, 기창 역시 그 오점의 언저리에서 자신의 본래의 뜻과는 무관하게도 왜곡되어지는 쓴 잔을 마셔야 했다.

III

사 랑

만 남

1943년 어느 날이었다.

초목이 한창 푸르름을 발산할 무렵 기창은 화구상도 돌아볼 겸해서 시내에 나갔다가 해질 무렵이 되어서야 돌아오게 되었는데, 삐걱거리는 운니동 집 대문을 막 열었을 때 자신의 눈을 의심하지 않을 수 없었다. 자기 방문 앞에 작고 날씬하게 생긴 세히얀 히이힐괴 쵸컬릿 색의 신발 한 켤레가 나란히 놓여 있는 것이었다. 여자 신발임이 분명했고, 모양이 너무 예뻐서 동화에나 나올 듯싶었다. 아무리 봐도 이상한 일이어서 고개를 갸우뚱거리며 어정쩡하니 서 있는데, 할머니가 황급히 부엌문을 열고 나오며 둘만이 통하는 눈짓 수화로 손님이 오셨다고 하였다.

이상한 일이었다.

'나를 찾아올 사람이 없는데…… 혹시나 나혜석 아줌마가? 이 세상 사람이 아닌 그녀가…….'

아니 도저히 그럴 리가 없다는 표정으로 연신 고개를 갸우뚱거리며 힐끔힐끔 그 귀엽고도 예쁜 신발을 뚫어져라고 쳐다보며, 빠끔히 열린 자신의 방문을 두드렸다. 그러자 웬 젊은 여자 두 사람이 목례를 하면서 일어섰다. 그리고는 자신들을 소개했다.

"저는 아시겠지요? 기옥이 담임 선생……."

이번에는 조금 전 신발처럼 하얀 양장을 한 여자가,

"돌연히 찾아와서 죄송합니다. 저는 기도잇슈라고 합니다. 평소부터 선생님을 뵙고 싶었습니다."

애써 찾은 스케치용 B₃ 연필로 필담이 시작되면서 인사가 이루어 졌다. 기창은 그제서야,

"당신이 기도잇슈로군요. 그렇지 않아도 이번 〈선전〉에서 작품을 보았습니다. 총독상을 이렇게 단번에 수상하시다니 축하합니다. 퍽 인상적이어서 나도 한번 뵙고 싶었습니다. 나는 개명하신 이름만 보고 일본인 신인작가가 탄생한 것으로 알았습니다. 이제 보니 우리 조선 사람이군요. 뵙게 되어 반갑습니다."

사뭇 상기된 기창의 큰 몸짓과 기도잇슈의 아담하고 예쁜, 그리고 총명한 눈빛이 어두운 방안에서 서로 엇갈리고 있었다. 기창은 순간 적으로 생각했다.

'조금 전 흰 하이힐에서 느꼈던 강한 인상과 큰 눈동자나 동그란 곡선의 아담하고도 현명하게 생긴 숙녀의 모습이 어쩌면 이리도 잘 어울릴까?'

기창은 자신도 모르게 처음 본 그녀에게 강렬한 호감이 발산되었 다. 그리고 대화는 순식간에 물꼬가 트였다.

"조선 이름은 무엇이고, 또 고향은 어디신지……."

"네, 박래현이구요. 평안남도 강서에서 태어났지요. 그런데 부모님 이 이사하시는 바람에 전북 군산으로 옮겨 살게 되었습니다. 지금은 도쿄 여자미술전문학교 본과 3학년에 재학중인데, 이번 〈선전鮮展〉 시상식에 참가하려고 잠시 귀국했습니다."

또박또박 적어 내려가는 그의 글솜씨나 매무새가 다시 기창의 마 음을 사로잡았다.

기도잇슈

기도잇슈[木戸一秀], 한국 이름 박래현朴來賢.

이 여인은 기창의 1943년 초여름 이후의 삶을 완전히 뒤바꿔 놓은 장본인이자, 한국 미술계에 한획을 긋고 또 하나의 선구자적 삶을 살다 간 여인이다.

그녀는 누구인가.

원래 고향은 고구려 고분으로 유명한 평남 강서이며, 아버지 박명수와 어머니 조기국의 장녀로 진남포의 조그만 가정에서 태어났다. 그녀의 큰아버지·아버지는 모두 목공예를 하고 있어서 온통 나무토막으로 가득 찬 집안에서 어린 시절을 보내게 된다.

아버지 박명수는 그 중에서도 주로 옷장을 짜거나 예쁜 꽃무늬 같은 것을 조각하여 장식하는 일을 많이 했다. 그녀의 기억에 아버지는 언제나 자신이 하는 일에 흠뻑 몰입해서 무엇인가를 새기곤 했으며, 그때부터 래현은 만들고 다듬는다는 조형적 취미를 잠재의식 속에 배양하게 되었다고 말한다. 그러나 그녀가 진남포 보통학교 1학년이 되었을 때 집안은 군산 부근의 호남평야에 큰 농지를 마련해 둔 것이 있어 식구 모두가 그곳으로 이주하게 되었다.

그렇게 되니 자연히 아버지도 목공예 일을 그만두고 소작인들을 감독하는 지주로 변신하였다. 래현도 다시 군산공립보통학교에 입학하게 되는데, 이때 미술에 대한 취미가 있어 교과서 여백에다 그림을 빽빽이 그려넣곤 하였다.

선생님이 책을 조사할 때는 지우개로 힘껏 문질러도 흔적이 남아 벌겠던 기억을 그녀는 어른이 되어서도 잊을 수 없다고 후일 회상했다. 키는 작달막했지만, 한편으로 육상에 뛰어나서 전주공립여자고등보통학교에 진학하여 〈전 조선 여자 올림픽〉에 전북 대표로 출전할 정도였으니, 그림과 육상은 고등보통학교에서 계속 취미로 손꼽혔다.

졸업 후 래현은 경성으로 올라와 경성관립여자사범학교에 입학했다. 이때 그의 나이는 열일곱 살. 그러나 본래 그녀에게는 다른 꿈이 있었다. 의사나 영화감독이 선망의 대상이었고, 줄곧 그 방향으로 관심을 집중시키게 된다.

급기야 그녀는 여고 졸업 후 누구와 상의도 없이 도쿄 제국여자의전〔東京帝國女子醫專〕에 응시하게 되고, 결국 합격하게 된 것은 의사에 대한 끈질긴 집념의 결과였다. 그러나 그녀의 첫 꿈은 어처구니없는 작은 일을 계기로 좌절된다. 어느·날 병원에 입원해 있던 친구에게 문병을 갔는데 우연히 주사 맞는 모습을 보고는 너무 놀라 그만 졸도해 버렸던 것이다.

그 일이 있은 후 래현은 의사가 자신의 직업이 될 수 없다고 생각하고 다시 영화감독을 꿈꾸었다. 그러나 그것도 그리 간단하지는 않았다. 당시에는 영화감독이라는 직업에 대한 인식도 생소했을 뿐더러 유학을 가야만 했고, 집안에서의 반대도 이만저만이 아니었다. 그리고는 선택한 것이 바로 2년제인 경성관립여자사범학교 연습과였다. 다른 친구들보다 나이도 어리고 해서 우선 이 학교에 진학했다가 학교를 옮기려고 한 것이다.

여러 꿈을 포기하고 입학한 터라 처음에는 별 취미를 갖지 못하고 있었는데 1학년 여름쯤 일본인 에쿠지 게이시로〔江口敬四郎〕라는 교수가 담당하는 미술과목에 흥미를 느끼게 되었다. 에쿠지는 당시 〈선전〉에 특선을 하고 〈조선미술가협회〉의 이사가 될 정도였으니, 상당한 수준급의 중견작가였다. 박래현은 그에게 배우면서 수채화에서 시작하여 점차 동양화로 전공을 정하고 작가로서의 미래를 설계하게 된다.

그녀의 세번째 꿈이 되는 셈이었다.

열아홉에는 사범학교를 졸업하였고, 그와 동시에 순창공립보통학교에 부임하여 1년간 교직생활을 하다가 마음을 굳히고 드디어 1940년,

스물한 살의 나이에 현해탄을 건너 도쿄 여자미술전문학교에 입학하
여 동양화가의 꿈을 실천하게 된다. 이후에 도쿄 여자미술대학이 되
는 이 학교에는 40명의 입학생 중 한국인은 한 명이었으며, 주말과
야간에는 사설연구소에 나가 집중적으로 작업에 매달렸다.

　스물네 살이 되었을 때 그는 어엿한 3학년이 되었고, 작품세계도
점차 초보적 단계를 벗어날 즈음 래현은 마침 서울의 은사이던 에쿠
지로부터의 권유도 있고 해서 〈조선미술전람회〉, 즉 〈선전鮮展〉 출품
을 결심했다.

　봄이 되어 2곡 병풍에 하숙집 딸인 일본 여자를 모델로 강한 대비
와 간략한 인물상을 흑색 톤으로 묘사해 낸 〈장粧〉을 완성했고, 첫
출품작이 생각지 않았던 영예의 총독상을 수상하게 되었다.

　엉겁결에 전해 들은 수상 소식이 처음에는 믿기지 않았지만, 신문
보도를 통해 곧 사실임을 알게 되었고, 연구소에서도 파티가 벌어졌
다. 그리고 불현듯 귀국하고 싶은 마음이 생겼다. 시상식에도 참석할
겸하여 래현은 오랜만에 경성 땅을 밟았다. 은사님도 만나고 시골집
에도 다녀오고, 여기저기 구경도 할 곳이 많았다.

　그러던 어느 날, 일본 도쿄 여자미술전문학교 선배이자 상명여자중
학교에 교사로 있는 안희숙의 집에 들르게 되었다. 집이 삼청동에 있
어서 조선총독부를 지나 한참을 걸어, 땀을 훔치며 대문을 들어서려
는데 마침 나오고 있던 안희숙과 마주쳤다.

　희숙은 반색을 하면서,

　"어쩌지? 지금 막 가정방문을 가려던 참이었어. 학생들의 방학생활
도 점검할 겸. 이미 약속된 일인지라 취소할 수도 없고. 얘 그러지 말
고 아예 나랑 같이 갈까?"

　게다가 희숙이 방문하려는 집이 유명한 화가의 집이어서 마침 잘
되었다고 흥미를 돋우었다.

　"너, 김기창이라고 들어봤지? 그 대단한 〈선전〉의 추천작가이니 모

를 리가 없겠지. 바로 그분의 동생 기옥이가 우리 반 학생이야. 어때 흥미 있지?"

래현은 사실 첫 출품에 덥석 총독상을 받기는 했지만 일본에 있었으므로 국내 미술계에는 무지할 수밖에 없었다. 그런 까닭에 김기창이라는 이름은 여러 차례 들어보았고, 인쇄물을 통해서 작품을 본 적도 있었다. 그는 경성의 유명한 중진작가를 직접 만날 수 있게 된다니 경성화단에 무지한 자신에게는 절호의 기회라고 생각하여 선뜻 동행의 뜻을 밝혔다.

희숙과 래현은 그동안의 일본 생활을 정답게 애기하며 삼청동 고갯길로부터 양산 하나를 받쳐들고 땀에 흠뻑 젖은 채 운니동으로 향했다. 과일바구니를 사서 나누어 들고 창덕궁 앞을 건너 좁은 골목 막다른 기와집 앞에 이르니 나무로 만든 문패에 빛바랜 글씨로 〈김기창金基昶〉이라고 써 있었다.

얼마나 오래 됐는지 빗물에 씻기고 햇빛에 바래서 거의 먹빛을 찾아볼 수가 없었다. 지붕 위에는 잡초 몇 포기가 삐쭉삐쭉 보였고 허물어진 곳도 몇 군데 있을 정도로 단장되지 않은 채였다.

희숙이 문을 여니 삐―걱 하는 소리가 너무나 커서 짐짓 놀라고 있는데, 한 여학생이 황급히 나와서 희숙에게 고개를 숙여 정중히 절을 했다.

집안에 들어서자 반쯤 허물어진 돌담 사이로 능소화가 주홍빛 자태를 한참 뽐내고 있었고, 이 오래 된 기와집은 김기창이라는 화가의 얼굴을 상상으로 떠올리게 하면서 야릇한 느낌이 들게 했다. 조금 뒤 예순은 훨씬 넘었을 것으로 보이는 할머니 한 분이 구부러진 허리로 힘겹게 부엌문을 열고 나와 바싹 마른 두 손을 비비며 한참을 바라보았다.

"안녕하셨어요. 저 기옥이 담임 선생입니다. 방학이고 해서 가정방문 차 들렀습니다."

　할머니는 그제서야 겨우 안희숙을 알아보고는,

　"아이구, 내 정신 좀 봐. 선생님을 몰라 뵙고. 선생님 안녕하셨어요. 그런데 이를 어쩌나, 기옥이가 아직 안 돌아왔는데. 얘 오라비 방에서 조금만 기다리세요. 그러면 곧 들어올 테니. 그리고 얘 오라비도 올 거구요."

　앞치마를 연신 만지면서 방으로 들어가기를 권하는 할머니. 희숙과 고개를 끄덕여 의견 일치를 본 후 두 사람은 방으로 들어갔다. 길다랗게 생긴 ㄱ자 집으로, 마루에 올라서서 제일 끝방으로 들어서려는 찰나에 해프닝이 벌어졌다. 박래현이 문턱에다 정강이를 여지없이 찧어 버렸던 것이다. 순간 너무 아파서 숨도 쉴 수 없을 지경이었으나 소리를 지를 수도 없고 해서 간신히 참았다. 한참 후에야 겨우 정신을 차리고 방안에 들어설 수 있었다.

　들어서자마자 마치 마법의 동굴에 들어온 듯한 느낌이었다. 빛이라고는 거의 없는 어둑어둑한 방 사방으로 정리되지 않은 검은 형체들이 어렴풋이 감지되었다. 그리고 채색화를 그릴 때 가루물감 접착에 쓰이는 아교와 물감·먹·책 냄새 등이 메케하게 코를 찔렀다. 한참이 지나서야 사방의 형체들이 모습을 드러냈다. 외국 소설·명작·사상집 등 여러 분야의 책들이 삼면에 가득 차 있었고, 화첩과 스케치북들이 어지럽게 쌓여 있었다.

　"아니, 이분은 문학에도 대단한 조예가 있는 분이잖아요?"

　그 큰 눈을 더 동그랗게 뜨고 쳐다보는 래현에게 희숙은,

　"그래, 이분은 대단한 독서가이기도 해. 그래서 대화의 폭이 넓기도 하구. 얘 우리 이 화첩이나 구경해 볼까?"
하고는 수북이 쌓인 화첩들 중 너덜너덜 걸레가 다 된 표지도 없는 화첩 한 권을 꺼내서 펼쳐 보았다.

　선이 무질서하게 그어진 인물묘사들이며, 속사速寫, 즉 순식간에 사물의 특징을 묘사해 내는 크로키, 새나 개·곤충·말·소 등 온갖

동물의 동작 하나하나를 섬세하게 관찰하고 그 영혼까지도 면밀히 읽어내려는 작가의 의도가 짙게 배어져 있었다. 공간이라고는 거의 없는 스케치나 밑그림·크로키 등이 가득 찬 화첩 몇 권을 보고서 래현은 조금 전 문턱에서 부딪혔던 정강이의 해프닝도 까마득히 잊은 채 그저 감탄사를 연발했다.

"일본인들만 이토록 치밀한 데생을 하는 것으로 알았는데 조선에도 이런 분이 있었다니!"

희숙은 아직도 국내 미술계에 어두운 래현을 향해,

"그러나 국내에서도 청년의 나이에 이 정도 각고의 노력을 하고 있는 작가는 드물지. 더군다나 이분은 듣지도 말하지도 못하는 장애자라는 사실이 더욱 놀라운 것이긴 하지만 말이야."

순간 래현은 깜짝 놀라서 말문이 막혔다.

"아, 아니…… 그게 사실이야?"

"얘, 넌 지금까지 정말 몰랐단 말이야? 하긴 네가 도쿄에 있었으니 그럴 수도 있지. 그러나 경성 사람들은 다 아는 사실이야."

"언니, 그렇다면 그분과 어떤 식으로 말을 하지? 어— 어쩌면 그럴 수가…!"

아직도 흥분이 가시지 않은 채 래현이 묻는다.

"그거야 필담이지 뭐야. 크게 불편할 건 없어. 김선생님은 글도 잘 알고 쓸 줄도 알아. 책을 이렇게 많이 읽는 다독가多讀家라서 지식도 그 나름대로 풍부하구."

그리고서 래현은 비로소 그가 아직 미혼이라는 것과, 어머니가 일찍 돌아가시고 소년가장이 되어 굳은 의지로 이당 선생 밑에서 입지적인 작가로 성장해 가고 있는 촉망받는 작가라는 것을 알았다.

"세상에, 난 최소한 50대쯤 되는 작가인줄 알았어요. 알려진 것에 비하면 나이가 너무 젊고, 또 신체조건과 가정환경이 충격적이군요."

연신 고개를 갸우뚱거리던 래현은 연거푸 자신의 가슴 속 저 깊은 곳으로부터 스스로도 감지하지 못할 호기심과 연민 비슷한 진동이 일고 있음을 희미하게 느꼈다.

막연한 여성적 모성애라고나 할까.

아니면 같은 길을 가는 예술가로서의 동정심이라고나 할까. 어쨌든 뭐라고 말할 수 없는 충격이 서서히 가라앉아 갈 무렵 어둠에 익숙해지자 책의 제목들도 눈에 들어오고, 화구나 화첩들도 형태가 뚜렷해져 비로소 방안의 모든 것들을 구석구석 바라볼 수 있게 되었다.

그렇게 희숙과 기창의 방에서 이런저런 소설 같기만한 방주인을 상상하며 보낸 시간이 상당히 지났다. 물론 뒤늦게 돌아온 기옥이도 불러서 한동안 이런저런 이야기도 했지만 초면에 남의 방에서 지나치게 오래 있었다는 생각이 들어서, 둘은 할머니에게 다음에 다시 들르겠다는 으레적인 인사말을 건네고 일어서려고 하였다. 그러나 계속 초조해 하며 마루에 앉아 있던 할머니는 극구 만류하였다.

"선생님 조금만 기다리세요. 곧 돌아올 겁니다. 하필이면 애가 오늘 따라 늦게 오네요. 방이 누추해서 죄송해요."

"별말씀을요. 책과 화첩이 많아 구경하느라 시간 가는 줄도 몰랐어요. 그럼 조금만 더 기다려 볼까요. 기옥이하구 얘기도 좀 하구요."

말은 그렇게 했지만 도배를 언제했는지 벽에서 떨어진 흙이 방바닥에 흩어져 있고, 지푸라기도 여기저기에 삐져 나와 있었다. 그러나 래현은 내심으로는 그 방에 앉아서 화가 김기창을 탐구해 보는 일이 즐거웠다. 그는 어떤 사람이길래 이처럼 독특한 삶을 살아가고 있는가? 마치 자신이 소설의 한장면을 대하는 듯한 기분으로 방의 주인을 기다렸다.

그로부터 몇 분이나 지났을까.

그 유난히도 삐걱거리는 대문소리가 나더니 뚜벅뚜벅 큰 발소리와 함께 할머니의 목소리가 들렸다. 마침 책상 사이에 놓인 조그마한 거울조각 하나가 반 정도 열린 문으로 반사되어 밖이 내다보였다. 얼핏

보니 뜰 앞 샘물 옆에 그 거울조각으로는 다 보이지 않는 큰 체구의 잘생긴 남자가 산처럼 우뚝 버티고 서서 할머니와 서툰 수화를 나누고 있었다. 그러더니 댓돌 위의 신발을 뚫어져라 쳐다보고는 방문을 두드리는 것이었다.

기창과 기도잇슈, 아니 박래현의 운명적인 만남은 이렇게 해서 이루어졌다.

1미터 80센티미터나 될까, 큰 키에 모시옷을 입었는데 바지가 작아서 발목이 조금 보일 정도였다. 첫눈에 그는 우람한 남성적 매력이 짙게 배어 있었다.

놀라는 기창의 표정에 이어 세 사람은 서로 필담으로 인사를 나누었고, 그제서야 한동안 어리벙벙했던 기창의 표정이 가라앉는다. 정확히는 모르겠지만 거의 칠순은 되어 보이는 할머니가 골골이 패인 주름살투성이의 손으로 딸기빙수를 쟁반에 받쳐 방에 들여왔다.

기창은 그 빙수를 숨도 쉬지 않고 순식간에 마셔 버리더니 이번에는 여기저기서 백지조각을 모은 후 무엇을 찾느라고 애를 썼다. 바지 주머니를 두어 번 훑더니 이번에는 저고리를 여기저기 더듬다가 겨우 몽당한 B3 연필 한 자루를 찾아냈다.

이번에는 희숙의 만년필과는 그 의미가 다른 자신의 언어도구를 찾은 셈이다.

그 순간 미안하다는 듯이 씽긋 웃어 보이는 모습이 커다란 바윗덩어리가 계면쩍게 웃는 듯해 어색하면서도 순박한 정감으로 무게를 실어 전달되었다.

B3 연필은 기창과 래현, 그리고 가끔씩은 희숙의 사이를 오가며 세 명의 메신저가 되었다. 래현과 희숙의 웃음소리가 자주 터져 나왔지만, 기창은 거친 숨소리만을 연발할 뿐 한층 상기된 얼굴로 모처럼만에 찾아온 귀빈 중의 귀빈을 위해 많은 글씨를 써내려 갔다.

"이상한 일이로군요. 박래현, 기도잇슈. 아무리 봐도 남자 이름으로 생각되는데, 어찌 된 일입니까?"

"네, 연유가 있어요. 할아버님이 제가 뱃속에 있을 때 사내 아이인 줄 알고 미리 지어놓은 이름인데, 계집애가 나와서 어찌할 수도 없고 해서 그냥 붙이게 된 거예요."

"하하핫 그것 참 재미있군요. 이렇게 예쁘게 생긴 남자가 있는가 보군요."

순간 래현의 양볼이 조금 달아올랐다.

"일본 생활은 어떻습니까? 힘들지 않으세요? 그림 그리는 환경은……."

"가끔씩 조국이 그리워지기도 하지만 소녀 적의 꿈이었던 의사나 영화감독이 못 되었으니 화가로서 꿈은 기필고 이루이야겠다는 생각에 참고 지냅니다. 이번의 작품 제작도 하숙집에서 했는데, 다소 좁고 답답하기는 해도 무엇인가 알 수 없는 마력에 끌려드는 것 같은 신비감 때문에 엄습해 오는 고뇌를 이겨내곤 했지요. 선생님은 화가의 길이 어떠세요? 이 정도면 이제 유명해지기도 하셨는데."

"유명하다니요, 당치않습니다. 저의 은사님인 이당 선생님께 비하면 이제 걸음마 단계인걸요. 그저 문학작품을 즐겨 읽고, 길 가다가 눈에 띄는 것이 있으면 놓치지 않고 스케치해 둡니다. 일본은 몇 번 다녀왔는데 야자와〔矢澤弦月〕 선생은 나를 무척 아껴 주시지요. 일본인이지만 내 어려운 점을 잘 돌봐 주십니다. 그보다 기도잇슈, 아니 래현씨의 이번 선전 작품은 단연 강렬했지요."

"사실은 제가 이 방에 처음 들어왔을 때 어둑어둑한 느낌과 몰래 훔쳐보았던 스케치들에 대해 느꼈던 인상들이야말로 제게는 이번 귀국의 큰 선물입니다."

"과찬의 말씀을."

"그런데…… 선생님께서 장애가 있으니다는 사실을 여기 와서야 알게 되었고요. 제게는 오늘 같은 교훈이 더없이 소중합니다."

희숙이 덧붙였다.

"그래서 경성에서는 김선생님의 의지에 모두가 감탄하고 있어."

"감탄은 무슨, 그저 들리지 않으니까 열심히 그리지요. 제가 장애마 저도 없었다면 어찌 이당 선생님을 뵐 수 있었겠습니까?"

다시 싱긋 웃으며 기창은 B₃가 거의 다 달을 때까지 투박한 칼로 연신 깎아대며 다음 대화를 써내려 간다. 종이도 바닥이 났고, 래현 의 큼직큼직한 글씨도 이제 더 이상 쓸 자리가 없었다.

어느덧 창 밖이 어두워졌고, 할머니는 정성껏 차린 저녁상을 들여 왔다. 염치불구하고 둘은 저녁을 맛있게 들었다.

첫 만남은 이렇게 이루어졌다.

우연치 않게 만난 선배 희숙의 가정방문이 촉매였지만 이 모든 것 이 간단치만은 않은 인연인 듯하였다. 희숙은 삼청동 길로 가고 운니 동 골목을 나와 창덕궁의 돌담길을 따라 래현을 배웅했다. 걷는 중이 어서 침묵으로 일관했지만 기창은 자기도 모를 순간적 행복에 깊이 빠져 있음을 느꼈다. 흰 하이힐과 날씬하게 뻗은 종아리 하며 우미한 전신의 곡선, 거의 완벽에 가까운 한 송이 소담한 백합 같은 이 여인 에게서 갑자기 어머니의 채취가 스치고 지나갔다.

무어라 남길 수 없는 이들의 첫 만남은 창덕궁 돌담의 어둠 속에 서 그렇게 어떤 기약이나 흔적도 없이 가벼운 웃음 하나만을 남긴 채 헤어졌다.

'잘 가세요. 어두운데……'

키가 큰 기창을 올려다보며 래현은 가느다란 목소리로 말했다.

"잘 놀다 갑니다. 저의 친구가 바로 이 위의 재동에 삽니다. 걱정 마시구 들어가세요."

기창이 먼저 양팔을 들어 섭섭하다는 표정을 지어 보였다.

저만치 손을 한두 번 흔들고 사라지는 그녀의 뒷모습을 기창은 물 끄러미 바라보면서 역시 자신도 손을 흔들었다.

되돌아오는 기창은 허탈했다. 바지 주머니에서 한손을 꺼내 담벼락을 만져보면서 멍하니 별자리를 쳐다보았다. 갑자기 와르르 어머니에 대한 그리움이 밀려들었고, 밤길의 가로수들이 더욱 외로워 보였다.

방으로 들어서서 수십 장은 될 법한 필담의 흔적들을 하나하나 포개어 서랍에 넣어두고 자리에 벌렁 누워서 래현의 그 아름다운 모습을 하이힐부터 되새겨 보기 시작했다.

사 랑

'김선생님 그 B3는 제게 많은 교훈을 주었습니다. 뜻하지 않게 좋은 시간을 내 주셔서 감사합니다. 저녁도 맛있었구요. 그 연필 깎으시는 모습이 지금도 눈에 선하군요. 작품 많이 하세요.'

며칠 후 박래현, 즉 기도잇슈는 군산의 시골집에서 엽서를 보내왔다. 간단한 내용이었지만 너무도 반가워 답장을 쓰려고 보니 그냥 '군산에서 기도잇슈'라고만 적혀 있을 뿐 주소는 없었다. 조금은 야속하기도 했지만 어쩔 수 없이 답장을 하지 못하고 다시 화단생활에 계속했다.

향당 백윤문이 기억상실증에 걸린 후 이묵헌 친구들 중 자주 어울리는 패거리는 이미 형제 같은 관계가 되어 버린 청계 정종녀와 현소 정홍거·일관 이석호 등이었다. 특히 이석호는 나이가 기창보다 10년 정도 위였다. 유도에 상당한 실력을 지니고 있었다. 당시에도 광무관에 나가 체력을 단련시켰는데 기창도 어릴 때부터 운동을 좋아하던 터라 자주 이석호를 따라다녔고, 석호의 영향을 받아 기창 자신도 유도를 시작해서 3단까지 승단했을 정도로 가견을 이루었다.

원래 기창이 운동을 시작한 것은 어릴 때 동네 아이들이 귀머거리라는 이유로 귀찮도록 따라다니며 돌멩이를 던지거나 놀려대는 일이 잦아 홧김에 이런저런 운동을 시작한 것이 발단이 되었다. 그런 기창이 이석호의 유도 실력을 보고 반하는 것은 당연한 일이었다. 정종녀도 기창과 어울려 근교의 여러 곳에 스케치를 다니기도 하고, 때로는 강화도의 점쟁이 집에 찾아가서 서로의 운명을 점치기도 했다.

정종녀도 이석호도 모두 〈선전〉에 오랫동안 입·특선을 한 실력가들이면서 이당 문하는 아니지만, 김규진의 문하인 고암 이응노, 청전 화숙의 배렴·심은택·박원수·정용희·이건영·이현옥 등과 어깨를 나란히 하며, 갓을 썼던 선비화가 월전 장우성(1912-)·현초 이유태 등의 이묵헌 주축 멤버와 함께 청년 화단을 이끌어 갔던 작가들이었다.

기창은 이같은 친구들과 어울리기도 하면서 작업을 계속했다. 다섯 여인이 앉아 있는 모습을 그린 대작 〈모임〉은 잊혀져 가는 첫사랑 소제의 뒷모습과, 잘 따르던 동네 아주머니·누님들과, 집안일을 거드는 사람들을 모델로 하였다. 인물들간의 각기 다른 긴장된 시선과 자태가 인상적인 작품이다.

어느덧 해가 바뀌고 23회 〈선전〉이 다가왔다. 당당한 추천작가로서 두 점을 출품했고, 첫날 전시장에 들렀다.

동양화부에 들어섰을 때 기창은 문득 도쿄에 있을 기도잇슈의 작품도 출품이 되었을까 하는 기대를 하며 긴장된 마음으로 작품과 작가명을 살폈다. 거의 모든 작품을 지나 한쪽 코너를 돌자 〈기도잇슈〔木戸一秀〕, 무감사無監査〉라는 명패가 한눈에 들어왔다.

"자식, 22회 특선자라서 무감사로 나왔구먼. 남자 이름 같은 친구."

뇌리에서 맴도는 혼잣말을 뇌까리고는 쓸쓸한 미소를 띠면서 기창은 그 흰 양장의 처녀가 갑자기 보고 싶어졌다. 1년간 간간이 생각을 해왔지만 편지가 없으니 답장도 못할 노릇이고, 그렇게 잊혀졌겠지 하고만 생각해 왔었다. 더군다나 그녀는 어엿한 도쿄의 유학생이고 미모에 군산의 지주 가문에……. 자신과 비교해 보면 별로 생각하고 싶지도 않은 짜증스러운 조건만 나열되었다.

기창은 그럴 때마다 우울했고 또 슬퍼졌다.

"제기랄……."

할 말도 없고, 별 재미도 없는 허공의 시간들을 메워 보려고 정종녀·정홍거·이석호 등과 자주 어울려 한동안을 보냈다. 그러다가도 문득 문득 뇌리에는 기도잇슈, 그 여인의 모습이 떠올랐다. 경성에 왔을까? 편지 한 장도 없는 무정한 녀석.

'까마득히 잊어버린 게로군.'

그러던 어느 날 집에 돌아오니, 할머니가 수선스럽게 조기 한 꾸러미를 들고 나오시면서 작년 그 색시가 다녀갔다고 하셨다.

"아니 누가요?"

"그 기옥이 선생님하고 왔던 그 아가씨 말이야."

갑자기 가슴이 뛰면서 기창의 얼굴에 묘한 변화가 일었다. 어떻게 표현해야 할지 알 수가 없었다.

"군산에서 가져온 거란다. 며칠 뒤에 다시 오겠다고 했으니 그때 만나보거라."

그러나 연락은 없었고, 열흘쯤 지난 후 도쿄로부터 큼직큼직한 글씨가 꽉 찬 엽서 한 장이 날아왔다. 학교 졸업반인 이유로 급하게 해야 될 일 때문에 만나지 못하고 와서 미안하다는 내용과 안부인사 정도였다. 이번에는 주소도 있고 해서 용기를 내어 첫 편지를 썼다.

'당신의 편지 잘 받았습니다. 당신은 동에 번쩍, 서에 번쩍 하니 홍길동인가 봅니다. 하기야 졸업 준비로 바쁘실 줄은 압니다마는 무척 섭섭했습니다. 작품도 잘 보았고, 그렇지 않아도 궁금했었습니다. 가져오신 굴비 맛있게 잘 먹었습니다. 그 어여쁜 하이힐과 큼직큼직한 필담 글씨가 생각나는군요.'

담담하게 답장을 쓰고 난 후 봄이 가고 다시 능소화가 주홍색 아름다운 모습을 뽐내는 여름이 왔다.

할머니가 마침 작품에 여념이 없는 기창의 등을 두드리며, 그 색시가 왔다는 것이었다. 뒤를 돌아보는 순간 기창은 너무 놀랐다. 그녀가 그 흰 하이힐에 그 흰 양장에 미소를 머금고 마당에 서 있었던 것이다.

1년이 지나서인지 더욱 성숙해졌고, 그녀에게는 현숙해 보이면서도 싱그러운 사과알 같은 그런 젊음의 향기가 짙게 배어 있었다.

갑자기 찾아온 그녀 앞에서 기창은 다소 긴장이 되었고, 또다시 몇 분 동안 허둥대어 그녀에게 웃음거리가 되었다.

"아니 갑자기 이렇게 찾아 주시고, 방학이 되셨나 보군요."

"네, 저번에는 죄송했어요. 어떻게 지내시는지 궁금하기도 하고 해서……"

해후였다.

래현이 어떻게 생각하건, 그녀와의 만남은 기창을 긴장시켰고, 자신을 알 수 없는 열정의 길목으로 빠져들게 했다.

B3 연필.

그리고 여기저기서 주워모은 백지들을 수북이 쌓아놓고 이번에는 단둘이서 필담을 시작했다.

"저는 아예 잊어버리신 줄 알았습니다."

기창이 넌지시 래현을 자극했다.

"죄송합니다. 답장도 바로 못해 드리고…… 외국생활이 하루하루가 힘이 들어서……"

"그냥 해본 소리였어요. 일본 화단은 요즘 어떻습니까?"

"아시겠지만 일본인들은 전쟁으로 인한 후유증이 정신적으로 물질적으로 너무나 심각해요. 그래서 작가들마저도 보다 안정된 그림을 그리기가 힘이 듭니다. 요즘 부쩍 불안감이 심해졌나 봐요. 그런 이유로 새로운 작가, 새로운 경향이 크게 부각되지는 못하고 있어요.

저는 언젠가 그 큰 대륙의 나라 미국에 가서 공부해 보고 싶어요. 어쩌면 저의 꿈이기도 합니다."

"미국까지요? 래현씨는 꿈이 무척 많으시군요. 그렇게 되시면 정말 뵙기가 어렵게 되겠군요."

기창은 갑자기 빠른 글씨로 써내려 가면서 마치 그리던 연인이 떠나가는 것 같은 심경으로 쓸쓸해지는 자신을 느꼈다.

"그렇겠지…… 내가 무슨 자격으로……."

이미 기창의 감정은 짙게 물들여져 있었고, 래현의 미국 유학 계획은 그의 연애감정을 여지없이 자극했던 것이다.

"제가 미국에 가게 되면 혹시 또 알아요. 선생님을 초청이라도 하게 될지."

"네? 그런 일이 있을 수 있을까요? 아마 그렇게 되면 제가 래현씨의 짐꾼으로나 갈 수 있을지."

"아―이 농담도. 그러나저러나 우선 일본생활을 잘 마무리해야 될 텐데 걱정이에요."

기창의 그 뭉퉁한 손이 다시 연필을 깎아댄다.

"그런 때일수록 더 열심히 해야 해요. 예술가들이란 항상 난세亂世에 모티프를 포착할 수 있는 역동적인 면이 많아요. 마치 밟으면 다시 일어서는 야생잡초처럼. 어쩌면 나의 삶 또한 그런 것 같기도 하고요."

두 자루째의 연필이 중간쯤 깎였을 때 창 밖의 가느다란 햇살이 막 담을 넘어섰다. 래현은 너무 오래 있었다 싶었는지 할머니가 넣어준 과일 접시를 다 비우고 나서 아쉽게 일어섰다. 1년 전에도 그랬던 것처럼 그들은 다시 그 창덕궁 길을 조금 내려가 재동 쪽으로 가는 길목에서 헤어졌다.

"오늘 즐거웠습니다. 선생님이 이렇게 재미있는 줄은 몰랐어요. 군산에 좀 다녀와서 며칠 후 다시 들르겠습니다."

되돌아가는 래현의 모습을 보면서 소담한 그의 모습이 붉게 물들어 가는 도시의 저편에 멀겋게 그려졌다.

그러나 그날은 1년 전 헤어질 때와는 달랐다. 비록 미국 유학을 떠나겠다는 쓸쓸한 말을 듣기는 했지만 다시 만날 수 있다는 언약도 있었고, 대화의 내용도 훨씬 친숙해져 있었다. 필담도 래현이 남자답게 써내려 가는 속도나 글씨체 때문에 어느 정도 숙달이 된 듯하였다. 기창은 돌아와서 서랍 한편에 곱게 쌓아놓은 1년 전 필담부터 한 장씩 한 장씩 읽어보았다.

이렇게 설레이는 가슴은 난생 처음이었다.

이튿날 운동을 마치고 기창은 선배인 석호에게 술이나 한잔 하자고 청했다. 그저 아무 말 없이 기창은 단성사 옆 좁은 골목길의 싸구려 술집에서 석호와 대작을 하였다. 석호 역시 평소 그리 말이 많지 않은 터이지만 그날따라 기창이 무슨 할 말이 있는 듯하여 내심 기대를 하며 술잔을 기울이고 있을 뿐이었다.

"형님, 내가 어느 분에 넘치는 여자를 사랑하는 것 같아. 그것이 가능한 일일까? 형님, 대답 좀 해봐."

무슨 영문인지 알 턱이 없는 석호는,

"도대체 어떤 여자야? 나는 모르겠지만 기창이, 자네의 의지 그것만 생각하면 되네. 우리 환쟁이들이 그 의지 하나 빼면 무엇이 있겠나. 의연하게 운동할 때처럼 앞뒤 가리지 말고 밀어붙여 봐. 그러면 문제 없을 것 같은데."

기창은 즐기지도 않는 술을 그날따라 서너 잔이나 비웠고, 석호는 기창에게 많은 용기를 주었다.

며칠 후 래현은 약속 대로 운니동을 찾았고, 그후로는 애타게 기다릴 것도 없이 거의 매일을 만났다. 그리고 그 흙냄새가 비어져 나오는 어두운 운니동 집을 벗어나 연인들이 즐겨 찾는 그런 곳들을 거닐었다.

본정, 즉 명동·남산·이화여자대학교 뒷산·한강, 예술적 채취가 그윽한 본정의 찻집도 몇 군데 들렀다. 기창은 매일매일이 마치 구름 위를 거니는 듯 꿈만 같았다. 어느 날 두 사람은 이대 뒷산에 올라갔다. 그때 마침 기차 한 대가 흰 연기를 내뿜고 기적을 울리며 신촌역을 향해 달려가고 있었다.

"지금 저 기차는, 무슨 소리를 내고 지나갔나요? 기적소리의 기억이 제게는 없습니다."

갑자기 묻는 질문에 래현은 당황했으나 무슨 말인가는 해주어야만 했다. 난처하다는 듯 한참 생각을 한 후 그녀는 말했다.

"네, 무척 우렁차구요. 고동친다고 그럴까요, 아니면 하늘을 향해 외마디 소리를 지르는 것 같다고 그럴까요. 아무튼 선생님같이 우람한 그런 소리였어요."

"네? 제가 기차소리 같은 사람이라구요?"

"뭐라고 말하기는 어렵지만 선생님은 분명 쇳덩어리로 만들어진 저 기차의 고동소리 같은 것이 느껴지는 그런 분이에요."

"글쎄, 칭찬이신지…… 그렇다면 지금 우리 주변의 숲에서는 무슨 소리가 나지요?"

"새소리도 나고, 매미소리도 크게 들려요. 맴―맴―맴―맴."

"새소리는요?"

"글쎄요, 쨱쨱? 찌륵찌륵? 산비둘기는 꾹―꾹―꾹 울어요."

"래현씨의 입 모습과 표정들을 보고 있으니 생각만 해도 재미있는 소리들이군요. 그런데 래현씨의 목소리는 어떻지요? 한 번만이라도 듣고 싶은데 안타깝군요. 소리가 없는 사물들, 삼라만상들, 그것은 곧 나에게는 모두 그림처럼 보입니다. 저 바람에 쉼없이 흔들리고 있는 아카시아 나무도 그렇고, 기차도 새들도 매미도 다 그렇습니다. 그런 이유로 저는 항상 사물들을 보면서 생각을 하게 되고, 그것들의 생김새를 어떻게 하면 잘 묘사해서 소리까지도 들을 수 있는 예술세계로 승화시켜 갈지를 모색합니다. 제가 래현씨를 바라보고 이해하려는 깊이나 정신세계도 마찬가지예요. 보이는 그림으로만 보는 것이 아니라 보다 많은 것을 읽고 느끼려고 갖은 애를 쓰지요. 그래서 저는 비록 상상이지만 래현 씨의 목소리가 분명 그 흰 하이힐과 같이 예쁘리라고 생각합니다.”

래현은 눈을 감고 이 서글픈 그리고 가슴 뭉클한 필담을 되새겼다. 한참 동안 침묵이 흐른 후 래현은,

“시인이 되실 걸 잘못하셨어요!”

“허—허 어쩌면 요즈음은 시인과 음악가·미술가 그 모두가 다 된 것 같아요. 그만큼 래현씨와 같이 있는 시간들이 제게는 영감을 불어 넣어 주는군요.”

“본정으로 가서 우리 차도 마시고 파란 빛깔로 변해 가고 있을 보도 위를 걷는 기분도 만끽해요.”

둘은 행복해 보였다.

비록 두 사람에게 연인이라는 밀월 관계의 어떤 조건도 가시적이지는 않았지만 기창은 이미 연인들 이상의 어떤 이상적인 행복까지도 느낄 수 있었다. 필담이 이제 몇 권의 책으로 묶어도 될 만큼 쌓여갔고, B₃ 연필도 몇 다스는 깎아댔다.

래현의 가방에는 항상 연필과 종이가 준비되어 있었고, 서로의 동료적인 입장은 눈빛과 감정을 읽어가는 새로운 관계로 진행되려는 찰나였다.

래현은 기창의 그 진지한 태도와 자신으로서는 불가사의하다고 할 만한 굳은 의지, 뚜렷한 예술가로서의 철학, 그리고 표현할 수 없이 압도하는 남성적 체취, 뭐 그런 것들에서 상대적으로 강한 매력을 느낄 수 있었고, 그녀가 갖는 어떤 모성애적인 동정 역시 숨길 수 없는 연민의 원천이 되었다. 그와의 필담 또한 영화의 한장면처럼 낭만적으로 느껴지면서 자신도 모를 매력을 지니고 있었다.

이에 비하면 기창은 래현이 데이트 상대자라기보다는 더 크고 이상화된, 마치 어머니처럼 느껴질 정도로 어떤 순간적 사랑과는 다른 진실과 기대와 열정이 느껴졌다.

둘은 그동안 밀렸던 작업 이야기며, 어머니·플로렌스 부스 박사·이당 김은호 선생·군산 생활·일본 유학 이야기들을 빠짐없이 주고받았다.

래현은 비록 필담에 의해 상상할 수밖에 없는 부분이 많았지만, 거친 숨소리만으로 순진한 표정을 지어 보이곤 하는 거구의 기창에게서 침묵이지만 지금껏 느끼지 못했던 차원의 강한 신뢰와 의지를 느낄 수 있었다. 특히 어머니를 여의고 소년가장으로서 걸어왔던 말할 수 없는 고통과 슬픔의 부분에서는 화가로시의 동지애적 입장이기 이전에 한 인간으로서 감동을 자아내게 했다.

"선생님, 어떻게 생각해 보면 선생님께서 걸어오신 그 가시밭길이 결국 화가로서 대성공하게 된 동기가 될 수도 있었겠네요. 제가 알기로는 베토벤도 말년에는 청각이 거의 마비됐지만 그 유명한 《전원교향곡》을 만들었잖아요?"

양손을 허공에 저으며 그저 웃어 버리는 기창.

목적지도 없는 눈 내리는 밤거리를 헤매다가 헤어질 때가 되면 래현은 하얀 백지 위에 정색을 하며, 기창을 위해 항상 불굴의 의지로 예술가로서의 입지를 확고히 해야 한다는 말을 한마디씩 써내려 갔다.

기창은 그때마다 생각했다. 누구보다도 고독이라는 짐을 평생 동안 짊어지고 살아갈 수밖에 없는 자신의 검푸른 자화상 앞에 래현은 천사였다. 더 이상의 행복은 없을 듯 무지개 같은 나날이 순식간에 흘러갔다.

둘은 방학을 이용해서 자주 만났고, 래현이 일본이나 군산에 가 있을 때에는 서로 편지를 썼다. 이듬해 봄에는 기창이 직접 군산으로 내려가 래현의 집을 방문하기도 했다. 그런데 도착하던 첫날밤 기차에서 사먹은 도시락 때문인지 갑자기 열이 오르며 오한이 엄습하여 그만 자리에 눕게 되었다.

래현이 부모님에게 서울의 유명한 화가 선생님이 오셨다 해서 귀빈 대접을 받고 있던 차에 그렇게 몸져누웠으니 미안하기도 했지만, 래현이 밤새껏 기창의 곁을 떠나지 않고 간호하는 정성을 보고 다시 한번 그녀에게서 사랑을 느꼈다.

일본에서 가져온 체온계를 꽂아 주는 모습, 물수건을 얹어 주는 모습, 그 모두가 인생 서른하나의 파란만장한, 마디마디가 분절된 기창의 삶으로서는 상상하기 힘든 친절이었고, 친절을 넘어선 뜨거운 체온의 언어가 담겨 있는 듯이 감미로웠다.

그때 기창은 친구에게 편지를 쓰면서,

어머님 사랑 같은 부드러운 손길이외다.
다시 어머님의 사랑이 내게 왔나 봅니다.
나의 넋을 어루만져 조용히 잠들게 하는
아, 그 손길, 그 친절 베푸는 여인이여…….
그녀는 천사외다. 내 연인이외다.

라는 시를 써보았다.

1943년 기창의 나이 서른, 안희숙과 함께 한 래현과의 첫 만남 이후, 이제 그들은 1년여의 시간이 흘렀다. 비록 헤어져 있던 시간도 적지 않았지만, 그동안 기창의 마음 속에는 래현에 대한 깊고 깊은 사랑의 호수가 만들어져 있었다. 그리고 군산 집을 방문하였을 때 그녀의 정성스러운 간호를 보면서 그는 마음 속 깊이 결심했다.

'그대에게 나의 이 애타는 마음을 밝히리다. 그 결과가 어찌 되든 상관없소. 나의 진실을 전하고플 뿐이오.'

귀 국

김기창과 박래현의 가까워지는 관계가 진행되고 있을 2년간의 시대적 상황은 최악이었다.

이미 1941년 12월 8일에 진주만 폭격을 감행한 일본군은 그후 6개월 만에 1차 계획의 차질을 빚게 되는데, 42년 6월 미드웨이 해전은 태평양의 해상 전력을 미국에 넘기는 계기가 되었다. 그후 계속 동남아 여러 나라를 침공하여 43년에 이르면서 과달카날 섬·마킨타와라 섬에서 전멸하고, 뉴기니 섬·솔로몬 제도·길버트 제도·마셜 제도 등이 함락되자 패색이 완연하게 드러나게 되었다. 종반전에 접어들자 광분한 일본군은 44년 3월 미얀마(버마)에서 임팔작전을 시도했으나 결국 7월에 대패하고, 사이판까지 빼앗겨 일본 본토 공습의 기회를 제공하게 된 것이다.

도조 히데키〔東條英機〕 내각이 사임하고 고이소 구니아키〔小磯國昭〕 내각이 등장하면서 심지어는 고무신·타이어까지도 전쟁 물자로 동원되는 등 점령지는 극심한 생활고에 시달렸고, 일본은 패전의 위기에 처해 광란적 행위를 자행했다. 44년 6월에는 다시 마리아나 앞바다 해전에서 일본이 참패함으로써 미군의 일본 본토 공습이 더욱 용이하게 되었다.

이런 상황에서 박래현은 훌쩍 일본으로 떠나 버렸다.

'아무래도 다시 돌아가 그림을 그려야겠어요. 도쿄에 가면 모든 것들이 단순해지고 잡념이 지워지거든요. 우리 어디에서든 최선을 다해요. 그럼 안녕히 계세요. 래현 올림.'

그저 짤막한 메모만을 남긴 채였다.

그것은 대담성을 넘어선 전사戰士와도 같은 어떤 작가적 기질이기도
했다.

전쟁은 극에 달해서 이제 바로 눈앞에서 어떤 일이 벌어질지를 아
무도 예측할 수 없는 시점이 되었다. 언제 어느 때 일본 본토 폭격이
시작될지 모를 일이었다. 그저 미국이라는 거인 같은 나라의 위력이
이미 영국·구소련과 함께 독일·일본·이탈리아를 크게 제압하고
마지막 공세를 하고 있다는, 어렴풋이 들리는 소문은 있었지만 그들
이 일본 본토까지를 공격하리라고는 상상하지 못해서였을까……. 아
무튼 당시에 국내 신문은 연일 일본군 위주의 기사로 동남 아시아 전
쟁에 관한 내용으로 가득 차 있었다. 그 기사로만 봐서는 일본이 승전
할 것이라는 확신을 가지게 했다. 전달매체가 근대적이었던 그즈음,
사실상 아무도 명확한 판단을 할 수가 없었다.

짤막하고도 단호한 래현의 편지를 뜯어보는 순간 기창은 충격이었
다. 마치 그녀에 대한 짝사랑의 연극이 이렇게 해서 끝나게 될 것 같
다는 실망감과 사전에 말 한마디 없이 떠나 버린 야속함이 원망스러
웠다.

"그 여자, 참으로 알 수 없는 인물이야. 대체 지금 이 시점에서 무
엇하러 일본을 간단 말인가? 전쟁이 뭔지도 모르고 있을지도 모르지.
아무튼 일이나 없으면 좋으련만……."

《회심》지의 이강수에게 사랑타령의 넋두리를 늘어놓고, 석호와 다
시 단성사 골목골목의 술집을 전전해도 불안감은 가시지 않았다. 불
안감이라고 해야 될지 아니면 불만이라고 해야 될지, 그것도 확실치
않았다.

"자네, 완전히 사랑에 빠졌구먼. 나는 내심 짝사랑인줄 알았더니 이
제 보니 그것은 아닌 것 같구. 아무튼 이거 축하하네. 한잔 하세나. 죽
― 들이켜."

이석호는 나무탁자가 흥건히 젖을 정도로 잔에 술을 가득 부어대면

서 권했다.

"설마 무슨 일이야 있겠나. 미군들이 폭격을 한다 해도 민간인까지 죽이려고. 그러나저러나 우리들은 어떻게 되는 거야. 쪽발이들이 물러가면 해방이 되겠지. 신문을 보면 오히려 일본이 이길 것도 같고…… 그런데 어느 세월에 전쟁이 끝나나. 요즘 같으면 그림도 안 되고 괜히 불안하기만 해."

정종녀가 거들었다.

래현이 떠난 지 얼마 되지 않아 경성 상공에도 미군 전폭기들이 새까맣게 위협비행을 하는 일이 잦아져 긴급히 소개령疏開令이 내려질 정도였다.

한편 바래현은 1944년 여름 일본으로 건너간 후 졸업을 하면서 일본 화단의 전통적인 교육방법인 화숙畵塾에 적을 두고 작가로서의 꿈을 키워 보려는 참이었다. 그러던 초겨울 어느 날 갑자기 도쿄 상공에 높이 뜬 미군 전투기 B-29 편대가 날아와 격렬한 폭격을 퍼부었다. 드디어 미 공군의 무시무시한 공습이 시작된 것이다.

정확히 말하면 11월 24일부터 시작된 미 공군 B-29 폭격기의 출격은 전일본을 불안에 떨게 했고, 45년 3월 대공습에는 약 8만 명의 사망자가 발생할 정도였다. 2월과 4월에는 이오지마〔硫黃島〕와 오키나와〔沖繩〕가 미군의 손에 넘어갔으니 일본은 중심을 잡을 수가 없었다.

래현은 공습이 시작된 후 바로 지척지간에 폭탄이 떨어져 죽을 고비를 두세 번 넘긴 다음 이리저리 피난민 신세가 되어서 세 번의 이사를 한 끝에 결국 오모리〔大森〕로 나앉을 수밖에 없었다. 더 이상 어디를 가도 전쟁의 참상은 마찬가지였다. 연일 계속되는 공습으로 순식간에 잿더미가 된 건물이며 매캐한 화약냄새 속에 나동그라진 몸뚱아리들은 몸서리를 치게 했다. 얼굴만 떨어져 나와 문드러지거나 창자가 튀어나온 사람들, 수많은 부상자들이 도처에서 신음소리를 내고, 가족을 찾아 헤매는 사람들이 무리를 지었다.

　그녀는 비로소 좌절의 끝과 절규의 현실이 얼마만큼 잔인한 상태로까지 치닫게 되는지를 눈앞에서 생생하게 실감했다. 그리고 그녀 스스로도 절망의 늪에서 목숨을 부지할 수 있는 어떤 길이라도 모색해야만 했다.

　이런 전쟁의 참화 속에서 그녀는 갑작스런 번뇌의 소용돌이에 휘말렸다.

　"예술이란 무엇일까? 그 신기루는 과연 어떠한 현실적 임무를 수행할 수 있단 말인가?"

　그 처참한 현실 한가운데서 래현은 계속 뇌까렸고, 그럴수록 자신의 선택에 대한 극심한 회의까지 엄습했다. 예술이 현실에 어떤 직접적인 도움이 되지 않는다면 그것은 삶에 대한 배반이고 그래서 허구인 듯싶었다.

　비참한 전쟁의 아비규환 속에서 그녀는 5년여 동안 유토피아로만 생각해 왔던 유일한 낙원인 그녀의 예술세계가 단지 이상적 상태로만 머물러 버리는 무기력함을 실감했다. 그녀의 이상이 한순간에 무너져 내리는 허탈감을 되씹으면서 오모리〔大森〕의 골방에 앉아 종일을 생각했다. 그리고 해답은 쉽게 찾을 수 없었다. 처음 대하는 충격적인 현실과 자신의 전공 분야에 관한 자각, 그리고 결정해야 될 귀국의 여부 등이 번갈아 괴롭혔다. 일본은 애초에 박래현에게는 절대적인 성장의 무대였다. 그러나 순간적으로 예술의 본질에 대한 회의가 엄습하면서 그 결심은 더욱 동요되기 시작했고, 무엇인가 다른 비상구를 찾아야만 할 것 같았다.

　"어떻게 할까? 지난 여름 도쿄에 올 때의 각오처럼 여기에서 어떤 경지에 다다를 때까지 남아 있을까? ……아니면 되돌아갈까? 그리고 미국 유학은?"

　다시 몇 개월간의 그 지옥과 같은 전쟁의 참상을 느끼면서 래현은 어느덧 두려움에 면역이 되면서 마음이 다져지기 시작했다.

그녀는 헐벗고 굶주리는 것은 견딜 수 있을 것 같았으나 패전하는 일본의 미래를 생각해 보았다. 그렇게만 된다면 이제는 고국에서도 자유롭게 활동할 수 있고, 원한다면 미국으로의 유학도 가능할 것 같은 생각이 스쳐갔다.

음악을 전공하는 옥玉이와 함께 뜬눈으로 며칠 밤을 토론한 끝에 패전할 것 같은 일본을 떠나기로 결심했다.

"그래, 우리 일단 귀국해서 미국으로 떠나기로 해보자."

1945년 4월 봄이 무르익을 무렵, 급히 구입한 화구들만을 싼 보따리를 들고 두 사람은 채 깨어나지도 않은 도쿄의 새벽을 등지고 역으로 줄달음쳤다.

매표소의 일본 여인이 몹시 거정스러운 표정으로 표를 내밀었다. 그도 그럴 것이 연합군의 해상봉쇄와 폭격으로 바로 며칠 전에 연락선 콘논마루〔崑扁丸〕가 침몰되었기 때문이다. 기차표 뒷면에는 검은 글씨로 27이라는 숫자가 크게 찍혀져 있었다.

아침에 출발하기로 된 기차가 오후가 되어서야 유난히도 구슬프게 기적소리를 울리며 도착했다. 폭격을 피해서 왔기 때문에 늦었다는 것이다. 으슥한 석양이 되어서야 도쿄를 출발했다. 래현은 멀어져 가는 도쿄의 시가지를 담담하게 바라보았다.

차창 밖으로 화약냄새와 비명소리, 복잡하게 얽힌 절규들이 한 장의 화선지에 흡입되어 영상 필름처럼 스쳐갔다. 친구 옥이의 표정 역시 시커먼 기차의 표면만큼이나 굳어 있었다.

'군산 가족들은 무사하실까? 그리고 연락선이 없다면 우리는 어떻게 되지?'

생각만 해도 두려운 상념들을 접어둔 채 둘은 피로에 지쳐 어느새 잠이 들었다. 기차를 타려는 사람도 많았던데다 폭격이 있을 때면 아예 몇 시간씩을 정차하고 있었던 까닭에 기차가 하카다〔博多〕 항구에 닿는 데만도 며칠이 걸렸다.

항구에 도착하니 불안에 떠는 여객선 승객들이 막 짐을 꾸리고 있
었고, 마침 부산항으로 가는 연락선이 있어서 저녁 무렵 배에 올랐다.

그러나 상황은 최악이었다.

예고 없이 가해지는 미군의 공습 때문인지 배 전체가 불을 켤 수
가 없었고, 때로는 엔진 소리도 들리지 않을 정도로 적막했다. 피난
민들은 모두가 컴컴한 객실에 갇혀서 우두커니 앉아 있어야 했다. 그
렇지 않으면 갑판에 앉아 그저 가끔 총총히 떠 있는 푸른 밤하늘의
별을 지켜보며 새벽을 맞아야만 했다.

쏴——

하고 밀려가는 현해탄의 검푸른 파도 위를 연락선은 기적소리 한번 없
이 여기저기의 기뢰들을 피해 잠행했다. 승객은 대다수가 조선인들이
었고, 서로의 얼굴만 바라보며 무언으로 가련한 한민족과 가족들의 안
부를 물었다.

슬픈 결혼식

간간이 받아본 래현의 엽서로 기창은 대충의 소식은 알고 있었다.
그러던 차에 귀국하겠다는 내용의 짤막한 엽서를 받고 이제나저제나
기다려 왔는데, 드디어 늦은 봄날 둘은 참으로 오랜만에 해후를 하게
되었다.

래현은 까만 망사로 만든 모자를 쓰고 여전히 흰색 정장을 한 채
더욱 성숙한 모습으로 마루에 걸터앉아 돌아오는 기창을 반갑게 맞
아 주었다.

기창은 항상 그랬듯이 두 손을 허공을 향해 치켜들면서 고개를 좌

우로 저어 보였다. 어리둥절하다는 몸짓 언어다. 한번 껴안아 주고
싶은 심정이 굴뚝 같았지만 그러지 못하는 것이 안타까울 뿐이었다.
"그래, 전쟁터에서 살아나온 기분이 어떠세요. 저는 영영 못 보는
줄 알았어요. 아버님도 차도가 있으시구요?"
기창의 필담이 흥분을 감추지 못해서인지 순식간에 흘림체로 써내
려 갔다.
"덕분에…… 이 기회에 많은 것을 배웠어요. 진정한 예술의 실체에
대해서도 생각하게 되더군요. 작품은 많이 하시구요?"
다시금 래현의 얼굴을 쳐다보면서 기창은,
"말이 아닙니다. 필요 없는 몇몇 전시만 하게 되고 작품도 잘 되지
가 않아요. 시국이 이러니 우리들이야 오죽하겠습니까? 일본이 패망하
리라는 소문도 있고…… 아무튼 뒤숭숭합니다. 그런데 이건 뭔데 이렇
게 많습니까?"
한아름 가져온 래현의 선물에 기창이 놀라면서 묻는다.
"호분胡粉과 먹·붓 등 그림 재료예요. 언제 다시 일본에 갈지도
모르고 해서 사가지고 왔어요."
"아니, 이 귀한 것들을…… 정말 감사합니다. 그 혼란 속에서 준비
하느라 고생이 많았겠습니다. 그렇지 않아도 사실은 재료 때문에 몇
달 전부터 걱정이 태산 같았는데 구세주 같군요. 좋은 그림 많이 그
리겠습니다. 그런데 미국 유학은 정말 가시는 것입니까? 준비는 어떻
게 하고 계시는지……"
래현은 멈칫하더니,
"준비는 열심히 하려고 해요. 일본에서는 더 이상 어렵겠고, 오래
전부터의 꿈이었는데…… 그래도 전쟁이 끝나야겠지요."
"꼭 가셔야만 되나요?"
"꼭 가야만 한다기보다는 학업을 더 넓은 곳에 가서 마음껏 자유롭
게 하고 싶어서일 뿐이에요."

기창은 왠지 씁쓸했고 무기력한 자신이 초라하다는 생각이 울컥 치솟았다. 마치 사전에 말 한마디도 없이 훌쩍 떠나 버린 작년 래현의 일본행 때 느꼈던 그런 허전함이 느껴졌다.

그렇더라도 하여튼 기창은 래현의 귀국이 몹시 반가웠다.

그리고 여느 때처럼 둘은 거닐었다. 창덕궁을 돌아 창경궁 돌담길을 죽 따라 명륜동까지 걸으며 말은 없었지만 체온만으로도 둘은 대화를 나눌 수 있었다. 기창은 한번만이라도 래현의 어깨를 꼭 껴안아 보고 싶은 충동이 일었다. 그럴 적마다 기창은 래현을 열렬히 사랑하고 있는 자신을 깨달았다.

그러나 도저히 현실에서는 이루어질 수 없는 꿈만 같았다.

다시 래현은 군산으로 내려가 부친을 돌봐야 했고, 그로부터 몇 달 후 억압의 시대에 종지부를 찍는 광복을 맞았다. 그때 기창은 전주에 가서 이당 선생의 소개로 스승의 친구인 유당 김희순이 주선하는 작품감상회를 갖고 아버지의 고향인 공주에 가 있었다. 그러므로 기창은 공주에서, 래현은 군산에서 각각 해방을 맞은 셈이 된다.

해방 후 얼마 되지 않아 래현은 유학 준비도 할 겸해서 서울 친구의 집으로 거처를 옮겼고, 다시 두 사람은 자주 만났다.

"이번에는 어머님이 마침 미국 유학을 떠날 분이라면서 혼처를 내놓으시고 만나보라는 성화에 혼쭐이 났어요."

"또 중매가 들어온 모양이군요. 왜 결혼을 안하실 작정이신가요? 한번 만나라도 보시지."

기창이 슬쩍 래현의 민감한 부분을 건드려 보았다. 그러자 래현이 양볼에 홍조를 띠면서,

"글쎄요. 왠지 마음이 없어요. 그저 답답하기만 하구요. 김선생님은 제가 시집가는 것이 좋으세요?"

기창은 잘 쓰는 습관대로 양손을 허공에 올려 보이며 쓴웃음만을 지어 보였다.

그러던 어느 날 늦게 둘은 평소 자주 찾던 이화여대 뒷산에 올랐다. 멀리 한강변의 마포 나루가 내려다보이는 그곳은 당시만 해도 많은 연인들이 즐겨 찾던 곳 중의 하나였다.

그날은 황혼 녘의 한강을 건너는 돛배의 색채가 유난히도 붉게 반사되어 물빛과 함께 기묘하게 어우러져 있었다. 하늘 역시 완전히 신의 수채화처럼 오색의 신비한 터치를 단숨에 작열시키고 있었다.

즐겨 찾던 소나무 밑에 앉아서 두 사람은 역시 말없이 그 절묘한 신의 세례를 지켜보고 있었다. 기창은 비로소 처음으로 래현의 손을 꼭 잡았다. 래현은 기창의 손을 뿌리치지 않았고, 양볼이 황혼처럼 붉게 달아올랐다. 기창은 둘둘 만 흰 종이쪽지를 래현의 다른 한손에 쥐어 주었다. 갑자기 쥐이 주는 쪽지에 래현은 놀라는 표정을 지었으나, 기창은 그저 어색하게 웃고만 있었다.

붉은색으로부터 보랏빛을 흩뿌린 황혼 녘의 수채화를 뒤로 한 거구이고 잘생긴 기창의 모습이 래현에게는 그날따라 유난히 매력적으로 느껴졌다.

종이에는 B$_3$로 이렇게 쓰여 있었다.

'어머니의 유품이지만 약혼의 표식이 될까 하고요.'

그리고 반지 하나가 싸여 있었다. 빛바랜 금색 링에 일상적으로 볼 수 있는 남색의 다이아몬드가 돌처럼 얹혀져 있었다.

어안이 벙벙한 기창의 기습적인 구혼이었던 것이다.

래현은 순간적으로 충격을 느낀 듯 한동안 말이 없었고 얼굴만 더욱 붉게 달아올랐다. 물론 전혀 예상하지 않았던 것은 아니지만 이렇게 전격적으로, 그리고 이처럼 허무하게 다가서리라는 것을 예측하지 못했기 때문일까? 그 불타는 듯 저편으로 넘어가는 태양을 아쉬워하는 듯이 바라보며 큰 눈을 껌뻑거릴 뿐이었다.

"…………"

기창의 프로포즈가 대담해서도 그렇겠지만 래현의 뇌리에는 만감이 교차했다. 분명 사랑의 징후를 동반한 동정·호기심의 단계는 넘어선 지 이미 오래였다. 그렇다고 결혼까지 마음에 둔 만남은 더더군다나 아니었다.

설사 기창에게 사랑을 느꼈다고 하더라도 그녀는 줄곧 독신주의를 동경했고, 미국 유학의 꿈을 포기하지 않았을 뿐 아니라 음악을 전공하는 친구 옥이와 함께 유학 준비를 서두르고 있었다. 이같은 이유 외에 어머니의 반대는 불보듯 훤하고, 그렇지 않아도 병석에 계시는 아버지의 모습을 떠올리니 도저히 결혼은 상상할 수가 없었다.

난처했다.

어색하게 웃고 있는 기창의 이 기막힌 청혼에 뭐라고 대답할 수가 없었다. 그러면서도 그 빛바랜 어머니의 반지를 만져보면서 야릇한 감정에 휩싸였다. 물론 그녀가 원하는 것이 빛나는 귀금속은 결코 아니었다. 그러나 최소한 이와 같은 허무한 예물을 받으리라고는 상상조차 못했던 것이다.

"선생님, 지금은 너무 당황해서 말씀드리기가 어렵네요."

래현은 불안하기도 하고 또 뭐라 딱히 말할 수 없음을 미안하게 생각한다는 글을 기창에게 써보이면서 생각할 여유를 원한다고 했다. 기창도 래현의 결정이 그리 쉽지는 않으리라는 예상을 했던 터라 흔쾌히 여유를 갖자는 제의에 동의했다. 그리고 어찌 됐든 처음 만났을 때부터 줄곧 가슴 속에 쌓아두었던 말 한마디를 내뱉어 버린 사실이 무척 시원스러웠다.

"미안합니다. 이렇게 갑자기 말씀을 드려서. 그러나 처음 운니동에서 만나던 날부터 저는 래현씨에게 푹 빠져 버렸지요. 그래서 저는 시인도 되고 음악가도 되고 화가도 되고, 모든 예술가가 다 된 것처럼 즐거웠지요. 제 형편이오? 형편으로 보면 꿈도 못 꾸겠지요. 그렇지만 저는 래현씨를 믿습니다. 저와 함께 그 벽을 넘어 주실 분은 오직 당신뿐입니다. 답이 있을 때까지 언제까지라도 기다리지요."

래현은 며칠 동안 마음을 가라앉히고 생각해 보니, 빛바랜 유품 반지를 그토록 과감하게 내밀 수 있는 용기나 의지가 강하게 자신의 마음을 감동시키고 있다는 것을 알 수 있었다. 어차피 물질이나 형식적으로 삶의 거래를 목적으로 한 만남이 아니었다면 그와 같은 기창의 행동이 유난히 돌출된 행동으로 느껴져서도 안 된다는 생각이 들기도 했다.

그녀는 이미 군산 부모님으로부터 여러 차례 결혼할 것을 강요받았지만 그때마다 단호히 거절했었다. 그 이유는 단 하나 미국 유학 때문에 불가하다는 것이었다. 핑계라기보다 사실 그러했다.

그러나 기창의 프로포즈는 달랐다.

자신도 무어라 표현할 수는 없지만 마치 강력한 자식의 힘에 끌려드는 듯한 매력이 기창에게서 느껴지고 있는 것만은 분명했다. 그러나 그 매력의 한편에는 도저히 합류될 수 없는 조건들뿐이었다.

불가능한 조건들로만 가득했다.

래현은 한동안 고민에 빠졌다.

기창의 친구들은 둘 사이를 무척 궁금해 하면서 내심 잘 되기를 바랐고, 래현의 친구들은 아예 단도직입적으로 말리려드는 경우가 많았다. 게다가 친구 옥이의 유학 준비를 보고 있노라면 친구들의 조언이 더욱 강하게 자신을 냉각시켰다. 그러다가도 기창의 이글거리는 눈빛과 바위 같은 모습을 떠올리면 동정의 한계를 훨씬 넘어선 애정의 징후로 변신했다.

그러나 현실을 생각하면 혼란이었다.

기창의 동생들을 비롯한 식구들이며, 어려운 가정환경, 두 사람 모두에 닥칠 작가로서의 험난한 미래를 다 짊어져야만 되는 자신의 입장, 그리고 아무리 완벽하다 해도 부딪히게 될 대화의 한계를 어떻게 극복할 것인가 등을 생각하면 곧바로 그 모든 것이 무너져 내렸다.

물론 이미 친구들의 반대에서도 그랬지만, 사회적으로 오르내리게 될 화제거리나 눈총들도 그녀에게는 큰 짐이 아닐 수 없었다.

단 하나의 조건.

확고한 창작의 의지. 그 하나의 조건만으로 그녀는 이 모든 것을 극복할 수 있어야 했다. 미국 유학을 포기해야 하는 것도 극복의 조건 속에 포함되는 것은 물론이었다. 현재로서는 자신의 유일한 꿈이 무너져 내릴 선택이기도 했다. 아무리 생각해도 래현에게는 벅찬 결정이었다.

너무 답답해서 기창과 함께 몇 번 만난 적이 있는 식산은행 《회심》지에 있었던 이강수와 희숙 언니, 시골의 이모님께도 두루 상의를 했다. 그러나 유학 시절 친구들과는 달리 이미 두 사람 사이를 알고 있는 이들로서는 맺어 주고 싶은 마음에 반대보다는 찬성 쪽으로 의견이 기울었다.

"래현씨, 그 친구 꼭 행복하게 해줄 거예요. 그 불 같은 기운이 샘솟는 듯한 열정을 보세요."

특히 이강수와 희숙 언니의 간곡한 설득과 조언은 그동안 들어왔던 친구들의 극심한 반대의사를 불식시키게 하는 데 큰 도움이 되었다.

이상과 이상의 결합, 그 결과는 다시 이상이어야만 한다. 그러나 그녀에게 있어서 이 등식은 반이상적 현실로 미끄러져 갈 것 같은 두려움이 가득했다.

당시 기창은 민속학자 석남 송석하(1904-48)가 자신의 소장품을 중심으로 해서 미 군정청의 인류학자 코네즈의 도움으로 정식 개관을 서두르고 있던 중구 예장동의 민속박물관에 잠시 근무하고 있었으므로, 시간이 나면 즐겨 도자기를 감상하면서 신비로운 백자 곡선에 래현의 동그란 얼굴을 연필로 그리면서 답답한 심정을 달래며 얼마 동안 그녀의 답변을 기다렸다.

그러던 어느 날, 1945년이 거의 지나갈 무렵 하얀 입김을 내뿜으면서 둘은 본정, 즉 명동을 걷고 있었다. 래현이 먼저 말을 꺼냈다.

　"만일 결혼 후에 서로가 일할 수 없다면?"

라고 썼다. 기창은 래현의 질문이 채 끝나기도 전에 다시 그 종이 한 가운데다가,

　"헤어집시다."

라고 단호하게 굵은 글씨를 써보였다. 어찌나 세게 썼던지 종이가 찢어질 지경이었다.

　이때 이미 래현의 마음은 결정을 내렸다.

　래현은 다시 썼다.

　"각자 작품에 협조하되 간섭은 금물. 성격상 차이가 발생하면 미련 없이 헤어질 것."

　그것은 래현의 조건 아닌 조건이기도 했다.

　조건부가 붙었지만 기창은 대답을 듣는 순간 부끄러운 줄 모르고 길 가운데서 래현의 허리를 번쩍 안아 자신의 어깨 위로 들어올렸다. 그리고 처음으로 천하를 들어올리는 듯한 최대의 기쁨과 행복을 맛보았다.

　지나가던 사람들이 모두 어리둥절해서 이 어이없는 장면을 구경했다.

　"야호! 진정으로 고마워요. 행복하도록 최선을 다할게."

　"선생님, 저도 그 쉬지 않고 달리는 기차에 태워 주세요."

　래현은 가방에서 그 유품 반지를 꺼내서 손가락에 끼었다.

　"어머님 반지가 제 손가락에 어쩌면 이렇게 잘 맞아요?"

　"그러고 보니 그날 아현동에서 반지를 드린 것이 약혼식이 되었군요. 오늘 우리 단 둘이서 다시 축배를 듭시다."

　그날따라 영하 15도쯤 되는 강추위가 명동거리를 냉각시켰지만 두 연인의 가슴은 어느 때보다도 뜨거운 열정으로 불타 올랐다.

　그러나 그날 래현의 결혼 결정은 부모님과는 사전 상의도 없이 그녀 스스로 결정한 일방적인 것이었다.

　당장 어머니는 몸져누워 버린데다 어떠한 협조도 안하겠다는 절규

가 튀어나왔다. 예상은 충분히 했지만 래현은 어머니의 절망적인 반응 앞에서 당황할 수밖에 없었다.

기창은 며칠 후 군산으로 내려가 래현 부모님께 인사를 청했으나 방문을 잠그고 아예 만나 주지도 않았다. 아무리 간청을 해도 요지부동이었다.

"어떻게 키운 자식인데…… 너를 그렇게 시집 보낼 수는 없다. 그 서울사람 당장 내 집에서 나가라고 해라!"

래현과 기창은 마당에서 무릎을 꿇었다.

"어머니, 이렇게 빌고 있어요. 제발 큰절만은 받아 주세요."

이틀 동안을 노력했으나 묘안이 없었다. 기창도 더 이상 가능성이 없음을 알고,

"래현씨, 그래도 저와의 약속 유효합니까? 경성에서 래현씨의 결심만을 기다리겠습니다."

라는 말 한마디를 남기고 쓸쓸히 군산역을 떠났다.

기차를 타는 그의 모습이 너무도 비참해 보여 래현은 한동안 그 기차가 레일의 끝까지, 점이 되어 없어질 때까지 눈물을 흘리면서 멍하니 서 있었다. 그리고 래현은 며칠 후 엽서를 띄웠다.

'선생님, 그 약속은 당연히 유효해요.'

딱 한 줄만 여전히 큼직한 글씨로 씌어 있었다.

래현은 일본인들이 본국으로 실어나르는 커다란 곡식창고가 서 있는 군산 부둣가를 혼자 거닐면서 후회도 해봤지만 기구한 운명과도 같은 이 만남을 어찌할 방법이 없었다.

미국 유학도 포기했으므로 기창과 작업에 매달리는 것만이 이제 자신의 선택이었다. 그리고 그 하나의 이유만으로 모든 삶의 다른 조건을 포기하기로 한 이상 망설일 필요는 없었다.

"우리 하루 빨리 결합해요."

기창의 뜻대로 기왕 결정한 바에야 혼자 힘으로라도 결혼을 서둘렀

다. 사랑과 불효, 그 이중적 관계에서 그녀는 결국 사랑을 선택했다.

겨우 동조해 주는 이모님에게 사정해서 병풍 한 벌을 팔아 잔치국수를 만드는 데 보탰고, 기창 역시 병풍을 그려서 《회심》지의 죽마고우 이강수에게 부탁해 1만 환을 얻어 비용을 꾸렸다.

1946년 1월 27일.

밤새 눈이 하얗게 내렸다.

지금의 남산 드라마 센터 자리에서 4월의 정식 개관을 서두르던 국립민속박물관에서 설립자이자 민속학의 선구자 송석하가 주례를 서고, 초등학교 선배인 성경린의 주선으로 아악부 단원들이 나와 기창이 어렸을 때 그토록 구슬프게 들었던 아악을 연주하는 가운데 드디어 결혼시이 치러졌다. 사모관대·족두리·붉은 부류·피리소리가 있는 구식형 신식 결혼식.

많은 하객들이 참석했고, 너무 초라하다고 투정하는 래현 때문에 밤새 기창이 구슬을 잡아 꿰어 올려 준 족두리가 유난히도 반짝였다.

기창은 결혼 서약을 하는 순간 "나는 너를 영원히 사랑하리"라는 말을 수화로 했다.

그러나 래현은 가슴이 찢어졌다.

유난히도 처량하게 들리는 아악은 래현의 구슬픈 마음을 더욱 참을 수 없게 만들었고 급기야는 통곡에 가까운 흐느낌으로 이어졌다.

식장에는 기창의 부모님도 없었지만 병환에 계신 래현의 아버지는 물론 어머니마저 불참해 버린 것이다.

기창이 흐느끼는 래현을 안아 주면서,

"래현, 미안해요. 그리고 고마워요."

더 이상 기창이 할 말을 잇지 못했다. 그리고는 기창 자신도 북받쳐 오는 비참함과 슬픔을 온몸으로 되씹었다.

식장의 한구석에 앉은 기창의 할머니 역시 연신 옷고름으로 눈물을 훔쳤다.

"네 어미가 살아 있었더라면 얼마나 좋을까. 얼마나……."

새로운 모색

기창이 한동안 열애에 빠져 있을 때 미술계는 안팎으로 심한 지각 변동이 일어났다. 우선 해방을 맞으면서 일제시대의 잔재를 청산하려는 움직임이 강하게 일었는데, 그것은 무엇보다 이른바 〈니혼가〉라고 불리는 〈일본화日本畵〉적 잔재의 청산과 직결되었다. 일본화는 호분이라고 불리는 가루로 된 채색 재료를 아교로 개어 치밀한 밑그림을 바탕으로 하여 그려나가는 방식으로 중국의 문인화류인 수묵화법과는 많은 차이를 지니고 있었다. 여기에는 섬나라 일본의 취미를 반영하고 있다 하여 안개 낀 것처럼 몽롱한 화풍, 즉 〈몽롱체〉를 위시한 여러 경향이 포함되었다.

자연히 광복을 전후해서 화단은 채색에서 수묵으로, 즉 세밀한 동양화적 기법에서 문인화적 차원으로 하루아침에 변화시키는 예가 급증했고, 그것은 곧 일제시대 최고 관변 등용문인 〈조선미술전람회〉즉, 〈선전〉으로부터의 탈피를 의미했다. 그리고 곧바로 〈선전〉 출신 작가들에 대한 외면을 의미하는 현실로 나타났다.

그 선두주자는 한국 최초의 서양화가인 춘곡 고희동(1886-1965)이었다. 그는 1909년 도쿄 예술학교 예비과에 입학하고 1915년에 졸업하여 서양화가 1호를 기록했는데, 일본에서 대학을 다닌 그가 친일파의 타도와 민족미술의 기수가 되었던 것도 그 시대의 우리 현실이었다.

해방과 함께 직면한 또 하나의 사건은 미술계의 좌우익 분열이었다. 미술계의 좌익운동은 이미 1925년 8월에 결성된 프롤레타리아 예

술동맹, 그리고 후신인 27년 조선 프롤레타리아 예술동맹(1930년 약칭
KAPF로 개칭) 당시로 거슬러 올라간다.

해방 직후에는 〈조선미술건설본부〉, 한달 후에 창립된 〈조선 프롤
레타리아 미술동맹〉을 비롯하여 〈조선미술가동맹〉·〈조선조형예술동
맹〉·〈조선미술동맹〉 등이 잇달아 창립되고, 이후에 월북하게 되는
동양화의 이석호·정종녀·김용준, 서양화의 길진섭·배운성·정현
웅·김주경·이쾌대·김만형·최재덕, 조각의 김정수·이국전·조규
봉 등은 핵심 멤버로 활약한다.

이들 중 이석호·정종녀는 기창의 둘도 없는 선배이자 친구였고,
역시 그들 멤버인 이팔찬 역시 마찬가지였으며, 모두가 이당 문하와
청전 문하의 주축 멤버였다.

그와 같은 이유였을까.

기창 역시 긴 기간은 아니었지만 이석호·정종녀·박래현과 함께
〈조선조형예술동맹〉에 가입하게 되는데, 그 강령의 내용이나 구성 인
원으로 보아서는 뚜렷한 좌익 색채를 띠지 않은 작가들도 상당한 것
으로 보아 골수는 아니었던 듯하다.

아무튼 기창의 주위에 〈막스보이〉라 불리는 붉은 색채가 많았던
것은 사실이다. 그러나 그 자신의 입장은 달랐다. 우선 마르크시즘이
나 사회주의에 대해서 자세히 이해하지 못하고 있었을 뿐만 아니라
사회적 분위기에 휩쓸린 연맹 가입이었을 가능성이 컸다. 더군다나
박래현의 사상을 정리해 본다면 그 출신이나 생활, 평소의 신념 등에
있어서 우익적일 수밖에 없었다.

이 시대 푸른 전복戰服의 작가들은 좌우익이라는 표리에 대해 보
다 적극성을 띠면서 예술에 대한 본질적 의미와 목적론에 대해 논하
게 되었다.

예술이 인민을 위한 도구가 될 수 있는가에 대한 의문과, 예술이 어
떠한 목적성도 없는 허구적일 수밖에 없는 무목적성에 그칠 것이라는

문제 제기가 시작되었다. 지배계급과 피지배계급의 이원적 계급 구분이 단행되고 프롤레타리아 계급의 주장이 이상국가처럼 보이던 시절이었던 만큼 적지 않은 기창의 친구들은 좌익을 선택하고 있었다.

이같은 두 가지의 지각변화, 즉 왜색 척결과 이념의 대결 외에도 혼란에 빠진 미술계의 파당싸움 등이 박래현과의 열애기간과 신혼 초기를 전후한 상황이었다.

그리고 기창은 해방과 함께 첫 〈선전〉 출품 때 어머니께서 지어 주신 운포雲圃에서 포자의 구口를 벗어 버리고 운보雲甫라고 고쳐 쓰기로 했다.

스스로 자축하는 해방의 기념품이기도 했지만 시원스러워서도 사뭇 만족해 했다. 뿐만이 아니었다. 결혼 직후 아무래도 아내의 이름이 남자 이름 같다는 생각도 들고 해서 박래현朴來賢을 박래현朴崍賢으로 고쳐 쓰도록 하였고, 자신의 아호와 어울리면서도 아내의 아호에 걸맞는 글자를 고르다가 우향雨鄕이라 지었다. 운雲과 우雨가 서로 떼어놓을 수 없는 관계이면서도 예술을 위해, 마음의 고향을 위해 서로 비를 내려 가꾸도록 하자는 뜻을 담고 있었다.

래현도 만족했고, 이후 두 사람은 평생을 이 호만을 즐겨 썼다.

두 사람은 이 와중에서도 자신의 회화세계에 대한 고뇌로 뛰어들었다. 이미 광복 3일 후에 고희동이 주도하여 조직된 〈조선미술건설본부〉의 주요 멤버에서 스승 이당과 함께 운보 김기창은 친일적 작가 그룹으로 분류되어 소외당하는 일이 발생하면서, 〈선전〉을 통해 입지를 세운 작가로서 어떻게 처신해야만 되는지를 해결하는 것도 과제였지만, 내면적으로는 화풍의 변화 역시 뒤로 미룰 수 없는 시급한 문제이기도 했다.

분명한 것은 일제 시기의 도식 또는 격식화된 스타일의 아카데미즘을 답습해서는 안 된다는 것이었고, 보다 자유로운 소재나 기법을 수용하고 실험해서 한국적 특수성을 확립해야 된다는 어렴풋한 의식만은 절감케 되었다.

운보는 우향과 함께 명동의 담배연기가 자욱한 다방 한구석에 앉아 자괴감을 맛보면서도 한편으로는 새로운 비상구를 탐색해야만 했다. 이러한 문제에 있어서 만큼은 스승 이당도 거의 무기력할 수밖에 없었을 뿐 아니라 안성에 기거한 지가 오래 되어 뵙기도 어려웠다.

의도되고 인위적으로 짜여진 소재, 구도의 정물화처럼 지금껏 그의 작업은 보다 직관에 의거한 사물의 화면처리라기보다는 계획된 준비 과정에 충실한 일본인들의 인위성이 주류를 이루었고, 두터운 호분을 반복해서 덧씌워 나가는 일이나 안개 속의 변화처럼 명료하지 못하고 감각적 취미에 걸맞는 채색방식에 의거했다.

광복 이후의 방향은 운보만의 문제가 아닌 우향의 문제이기도 했다

"우향, 어떻게 해야 돼? 난 요즈음 미쳐 버릴 것만 같아."

"요사이 무척 수척해지셨어요. 사실은 저도 그래요. 어떻게 갈피를 잡아야 할지…… 꿈에서도 그 혼란 때문에 잠을 깬 적이 한두 번이 아니에요. 그러나 확실한 것 하나는, 잊혀졌던 우리 것을 찾아나서는 것이겠지요."

"그래, 며칠 전 박물관에서 본 조선시대 민화는 내게 많은 감동을 주었어. 지금이야말로 우리 선조들의 것을 탐구해야 할 때이지. 서구 미술의 동향도 중요한 일이지만 우선 남종화 계열의 수묵도 좀 해보고 싶어. 현대적 정보는 우향이 많이 공부해서 좀 도와 주었으면 좋겠어. 그대는 나의 귀요, 입이요, 어머니이기도 하니까."

명동의 찻집에서는 시인·사상가·예술가들이 모여 실존철학과 삶의 구조, 예술을 찬미하거나 비난하면서 시대의 한恨을 달래기도 했지만, 운보와 우향은 사랑을 논하고 그리고 작업의 진로를 논하는 토론장이기도 했다.

그리고 이와 같은 이상적인 개혁과 모색을 위해서 부부는 절대적으로 서로를 존중할 것을 다짐했다. 이듬해 1947년에는 근무하고 있

던 민속박물관의 미술부장이 되면서 민화·도자기 등에 관심을 쏟는 계기가 되었고, 우향과의 약속을 지켜나가기 위해 신세계화랑의 전신인 삼월백화점 전시실에서 한국 최초의 부부전을 개최했다.

자유신문사에 근무하던 금철의 권유가 큰 역할을 했지만 운보는 우향과의 약속을 지키기 위해서라도 필요한 전시라고 생각했다. 그리고 그후 수많은 부부전을 국내와 해외에서 개최했고, 우향이 숨을 거둘 때까지 그 약속의 증표는 계속되었다.

스케치북과 필담

해방 이후 50년까지 운보의 삶이 완전한 새 궤도로 탈바꿈한 것에 비하면 회화세계에 있어서 만큼은 방황이었다. 그런 중에도 우향과의 평생 약속인 부부전은 계속되었다. 1947년 1회전에 이어서 48년 2회는 민속박물관 주최로 동화백화점에서 조촐하게 열렸다.

운보는 평소 술·담배를 즐기는 편은 아니었지만 왠지 이 시기에는 걸걸한 막걸리가 그리웠다.

단짝은 주로 선배 이응노와 이석호·박생광 그리고 동료 정종녀 등이었다. 이팔찬 역시 후소회 회원으로서 가끔씩 어울렸고, 모두가 가히 당대 미술계의 문제아들이었다.

그 중 고암 이응노는 이석호와 동갑으로 1904년 홍성에서 태어나 해강 김규진 선생에게 사사받은 후부터 줄곧 묵죽화墨竹畵에 심취했다. 〈선전〉에도 줄곧 입·특선을 하다가 일본으로 건너가 덴코 화숙의 마츠바야시 게에게츠[松林桂月]에게 사사받고, 〈원전院展〉까지 진출, 무감사·회원의 자격을 얻게 된다. 특유의 뚝심과 강한 의지로 자수성가하여 해방 직전에 귀국했고, 48년 홍익대학교의 동양화과 주임으로 근무를 시작한다.

박생광 역시 1904년생으로서 진주가 고향이며, 진주공립농업학교를 거쳐 도일, 다치카와 세이운〔立川栖雲〕 미술학원·교토 시립회전〔京都市立繪專〕을 나와 〈대일전大日展〉·〈일전日展〉·〈명랑미전明郎美展〉 등에 진출한다. 그 역시 해방과 동시에 귀국했고, 진주와 서울을 오르내리면서 한동안 방황을 거듭할 시기였다.

정종녀와 이석호, 그리고 이응노·박생광 등은 나이 차이가 10년이고, 어쩌면 너무나 다른 처지이면서도 의기가 투합했다. 특히 고암은 남산 근처에 살고 있었으므로 운보의 직장인 민속박물관도 가깝고 해서 자주 만났다. 특히 이응노와 박생광은 며칠 걸러 어깨동무를 하고 어울리면서 남산부터 명동까지 단골집들을 섭렵했다.

그리고 각자의 가슴에 맺힌 한恨과 비애를 내던졌다. 건장한 몸집에 고집 세게 생긴 이응노가 앞질러서 서두를 꺼낸다.

"글쎄, 해강 김규진 선생에게 입문한 다음해 〈선전〉 입선을 하고 나서 내리 7년을 낙방했지 않나. 아무리 최선을 다해도 글쎄 안 되는 거야. 오로지 대나무만 쳤지. 실의에 빠져 있을 때였어. 어느 날 친구 축하 파티에 가는데 우연히 대나무숲을 지나치게 된 거야. 그런데 놀라운 광경이 살아 숨쉬고 있더라구. 비바람이 몰아쳐서 대밭이 온통 술렁이면서 이리저리 쓰러지는 것이 거대한 파도의 쏠림 같았어. 비는 장대같이 쏟아지는데 숨이 막힐 지경으로 나를 흥분시켰지. 그래서 곧바로 묵죽墨竹을 쳤고, 그것이 특선이 되었네. 나는 7년간 창작적 의지가 죽어 있었던 거야. 스승의 기법만 베끼려고 했으니…… 지금에 와서야 그것이 후회되네."

이응노가 질펀한 막걸리 사발을 꿀꺽꿀꺽 들이키다가 단숨에 심각하게 일장 연설을 한다. 운보는 무슨 소리인지는 모르지만 뚫어져라고 운보에게 눈을 맞추는 상대의 표정과 왼손으로 허공에 그려지는 대나무 그림으로 거의, 아니 그보다 더 관념적으로 대화를 짐작한다.
그리고는 고개를 끄덕인다.

이번에는 작달만한 키에 경상도 사투리가 심한 박생광이다.

"글쎄 내가 일본에서 우연히 젖소 한 마리를 기리는데 일본 선생
이 완전히 해부를 시키삐는 기라. 형태도 색채도 움직이는 근육질도
수백 장은 그렸을 끼라. 신경질도 나고 내삐리고 싶은 충동이 일어난
것이 한두 번이 아니었데이. 그러나 그 구박을 받아가며 기려온 것이
요새는 뭐 쓸모가 없는 것 같다. 모두가 왜색이라니 죽을 지경이야.
이걸 도대체 우찌해야 하노. 그럼 양코뱅이들 기림으로 다 바꿔쳐 뿌
릴까. 이러지도 저러지도 몬하고, 내사 마 술이나 묵을란다…… 김기
창, 너 말 좀 해보그라. 글씨로 또박또박 써보든가 말이다."

거나하게 오른 박생광이 울부짖는 한탄조로 말한다. 이번에는 운보
차례라 꼬깃꼬깃한 종이쪽지에 B₃ 몽당연필을 꺼내서 크게 힘주어
쓴다.

'꿀―꺽, 꿀―꺽.'

그러면서 찌그러진 주전자를 들어 두 사람의 사기잔에 넘치도록
부어젖힌다.

"하하하 이 사람 말하는 것 좀 봐라이. 거 참 명언 같기도 하고……
에라 모르겠다. 술이나 퍼마시자. 그란데 운보 니는 등치는 황소만해
가꼬 우째 그리 술보는 쪠그마노."

그러나 이들의 삶은 이제 고작 시작이었다. 얼마 후부터 이 시대
예술사에서 이 세 사람만큼 기상천외하고 기구한 삶을 살아간 예술
가들을 찾아보기가 힘들 정도이다.

셋은 곤죽이 되어서야 대문을 두드린다. 셋이 아니라도 이응노는 휴
일이건 낮이건 밤이건 신접살림을 차린 남산 기슭 셋방을 두드린다.

그리고는 고철古鐵 같은 큰 덩어리로 된 울분을 내던지고 총총히
사라졌다. 그에게는 확실히 어떤 거대한 한恨의 에너지가 있었다.

한편 우향은 결혼 후 10여 일 만에 아버지를 여의고, 어머니는 점차 마음이 풀어지기 시작하여 다소 걱정이 덜어졌다. 그리고 결혼 1년 만에 어려운 살림 속에서도 딸을 낳았고, 이름은 현효이라 지었다. 그후 2년 뒤인 49년에는 다시 아들을 낳아 완完이라고 부르기로 했다.

그러나 두 사람은 그동안 미국 유학이 꿈이었던 여류화가와 총망받는 중견화가의 입장에서 이제 철저한 생활인의 대열에 서야만 했다.

조그만 셋방 두 칸 중 한칸은 작업장으로, 다른 한칸은 살림방으로 쓰고 있었지만, 화판이며 액자며 도무지 발디딜 틈 없는 아수라장이었다. 문제는 도무지 조금이라도 거리를 두고 자기 그림을 바라볼 수기 없으니, 원근이며 농담이며 그저 대충대충 감으로만 그릴 수밖에 없었다. 때로는 두 사람이 교대로 화판을 올려놓고 그리기도 했으니 마음대로 될 리가 없었다.

당장 생활고가 닥쳐왔다.

그림을 파는 일도 광복 이후 그리 만만치가 않았다.

그래서 운보는 민속박물관이다, 자유신문사다, 그리 내키지 않는 직장을 어렵게 어렵게 전전해 가면서 생활고를 이겨내려는 갖은 노력을 기울였다. 그러나 정부가 수립되던 48년, 총애해 주던 민속박물관의 송석하도 세상을 떠났고, 그후로는 박물관 재정이나 살림도 예전과 같지 않았다. 아무리 노력을 해도 그가 가져오는 월급봉투는 밑빠진 독에 물붓기 식으로 항상 적자를 기록했다.

뿐만 아니라 문제는 우향의 극한적 번뇌였다.

운보와의 꿈 같은 밀월 시절이 몇 년 지나가자 드디어 희미하게만 생각했던 현실적인 문제들이 돌출되기 시작한 것이다.

각오하지 않은 것은 아니지만 허리가 굽은 시할머니와 많은 동생들 뒷바라지, 그리고 현과 완이의 양육과 운보의 경제적 무기력함에 부딪쳤고, 무엇보다 참을 수 없는 것은 단절된 언어였다.

언어의 단절은 이윽고 감정의 단절을 예고하거나 그 결과로 이어
졌다.

그는 언제나 침묵이었고, 주먹구구식으로 습득한 수화랄 수도 없는
손짓·발짓만으로는 체계화된 대화가 전혀 불가능했다. 더욱이 언어로
전달할 수 없는 미묘한 부분들에 있어서는 거의 절벽이었고, 그것이
결코 결혼 전의 동정 섞인 사랑, 사랑이 섞인 연민과 같은 의지나 각
오만으로는 참아내기 어려운 상황에까지 이르렀다.

그녀는 항상 침묵 속에서 밤을 맞이했고, 불이 꺼진 침실에서의 그
긴 시간들은 그렇지 않아도 극도로 예민한 우향의 신경을 어느 극한
으로까지 내몰기 시작했다.

그녀는 새들의 지저귀는 소리·시냇물 소리·바람소리, 그 모든 것
을 눈으로 볼 수 있는 언어로 설명해야 했다.

아이들이 아무리 울음을 터뜨려도, 감미로운 음악이 흘러도, 시각
적으로 보고 있지 않는 한 그는 적막이었다. 부부이자 동료로서 섬세
한 감정의 언어가 채 전달되지 못하고 소화되지 못한 찌꺼기들이 차
곡차곡 쌓이기 시작했고, 급기야는 그 야속함이 미움으로까지 변하게
되었다.

적어도 감정을 섞는 동지적 부부로서의 의미가 그 처지에 있어서
는 이미 상상의 저편으로 잊혀져 가버릴 것 같은 불안감에 짓눌렸다.

그러던 겨울 어느 날 결국 둘 다 참을 수 없는 격돌이 일어났다.
마루에서 담배를 피워 물고 있던 운보가 저녁 나절까지 꼼짝 않고
방에서 작업만 하고 있는 우향이 나오기를 기다리고 있었다. 그런데
웬일인지 그날따라 우향이 일어설 생각을 않고 있었다.

운보는 보채는 현과 완을 양켠에 안고 겨우겨우 달래서 잠을 재워
두고 이제나저제나 하면서 우향이 교대해 주기만을 기다리고 있었다.
그 급한 성미도 성미지만 전시회 출품이 얼마 남지 않아 아침부터
초조해서 견딜 수가 없었다.

'그렇다고 억지로 교대하자고 할 수도 없고.'

그래도 너무하다 싶어 평소 즐기지도 않는 담배만 지끈지끈 씹어 물고 있었다. 그런데 현이 다시 보채기 시작했다. 며칠째 딱히 아픈 데도 없는데 계속 잠을 설치게 하더니 잠든 지 얼마 되지 않아서 다시 시작이었다. 그때 우향이 방에서 나와 손짓으로,

"여보, 아이가 보채고 있잖아요. 그런데 웬 담배는 그렇게 피우세요." 라고 운보에게 다가가 말하면서 조금만 더 아이를 봐달라는 표정을 지어보이며 문을 닫았다.

그 순간 운보는 화가 울컥 치밀었다.

당장 며칠 후 전시회 날짜는 바득바득 다가오는데, 우향에게 온종일 앙보한 깃도 그렇지만, 운보가 이렇게 아이의 보채는 소리를 들을 수 있단 말인가.

갑자기 운보가 순간적으로 울분을 터뜨렸다.

가슴을 때리면서 채 완성되지 않은 자기 그림을 화판에서 쫙── 찢어 버리다가 아예 마루에 있던 화판 통째로 마당에 내팽개쳐 버렸다. 화판은 장독대에 부딪쳐서 김칫독 하나가 보기 좋게 깨져 버렸다.

'내가 나가서 그리면 될 것 아냐! 그러면 속시원하겠지, 마나님!'

운보는 누구도 알아들을 수 없는 혼잣말을 외치면서 점퍼 하나만 걸치고 휑하니 대문을 박차고 나가 버렸다. 우향이 말릴 틈도 끼어들 틈도 없었다. 운보가 자기 가슴을 세게 치면서 손가락으로 '내가 나가면 된다'는 표정을 격렬히 반복하는 모습만을 바라볼 뿐이었다. 놀라는 바람에 막 완성단계에 있는 화훼 한 점 위에 먹물이 튀어 엉망이 되었다.

그로부터 며칠간 운보는 소식이 없었다.

우향은 처절했다.

며칠간을 그저 멍하니 깨진 장독을 바라볼 뿐이었다. 화판 위를 눈이 하얗게 쌓여갔다.

'현이야 그래도 엄마는 아빠를 사랑한단다. 오늘은 돌아오시겠지?'

뜬눈으로 사흘을 지샜지만 운보는 소식이 없었다. 밖은 며칠째 함박눈이 내리고 있었다. 이러다가는 둘 다 극한으로 갈 것 같은 예감이 엄습했다. 하는 수 없이 우향은 현이를 업고 완이를 안은 채 운보를 찾아나섰다.

정종녀·이팔찬을 다 찾았으나, 결국은 수소문 끝에 고암 이응노와 함께 초췌한 모습으로 종로의 찻집에 앉아 있는 것을 발견했다. 우향을 운보는 붉게 충혈된 눈으로 그저 표정 없이 바라만 보고 있었다.

"아니 제수씨, 이런 눈길에 아이들까지 데리고…… 우선 그 눈부터 털으세요."

이응노는 허옇게 쌓인 머리카락의 눈부터 털어 주었다.

"여보, 제가 잘못했어요. 저도 모르게 그만. 당신도 그 전시에 출품해야 되잖아요. 오랜만에 작품에 빠지다 보니 그만 제가 잘못했어요. 그러니 제발 돌아가세요."

고암이 상기된 어투로 소리쳤다.

"제수씨, 안 그래도 지금 제가 이틀째 달래는 중입니다. 그런데 어떻게 소고집인지 이렇게 부처님처럼 앉아만 있어요. 대체 무슨 일입니까?"

세 살바기 현이가 아버지를 보더니 생긋생긋 웃어 보인다.

그래도 운보의 표정에는 변함이 없었다.

이제는 우향이 참고 참았던 눈물을 흘렸다. 꽁꽁 얼어붙었던 머리카락을 타고 녹아내리는 물기가 눈물과 함께 범벅이 되어 양볼을 적셨다. 다시 얼마간의 침묵이 이어졌고, 차를 한잔씩 마신 후 고암이 설득해서 겨우 찻집을 나섰다. 운보는 현이를 안고 나란히 말없이 남산 기슭을 향했다. 전차에서 내려서 한참을 걸을 때까지 운보의 표정은 흩날리는 눈발만큼이나 회색빛으로 굳어 있었다.

그리고는 무엇인가를 애타게 갈망하는 불길이 그의 가슴 깊은 곳으로부터 타오르는 듯이 그의 눈은 이글거리고 있었다. 운보에게는 확실히 그의 체온을 뛰어넘는 뜨거운 피가 흐르고 있는 듯했다. 그런 운보의 표정이 같은 화가로서의 우향에게는 어찌 보면 연민으로 와닿았지만, 부부로서의 입장으로서는 한없이 원망스럽기도 했다. 왜냐하면 그녀 자신의 눈빛 역시 열정으로 이글거리고 있었기 때문이었다.

그로부터 둘은 며칠째 붓을 들지 않았다.

엿새쯤 되었을까. 새벽 녘 동이 틀 무렵 운보는 남산을 한바퀴 섭렵하고 하얀 눈사람이 되어 들어왔다. 그리고는 자기 화구를 마루로 내가더니 갑자기 미친 듯 성난 소를 그려댔다. 작열하는 그의 필치는 바로 그 성난 소의 영혼과 같았다. 마당에는 며칠 전 내던졌던 화판이 눈에 덮여서 마치 추상조각처럼 덩그라니 찢겨진 채 팽개쳐져 있있다.

여기에서,

이 상황에서,

작품만을 구상하고 그려나간다는 것은 도저히 있을 수 없는 한낱 꿈인 것 같았다. 그러면서도 문득문득 그녀는 결혼 전의 그 연애감정을 되새겨 보곤 했다.

우향의 투정으로 밤새껏 족두리 구슬을 꿰던 운보의 모습이며, 빛바랜 어머니의 녹슨 반지를 내밀던 이화여대 뒷산의 그 수줍고도 투박한 사나이에 대한 동정적 매력……. 그녀는 확실히 동정과 연애, 그리고 사랑과 연민 사이의 어떤 혼돈에 빠져 있는 것 같았다.

그러나 현실은 그 연애적 감정들로부터 나날이 멀어져 갔다.

우향은 진정한 감정의 대화를 나눌 수 없는 운보의 투박함과 무관심이 야속했고, 아무리 가다듬어도 갈수록 충돌은 잦아질 수밖에 없었다.

우향의 편린들도 그러했지만 운보 역시 괴로움은 마찬가지였다. 현실적으로 어찌할 수 없는 경제적 고민도 그러했지만 우향은 확실히 예민해져 갔다. 아무리 애써서 이해하려 해도 정상인으로서 그녀의 양보나 사랑의 한계가 가끔씩 서운한 감정으로 와닿았고, 그것이 단지 자신의 장애 때문이라는 생각이 떠오르면 폭발해 버릴 듯한 자괴감과 함께 우울함이 물밀 듯 밀려왔다.

어쩌면 그녀의 존재가 그만큼 눈부셨기 때문이었을까.

'단지 그녀의 사랑이 동정이었단 말인가?'

한번씩 충돌이 지나가면 몇 날 며칠, 길게는 몇 달 동안이나 그 후유증이 이어졌다.

사랑과 현실은 이렇듯 많은 괴리를 내포하고 있었다. 어쩌면 배반 관계이기도 했다. 우향 역시 잦은 충돌을 일으킬 때마다 골똘히 생각했다. 이 어려운 선택이 어차피 자신으로부터 비롯된 결과라면 분명 어떤 방법이 있을 것 같았다.

연필 B3.

그러던 중 B3만 바라보면 연애 시절의 호기심이나 낭만적 도구라는 생각 대신 점차 자신의 단절된 어느 부분을 인정할 수밖에 없는 현실적 괴로움을 연상케 했다.

벌써 1년이 넘도록 필담을 나눈 종이가 스케치북의 높이보다 몇 배가 되었다. 운보는,

"여보, 우리들의 스케치북이 필담보다 높이 올라가야 돼."

라고 웃으면서 말하곤 했지만 우향의 생각은 점차 달라지기 시작했다.

스케치북과 필담.

어느새 우향은 이 양자간의 높이에 대해 골똘히 생각했다.

가난도 가난이지만, 저 필담의 높이를 아예 없애 버리는 방법은 없을까?

우향은 미치도록 언어가 그리웠다. 설사 그 언어에 의해 어떤 더한 불행이 닥치더라도 최소한 가장 인간다운 조건을 회복하는 것만으로 만족할 것 같았다. 그것은 곧 가난과 성격 차이 때문에 빚어지는 잦은 충돌을 어느 정도는 해결해 가는 대화의 수단이라고 생각했다.

'직접 입으로 말하는 방식으로 풀어나갈 수는 없을까?'

고심하던 중 우연히 스카라 극장의 전신인 약초극장에서 로레타가 주연한 영화를 보게 되었다. 영화는 청각장애자가 된 한 불행한 여인을 그린 것이었는데, 언니의 노력으로 청각을 되찾게 된다는 내용이었다. 이 영화를 보고 우향은 참으로 감동을 받았고, 그들에게도 희망이 있다는 가능성과 결정적인 용기를 얻는 계기가 되었다.

"여보, 저 영화 어떻게 생각해요? 우리에게는 너무나 의미가 깊은 것 같은데…… 우리 B₃를 스케치북을 위한 연필로만 사용하는 것을 연구해 보는 것이 어때요? 무수한 이 흰 종이는 이제 그만 절약하고요."

"가능할까? 가능만 하다면 나의 소원이기도 해요."

운보도 가우뚱하기는 했지만 한번 시도해 보지는 표정이었다.

집으로 돌아온 우향은 결단을 내렸고, 적어도 입으로 말하는 것만이라도 가능하도록 노력해 보겠다는 의지를 굳게 다졌다.

즉시 다음날 아침부터는 필담을 최소한으로 줄이면서 입을 크고 확실하게 움직여 말을 해보았다. 사물 하나하나의 명칭을 운보는 글을 통해 이미 알고 있었고, 더군다나 어렸을 적에 말을 해본 경험이 있기 때문에 주먹구구식 같은 이 방법이 가능하다는 확신을 가졌다.

"사—과, 나—무."

일차적으로는 입 모양을 닮게 하여 소리를 내는 것이었는데, 처음이기 때문에 작은 소리를 내려 해도 운보는 자꾸 큰소리로 말하게 되는 것이었다. 놀라기도 하고 너무 크다고 되풀이해서 말해도 소용이 없었다.

몇 가지 단어가 가능해지기까지는 며칠이 지났으나 어쨌든 자세히 들으면 알아들을 수 있었다. 우선 식구들의 이름과 부르는 방법, 가장 필요한 물건들 몇 가지를 집중적으로 배워 준 다음 음의 높고 낮음과 길고 짧음을 조절해 주었다.

자꾸 짜증이 나기도 했고, 운보도 불가능할 것 같아 포기하려는 생각을 한 것이 한두 번이 아니었다. 더군다나 누구보다도 강한 자존심이 발동했다 치면 거친 숨소리를 내면서 돌아앉아 버렸다.

그는 누가 뭐라 해도 돌아앉아 그림만 그리면 되었다.

그러면 모든 것이 침묵이었다. 그러나 영원히 침묵으로만 있을 수밖에 없었다.

부부싸움도 자주 했지만 말을 배우는 일은 결과적으로 운보에게는 예술세계에 대한 욕망만큼이나 큰 욕구를 불러일으키기도 했다. 몇 달이 지나자 정말 신기하게도 아이들 이름과, 할머니, 간단한 물건 이름 등은 거의 표현이 가능해지기 시작했다. 다소 소리의 높낮음이 불안정해서 듣는 사람이 깜짝깜짝 놀라거나 불편하기는 했지만, 운보는 드디어 우향의 피나는 노력에 화답을 보내기 시작한 것이다.

우향은 신이 났다.

입 모양·혀 모양을 나름대로 그리기도 하고, 높낮이, 길고 짧음을 직접 단어 위에 표시해 주었더니 진보가 한결 더 빨라졌다.

운보 역시 자신이 듣지 못하는 말이지만 신명이 났고 우향을 통해 또 하나의 신천지를 발견한 듯했다. 그리고 단어를 배우기 시작했다. 이제는 동사도 붙여서 말할 수 있었고, 운보의 외출시에는 언제나 그림자처럼 우향이 곁에 있었다.

운보의 말솜씨는 날이 갈수록 급격하게 향상되었다. 이는 그의 성격이 개방적이고 호탕한 기질을 갖고 있었기 때문에, 어디를 가나 부끄럼 없이 하루 전부터 연습해 간 말을 해보였던 점이 주요 비결이기도 했다. 사람들은 그때마다 놀라워했고 많은 용기를 주었다.

1년이 가고 2년 정도가 되니 운보는 드디어 스스로의 힘만으로 소리의 높낮이가 다소 돌발적이기는 했지만 간단한 의사소통이 가능할 정도로 급진전을 거듭했다. 그리고 그의 언어에는 어느 정도의 감정적 색채가 드리워지기 시작했다. 여기에는 평소 그가 보여 준 문학적 취미와 독서량이 큰 자산이 되었음은 두말할 나위가 없다.

　　그러나 밤이 되면 그 모든 것들이 무용지물이었다. 불이 꺼지면 아무것도 볼 수가 없고, 적막 속에서 무슨 일이 일어나더라도 운보는 감지할 수가 없었기 때문이었다.

　　부부간의 대화가 이루어지지 않으니 우향은 불만 꺼지면 질식할 것 같은 고독감에 휩싸였다. 그래서 생각해 낸 것이 운보의 체형에 맞게 연구한 등과 손바닥 언어이다. 그렇지 않아도 돌아누우면 마치 큰 산이 앞을 가로막은 듯한 느낌이 들었었는데 그 공간을 이용하는 것이었다.

　　비교적 많은 내용은 등에다 쓰고 간단한 것은 손바닥에다 썼다. 그렇게 하면 운보는 다시 우향의 등이나 손바닥을 이용해서 글씨를 쓰면 되었다. 뿐만 아니라 발가락을 건드리면 무엇을 뜻하고, 옆구리를 찌르면 무엇을 뜻한다는 것으로 간단한 신체적 언어방법도 겸용하니 어둠을 극복하는 데 많은 도움이 되었다.

　　예를 들어 일어나라든가, 불을 켜달라든가, 창문을 열어야 한다든가 하는 간단한 것들이었다.

　　그리고 둘은 다시 부부싸움을 자주 했다.

　　그러나 이번에는 순전히 우향의 의도적인 경우도 많았다. 커피를 마셔야 하는데 유자차를 가져온다든가, 작품을 심하게 공격함으로써 자존심을 건드린다든가, 그 급한 성미를 건드리느라고 양말이나 옷가지를 시간을 끌면서 갖다 주면 운보는 그때마다 성질을 못 참고 노발대발 소리를 지르며,

　　“우—우향이 뭘 알아…버…버…….”

하면서 무슨 말인가를 뱉어냈다. 특히 작품에 관한 얘기를 듣고 비위가 상하면 운보는 자신이 알고 있는 무슨 말이든지 내뱉어서 화를 풀려고 했다. 그 격정적인 순간에는 필담이 불가능하기 때문이다.

　　그렇다고 우향은 수화를 배운 적도 없고, 수화를 원하지도 않았다. 그것은 어쩌면 우향이 갖는 강한 자존심으로부터 비롯되었을 것이다.

거기다가 사실 운보의 수화 역시 당시 누구나 그랬듯이 어깨 너머로 배운 것에 불과해서 미묘한 감정을 표현하기가 쉽지 않았다.

하루는 운보가 며칠간 시골에 가서 말의 동작을 우두커니 바라보고 있다가 돌아와 말 그림을 번개처럼 그려나가고 있는데, 우향이 필담으로 말했다.

"그거 강아지 아녜요? 웬 말이 그리도 옹졸해 보여요?"

이 말을 들은 운보는 갑자기 마시던 유자차를 바닥에 던지다시피 내려놓더니,

"우향이 말을 타봤나? 말에 대해서 뭘 알아? 강—강—아지가 저렇게 크면 강—아지를 타고 다녀야겠네. 기분 나뻐. 우향이 기분 나뻐."
하면서 어린 아이 같은 역정을 낸다.

이때 우향은,

"여보 사실은요, 구화口話 때문에 일부러 약을 좀 올린 거예요. 오해 마세요. 저의 입술을 잘 읽어보세요. 조금 전 말이라고 했는데, 그 말은 입으로 하는 말과 차이가 없어요. 달리는 말은 짧고 입으로 하는 말은 조금 길어요. 강아지는 강—아지가 아니라 붙여서 말해야 돼요. 미안했어요. 한번 다시 해봅시다."

"말, 말——, 강아지."

운보도 화가 났지만 금세 웃어젖히면서,

"말, 말——, 강아지"를 반복해서 배웠다.

이처럼 우향은 기습적으로 운보의 구화를 위해 원하지도 않는 부부 싸움을 했고, 어느 때는 정말 화가 나서 싸울 때가 있었다. 한동안의 냉전이 있다가도 시간이 지나면 이번에는 운보가 먼저 말을 건넸다.

"우향, 말이나 배울까?"

"여보, 저의 입술을 보고 입 모양만으로 말을 읽어보세요. 손으로 만져봐도 되고, 눈으로 느껴보세요. 표정이나 동작은 당신이 잘 아실 테고."

말을 배우는 것으로 그나마 위안이 되었다. 아이들이 커가면서 그
들의 어눌하지만 확실한 단편적 단어 표현들도 운보에게는 큰 도움
이 되었다.

"우리, 수화는 가능한 한 없는 거예요. 장애자들끼리는 당연하겠지
만, 당신은 노력으로 극복할 수 있지요. 저 달리는 말을 언어인 말 이
상의 무엇으로 그릴 수 있듯이……."

우향은 가능한 한 수화를 배우지 않으려고 애썼고, 그것이 곧 운보
를 돕는 길이라고 생각하여 아이들에게도 기본적인 것 외에는 가르
치지 않았다.

운보는 즐거웠다.

자신은 영원히 소리를 들을 수 없었지만 다른 사람들에게 말을 해
줄 수 있고, 그 말을 읽을 수 있는 독순법讀脣法, 즉 상대방의 입술을
보고 말을 읽는 방법을 깨우쳐 가고 있다는 생각에 자신감이 생겼다.

그리고 생전의 어머니가 식사를 마치고 밤늦게 가·나·다·라 글
자를 가르쳐 주시던 모습이 선하게 어른거렸다.

운보는 우향에게서 갈수록 어머니의 따뜻한 가슴을 느꼈다.

"현賢, 어머니가 계셨다면 바로 이렇게 나를 소리까지 깨우치게 하
셨을 거야. 그러니 헬렌 켈러 말이야. 요즘 당신이 탐독하는 그 소설
의 주인공이 얼마나 위대한 분인가도 중요하지만, 그를 가르치고 길
러 준 스승 설리반의 사랑도 눈물겨울 정도야. 그래서 말인데, 우리
그녀의 정신을 바탕으로 해서 부부전을 합시다. 내가 약속하건대 내
개인전보다는 꼭 현과 함께 발표전을 갖겠어. 우리가 눈을 감을 때까
지 아마 이 약속은 깨지지 않을 거야."

마치 어린이들의 동화책에서나 나올 법한 운보의 이 약속은 실제
로 지켜졌다. 우향이 눈을 감을 때까지 운보의 개인전이라고는 손을
꼽을 정도였고, 모두 우향과 함께 부부전을 열었다.

"고마워요. 그러나 그보다도 중요한 것은 당신이 정말 유명한 화가

가 되셔야 한다는 거예요. 저 귀여운 현이와 완이를 보세요. 그들이 커서 자랑할 수 있는 화가, 그것이 저를 기쁘게 하는 것이에요. 물론 저도 마찬가지겠지만요."

우향은 진심이었다. 그것은 운보가 사회적 명성만을 위해 위대한 작가가 되어달라는 주문이기보다는 2세들이 자라가면서 야기될 언어 소통의 어려움과 사회적 멸시, 그러한 앞날들이 암담하고 두려웠던 것이다.

"자, 이제 필담은 스케치북의 높이를 추월하지 못하게 됐지. 당신의 뜻대로 돼가는 것 같아요. 우향, 당신 정말 대단한 욕심쟁이요. 집념 의 여자야."

씽긋이 웃어 보이는 운보의 손을 잡는 우향, 어느새 거칠어 가는 우향의 흰 손가락에서 빛바랜 어머니 윤명의 금반지가 초승달처럼 운보의 마음을 저미게 했다. 그리고 그들은 운보가 우향과의 결혼을 실현하게 되었을 때처럼, 아니 이당 김은호 선생에게 막 입문했을 때 처럼, 일생일대에 있어서 전기를 이루는 또 하나의 새로운 막을 열고 있었다. 비록 일방적인 언어라고는 하지만 분명 운보의 구화口話는 자신감 있게 더 넓은 세계로 나아가는 약진의 발판이 되었다.

5달러짜리 초상화

운보는 다시금 우향에게 큰 빚을 지고 있는 것처럼 느껴졌다. 사랑 의 근저에는 물론 무조건적이고 본능적인 차원의 자기 헌신이 뒤따 른다고는 하지만 아무리 생각해 봐도 우향은 사랑이라는 방식을 통 한 은인과 같은 존재였다. 그것은 이당이나 부스 박사에게서 느낄 수 있었던 사랑과는 또 다른 보다 절박한 애환과 연민이 응축된 그런 것이었다. 마치 어머니를 만난 것처럼.

운보는 그런 이유에서 최선을 다해 두 사람의 공동 전시회 개최를 위해 뛰었다. 사람들을 만나서 설득하거나 장소를 물색하다 가끔씩 운좋게 후원자를 만날 수도 있었다. 긴장은 곧 두 사람의 생존을 저울질하는 유일한 희망이고 등불이었다.

여전히 1950년에도 3회 부부전이 6월 22일부터 동화백화점 화랑에서 개최되었고, 5년간의 작업과정을 선보였다. 그러나 3일 만에 6·25가 발발하여 작품 전체를 분실함은 물론 피난도 가지 못한 채 3개월을 공산 치하에서 보낼 수밖에 없었다. 당시 그는 남산의 민속박물관에서 근무하고 있었는데, 다른 사람들은 모두 피난을 가고 고故 송석하 관장의 조카와 단둘이 남아서 박물관을 지키게 되었다. 아마 청각 장애자라는 이유로 무사할 것 같아 모두들 운보가 남는 것이 좋겠다고 판단한 듯하다. 그래서인지 다행히 큰 피해는 없었다.

그러나 전쟁과 운보가 가진 장애는 때에 따라서 생사를 넘나드는 불장난을 서슴지 않았다. 좀 어둑어둑한 골목길에서 살벌한 인민군들의 검문이 있을 때마다 죽을 고비를 넘겨야 했던 것이다. 운보의 건장한 체구 때문이었을까. 아무튼 며칠 간격으로 군부대 근처나 초소 부근을 지나갈 때면, 갑자기 신원을 확인하는 경우가 있었는데, 알아들을 수 없어 멈칫멈칫하거나 뒤에서 부를 때는 아예 듣지 못한 채 걸어가기가 일쑤였다. 그때마다 사격 자세를 취하는 군인들의 일촉즉발 사태가 발생했고, 나중에야 그 사실을 알고는 마치 황천길이라도 갔다 온 사람처럼 식은땀이 주루룩 흘러내렸다. 때로는 자기 자신이 죽을 고비를 넘기고 있다는 사실조차 모르고 지나가는 수도 있었다.

한번은 우향이 운보가 늦도록 들어오지 않아 큰길가에 나가보았더니, 운보가 머리에 피를 흘린 상태에서 전봇대에 기대어 웅크리고 앉아 있었다.

"여보, 이거 어떻게 된 거예요?"

자초지종을 알고 보니 인민군이 검문했는데 알아듣지 못해서 개머리판으로 얻어맞았다는 것이다.

"여보……."

우향은 추워서 떨고 있는 운보를 껴안고 대성통곡을 했다.

"이제는 밤에 돌아오지 마세요. 낮에도 잘 살피시구요."

그러나 어쨌든 장애자라는 이유로 큰 화는 면했으나 더 이상은 모든 것이 불안하여 견딜 수가 없었다. 문제는 그것만이 아니었다. 이 땅의 민족 전쟁으로 비화된 이념적 비극이 드디어 운보의 가족에게도 닥쳐왔던 것이다.

일찍이 미술계에서도 1920년대 후반 격렬하게 일어났던 프롤레타리아 미술운동이 이후에는 〈조선 프롤레타리아 예술동맹〉(KAPF)으로 비약되고, 1935년 4월 해체 이후 다시 그 뿌리는 해방 직후 〈조선 프롤레타리아 미술동맹〉의 창립으로 이어진다. 그리고 다시 윤희순·정현웅·길진섭·이쾌대·정종녀 등 32명에 의해 〈조선조형미술동맹〉이 결성되었던 것이다.

그들은 제국주의적 봉건적 잔재의 숙청과 신미술을 외쳐댔다. 결국 어처구니없는 서울 함락 이후 북에서 온 작가들이 중심이 되어 미술동맹을 결성했고, 남한의 많은 작가들이 등록했다. 운보의 친구 이응노도 이런 경우로 이름이 오르게 되었다. 그런가 하면 공포의 3개월 동안 종녀·팔찬·쾌대 등의 작가들은 모두 충무로 가네보에서 스탈린과 김일성 초상화를 그렸다.

운보 스스로도 회상하는 것이지만 이 무렵 그의 주위는 붉은색으로 물들여져 있었다. 그리고 그 중에는 가장 가깝게 지낸 화우畵友 이석호와 정종녀, 그리고 이팔찬이 있었다. 후일 이응노의 사상 논쟁까지 친다면 그의 가까운 친구 거의 전부인 셈이었다.

어두운 시절, 그들은 푸른 이상국가의 혁명으로 한방울의 먹이나 색채에서는 느낄 수 없는 피안의 세계가 가까이 올 수 있다고 생각했다. 그리고 끊임없이 친구나 친지들을 설득했다.

운보나 우향, 그의 친구 원곡 김기승 등 모두가 대상이었고, 틈나는 대로 사회주의적 주사기를 들이대고 붉은 반점들을 투여하려고 했다. 물론 그의 형제들도 끈질기게 설득되었다. 특히 정종녀의 이론과 의지는 가히 혁명적이었다. 그러나 우향의 사상은 달랐다.

"여보, 좌익은 아니에요. 우선 그들은 우리의 예술세계를 근본적으로 부정하려고 하잖아요. 압박받는 노동계급에게 그들은 평등을 주창하지만 인간에게 진정한 평등이 얼마나 가능할까요. 민주주의라는 것도 그 본질은 평등이에요."

라고 못빅으면시 운보와 기족들을 지켰다. 운보도 이데올로기의 실체를 명확하게는 파악하지 못한 상태여서, 처음에는 갑자기 '김동무'·'박동무'로 호칭을 바꾸며 열변을 토하는 정종녀의 이론에 귀기울이고 그들 성격의 단체에도 가입했지만 점차 흥미를 잃어버리기 시작했다.

그러나 그의 동생들은 달랐다. 기학을 빼고 기옥·기만은 이미 우향과 뜻을 달리하고 있었다.

그러던 중 갑자기 외할머니가 돌아가셨다. 그렇지 않아도 노구에 전쟁을 만나게 되어 그 충격이 적지 않았었다.

외할머니 이정진.

그는 북쪽의 황해도가 고향이며, 충북에 살던 외할아버지 한씨韓氏와 결혼했으나, 30세의 젊은 나이에 남편과 사별하고 과부가 되어 77세까지 외롭고 한스러운 삶을 살다 갔다. 일곱 살 때 장티푸스에 걸린 운보에게 인삼을 달여먹인 것이 원인이 되어 결국 운보는 청각이 마비되었던 것이다. 그는 그후 30년 동안 하루도 그 죄스러움을 잊은 날이 없었고, 남은 여생을 운보를 위해 묵묵히 온갖 궂은 일을 도맡아 왔었다.

외할머니의 급서는 운보에게 또 한번의 충격이었으나 장례도 치르지 못할 정도로 상황은 급박했다. 화장을 하고 둘은 심각하게 생각했다. 아무래도 피난을 가는 것이 좋을 듯했다. 그러나 그렇게 되면 이미 붉은색으로 물들어져 있는 동생들, 그리고 친구들과의 이별이기도 했다. 운보는 그들을 자신의 힘으로는 어떻게 하기가 어렵다는 것을 잘 알고 있었다. 그 시대가 그 굶주림이 결국 원죄이기도 한 시절, 많은 젊은이들이 마르크시즘에 경도되었다.

고심에 고심을 한 끝에 하는 수 없이 형제들과 헤어지기로 결심했다. 우향도 적극 찬성이었으나 차마 먼저 말을 꺼내지 못하고 있을 뿐이었다.

중공군이 가담했다는 뉴스와 함께 참담한 심정으로 짐을 꾸리고 우향의 어머님이 계시는 군산으로 피난길을 나섰다.

짐이라야 특별히 쌀 것도 없었다.

우선 밤색 나무테에 끼워진 소중한 어머니의 사진첩과 평소 즐겨 보던 《밀레의 생애와 예술》 한 권, 스케치북 한 권, B₃ 그리고 몇 가지 것들을 황급히 꾸렸다.

네 살바기 현효과 두 살 난 아들 완完을 한 명씩 업고 보따리를 든 채 한강을 건너서 눈보라를 뚫고 남쪽으로 남쪽으로 걸음을 재촉했다. 늦가을의 서울을 빠져 나가는 길에는 처참하게 폭파된 곳곳의 건물들과 채 가시지 않은 화염, 헐벗고 굶주린 자들의 모습들이 즐비했다. 몇백 명은 될 것 같은 시체가 여기저기 나뒹굴면서 이미 부패되기 시작했고, 얼굴 한쪽이 완전히 뭉개진 채로 방치된 인민군의 사체는, 전쟁 그것만으로도 이미 얼마나 큰 죄악을 저지르고 있는 것인가를 실감케 했다.

우향은 불현듯 1945년 당시 패색 짙은 일본의 잔상들이 떠올랐다. 기차표 27번, 콘논마루 연락선, 마치 저주받은 운명들처럼 일그러지고 내찢겨진 피난민들, 소이탄 날아가는 소리와 잠시 후 연이어 터져 나오는 굉음들. 당시 그가 느꼈던 회의와 생과 사에 대한 깊은 사색의 심연을 어느새 이민족이 아닌 동족간의 현장에서, 그것도 자신이 존재하고 있는 현실에서 생생히 보고 겪고 있다는 점에 대해 소스라치게 놀랐다.

그리고는 사각거리며 나부끼는 붉은 단풍잎들이 뉘엿뉘엿 저무는 저편의 붉은 황혼 사이에서 눈물겹도록 아름답다고 느껴지는 감정을 억누를 수가 없었다. 비극의 현실에서 바라보는 여류작가의 어떤 증폭된 본능이랄까.

하루를 꼬박 걷고 나니 어느새 발이 부르트기 시작했고, 운보는 우향이 들었던 보따리까지 들쳐메고 침울한 표정으로 가끔씩 그 황혼을 응시했다. 논두렁이나 처마 밑에 앉아서 잠시 휴식을 취할 때면 운보는 피난민 대열을 순식간에 속사법으로 그렸다. 그리고 나서는 그 여백에다 〈????〉를 빽빽이 채워넣기도 했다. 그의 유일한 전쟁에 대한 반문이었고 응징이기도 했다.

경황이 없어 안부도 묻지 못하고 서울을 떠났지만 이당은 부산으로, 친구 이응노는 예산으로, 후소회의 전위 멤버 월전 장우성은 종군화가로, 정종녀·이석호·이팔찬은 결국 인민군과 함께 북으로 가는 등 참 기가 막힐 생이별들을 하고 있었다. 그보다 참을 수 없는 괴로움은 북으로 간 형제간의 이념적 결별이었다. 그후 그는 동생들을 영원히 다시 만나지 못했다.

군산에 도착하여 처음에는 처가에서 내 주는 아주 허름한 온돌방에서 생활하게 되었다. 막상 짐을 풀고 보니 암담하기 짝이 없었다. 부부전에 몽땅 쓸어넣어 여유돈도 씨가 말라서 설상가상으로 힘이 들었다.

그림 그릴 화구를 미처 가져올 수도 없었지만, 있다 해도 도저히 쉽게 작업을 할 수는 없었고 미래에 대한 불안감만이 짓눌러 왔다. 시간이 흐르자 운보는 밀레의 바르비종 그림들이 떠올랐다. 〈이삭 줍기〉며 〈만종〉이며, 그런 풍경들이 바로 눈앞에 펼쳐지고 있었다. 사실 운보는 오랫동안 지니고 다니던 《밀레의 생애와 예술》을 읽으면서 작가의 예술세계도 존경했지만 그 소재나 생활에 등장하는 농촌적인, 그리고 농부적인 것에도 더 큰 매력을 느껴왔었다.

그는 비록 화가의 길을 가고는 있었지만 일면에서는 정직하게 열심히 일해서 가꾼 만큼 수확을 하고 사는 농부들의 전원생활이 그리울 때가 한두 번이 아니었던 것이다. 그러나 그것은 단순하게 도시인들의 폐부에 쌓여진 문명의 폐기물에 대한 스트레스와는 그 성격이 달랐다.

그는 우직하고 소와 같은 충정적인 힘을 지니기도 했지만, 왠지 시골 풍경들을 보고 있노라면 어떠한 인위적 대화나 형식이 필요 없는 무수한 교감이 발동되기 때문이었다.

더불어서 그에게 보여지는 어떤 시각적 현상들이 청각이 제거된 채 정지된 한장면의 그림으로 지각될 수 있는 그런 성격이어서, 운보에게 시골 풍경은 어떠한 장애나 사회적 요구도 필요치 않은 것이었다. 그래서 그 자연을 가꾸는 농부는 행복해 보였다.

군산 집과 불과 몇 리 안 되는 곳에 서해 바다가 있었고, 그 위로 간간이 지나가는 유엔군 수송선의 '붕─붕붕─' 하며 울리는 뱃고동 소리는 전쟁의 비극이 더한층 절절히 느껴지게 했다.

갑자기 모든 자연이 정지되었고 고요한 적막은 밀레의 그 들녘을 연상시켰다. 그리고 어느 순간부터 두 사람은 곳간을 수리하여 임시 작업실로 개조했고, 곡괭이나 호미 등 몇몇 농기구를 얻어다가 흙을 만지기 시작했다. 간간이 텃밭도 가꾸고 씨도 뿌리면서 난생 처음 파종도 해보았다. 이듬해를 기다린다는 의미 자체가 신비로웠다.

그러나 이같은 일말의 의욕들은 생활고와 겹쳐져서 매우 위태로운 지경에까지 이르렀다. 얼마 후에는 중공군이 개입하여 아군이 다시 수세에 몰리고 있다는 소문이 나돌았다.

무섭고 침울한 나날이었다.

현이와 완이도 몇 달 사이 몰라보게 수척해졌고 자꾸만 외할머니 생각이 간절해지기도 했다. 다행히 군산 유지인 강정준이 마침 서울에서 가지고 간 1백 호 정도의 춘향이 그림을 80만 원에 사 주어서 당분간은 지낼 수가 있었으나 처가의 신세를 지는 것이 대부분이었다.

어느 날 두 사람은 동네에 나가 병마개를 가득 모아다 접시 대용으로 만들어 놓고 아이들이 쓰는 물감을 사서 창호지 위에 여러 가지 실험적 초고들을 그려보았다. 그러나 얼어붙은 화심畵心에는 불이 붙지 않았다. 우선 두 아이를 먹여야 할 식량이 다급한 처지였고, 또한 전쟁의 포화에서 살아남을 수 있을지가 의문이었다.

한 1년이니 지났을까.

어느 날, 그날도 지루한 하루를 극적으로 보내고 있는데, 미군부대에서 통역으로 일하는 한 청년이 불쑥 집으로 찾아와 미군들의 초상화를 그릴 생각이 없느냐고 물었다. 처음에는 자존심이 상해서,

"나는 그런 것은 그릴 수 없어요."

라고 단칼에 거절을 했으나 우향은,

"좀 생각해 보고 결정해 드릴게요."

라면서 신중론을 폈다. 그리고 둘은 그릴 수 없는 이유와 그려야 할 이유를 내세워 밤새껏 토론을 했다. 그러나 결국 운보는 우향의 한마디에 생각을 바꿀 수밖에 없었다.

"여보, 저 아이들을 굶어죽일 작정이세요? 전쟁은 몇 년이 걸릴지도 모르고 무엇 하나 기약은 없는데, 무슨 자존심이세요? 어릴 적에 영화배우 그리던 그 한종원인가 하는 선배 형을 생각한다고 접어두고 우리 타협해요."

어느새 우향의 양볼에는 눈물이 글썽거렸다.

운보는 이번만은 어쩔 수 없다는 것을 깨닫고는 못 이기는 척,

"미안하오. 내가 깊이 생각을 하지 못했어. 그러나 생활만 가능하면

언제든 그만둡시다."

"그것은 저도 바라는 바예요."

청년도 초상화로 돈을 번 사람들의 예를 들면서 어려운 난관을 극복하는 좋은 방법이라며 적극 권유했다.

결국 초상화를 그리기로 하고 두 사람은 서로를 위로하면서 작업에 돌입했다. 그러나 막상 그리려고 하니 순수미술의 감각만으로 초상화를 그린다는 것이 만만치가 않았다. 무엇보다도 빠른 시간 내에 사실적인 모습을 있는 그대로 처리해야 하는데, 속도도 느릴 뿐더러 작가의 개성적인 필치는 과장과 생략에 의해 변형되고 굵은 필선들이 빈번하게 표출되니 대상인물과 닮지 않게 되는 것은 자명했다.

다행히 서양인들은 윤곽이 뚜렷해서 수월한 면은 있었지만 익숙해지는 데는 몇 개월이 걸렸다. 초상화는 한 장에 5달러를 받는데 1달러 50센트는 소개료로 주니 최소한 3달러 50센트에서 재료값을 빼고도 2달러 이상은 자기 수입이 되었다. 하루에 두 장 정도는 그릴 수 있어서 두 사람이 4달러씩 벌 수가 있었고, 다시 몇 개월이 지나면서 속도도 빨라져 그럭저럭 생활을 유지할 수가 있었다.

군산의 피난 1년여는 이렇게 해서 그 나름대로의 생활을 해결해 나가는 계기를 마련하게 되었다. 이 과정에서 우향은 불안하다 못해 그렇지 않아도 날카로웠던 신경이 더욱 예민해졌다. 그도 그럴 것이 유복한 집안에서 고생 한번 안해 보고 자란 그녀였고, 작업에 대한 열망 또한 운보에 못지 않을 정도로 강렬했기 때문이다.

그러나 운보는 달랐다.

물론 그도 급박한 생활고 때문에 몸져누워서 심하게 앓을 정도로 한동안 시름에 빠지기도 했지만 이미 이와 같은 생활은 유년 시절부터 몸에 밴 체질이었다. 어머니를 여의고 줄곧 소년가장으로서 어린 동생들을 돌봐야 했던 그로서는 어떤 비탄에 대한 감내가 체질적으로 본능처럼 배어 있었던 것이다. 초상화만 해도 운보는 우향보다는

그리 낯설지 않았다. 운니동 이웃집의 한종원이 가르쳐 준 브로마이
드 목탄 데생 시절이 있지 않았던가!

초상화를 그리면서 문득 종원의 창백한 얼굴이 떠올랐다.

"종원 형, 나 조금만 그릴게. 생활이 안정될 때까지만. 그런데 이것
도 쉽지는 않아. 나 좀 도와 주쇼."

한잔 들이킨 술기운에 넋두리를 하고 나면 사방이 답답하게 막힌
심정이 다소나마 해소되었다. 그러던 차, 어느 날 김종래라는 초상화
의 프로를 만나, 운보는 아예 그의 가게에 나가서 그리게 되어 보다
나은 수입을 올릴 수 있었고, 화구도 사고 좀더 안정되게 식구들을
부양할 수 있게 되었다.

그런데 어느 날이었다. 잘생긴 미군 헌병 한 사람이 뽀얀 먼지를
일으키며 지프를 몰고 와 가게 앞에 세우더니, 요란하게 "헬로우!"하
면서 거수경례를 붙였다. 엉겁결에 부닥친 일이라 당황하여 운보도
차렷자세로 그 헌병을 향해 거수경례를 붙였다. 그 꼴을 바라보고 있
던 김종래가 배를 쥐고 웃었다.

어리둥절 뭐 잘못한 게 있나 보다 해서 사색이 되어, 통역에 통역
을 거듭해서 자기를 찾아온 이유를 물어본 결과, 지금 당장 어디론가
가야만 한다는 것이었고, 좋은 일이라고 하였다. 고개를 갸우뚱하면
서 난생 처음 탄 지프는 곧 그 부대에서 가장 잘 지어진 이층 건물
앞에서 멈추었다. 그곳에서는 중장 계급을 단 미군 장성이 친절하게
반겨 주었다. 이유인즉 부산의 김형민이 운보의 소식을 듣고 미군 장
성에게 부탁을 하여 주소를 알려 주었던 것이며, 그 장성은 곧바로
김형민의 소식을 전해 주려고 연락병을 보낸 것이었다.

김형민은 해방 이후 초대 서울시장을 지냈을 뿐 아니라 우향과 그
의 형수가 선후배인 관계로 알게 된 처지였다. 서울에 있을 때도 도
쿄·교토에 가면 하토야(鳩屋)에 들러 안료·화선지 등을 사다 주었
고, 경주 등의 고적을 다닐 때도 자주 동행할 정도로 가까웠다. 당시

는 김형민이 부산에서 석유사업을 크게 하고 있을 때였으며, 그는 또한 미술 애호가로서 호인이었다. 부산에 서신을 띄운 즉시 답이 왔고, 바로 부산에 와서 개인전이라도 한번 하고 가라는 권유가 있었다.

사실 운보는 개인전도 개인전이지만 스승 이당이 부산으로 피난을 가 있다는 말을 듣고 그 안부가 몹시 궁금하던 차였다. 그러던 중 김형민의 제의를 받았으니 앞뒤 돌아볼 필요가 없었다. 싸구려 물감과 재료들이었지만 즉시 구입해 가지고 열 점 남짓 작품을 제작하여 그 미군 장성의 도움으로 군용기편을 이용하여 부산에 갔다.

김형민의 환대도 그러했지만, 스승 이당을 찾아 넓죽 절하고 무사하다는 것을 확인하니 무엇보다 마음이 놓였다. 당시 이당은 천마산 산골에서 피신하다가 다시 서울로 들어왔으나 1·4 후퇴 때 무일푼으로 겨우 부산까지 내려왔고, 장기영의 숙부 장준영의 도움을 받아 한숨을 돌리고, 나혜석의 남편 김우영의 천거로 영도의 〈대한 도자기〉 회사에 나가서 그림을 그려 주고 있었다. 사장 지영진은 이당뿐 아니라 소정 변관식·남정 박노수·목불 장운상·황염수·김세중·김학수 등과 후에 월전 장우성 등 당대의 내로라 하는 일급화가들에게 미군들을 상대로 파는 접시 그림을 부탁했었다.

작가들도 피난처인지라 딱히 다른 방도도 없어서 이 회사에서 전쟁 동안만이라도 신세를 질 수밖에 없었다. 그러던 차에 운보가 부산에 왔던 것이다. 이당도 운보를 보자 누구를 만난 것보다 반가워했고, 곧 이어 우향의 일본 유학 시절의 선배인 이숙종과 평소 운보 부부와 가깝게 지냈던 모윤숙·김활란씨에게도 인사를 드리도록 하였다.

전시는 김형민이 총대를 메고 김활란의 소개로 성공했다. 전쟁중이었지만 그래도 유지들은 그림을 애호했고, 특히 예술가들의 청탁이나 천거는 거절할 수 없는 것이 그들간의 최소한의 예의였던 것 같다.

작품들은 급히 그린 것이라 그 예술성이나 실험성이 뒤떨어져 운보 스스로도 부끄러웠다. 모두가 어려운 시기임에도 구걸하는 듯하여 면목이 없었으나 몇 차례 이와 같은 방법으로 그림을 팔아 처갓집 신세를 면하고 드디어 구암동에다 허름한 기와집 한채를 마련했다.

그와 함께 일본과 연락이 있는 김형민에게 부탁하여 그림을 그릴 수 있는 비단·안료·붓·먹 등을 주문해서 피난 시절의 새로운 도약을 다짐하는 구암동 작업기에 진입하게 된다.

구암동의 혁명

"여보, 이제 초상화는 그만 그리기로 해요. 당신과 약속했잖아요?"

"당연하지. 그러나 이번 경험은 내게도 많은 교훈이 되었어. 그런데 따지고 보면 그 초상화라도 그렸기에 부산도 다녀오게 되고, 그 장군의 도움도 받게 되었던 것이야. 난 지금도 그때 그 헌병이 불쑥 나를 찾아왔을 때 가슴이 철렁 내려앉았던 기억을 잊을 수 없어. 글쎄 엉겁결에 나도 거수경례를 했지 뭐야. 핫—핫핫."

운보의 구암동 시절 중반기는 어느 정도 생활의 균형이 잡히게 되자 우향과도 철저히 약속했던 것처럼 곧바로 초상화 그리는 일부터 정리하고 순수한 작업에 몰두하는 시기로 정착된다. 그 경향은 크게 성화聖畵와 구멍가게·복덕방 시리즈로 유명한 동양화의 큐비즘, 반추상작업으로 나뉜다.

성화 시리즈는 우선 김형민이 부산 여행 때 보여 준 조선시대 풍속화 사진들과, 그가 한국적인 풍속에 맞게 성화를 그려볼 것을 권유함으로써 시작된다. 사실 그의 성화 제작은 김형민의 권유도 권유였지만 운보가 어머니를 여의고 난 후 어느 선교사가 위로하던 중,

"세계에는 많은 성화가 있습니다. 그리스도는 어느 한 나라를 위해

서 탄생하지는 않았습니다. 당시 가장 불우했던 나라를 빌린 것뿐입니다. 그는 온 인류의 구세주인 탓으로 많은 나라가 가장 믿음을 갖기 쉬운 방법에서 자기들의 모습을 본떠서 그리고 있습니다. 일본이나 중국에도 그들 나름대로의 성화가 있지요. 당신도 장래 한국의 성화를 완성할 수 있는 힘을 지금부터 양성하시기 바랍니다."
라고 권유한 내용이 깊게 각인되어 있었기 때문에 결정적으로 시발되었던 것이다. 운보는 우선 예수의 일대기를 일일이 중요한 장면만 수백 장에 걸쳐 밑그림으로 정리한 다음 30여 장의 주요 내용과 구도를 구체적으로 스케치하고 혼신의 힘을 다해 제작에 임했다. 꿈속에서는 말할 필요도 없고, 길을 걷다가 또는 논둑에서도 운보는 예수의 모습을 생생히 대할 수 있었을 정도로 성화에 깊이 함몰되었고, 시리즈 전체가 뛰어난 묘사력과 현장감뿐 아니라 한국인으로 태어난 예수의 일대기를 그린 최초의 회화 작품이 되었다.

운보는 이즈음 가끔씩 이른 저녁 무렵이면 자전거를 타고 시내를 한바퀴씩 돌아보는 습관이 생겼다. 왠지 논밭길이나 거리에는 침잠된 암울함이 감돌고 있었지만 그래도 맑은 샘물처럼 삶의 근원이 솟아오르도록 움직이는 것들이 있어 좋았다.

장대같이 큰 운보의 키를 훌쩍 넘어서는 옥수수밭을 지날 때면 부단히 사각거릴 듯한 긴 이파리들이 무수히 부딪치고 있었다.

"저들도 그렇게 부딪치고 있는 것일까…?"

잔잔히 옆구리 긴 수수깡들은 그들의 몸뚱아리와 육신 모두를 가볍게 스치고 있었다. 그곳에는 어떤 생기가 있었다. 인간들의 그 무거운 주름살 위로 떠올려지는 생명력과는 또 다른 있는 그대로, 그야말로 자연의 리듬이 쉴새없이 파도치고 있었다.

시내에 들어가도 그 맛은 다르지만 운보의 감각을 자극하는 어떤 모티프들은 쉴없이 충만되어 있는 것 같았다. 우선 판잣집 한구석 복덕방 할아버지들의 부처님 좌상을 닮은 모습이나 동네 어린 아이들이 떼지어 모여 있는 구멍가게, 포장마차 같은 선술집의 소박한 모습들이 모두 그러했다. 시장이라도 나가 보면 서울에서는 도저히 볼 수 없었던 진기한 풍경들이 적지 않았고, 운보는 그러한 장면들이 모두 다 하나의 화상적畵象的 단면들로 보여졌다. 마치 소리를 뺀 판토마임처럼 이들의 움직임, 무너져 내릴 듯한 판잣집들의 오묘한 구성, 간혹 군복을 입고 지나가는 젊은이들의 총총걸음이나 아이를 업은 여자 아이의 파리한 표정 등은, 그 모두가 전쟁을 치르고 있는 후방 도시의 무거운 단면이라기보다는 화가의 눈에는 도리어 어떤 미지의 세계에 대한 욕구를 불러일으키는 소재로서 강한 충동을 야기시켰다.

몇 달이 지났을까. 성화도 거의 완성되었고, 붉게 물들어 가는 저녁 노을 아래 들녘은 불타고 있는데, '과연 나는 무엇을 할 수 있을까?' 하는 화심畵心이 충동되기 시작했다.

다시 밀레와 고흐가 생각났다.

밀레는 〈만종〉과 〈이삭 줍기〉로 유명한 작가이면서 반 고흐에게도 영향을 미쳤다. 파리 근교의 그 유명한 오베르쉬르우아즈 보리밭은 고흐의 광열적인 영혼을 불태우고 자살하여 묻힌 그런 곳이 아니었던가. 우향과도 많은 대화를 나누었다.

"여보 제가 일본에 있을 때 어느 책에서 읽었는데요. 고흐가 자살을 기도한 후 이층집에서 죽어가는 장면이 설명되어 있었어요. 그는 자신의 광기를 이기지 못해 권총을 쏘았으나 바로 죽지 않고 이틀이나 그 처절한 고통 속에 헤매다가 숨을 거두었대요. 그리고 그의 동생 테오도 역시 정신질환을 앓다가 형을 따라 죽었잖아요. 너무나 슬프지요. 우리에게도 고흐와 같이 죽을 정도의 광기는 아니어도 어떤 거대한 고동소리, 당신의 귀에 가끔 그렇게 웅장하게 울려온다는 역동하는 우주의 소리 같은 그런 것이 있지 않을까요? 이대로 끝나 버린다는 것은 너무나 서글픈 일이에요. 너무나……"

"그래, 우리 한번 그 광기를 발휘해 보자구. 그동안의 냉각된 열기를 다시 녹이는 거야. 우리들의 일은 그렇다 치고, 도대체 기옥이·기만이는 다들 어떻게 되었을까? 들리는 말에 의하면 석호 형·종녀형도 이미 월북했다던데. 사실인지 아닌지. 그놈들 생각만 하면 가슴이 미어져. 어머님이 아시면 나를 얼마나 나무라실까? 당신도 고향 강서에 한번 가보고 싶지? 그러고 보니 어렸을 때 본 원산의 명사십리·금강산이 그리워지는군. 그때 생각을 하면 나는 고흐처럼 죽을 수도 없었지. 그 동생들 때문에…… 그런데 이렇게 헤어져야 하다니. 이놈의 전쟁은 언제나 끝나려나. 불쌍한 반 고흐가 이 땅에는 지금 너무나 많아. 빈곤에 굶주린 광기로 죽어가고 있어요."

그리고 며칠 후 운보는 더 이상 지체할 수 없는 충동적 장면을 목격하게 된다. 어느 날 덜컥거리는 자전거를 잠시 멈추고 신작로에 서 있는데 그 바로 앞에 자잘한 판자로 제멋대로 지어진 구멍가게가 하나 있었다. 물건도 별반 없어서 바닥의 판자가 더 많이 보일 정도였는데, 그 안에 어떤 노쇠한 백발의 할머니 한분이 처량하게 쪼그리고 앉아 두 턱을 괴고 있는 것이었다. 손님을 기다리는지 손자를 기다리는지 아니면 전선에 나간 자식을 기다리는지 처량하기가 그지없었다.

운보는 순간적으로 어떤 감흥이 떠올랐다.

무엇으로 설명할 수는 없지만 그 상황 설정과 긴장은 곧바로 화면으로 직결되었고, 그 즉시 스케치북을 꺼내 대강 초고를 그린 다음 여러 차례 같은 시각에 같은 장소에 와서 생각에 잠겼다.

그리고 나서 열흘이나 지났을까. 일그러진 판잣집 그대로의 모습과 할머니를 모태로 하여 형상은 일그러졌다. 모든 것이 상식대로 놓여진 채 제자리에서 일상적인 호흡을 하고 있는 것에 대한 도전이 시작된 것이다.

운보는 결국 그 제멋대로 지어진 판잣집에서 형상의 파괴를 시도하게 되는 결정적인 모티프를 획득한 것이다.

〈복덕방〉·〈군밤장수〉·〈엿장수〉·〈보리타작〉 등은 이것을 계기로 확산된 작업들이다. 계절과 소재의 형식만 바꾸었을 뿐 그것은 모두 정상적으로 놓여진 현상적 사물들에 대한 반발이었으며, 나아가서는 심상세계에 대한 표현방식의 중요한 터널을 시공하는 일과도 같았다.

우향도 역시 운보의 붕괴되는 형식의 파편들 앞에서 함께 무너져 내렸다. 운보가 있는 곳에서 우향은 그림자였고, 우향의 그 지각 때문에 운보가 추진력을 분출하는지도 몰랐다. 둘은 무수히 토론했고 어떤 벅찬 비전에 도달했다. 왜곡되고 일그러진 형상의 재구성에 의한 화면의 연출은 보이지 않는 적군이 따로 없는 전쟁터와도 같았다. 그것은 혁명이었다.

그들은 동족들이 이 한반도에서 총칼을 들고 피비린내나는 실전을 하고 있을 때 피난처에서 붓과 먹을 들고 사유적·심성적인 진두를 벌임으로써 스스로의 혁명적 선언을 단행했던 것이다.

운보는 새벽 녘쯤 일어나서 우두커니 푸른 창살을 바라보며 말했다.

"피카소라는 작가가 이해될 만해. 그리고 그의 아버지뻘인 세잔은 더 위대해. 회화는 문학이 아니고 색채 사진이 아니고, 회화는 오로지 회화라고 했으니 말이야. 그런데 이러다간 저들 서양인들이 만들어 놓은 입체파적인 물결에 뛰어들게 되지는 않을까? 그리고는 휘말려서 흔적도 없이 사라지는 것은 아닐지, 왠지 불안해."

운보는 오랜만에 그 특유의 비뚤비뚤하게 미끄러지는 글씨체로 써내려 갔다. 그런데 그날따라 글씨가 더욱 비뚤비뚤해 보였다.

"저도 일본 유학 때 그들의 작업을 책을 통해 많이 보았어요. 그러나 우리는 분명 어떤 근간이 있어요. 하나는 지극히 자연적이고 우연적으로 그들의 노선과 만났다는 점이에요. 일본 서양화단에서 제기된 의식적인 모방과는 판이하게 다르지요. 두번째는 그렇기 때문에 내면적으로 해체되어 가는 형상의 차이는 크지요. 우선 수묵이라는 우리 것을 재료로 하고 있고, 그 정신성 또한 동양·한국적인 미사상을 모태로 시작하고 있잖아요."

우향은 확실히 지각적이었다. 왜냐하면 이미 서양화단에서는 1924년 주경의 〈파란波瀾〉이나 1938년 김환기의 〈론도〉가 발표되면서 추상회화의 한국적 도입의 신호탄이 명료하게 쏘아올려졌었다.

무엇인지 확실치는 않았지만, 이 시기의 모더니스트들 중 전위적 논제에 대해 한번쯤 고뇌해 보지 않은 자는 없었다. 그러나 운보와 우향은 이 전위적 서구 사조를 지극히 동양적 시각에서 체현적으로 시도해 보고 싶었고, 그 자연스러운 갈증이 이제 눈앞에 다가섰다고 생각하고 있었던 것이다. 그 사실을 우향은 간결하게 정리하고 있었다. 마치 미술사가의 몫을 대신하듯이.

운보가 그칠 줄 모르고 달리는 천리마나 호랑이처럼 거창한 에너지를 뿜어내는 감성적 측면의 소유자라면, 우향은 현명한 인식을 바탕으로 하여 섬세하고도 사변적 변별력을 통한 자각적 투명성을 추구하는 여류였다.

그래서 두 사람은 자주 신경전을 벌이기도 했지만, 이렇게 첨예한 추진력을 필요로 할 때나 새로운 세계로 한 단계를 뛰어넘을 때는 서로가 하나의 대극적 관계이자 보완적 관계를 훌륭하게 수행해 가고 있었다.

전쟁이 막바지에 접어들며 치열한 공방전으로 치달았을 때 그들은 거의 10여 년 만에 작업다운 작업의 시간들 속에 깊이 파묻혀 있었다.

그동안은 물론 부부전과 같은 전시 형태가 있기는 했지만 그 노력만큼 내용이 충실해지기는 어려웠고, 해방 이후에는 친일화풍의 청산이다, 좌파다 우파다 하여 실제로 미술계의 어떤 사상적 지표가 실종되었다. 게다가 결혼과 생활고는 더더욱 내연의 불길을 지필 수 없는 요인이 되었다.

이 실험의 와중에서 우향은 차녀 선璇을 낳았고, 곧바로 다시 운보의 전위적 시도에 가담하였다. 아무튼 이 시기는 두 사람에게 있어서뿐 아니라 미술사에 있어서도 중요한 획을 긋는 시기였다. 서양화 분

야에서는 김환기·유영국·이중섭·장욱진·백영수·이규상 등에 의
해 1947년 창립된 〈신사실파〉의 출범으로부터 본격화된 추상 그룹이
등장하는가 하면, 일부 작가들에 의해서도 이미 새로운 시도가 잇달
았다.

적과의 동침

전쟁은 휴전을 선언했다.

"현, 이제 서울로 올라가 봅시다. 그래서 그간의 결과를 보고합시
다. 그리운 친구들도 만나고……."

그 즉시 부부는 성화·반추상 등 각각 30여 점씩을 싸들고 올라와
우선 김형민의 도움으로 서울의 조선 호텔과 화신백화점에서 부부전
을 열었다. 반응은 벅찰 정도로 대단했다. 특히 성화에 대한 관심은
열광적이었다. 아마도 폐허가 된 도시의 구원에 대한 갈증 때문이었
을까? 〈갓 쓴 예수〉라는 별칭이 붙여져 전시의 호기심은 더했다.

일단 피난기의 공백은 훌륭히 메워진 셈이었다.

여기에 자신감을 얻은 두 사람은 이듬해 구암동을 떠나 상경하여
성북동에 집 한채를 마련했다. 집을 장만할 경제적 여유는 없었으나,
다행히 김용환이라는 친구의 도움으로 집값의 상당 부분을 그림을
그려서 대신할 수 있었다. 그리고 온돌방 하나를 화실 겸 침실 겸 응
접실로 사용하면서 두 사람의 격전장으로 정했다.

역시 방이 비좁은 관계로 남산 시절처럼 운보가 작업할 때는 우향
이 쉬고, 우향이 작업할 때는 운보가 양보하는 식으로 구암동 시절의
여세를 몰아 많은 것들을 해체했다. 마치 인체의 심오한 조직들을 들

여다보면서 느껴지는 신비감이나 트랜지스터 라디오를 모조리 해체하면서 느끼는 흥미처럼 시장·교회·물고기 등 여러 소재들을 등장시켰다. 또한 원근법과 명암·색채·점과 선·공간 등 모든 것을 새롭게 배열하고 제2의 자연을 창조한다는 의미에서 작가 독자적인 언어로써 과감한 생략과 강조를 거듭했다.

그러면서도 운보는 구암동에서 우향과 함께 다짐했던 전통적 소재에 대한 집중적인 연구를 게을리하지 않았다. 〈탈춤〉·〈세 악사〉 등이 이때 제작된 것이다. 민예적이고 민속적인 대상들을 수용하면서 필선이나 공간감은 점점 더 간결해지고 기氣와 운韻이 조화를 이루어 생동감을 더해 갔다. 그리고 그동안 줄곧 신비의 대상으로만 생각해 왔던 조선시대 추사 김정희의 서예세계에 대해 회화적 입장에서 접근하는 시도가 가능한지를 실험했다. 한자 그 자체가 상형성의 극치이기 때문에 운보는 이를 고도의 추상적 선묘로 파악하고 공간을 가로지르는 구성적 미감으로 실험을 시도했다. 서예적 회화라고나 할까. 이른바 〈문자도〉라고 일컬어지는 이 독특한 작업은 우연의 일치이겠지만, 이응노·남관 등이 주된 소재로 사용함으로써 이후에는 한자의 상형적 경향이 큰 반향을 일으켰다.

또한 1955년에는 홍대 미술학부장이던 조각가 윤효중의 부탁으로 난생 처음 대학 강단에 서게 된다.

"운보, 나를 좀 도와 주오."

라고 권유하는 윤효중의 첫 부탁을 받았을 때만 해도,

"아니, 보통학교 나온 대학 강사가 다 있단 말이오? 더군다나 귀머거리 벙어리에."

라고 하면서 한사코 사양했다. 그러나 윤효중은,

"여보, 예술을 귀나 말로만 합니까. 예술은 영감과 감정이 바탕이잖소. 더군다나 기교에 있어서야 운보만한 분이 얼마나 되오. 자, 나하고 일합시다. 후진들을 위해서."

라고 하는 통에 운보도 용기를 내어 결국 초등학교의 학력만으로 대학 강단에서 제자들을 가르치기 시작했다.

초기의 제자로서는 이응노의 조카 이희세와 나부영·이건걸·이재호 등이 있었다. 그 중 이희세는 응노를 닮아 뛰어난 생각과 기법적 우수성을 보였다.

그러나 그의 가슴 속에는 항상 응어리가 뭉쳐 있었고, 현실에 대한 강한 반발과 레지스탕스적인 전위의식이 이글거리고 있었다. 결국 그는 응노를 따라 파리로 가서 식당을 하게 되며, 사상적인 측면에서는 이응노보다도 더 짙은 반체제 인사가 된다. 인재 한 명이 민족의 분단 때문에 희생된 가슴 아픈 사연이었다.

우향도 최선을 다해 구암동의 변신을 본격적인 작업 무대로 응축시키려는 노력을 꾀하였다. 그녀의 관심은 주로 뼈대만을 그리는 골법骨法에 있었다. 모든 것을 다 삭제해 버린 채 오로지 그 뼈대만을 탐색하여 표현해 보는 대상의 응물應物과정이 한동안 지속되었다. 그것은 대상에 대한 작가의 심상적 침투로서 치러야 할 극히 중요한 단계였다. 두 사람은 마치 경주하듯이 서로를 견제했고, 견제당한다 싶으면 다시 박차를 가했다.

그 결과 56년에는 우향이 전무후무한 기록을 세웠다. 즉, 8회 〈대한미협전〉에서 〈이른 아침〉으로 대통령상을 수상했고, 같은 해에 연이어서 5회 〈국전〉에서도 〈노점〉으로 다시 대통령상을 수상했다. 이로써 한해에 두 번이나 대통령상을 받게 된 유일한 작가가 되었다. 운보는,

"카—— 축하해. 역시 우향다워요"를 연발했다.

여전히 그녀가 기염을 토하는 근원은 피난 시절 구암동에서 운보와 몰입했던 1년여의 모든 형상들에 대한 재인식이었다. 강인한 의지와 섬세하고도 히스테리컬하기까지 한 지각적 겸비는 날카로웠다. 그리고 그 날카로움이 운보를 선택했고 또 운보와 대조를 이루면서 서

로의 자극제가 되었던 것이다.

"현, 너무 유명해져서 운보는 잊혀지는 것 아니야?"

"네, 제발 그랬으면 좋겠어요. 그래야 당신도 제가 미워서라도 더 몰입하실 것 아녜요?"

"허—허, 할 말이 없어요."

라고 하며 허공을 향해 양손을 치켜드는 운보.

우향은 정신을 못차리게 분주한 사이에서도 다시 세번째 딸 영瑛을 낳았다.

그야말로 철의 여인에 가까웠다. 체구도 1백60센티미터도 될까말까 한 작은 키에 생활의 저변에서부터 예술세계의 첨단에 이르기까지 그저 최선을 다해서 대처하고 생각하고 실천해 보였다.

그런데 참 신기한 일이 일어났다. 셋째 딸 영瑛을 잉태했을 때 운보는 꿈을 꾸었는데 수녀와 성당의 모습이 마치 현실처럼 생생하게 그려졌다. 그 장면을 잊을 수 없어 운보는 이듬해 〈성당과 수녀와 비둘기〉를 제작하게 되며, 결국 이 작품은 후에 한국을 방문한 교황에게 기증되었던 것이다. 그리고 그림 속의 수녀와 꼭 닮은 그 셋째딸 영은 자라서 실제로 수녀가 되었다.

글쎄, 믿기지 않는 인연들의 연속이다.

성북동 시대를 열면서 두 사람은 활기에 찼다. 예술가로서도 그렇고 부부로서도 그러했다. 50년대 후반에서 60년대 중반까지에 해당되는 이 시기에는 에피소드도 너무나 많았다. 그 중 몇 가지를 추려보면, 우선 제자 나부영에 관한 일화이다.

나부영은 운보가 처음 홍대 강의를 나가게 됐을 때 배운 제자인데, 그는 선생과 제자 사이에 보다 간편하고도 긴밀한 대화의 방법이 없을까 하고 첫 시간부터 고민했었다. 그렇다고 강의실에서 무턱대고 필담으로만 할 수는 없는 노릇이고 말로 하는 대화는 일방적이었다.

그래서 간단한 수화를 배우기로 결심했는데, 마침 운보를 자주 찾아오는 유남식이라는 농아 학생이 있어서 그의 집이 있는 혜화동에 종종 들러 열심히 배웠다. 그는 농아학교를 졸업하고 운보에게 개인적으로 그림 지도를 받고 있었다.

운보에게는 동문 수학이기도 해서 둘은 형제처럼 가깝게 지내게 되었고, 유남식도 수화를 성의껏 지도해 주었다. 한 2년 남짓 되었을까, 수화가 상당한 수준에 이른 나부영은 스승 운보와도 대화가 통해서 남들의 부러움을 받곤 했지만 슬며시 스스로의 실력을 테스트해 보고 싶은 생각이 들었다. 결국 58년 대학을 졸업하던 해 문교부에서 시행하는 자격 시험을 치렀고, 합격을 하여 급기야는 장애인 학교의 교사 자격증까지도 취득하게 되었던 것이다.

본래는 스승 운보와 간단한 대화를 해보려는 생각으로 시작했던 것이 자신의 직업이 될 판이었다. 한동안 고민도 하며 친구들과 상의도 해보다가 그 역시 신의 계시로 생각하고 종로구 신교동에 있던 서울 농아학교에서 3년간을 미술교사로 근무하게 된다. 이 기간 동안 그는 스스로에 대한 많은 자각은 물론 스승이 어떤 고뇌 속에서 성장해 왔는가를 깨닫게 되었다. 그리고 그 인연으로 자신이 경주의 동국대학에 부임하는 80년대까지 스승 기창을 가깝게 모시게 된다.

한편, 이 시기에 이른 운보와 우향과의 관계는 내면적으로 그리 단순하지는 않았다. 10여 년 된 이들의 숨가빴던 결혼생활에 조금씩 여유가 찾아들면서 그 여유와 각자의 독특한 성격이 갖는 틈을 타고 이질적 요소들이 비교적 자주 돌출되기 시작했다.

특히 우향에 대한 운보의 일방적인 독단이 사소한 일로부터 빈번해지기 시작했다. 시간이 지나면서 이제는 작업에 있어서도 오묘한 부부관계의 고민이 가세되었다. 〈적과의 동침〉이라고 해도 좋을 듯싶게 둘은 항상 잠재적으로 팽팽한 긴장감을 대립시키려는 의식이 바닥에 깔려 있었다. 특히 운보는 그 불 같은 성미 때문에 작가·주부·내조자를 모두 겸업하고 있는 우향의 예민하고도 애타는 심정을 모른 체하기 일쑤였고, 부부싸움에서도 번번이 우향만 손해를 보았다.

그도 그럴 것이 운보는 예술가들에게 거의 전형적이라고 할 수 있는 독재적 성격이 잠재되어 있는데다가 다급한 성격과 어떤 사실이나 상황을 유아기적으로 단순하게 생각하고 결론을 내리는 습관이 있었다. 그런 습관이 극도로 예민한 우향의 속내장을 여지없이 뒤집어 놓기가 일쑤였고, 인내심도 한계에 도달하기 시작했다. 운보의 편에서는 무슨 말이든 내뱉기만 하고 들을 필요는 없었다. 소리치는 우향의 입장에서는 성질을 참지 못해 옆방에 가서 다듬잇방망이를 몇 시간이고 직성이 풀릴 때까지 두드리거나, 부엌 구석에 큰 양은그릇들을 처박아놓았다가 찌그러질 때까지 사정없이 발로 차는 것이다.

제 발도 아프겠지만 그릇들이 여기저기 찌그러져 데굴데굴 굴러다니는 것을 보면 그나마 직성이 좀 풀리기 때문이었을 것이다. 그러나 운보는 다듬잇방망이든 양은그릇이든 눈을 감거나 돌아서면 소리와는 전혀 상관없는 그런 사람이었다.

우향은 그때마다 한숨 섞인 목소리로 운보의 등 뒤에다 쏘아붙였다.

"내가 왜 당신에게 죽을힘을 다해 구화口話를 가르쳤는지 이럴 때만은 한이에요. 어디 소리 없는 권총 없나. 그 총이 있다면 그냥 몇 방이라도 쏴 버릴 텐데."

우향은 거칠지는 않았지만 울컥하는 신경질적인 예민함이 자주 발동했다. 그녀는 운보가 죽이고 싶도록 미운 적이 한두 번이 아니었다.

그녀는 여러모로 현명했다.

남편과 생활하면서 아무리 쓰라린 괴로움이 있어도 그것을 타인들에게 토로하지 않았다. 오직 내면적으로 괴로워하고 고뇌할 뿐이었다. 그리고 그녀는 자신의 처지가 어찌 보면 사랑이라기보다는 연민 때문에 결혼한 것이 아닌가 생각했다. 그녀는 동정이나 연민 그것은 결코 결혼과는 다르다는 것을 시간이 지날수록 절실하게 깨닫게 된다. 그러니 우향은 오로지 그녀 혼자서만 운보를 미워하고 사랑하고 증오하고 예찬할 수밖에 없었다.

우향의 현명함은 이러한 부부생활에서의 인내뿐 아니라 작품을 팔아가는 처세적 차원에서도 운보보다 몇 수 위였다. 우선 그녀는 평소 폭넓은 교제를 가졌다. 그녀는 각계각층의 인사들과 접촉했고, 그 중에는 외국인·경제인·정치인·예술계 인사 등이 있었다. 그리고 우향은 어떤 때는 이삼일이 멀다 하고 손님을 초대했다. 그때마다 올케 옥영이 와서 우향을 거들었고, 음식은 항상 상다리가 부러지도록 푸짐하고 다양해야만 직성이 풀렸다.

실제 우향은 음식 만드는 일에도 일가견이 있었는데, 갈비찜은 주전공이었고, 미국식 샐러드·대하찜 등 스스로 많은 메뉴를 소화해 냈다. 손님들에게 음식을 대접하고는 다음 차례로 그동안 그려온 그림들을 선보였다. 그들은 그림을 감상하고 직접 사가기도 하고 소개도 해주곤 하였다.

우향은 이렇게 하지 않고서는 도저히 이 어려운 상황을 헤쳐 나갈 길이 없다고 생각했다. 운보는 그림 파는 일에 대해서는 거의 전적으로 무능력했기 때문이다.

그리고 우향은 운보와의 동행이 결코 후회하지 않는 선택이었다는 것을 확인시켜 주고 싶은 본능이 자주 발동했다. 60년부터 구로동에 혼자 올라와 농사일을 하고 있는 어머니가 오실 때면 곳간문을 활짝 열어젖히고,

"어머니, 사위 잘 얻으셨지요?"

하고 빽빽이 들어찬 장작을 보여 드리면서 웃었다.

그녀는 사회활동에도 뛰어나서 방송 출연 역시 잦은 편이었다. 재치박사 같은 프로는 그녀의 전공이다시피 했는데 바쁠 때는 옷을 갈아입으러 들어오면서 문 앞에서 아예 옷 벗을 채비를 하고 있다가 대문에 들어서자마자 마당에서 옷을 갈아입고 다시 나가는 것이었다.

운보는 그 꼴이 너무 어처구니가 없어 "허—허허" 웃고만 있을 뿐

이었다.

부정의 미학

무릇 화가들은 〈지성에 의한 사물의 논리적 사유〉라는 철학에서의 정의처럼 자연의 영속적 본질과 체계적인 구조·조형 이치를 논리적으로 사변하고 탐닉해 내려는 감정의 덩어리를 내장하고 있다. 그리고 그들은 헤겔의 변증적 단계의 이론처럼 어떠한 정설에 대해서도 끊임없는 안티테제, 즉 반정립적 도전과 부정의 총탄을 퍼부어대면서 정正·반反·합습의 과정을 무수히 반복한다.

당시 한국 미술계도 〈부정의 미학〉이라는 분수령을 이루는 듯한 숨가쁜 순간에 돌입해 있었다. 근대와 현대의 가늠선은 바로 1957년이라고 할 정도로 집중적인 현대 사조의 선언과 전시들이 쏟아져 나왔다.

57년 한해만도 1월의 창작미술협회전, 4월의 모던아트협회 창립, 5월의 현대작가협회, 6월의 신조형파, 11월의 현대작가초대전 및 동양화단의 백양회가 창립되었고 동시에 창립전을 개최했다.

그러니까 그것은 모든 것이 용해되어 있는 상태다. 〈어제〉와 〈이제〉, 〈너〉와 〈나〉, 사물 모든 것이 철철 녹아서 한곳으로 흘러 고여 있는 상태인 것이다. 산산이 분해된 〈나〉의 제 분신諸分身들은 여기저기 다른 곳에서 다른 성분成分과 부딪쳐서 뒹굴고들 있는 것이다. 아주 녹아서 없어지지 아니한 모양끼리 서로 허우적거리고들 있는 것이다. 이 작위作爲가 바로 〈나〉의 창조행위의 전부인 것이다. 그러니까 고정된 모양일 수가 없다. 이동移動과정으로서의 운동 자체일 따름이다. 파생되는 열과 빛일 따름이다. 이는 〈나〉에게 허용된 자유自由의 전체인 것이다. 이 오늘의 절대絶對는 언젠가는 결정되어 핵核을 이룰지도 모른다. 지금 〈나〉는 덥기만 하다. 지금 우리는 지글지글 끓고 있는 것이다.

〈60년 미술가협회 서문〉 중에서
1960년 10월.

이렇듯 〈현대미협〉의 제1선언과 〈60년 미술가협회〉의 제2선언은 당시의 상황을 보다 절실하게 말해 준다. 그들은 정형을 부정했고, 광적일 만큼 앵포르멜, 즉 형상이 없는 비정형非定形의 용광로 속에 빠져들고 있었다. 그들은 고정된 정설을 증오했고, 자신과 예술의 본질에 대한 궁극적인 문제에 의문을 제기하고 있었다.

화약냄새도 채 가시지 않은 폐허의 상흔과 군인들이 초췌하게 거리를 거닐던 그 시절, 결국 전쟁이 이러한 의문을 제공하는 중대한 기폭제가 되었다. 유럽의 양차대전증후군과도 같았던 그 위대한 교란자들의 선언과 논리가 드디어 한국 땅에 상륙했던 것이다.

이와 같은 상황에서 운보는 고뇌하지 않을 수 없었다.

사실 미술계의 신사조라 일컬을 수 있는 것은 모두가 서구의 매력적인 전위적 선언들에 집결되어 있었다. 여기에 동양화단의 경우는 더한층 혼란이 밀어닥쳤다.

무엇보다도 전통회화라는 어떤 사명감이나 현실적 해결 난제가 풀어낼 수 없는 수수께끼가 되어 큰 산처럼 코 앞에 버티고 있었기 때문이다.

결코 뛰어넘을 수 없을 듯한 이 난제에 대해 정면으로 승부를 건 작가는 그리 흔치 않았다. 또 그러한 능력과 담력을 지닌 작가도 몇몇 눈에 띄지 않았다. 이런 중에서 이응노·서세옥·박노수 등이 선발대처럼 여러 형태로 시도되는 신선한 작업들을 선보였고, 화단의 상당수도 여기에 고무되고 있었다.

그 중 이응노의 경우는 한국 탈출을 시도했다. 보다 더 넓은 세계를 원해서였을 것이다. 그러나 자크라세뉴 국제미술가연맹 프랑스 지부장의 초청을 받고도 2년간 출국을 위한 여권 수속 때문에 정부와 싸워야 했다. 그의 반골적인 기질 때문이었을까. 아무튼 그는 자신의 작품 3천여 점 중 30여 점만을 골라 중앙공보관에서 〈도불전渡佛展〉을 마치고 기어코 58년 훌쩍 떠나 버렸다. 북으로 간 죽마고우 정종녀·이석호·이팔찬 등의 추억이 채 가시지도 않았는데 또 한 사람의 지기知己가 운보 곁을 떠난 것이다.

마지막 날, 그들은 한마디 말도 없이 이별주를 기울였다.

"………."

헤어지면서 운보는,

"잘 가시오, 고암 형. 그리고 부디 세계적인 괴물이 되어 주시오."
라고 하면서 포옹을 했다.

그가 떠난 뒤 운보는 우향과 많은 논쟁 끝에 〈법고창신法古創新〉, 즉 근간은 전통에 두고 현대적으로 변신한다는 비교적 원론적인 정공법을 택하기로 하고, 경향 역시 같은 맥락으로 진전해 갔다. 그들은 급진적으로 용해되거나 전격적인 변신을 일으키지 않는 대신 점진적인 변신을 시도했다. 그리고 이렇게 말했다.

무의미하게 전통을 되풀이한다는 것은 안 될 일이며, 진정으로 전통을 이상理想한다면 원시原始로 돌아가는 것이면서도 동시에 미래로 달음질칠 수 있는 능력이 있어야 진보가 있고 발전에 대한 광명光明이 비칠 것이다. 지금 우리는 진정한 의미로서의 전통을 찾아내지 못하고 있으며, 반성할 겨를도 가지기 전에 서양 풍조風潮 속에 빠져들어 가고 있다. 현대 서양화의 전위사상前衛思想이

다름 아닌 동양 고대정신古代精神에 입각하여 새로운 회화세계를 창조하고 있는데, 우리는 딴 방향에서 그들이 이미 과거에 내버린 것을 새로운 것이라 생각한 나머지 추종追從하고 있다.

〈동양화론〉, 1962년.

관념과 자연주의의 전형으로 일컬어져 왔던 전통적 동양 미술이 어떠한 방어 체계도 없이 마치 막강한 전령의 서구 전위 사조의 공격을 받아 그 전력을 가다듬는 듯한 순간들이었다.

그러고 보면 운보의 예술은 양면적 특성이 있다. 불처럼 급한 성미를 구사하는가 하면, 다른 하나는 소처럼 묵묵한 성격이다. 그 자신도 그러한 이유에서 수를 즐겨 그린다는 말을 한 적이 있는데, 〈우공예찬牛公禮讚〉이라는 글에서는,

우공의 묵중하고 소박한 모습은 산사山寺를 찾아가는 도승道僧마냥 느껴질 때가 있다.

《서울신문》, 1961년 1월 1일.

라고 말하고 있다. 그렇기 때문에 화단이 온통 앵포르멜의 열기에 빠져 있을 때도 그는 신명나는 해학적 재치로 탈춤을 추는 시리즈를 그 간결하고도 그 유려한 묵필로 구사해 내고 있었으며, 〈군상〉과 같은 철저한 사생단계의 선묘線描 훈련을 거듭해 낼 수 있었을 것이다.

그의 이 시기는 분명 일제시대에 쌓아올렸던 수많은 형상이나 색채의 언어들을 최소한으로 절제해 가면서, 동시에 운보 자신만이 음미하고 드러낼 수 있는 필묵의 뼈대를 세워 나갔던 전환기였다고 말할 수 있다. 그리고 그 내용은 전통의 현대적 해석이었고, 그것의 추상적 결과가 몇 점의 작품으로 응축된다.

우향 역시 이 점에서는 커다란 차이가 없다. 완전한 추상 〈초하初

夏〉와 이듬해 〈새 B〉에 돌입하기까지 그의 자세는 시종일관 근원 탐구의 과학자적인 자세를 떠나지 않고 몰입했다.

이제는 그리는 일이 아니었다.

아름답게 형상을 묘사하는 것이 아니라 생각하면서 미적 충동을 보다 영속적인 언어로 표출해 내는 노력을 반복하는 개념적 인식이 문제였다. 리얼리즘과 그 분열, 그 분열의 재집합인 추상의 과정에서 비약이나 허구적 모방은 결코 있을 수 없었다.

누드 모델

"현, 우리 화실을 지읍시다. 늘어나는 작업량과 우리 두 사람의 열기를 이 방안에서는 더 이상 다 내뿜을 수가 없어요."

갑자기 무면허 건축가로 변신한 운보는 그토록 기대했던 작업실을 주먹구구식으로 쌓아올렸다. 설계도도 없이 그저 감각에 의지해 시멘트 벽돌로 무턱대고 시작했다. 돈이 떨어지면 중단도 했다가 다시 그림 주문이 들어오면 계속하기를 몇 차례, 결국 그럴 듯한 30여 평의 가건물이 세워졌다. 비록 불쑥 튀어나온 것이 불청객처럼 볼품은 없었지만 두 사람에게는 더없는 성역이었다.

안채는 큰 등나무와 각종 꽃들이 가득하고, 석탑·석기·수석·괴석들이 있고, 작은 연못에는 잉어들이 노닐었고, 화실에는 나막신·마른신·꽃신, 조선시대 수병풍·목기·석기, 그외에 수집품인 조선시대의 각종 문양과 떡살·다식판 2백여 개·낙관 수백 방 등의 정돈을 마쳤다. 그야말로 꿈에 그리던 공간들이었다.

"여보, 남산 시절 신혼 때가 생각나. 그 마룻바닥에서 덜덜 떨면서 그려댔지. 당신도 나를 위해 고생깨나 했지. 자, 내가 당신이 남향을 쓰도록 양보할 테니 우리 한번 여기서 열정을 녹여봅시다. 이만한 공간이 있다는 것은 아무리 생각해도 믿어지지 않아."

이때 우향이 정색을 하고 말한다.

"우리는 이제 서로를 의지하면서도 배반해야만 돼요. 결혼 때 약속했잖아요. 서로의 작업에 방해되지 않아야 한다구요. 아이들도 이제 많이 컸고, 작업이 너무나 하고 싶을 뿐이에요. 이제 나를 좀 편하게 해주실 수 있지요?"

"서로를 배반해야 한다구? 그래 그 말은 명언이구먼."

다음날 운보는 북향에, 우향은 남향에 각기 자리를 잡은 다음 화구들을 정리했다.

그리고 추상으로의 본격적인 궤도 진입을 시작했다. 그러나 그들은 여전히 서로의 독특한 개성 때문에 자주 싸우고 권태적 상황에 부딪쳤고, 동시에 양자간의 공통분모는 마치 괘종시계의 추처럼 상대간의 폐부를 지속적으로 넘나들고 있었다.

그것은 밧줄과 같은 형태로 서로를 동여맸고, 아프도록 조여지는 나사와도 같았다.

두 사람은 가끔씩 상대방의 작업과정에 대해 궁금한 부분이 있었다. 그렇지만 작업에 있어서만큼은 슬며시 각자의 자존심이 발동하고 있었고, 대화의 채널을 무방비 상태로 열어놓지는 않았다. 우향의 말처럼 서로를 배반해야만 하기 때문에 견제하고 싶은 본능이 깔려 있었다.

"저 명태가 말이야. 어떻게 저렇게 일그러졌지? 색채도 독특한데…… 무엇을 썼길래 그럴까? 먹은 어떤 것을 썼지?"

"다 아시잖아요."

"알기는, 모르니까 묻는 거지?"

"정말 묻고 싶은 거예요?"

"싫으면 괜찮아요. 별거이려구."

"수간 채색에 청묵을 조금 탄 거예요. 이제 됐어요?"

"뭐 별것도 아닌데 그래. 그랬을 것이라고 다 생각하고 있었지. 허
—허허."

둘은 많은 작업을 했다. 그러던 어느 날 우향이 불쑥 물었다.

"이 많은 작업을 모두 어찌하는 것이 좋겠어요?"

"글쎄, 아무래도 미술관을 하나 지어야 할까 봐요."

그렇지 않아도 쟁반처럼 동그란 얼굴에 다시 검고 총명한 우향의
큰 두 눈이 동그래지면서 운보에게 다가온다.

"약속 지키는 거죠? 절대로 잊어서는 안 돼요."

"우향, 뭐 그리 놀래. 우리들을 위한 희망이야. 새끼손가락 걸어 줄
까? 좀 유치하기는 하지만."

두 사람은 어린 아이처럼 굳게 손가락을 걸고 맹세했다. 그리고 저
절로 신명이 나서 어두워지도록 먹을 갈고 화선지의 피부에 파고들
며 현학적玄學的 수묵세계에 깊이 빠져들었다. 운보의 이 시기는 우
향과 함께 확실히 중년으로서의 전성기를 이루었다고 말할 수 있다.

이 시기 운보는 거대한 바위의 무게를 구축해 갔고, 옛 원시시대의
채취 같은 것을 쌓아올렸다. 그에 비해 우향은 섬세하고 소박한 감성
을 바탕으로 한 시학적詩學的이고도 견고한 화면을 구사했다. 이와
같이 두 사람의 심취는 결국 그때까지의 동행적 궤도를 점진적으로
분리하게 되는 계기가 되었고, 몇 년이 지나지 않아 둘은 완전한 독
립 체제로 돌입한다.

그의 전성기란 물론 이와 같은 작업에 있어서의 논의이기도 하겠
지만, 삶의 전반에 있어서도 중년의 나이에 지금까지는 맛볼 수 없었
던 행복감과 생활의 미감을 만끽하고 있던 데에서 비롯되는 여유이
기도 했다.

그와 같은 맥락에서인지 유년 시절부터 지녀온 또 하나의 천부적

재질이기도 한 문학적 근거들은 비범한 글솜씨와 함께 여유를 찾아
가는 중년 화가의 일상을 적나라하게 표현하고 있다.

실제로 운보는 평생 어떤 화가에게도 뒤지지 않을 만큼의 많은 글
을 썼지만, 그의 생에서 50년대 중반에서 60년대 중반에 걸쳐 남긴
수필만큼 집중적인 집필이 없었고, 또 글의 수준이나 내용 또한 마찬
가지였다.

아마도 한국 최초일 듯한 화문집인 《화방여적畵房餘滴》이 1962년
에 학원사에서 발간되었는데, 여기에 실린 50편이 넘는 글들이 모두
이 시기의 것들이다.

〈모델〉이란 제목의 수필은 그의 글 중에서도 첫손에 꼽힌다.

"선생님, 오늘은 옷을 벗기로 되었습니다."

아침에 A반 교실로 들어가니 반장 B군이 내게 알리는 말이었다.

"그럼 곧 착수토록 합시다."

십여 명의 학생들은 제각기 화가畵架들을 옮겨놓느라고 잠시 동
안 방안은 수선스럽다. 혹은 서고 혹은 앉은 학생들 앞에 모델로
온 십칠팔 세쯤 되는 건강한 처녀가 마련된 모델 대臺 위에 올라
섰다.

"그럼 옷을 벗어 주십시오."

반장 B군이 모델에게 하는 소리다. 그리고 나서 학생들 몇몇은
천천히 담배를 피워 문다.

시간은 일 분, 이 분 흘러갔으나 모델로 올라선 처녀는 옷을 벗
지 못하고 머뭇거리기만 한다.

옷을 벗어붙이기로 약속은 했지만 아마도 처음 당하는 노릇이겠
고, 더욱이 젊은 대학생들 앞이라 도저히 여자의 수줍은 본능本能
으로 선뜻 용기가 나지 않는 모양이다.

이러기를 십 분이 넘어 흘러도 못 벗는다.

"어서 벗어요. 아무 걱정 말구."

한 학생이 기다리다 못해 재촉하였다.

처녀는 옷고름에 손이 갔으나 만지작거리기만 하지 얼른 벗으려 들지 않는다.

그러기를 또다시 오 분이 흘렀다.

"여기는 신방이 아니니 안심하고 어서 벗으세요."

누구의 입에선지 짓궂은 농담이 흘러나와 모두들 까르르 웃음보가 터졌다.

모델은 무엇을 결심한 듯이 저고리를 살그머니 벗어놓고 나서 치마끈에 손이 갔다.

"훌륭하다. 훌륭해——."

어느 학생인지 또다시 농담을 한다.

처녀는 이 소리에 얼굴빛이 확 붉어지면서 콧등에 땀이 송송 내솟는다.

신혼 초야의 새색시인 양 부끄러움을 무한히 참는 모양이었다.

치마도 벗었다. 그러더니 뒤로 돌아서며 속 팬티를 벗어내렸다.

나일롱 슬립만 벗지 못하고 학생들 앞으로 다시 돌아서서 몸을 비비 꼰다. 몸에 소름이 끼치는지 팔목에 좁쌀이 솟아나고 얼굴은 붉다 못해 핼쑥하였다.

콧등에 땀방울은 보다 더 많아졌다. 잠시 교실은 조용하고 긴장하였다. 얼마큼 새를 두고 나서,

"그 슬립을 마저 벗읍시다."

잔인할 만큼 냉정한 나의 명령이다.

처녀는 아주 결심을 했는지 또는 직업의식에선지 슬그머니 최후의 나일롱 슬립을 벗어 버렸다.

여기 십칠팔 세의 건강한 처녀의 발가숭이 나상裸像이 이십 안팎의 젊은 남자 대학생들 앞에 아무러한 구김살 없이 놓여지게 되

었다.

꽃봉오리 같은 유방乳房이 불룩하다. 여기가 〈비너스의 언덕〉인 것이다. 엉덩이는 키보다 잘 퍼졌다.

곡선미는 만점은 못 되지만 근육이 적당히 발육된 육체다.

학생들의 뭇시선이 긴장해졌다. 어디선지 침을 꿀꺽 넘기는 소리가 났다. 헛기침을 하는 학생도 있다.

눈앞에 전개된 처녀의 나체를 차마 정면으로 바라볼 수 없는 소심한 학생은 외면을 하고 앉아 연필을 만지작거린다.

아무리 화학생畵學生이고 교실이라 해도 감수성이 날카로운 혈기에 찬 젊은이들인지라 목석일 순 없을 것이지만 이 순간을 이성이 힘으로 바로잡지 못하면 작품은 실패로 돌아가기 마련이다. 그러기 때문에 경험 없는 학생들의 혼란해지려는 정신상태를 예술의 경지로 조용히 인도해야 하는 교사의 순간이기도 하다.

"여러분, 다 각기 적당한 위치를 정하시오."

긴장한 공기가 오락가락하는 속으로 내 목소리가 '땅—' 울리면서 학생들의 귓전을 때리었다.

잡념에 기울어지려는 방안의 공기를 후딱 제자리에 잡아놓는 효과다.

이리저리 포즈를 취하느라 앞뒤로 움직이는 모델을 잠시 노려보다가,

"가만——그 모양이 좋으니 그대로 움직이지 말고 있으십시오." 하고 나서,

"여러분! 우선 그림에 착수하기 전에 대상물 모델의 무부망〔動態〕을 잘 관찰하고 곡선의 형태와 근육의 양감을 잘 파악하고 나서 그리시오."
하고 학생들에게 주의를 주었다.

학생들은 제각기 위치를 정하고 나서 목탄으로 혹은 연필로 하

얀 공간空間에다 굵직한 선線을 긋는다.

이리하여 모델의 무형·유형의 고로苦勞와 학생들의 손을 통하여 혹은 기성작가의 익숙한 손에서 예술의 역사는 창조되어 가는 것이나 모델의 공로가 얼마나 아름다운지 아는 사람만 그 존재 가치를 인식할 것이다.

그리고 우리나라에서 모델을 구하기가 얼마나 어려운가를 십여 년 전에 작고한 조각가 김복진金復鎭씨의 고심담에서 엿볼 수가 있다.

"그날도 적당히 발육된 골반骨盤의 소유자를 찾아 헤매었소. 아무리 찾아보아도 우리나라 여자들의 골반은 참으로 빈약하기 짝이 없구려. 이러기를 수일 찾아 헤매다가 같은 동리에 사는 어느 행랑어멈에게서 찾았소. 삼십여 세 되는 그 여자의 육체는 루벤스의 나체화처럼 풍만하였으나 그 중에도 남루한 치마에 쌓인 엉덩이는 참으로 훌륭합디다. 그래서 집으로 꾀여 왔소. 예비 지식으로 여러 가지 설명을 해놓고 나서 옷을 벗으라고 했단 말이오. 그랬더니 펄쩍 뛰면서 나를 미친놈으로 알구 거절합디다. 그렇다구 내가 단념할 것도 아니기에 무려 두 시간이나 별별 수단을 다 써서 간신히 옷을 벗기기에 성공을 하였지. 하, 하, 하……."

《자유문학》, 1956년 12월호.

위의 글은 요즈음도 흔히 미술대학 초급학년의 실기실에서 볼 수 있는 장면들을 흥미진진하고 생생하게 잘 묘사하고 있다. 그의 미적 관찰력도 그러하지만 문학적 표현력은 가히 수준급으로, 간결하면서도 운율에 실은 화가로서의 독특한 표현이 더욱 그러하다. 월탄 박종화는,

운보는 말이 서툴다. 귀가 어둡다. 그러나 화畵로는 이미 원숙의

대가인데 글이 또한 명문이니, 그는 미의 세계에 천의무봉天衣無縫
이요, 문文의 세계에 종횡무진縱橫無盡이다.

라고 서두에서 말하고 있다.

문학은 확실히 그들에게 있어서는 조형예술에서 다하지 못한 실루
엣이요, 그야말로 〈여적餘滴〉적인 즐거움이었다. 한 방울 한 방울씩
마치 한겨울 초가집 처마에서 녹아 떨어지는 고드름처럼 숨가쁜 긴
장과 벼랑에 선 듯한 허무의 절박감을 해소해 주는 것 같았다.

웨스트 108번가

우향의 원래 꿈 중의 하나는 미국 유학을 가서 영화감독이 되는
것이었다. 그녀의 꿈은 이상적인 날개들이 너무 많아서 탈이었다. 결
과적으로는 여류작가로서, 63년부터 이숙종 여사의 권유로 성신여대
에서 교수로 근무했지만 아직도 미국행의 꿈은 변함이 없었다.

더욱이 현대 미술의 핵심적 사조가 유럽에서 뉴욕으로 건너간 지
벌써 2,30여 년이 되는 마당에 회화적 당면과제의 해결을 위해서라도
미국행은 실현하고야 말리라는 의지를 항상 마음 한갈피에 꽂아두고
다녔다. 그리고는 몇몇 친구들과 그룹을 짜서 영어회화를 배우기 시
작했다. 특히 당시 미국대사관에 근무하던 중국인 친구와 가깝게 지
내면서 그의 주선으로 많은 외국사람들을 사귀게 되었으며, 저절로
기초회화도 그만큼 늘게 되었다.

성북동에서 사나흘마다 한번씩 초대했던 사람들 속에는 자연히 외
국인들의 출입 또한 빈번했고, 그들은 그때마다 많은 조언을 남겼다.

급변해 가는 큐비즘 이후의 서구 현대 미술을 인식하고 세계적인 시각을 수용하는 것이 필연적이라는 점을 그들은 이구동성으로 강조했고, 필요하다면 적극 도움을 주겠다는 제의까지 해왔다.

운보는 그들의 제의를 호의로서만 받아들일 뿐 적극적인 행동으로 옮기려 들지는 않았다. 우향은 다시 고뇌했다. 혼자서 우두커니 앉아 많은 것을 생각했다. 그리고 그녀는 운보와의 보다 이상적인 동행에 대해 무엇인가 결단을 내려야 한다는 것을 추상적으로나마 느끼게 되었다.

"여보 우리 아무래도 화실을 나눠야겠어요."

"왜 갑자기 심통이 생기셨나?"

"저는 마치 당신만한 불덩어리하고 작업하는 것 같아 뜨거워서 견딜 수가 없어요. 여기는 당신이 그 불타는 열기로 가득 채우시면 되잖아요."

"내가 불덩어리라면 우향은 빙산덩어린가?"

그 무렵 작가로서의 두 사람은 이제 예술가의 새로운 면모를 위해서는 결별할 때가 왔다고 생각했고 작업실을 다시 배분했다. 운보도 차츰 동의하여 먼저 쓰던 한옥으로 우향이 이사를 갔다. 가끔씩 빚어지는 성격충돌도 그렇겠지만 벌써 10여 년의 기간 동안 두 사람은 같은 좌표를 설정해 왔고, 그 사이 자신들도 모르게 서로 비슷해지는 작업 경향을 생각하면 서로가 냉철해져야만 했다. 특히 예술가로서 둘은 무의식 중에 적이 아니라 서로를 의지하는 아군이 되어 있었던 것이다.

게다가 입체적 분해 이후의 작업들은 특히 어떤 확고한 이념적 바탕이나 회화관의 좌표 설정 없이는 불가능한 것이었고, 추상으로의 진입은 더군다나 모험 중 모험으로서 심각한 후유증과 궁금증을 동시에 수반했다. 한 작업실에서 유언과 무언의 토론에 의해 궤를 같이한다는 것은 어느 단계까지는 도움이 되었지만 둘 다 스스로의 자각적 기틀이 다져진 바에는 오히려 서로에게 방해가 될 뿐이었다.

서로가 적이 되어야만 했다. 불덩어리와 빙산의 비유처럼.

이미 그들은 한울타리에 살면서도 이념적으로는 치열하게 헤어지는 연습을 시작했다. 그리고 그 헤어진 공간 속에서 서로를 무의식적으로 연민하며 스스로를 되새겼다.

이 시설 우향은 안방에 앉아 달력에다 먹선으로 동그라미를 그렸는데 대체적으로 토요일에 그려놓은 이 동그라미를 보고 많은 사람들이 물었다. 그때마다 우향은 빙그레 웃으며 딴청을 부리곤 했다. 그것은 두 사람만이 알고 있는 비밀이었으며, 바로 그날만큼은 아군이 되어 두 사람이 합방合房하는 날이었던 것이다.

운보도 그렇겠지만 적어도 우향은 이때부터 한 부부로서의 운보와 우향이 아니라 뜻을 같이 하는 예술인으로서 선의의 경쟁자라는 서로의 존재를 재확인한 듯하였다.

그리고 화실을 이사한 후 우향은 운보와 헤어져 있는 시간들이 얼마나 편안하게 작업에 몰입할 수 있는지를 느끼게 되었다. 그의 곁에 있으면 24시간이 전천후로 불안정할 뿐 아니라 가끔씩 돈 키호테 같은 돌발적 행위에 대처해야만 했다. 웃음도 나오지 않는 어처구니없는 그의 발상과 표현은 물론 그만큼의 예술가적 매력을 동반하기는 했지만, 거의 정신분열 상태 직전까지의 신경 자극을 서슴지 않을 때도 많았다.

떨어져 있으면서 그녀는 한편으로 운보의 강렬한 불꽃에 가려서 10여 년을 짓눌려 온 것 같은 억울한 생각이 들기도 했다.

그러나 운보는 작업실을 따로 쓰기 시작한 몇 달간은 쉽게 적응을 할 수가 없는 모양이었다. 우향이 궁금해서 가끔씩 가건물 작업실로 건너가 보면 운보는 우향이 다가서는 것도 모른 채 무엇인가 한참을 생각하고 있다.

그 골똘한 표정이 너무도 진지해 마치 부처님 같다.

"여보, 커피 한잔 드세요. 나 없이 그렇게 앉아 있으니 꼭 홀아비가 수도하는 것 같아요. 저 큰 소 스케치는 언제까지 바라만 볼 거예요? 벌써 며칠째인데."

"웬 적군이 오셨나. 밧줄로 꽁꽁 묶어 버릴까? 글쎄, 당신이 없어서 그런지 잘 떠오르질 않아. 당신은 아주 안색이 좋아 보이는데?"

"투정은, 이제 저도 작업 좀 해야지요. 걸려질 그림이 있어야 미술관을 지을 것 아니겠어요?"

"그냥 해본 소리 가지고……."

우향은 몇 번이고 쓸쓸해 하는 운보의 표정을 볼 때마다 마음이 약해졌지만 그때마다 입술을 깨물면서 자신을 추스렸다.

그렇게 64년을 맞이했는데 연초에 미국 국제교육학회로부터 그토록 기다리고 기다리던 미국행 초청장이 우향에게 날아왔다. 조건은 3개월간 미국 전역을 시찰하면서 연구할 기회를 주는 것이었다.

우향은 날아갈 듯이 기뻤다.

드디어 미국행 티켓을 받았다고 생각하니 잠이 오질 않았다.

"야호! 드디어 왔군요. 여보, 내가 먼저 가고 당신도 함께 갈 수 있도록 수속해요. 몇 개월만 참고 계세요. 우리 나가서 많은 것을 느껴 봐요."

운보도 고교 시절부터 그리도 꿈꾸던 우향의 미국행을 반가워했고 도미 스케줄에 쾌히 승낙했다.

예정대로 우향은 5월에 뉴욕으로, 운보는 10월에 하와이로 날아갔다. 우향은 세 명의 고아들을 안고 뉴욕에 도착했다. 한푼이라도 절약할 겸해서 홀트 아동복지회의 부탁을 받고 그녀는 입양아들을 미국 땅에 데려다 주는 최종주자로서 미국에 첫발을 내디뎠던 것이다.

운보가 하와이를 먼저 가게 된 것은 동서문화 센터에서 열린 1차 부부전 때문이었고, 우향은 뉴욕에서 하와이로 날아와 운보와 합류를 한다. 그리고 다시 뉴욕의 아시아 박물관과 한국에 와서 작품을 본

적이 있던 오벨리스크 화랑 주인의 초청으로 워싱턴에서 전시가 이루어졌다.

이때 주미 대사 김현철 부부가 많은 애를 썼고, 《워싱턴포스트》지를 비롯한 많은 언론이 보도를 해주었다.

전시 첫날에는 뜻밖에도 피난지에서 많은 도움을 주었던 모윤숙 씨가 장재용 영사와 함께 붉은 철쭉꽃을 사가지고 들러 주었다. 작업은 주로 추상을 중심으로 진열했고, 많은 미국인들 중에서도 화상 겸 컬렉터 J. K. 다운하우절과 같은 사람들은 당시까지만 해도 생소했던 동양적 추상세계에 대한 호기심과 적극적 관심을 보여 줬다.

두 사람은 전시 일정 외에는 뉴욕을 중심으로 한 많은 미술관·박물관을 둘러보았다. 그 유명힌 피가소의 〈이비뇽의 치녀들〉과 수많은 큐비스트 중심의 드로잉이 진열되어 있는 현대미술관과 어퍼 이스트 사이드의 건축가 프랭크 로이드라이트가 설계한 솔로몬 구겐하임 미술관, 1870년에 설립되어 유럽·이집트·그리스·로마·아프리카·미국 등 세계미술을 고루 선보이고 있는 메트로폴리탄 미술관, 최근 미국 미술의 대표적 단면을 보여 주는 휘트니 미술관 및 브루클린 박물관 등을 시간 가는 줄 모르고 돌아다녔다.

특히 〈아비뇽의 처녀들〉이란 작품에 이르자 운보는 석고상이 되어 버렸다. 한참을 움직이지도 않고 작품을 관조하고 나더니, 그는 갑자기 부동자세를 취하고 15도 정도 오른편으로 몸체를 기울도록 했다가, 다시 왼편으로 곧 넘어질 것같이 몸체를 쏠리게 하기를 반복했다. 우향은,

"또 시작이시구면. 그러다 넘어지겠어요."

하면서 별로 놀라지도 않는 눈치였지만, 전시장에 가득 찬 외국인 관람객들은 모두 다 운보의 괴이한 동작을 호기심에 찬 눈초리로 바라보고 있었다. 늦은 시간이라 퇴장을 알리는 안내방송이 나오고 경비원이 직접 들어와 퇴장을 요구했지만, 알아들을 리 없는 운보는 여전

히 한쪽으로 기울어져서 쓰러지기를 반복했다. 그리고 이번에는 작품으로 전진하는 자세를 취하더니 양손의 엄지손가락을 치켜세우면서,

"피카소! 피카소!"

귀청이라도 떨어질 듯한 목소리로 외쳐댔다.

감동적인 교감이 이루어져서일까.

갑작스런 돌발사태에 경비원은 움찔 놀라면서 엉겁결에 몸에 지니고 있던 권총에 손을 올려놓았다. 체포라도 할 기세였다. 황급히 우향이 달려가 어렵게 어렵게 설명을 하고 그래도 나오지 않겠다는 운보를 억지로 데리고 나왔다.

미술관 한곳 한곳을 관람할 때마다 운보는 마치 어떤 신대륙을 발견한 듯한 경이로움과 솟아오르는 전율을 느꼈다. 특히 큐비스트들의 분할해 가는 화면 처리나 드로잉, 특히 거대한 〈게르니카〉에 이르러서는 선의 터치들과 간결한 색채성은 동양적 의미의 또 다른 감동을 불러일으켰다. 그 밖에도 수천 호의 미로·마티스·모네 등의 작품을 대하면서는 구암동 피난 시절의 고뇌가 주마등처럼 스쳐갔다. 무엇인가 일그러지고 심하게 왜곡되어지는 형상과의 결별이었지만 보다 체계 있는 거장들의 전율적 작업을 확인하고 나니 추상으로의 진입이 얼마나 어려운 것인지를 실감케 했다.

낙엽이 우수수 떨어지는 가로수들이 그날따라 더욱 쓸쓸해 보이는 늦가을 오후에 카페에 앉아 운보는 말문을 열었다.

"우향이 미국병에 걸린 것을 알 만하구먼. 그리도 원했는데 행복해 보여요. 저 브라크의 과감한 화면 좀 봐요. 저렇게 자신감 있는 강한 실험적 바탕이 그리워요. 나는 그런 작업만 대하면 자꾸만 무한적 충동이 일어. 유한有限은 싫어. 시공간이 한없이 뻗어 있는 그 무한無限의 우주로 날아가고 싶어."

"그 우주선에 나도 끼워 주는 거지요?"

우향은 바로 이러한 순간의 행복감 때문에 운보의 반려자가 되었

을 것이다.

운보는 순간순간 총을 맞는 듯했다. 거대한 폭포의 물살 안에 들어서 있는 듯했다.

우향은 가는 곳마다 소재가 될 만한 것을 스케치하고 기록하느라 여념이 없었다. 특히 아메리카인디언 박물관은 그들에게 많은 것을 시사해 주었다.

그들은 65년 8월 귀국 때까지 김훈을 비롯한 한국 작가들을 만나면서 상당 기간 뉴욕에 있었다.

241 West 108 ST(APT 8B) New York.

이 주소가 그나마 조금 길게 머물렀던 브로드웨이의 아파트였다. 미술관을 디니디기 지칠 때면 멀지 않은 곳에 위치한 허드슨 강변이나 센트럴파크에 나가 산책을 하고, 벤치에 앉아 아무런 생각 없이 그저 휴식을 취했다.

어디선가 은은히 북소리가 들려와 귀기울이면 아프리카 토인들이 이리저리 그 신불 같은 육신을 흔들어 젖히는 소리였고, 그런가 하면 통기타를 들고 신나게 팝송을 불러대는 히피족 같은 백인 청년의 무리가 어디론가 사라진다.

"여보, 저 북소리 안 들리지요?"

"…………."

"저 호수 근처에서 은은한 북소리가 들리는데 왠지 서글프고 처량한 생각이 들어요."

"글쎄, 우리가 너무 한꺼번에 뉴욕을 봐서일까? 그 중압감 때문일 거야. 그래도 나는 한국이 그리운데 어찌할 거야."

특히 뉴욕의 일요일은 고요했다. 마치 축제가 끝난 다음날처럼.

그런 침묵의 시간에 자주 들르는 허드슨 강에서 찬바람을 쏘이면서 두 사람은 그 거대한 충격을 치유해야만 했다.

뉴욕의 운보와 우향.

인디언 박물관에 들렀을 때, 기골이 장대하고 머리가 긴 운보를 보고 진짜 인디언이 아니냐고 물어보던 어느 서양 여인의 말처럼, 그는 지금껏 생각해 왔던 많은 사고들을 보다 원초적으로 되돌려서 자각하려는 인디언 같은 깃털을 무수히 날려보내고 있었다.

윤기 흐르는 총명함이 깊이 스민 우향의 커다란 검은 눈동자에 비춰진 뉴욕의 인상 역시 소녀 적부터 걸어왔던 기대만큼이나 농도 짙게 밑바닥부터 적셔오기 시작했다.

"우향, 당신 그 눈동자가 저 이상한 나라 앨리스의 주인공처럼 요즘 너무 여러 빛깔을 머금고 있어. 자 이젠 그만 뉴욕을 떠납시다. 우리는 우리 것이 갖는 그 수천 년의 매력이 있잖소. 외로워하지 맙시다. 종묘에 가서 그 비상하는 처마의 곡선을 느끼면서 이와 같은 감탄을 수없이 연발했지 않소. 더욱 우리의 전통에 빠져들어야만 살아남는다는 것을 나는 이 거대한 문화 시장에서 절감했소."

센트럴파크의 한 분수대에서 뿜어대는 물줄기가 붉은 벽돌로 된 동그란 경계선을 훨씬 넘어 호숫가의 물풀들까지 촉촉히 적셔 주고 있었다.

그리고는 공원을 산책하던 인디언족일 듯한 백발의 노파가 운보 가까이 와서 자세히 살펴보고는,

"저패니스?"

"인디언?"

"차이니스?"

이번에는,

"아메리카인디언?"

고개를 갸우뚱거리며 혼잣말로 중얼거리며 호숫가로 사라진다. 어쩌면 동족을 만났다고 생각해서였을까. 그러고 보니 운보의 생김새가 영락없이 미국 인디언과 비슷하게 생긴 것도 같았다.

자각적 관류

"우향, 이곳이 바로 고흐·피카소·로트렉·모딜리아니·브라크·루소 등 수많은 작가들이 굶주리고 그 애환을 불태웠던 몽마르트르 언덕인가. 어제 루브르는 뉴욕에서 보았던 그것과는 또 다르게 생생한 역사였지."

연신 숨소리를 멈추지 않으며 땀을 닦는 운보가 모처럼 만에 우향과 팔짱을 끼고 좁은 몽마르트르 언덕 사이를 거닐면서 파리를 만끽하고 있었다.

"여보, 여기가 위트릴로가 놀았던 계단이라는데, 위트릴로의 어머니가 어떤 사람인지 아세요?"

"나는 그의 이름을 들으면 독특하게 생긴 가로수 나무와 골목길만 생각이 나는데……."

"그의 어머니는 수잔 발라동이라고 하는데 서커스단 곡예사였대요. 그런데 사고로 서커스를 하지 못하게 되자 세탁소 배달원으로 취직해서 바로 이 몽마르트르의 화가들 집에 많이 드나들게 되었대요. 그녀는 예쁘게 생기기도 해서 우연한 기회에 유명한 로트렉·르느와르 등의 모델을 서기도 하는 등 자유분방한 생활을 하게 되지요. 그러다가 그녀는 이후에 여류화가까지 되었는데 위트릴로는 사실 아버지가 누구인지도 모르는 사생아였대요."

우향은 아껴둔 포장지 여백에 꽉 차도록 써내려 갔다.

그리고 운보는 다시 그 종이를 뒤집어서,

"왠지 슬프구만. 이름을 남긴 작가들의 생애를 보면 모두 슬픈 얘기밖에 없어. 그런데 우리는 그들을 왜 거장이라고 부를까?"

"글쎄요. 예술이란 어쩌면 비극적인 요소를 필연적으로 동반하는 인간 가치의 창조가 아닐까요. 비극적이어야 더욱 격렬해지고 초인적인 상태에 이를 테니까요. 그건 그렇고, 슬프기로 치면 우리도 빠지지는 않는데…… 그러니 거장이 될 수 있는 최소한의 자격이 있는 것일까요?"

"허허…… 그 비극을 어떻게 삼키느냐가 문제야. 젊은 시절 피카소가 4년이나 보냈다는 건물에나 가봅시다. 구두가 없어 2개월이나 외출을 못했다는 그 시절 〈아비뇽의 처녀들〉도 거기서 그렸다는 것 아니오."

둘은 뉴욕을 떠나 파리로 와 있었다.

파리는 회색빛으로 시작해서 많은 별들이 걸을수록 반짝거리며 눈에 띄는 그런 관조와 심상적 여유를 가능케 하였다. 뉴욕의 충격을 그들은 몽마르트르와 퐁뇌프 다리 위에서 잔잔히 반추하고, 훨씬 실감나는 체취로써 그 현실에 가깝게 접근하는 독한 아편 같은 것을 들이마시고 있었다.

그 기운으로 더욱더 심각한 어떤 상황이 다시 연출될 수 있을 것 같았다. 온 김에 40년대의 단짝 선배 고암을 찾았다. 우선 7년 만에 만나는 해후도 그렇지만 고암이 이미 자리를 잡아, 한해 전에 동양예술학교를 창립하고 초기의 기틀을 잡느라 애를 쓰는 것을 보니 많은 자극이 되었다.

"형님, 그래 얼마나 고생이 많았어요. 떠나올 때 여권 때문에 외무부·경찰국·문교부를 2년간이나 쫓아다니던 때가 엊그제 같은데……."

"운보……."

고암은 눈물을 글썽이며 말을 잇지 못하였다.

"우리가 여기서 다시 보다니 꿈만 같네. 그때 운보가 세계적인 괴물이 되라고 말했지. 잊지 않고 간직하고 있네."

고암 이응노.

그 한많은 이 시대 이데올로기의 희생자이자 우리 미술사의 거인.

아들이 6·25 때 월북하였고, 그를 만나러 동독에 간 것이 빌미가 되어 67년 그 유명한 동백림사건에 연루, 독일의 윤이상과 함께 체포되어 2년간의 형을 마치고 다시 파리에 돌아갔던 사람. 그 이후로도 백건우·윤정희 납치사건 연루, 북한 초청 평양 개인전 등으로 계속 이념의 저편을 넘나들던 그 사람이다.

고암은 운보가 방문하던 그해 이미 일급 중의 일급 파게티 화랑과 5년 전부터 전속이 되어 개인전을 할 정도로 정상급에 올라 있었다.

운보는 옛 단짝 선배의 변신에 고무되었고, 진심으로 그의 변화를 축하했다. 고암과 더불어 55년부터 도불해 있던 남관과도 해후하면서 밤늦도록 얘기꽃을 피웠다.

그들은 비장했다.

고암은 수묵정신을 바탕으로, 남관은 유화지만 동양의 한자에서 비롯된 조형을 바탕으로 파리를 표현하고 있었고, 모두가 정상급 작가로서 자리를 굳혀 가고 있었다.

여행은 다시 파리를 뒤로 하고 영국 등 여러 나라를 거쳐 봄베이를 경유, 에티오피아와 이집트 등으로 이어졌다. 내친김에 더 많은 곳을 가보고 싶었으나 우향의 어머니가 위독하다는 급보가 날아들었다. 수술했던 위암이 재발된 것이다. 양가를 통틀어 마지막으로 살아 계시는 부모님이었기에 평소 그들이 우향의 어머님을 모시는 마음은 극진했다.

서울에서는 마음이 급했다.

우향의 동생 래주와 그의 처 옥영이 곁에 있었으나 귀국까지 생존할 수 있느냐가 문제였다. 급한 대로 생명을 조금이라도 연장할 수 있는 주사를 놓고 귀국을 기다렸다. 두 사람은 8월 9일쯤 가까스로 귀국할 수가 있었다.

"래현아. 내가 미안했다. 너의 결혼식에 참석치 않은 것은 내 평생의 죄로 생각한다. 그래서 내가 이렇게 고통스럽게 죽는지도 모르지. 김서방이 저렇게 의젓한 사위가 될 줄은 꿈에도 몰랐다. 네가 그렇게 가고 싶다던 미국도 다녀왔고, 의젓한 화가가 된 것을 보니 이제 아버지 곁으로 가도 여한이 없겠다. 김서방을 만난 것은 너의 운명인 것 같다. 전생에 네가 그에게 큰죄를 지었던가……."

귀국 후 꼭 열흘 만인 8월 18일에 우향의 어머니는 숨을 거두었다.

한동안 우향은 작업실에 처박혀 생각만을 거듭했다. 여행 후의 여독도 있었지만, 어머니의 급서는 긴 여행의 충격에 겹쳐서 어떤 매듭이 스르르 풀리는 듯한 허탈감으로 와닿았다. 그러나 시간이 흐르면서 점차 상황들이 정리되기 시작했고, 수없이 다가오는 군마처럼 시간의 저편에서 밀려오는 선명한 윤곽들이 화면 위로 떠올랐다.

작업에의 충동이었다.

그리고 곧바로 작품은 변화했다.

운보는 이때다 싶어 위안 겸 작업 방향을 다시 제기했다.

"저들에게 대항하기 위해서는 우리의 미감과 그 정체적 소재, 정신세계를 탐구하고 미적으로 승화시키는 길밖에 없어. 우향은 어떻게 생각해?"

"동서체용東西體用이라고, 형식은 서양인들의 그것을 배우겠지만 이번 여행 후 당신의 그 뜻에 전적으로 동감이에요. 저는 그동안 많은 생각을 했고, 줄곧 작업에 대한 원고들을 정리했어요. 그리고 어떤 확신이 서기 시작했어요. 당신의 작품에서 보는 그 힘센 군마들이 나에게 전속력으로 달려오고 있어요. 질풍처럼."

두 사람은 결혼 20주년을 기념해 16회 부부전을 신세계 화랑에서 개최했고, 이 시기에는 운보의 대표적 작품 〈아악雅樂의 리듬〉과 우향의 〈작품 18〉·〈수태受胎〉를 이듬해 67년에 제작한다. 〈아악의 리듬〉은 일곱 악사가 제각기 다른 포즈로 악기를 연주하는 모습을 유려하고도 간결한 묵선과 생동감 넘치는 현장감으로 표출했다. 절묘한 대국적 필선도 그렇지만 절제된 악사들의 연주 장면은 이미 형상 세계를 훨씬 뛰어넘는 무수한 운율의 리듬과 달관이 느껴지는 걸작이었다.

우향도 〈수태〉·〈작품 18〉에서 2년간 실험해 오던 완전추상의 절정에 도달한다. 〈작품 18〉(K)은 백자의 터질 듯한 우미한 곡선으로 여백을 비껴서 원을 그리고, 빼어난 형상성이나 숨막힐 듯 절제되고 조형화된 자연미감의 정제된 무브망은 일생 동안의 대표작으로 꼽힌다고 말해도 손색이 없다.

그녀는 이외에도 이 시기 작품들의 소재로 망태기나 덕석·엽전 같은 어디서나 볼 수 있는 것으로부터 개념적으로는 청자나 백자의 우미한 곡선적 미감에 연결지어 독특한 세계를 그렸다.

운보와 우향은 65년에서 67년 사이 그동안의 세계여행에서 받았던 거대한 충격의 물결을 용해하고 또 용해했다. 그리고 그 결과는 〈아비뇽의 처녀들〉 이후의 팝 아트나 모더니즘의 어떤 첨단 용어도 아닌 아악·망태기나 조선백자 등의 자각적 소재들을 더욱 관조하거나 관류하는 데 있었다.

그들은 세계적·보편적 가치에 도전하기 위해서는 그 어느 민족이나 갖고 있는 철저한 독자성 위에서만이 가능하다는 것을 깨달았던 것이다. 가장 객관적일 때 그것은 주관적일 수 있는 특수성이 용인될 수 있듯이…….

그리고 그들은 내면적 자각과 성찰을 택했다.

이것이 바로 운보와 우향이 선택한 절대가치에 대한 최선이었으며, 그 민족적 절대가치의 새로운 발현을 통해서만 보편적 세계가 전개되어질 수 있다고 보았던 것이다.

IV

동지적 부부

다시 뉴욕으로

한동안 작업에 전념해 있을 때 갑자기 파란색의 국제우편이 한 장 날아들었다.

"여보, 여보, 이거 좀 보세요."

우향이 평소 그답지 않게 호들갑을 떨면서 운보화실로 건너와 편지를 보여 주었다.

"뭐—뭐길래 그래."

영어를 모르는 운보는 깨알같이 인쇄되어 있는 서류 두 장을 뚫어져라고 쳐다봐도 알 수 있는 낱말은 하나도 없었다.

"여보, 이 서류는 브라질 상파울루에서 우리를 초대하는 초대장이에요."

1967년에 열리는 제9회 브라질 상파울루 비엔날레에 참가해 달라는 서류가 두 사람 모두에게 왔던 것이다. 그렇지 않아도 아프리카 못지 않게 남미에 대해서도 궁금했었고, 미국에도 다시 가볼 겸해서 운보와 우향은 단풍이 한참인 서울을 뒤로 하고 트랩에 올랐다. 상파울루를 중심으로 해서 리우데자네이루·부에노스아이레스·리마 등 남미의 각 지역을 여행했다.

잉카 문명을 둘러보면서 그들은 그 거대한 문명이 근·현대의 문화사에 연결되지 못한 채 감쪽같이 사라져 버릴 수 있었던 역사의 미스테리에 대해 골똘히 생각했다.

10월쯤 운보는 미국행을 제안했고, 우선 샌프란시스코부터 들러 로스앤젤레스로 날아가 이듬해 4월경까지 머물렀다. 원래 계획은 그쯤

해서 미국 여행을 마치고 귀국하는 것이었으나 이번에는 우향이 제안을 했다.

"여보, 그래도 뉴욕이잖아요? 여기서 잠깐씩 작업한 것을 빼고는 뭐 큰 수확이 없었던 것 같아요. 우리 다시 한번 그 브로드웨이를 걸어봐요. 아이들이 무척 보고 싶지만 여기까지 와서 뉴욕에 들르지 않는 것도 너무 섭섭해요."

"그래요. 기왕 이렇게 된 것 조금 더 머물면서 그동안 되새겼던 세계미술의 현주소를 다시 확인해 보도록 합시다."

그리고 그들은 2년 전 찾았던 미술관들을 다시 한번 천천히 살펴보았다.

회색灰色으로 어두워 가는 케네디 공항은 기름이 흘러 보인다. 아니 사람사람의 몸에서도 기름이 흘러내리는 것 같았다. 헌데, 버스 창 밖으로 보이는 언덕에는 한국마냥 개나리가 노랗게 피었다. 앙상한 나뭇가지에 아기잎이 이제야 파릇이 돋아나오고 있다. 뉴욕에도 지금 봄이 오고 있는 것이다. ……로스앤젤레스는 문화적으로 매우 뒤떨어져 있다. 뉴욕은 전에 왔을 때보다 더 지저분하다. 교통의 질서도 제멋대로고, 킹 박사 저격사건으로 뒤숭숭했으나, 지금은 범인도 잡히고 해서 바람이 좀 가라앉는 모양이지……. 도착 첫날밤 친구집에 초대되어 저녁 대접을 받고 여기 와 있는 화가·조각가들 7,8명에게 연락했더니 우루루 모여들어 새벽 두 시까지 위스키에 국수까지 겹쳐 얘기꽃이 활짝 피었지. 그러나 그 친구들 모습을 보니 작품은커녕 살아가기가 바쁜 모습들이어서 가슴이 뭉클하더군. 아— 주인집 김칫독이 바닥이 드러나 버리도록 잘도 먹더군. 그런데 친구 부인이 한국에서 온 《신동아新東亞》 1967년 11월호를 내 주면서 어느 엽[頁]을 찾아 읽어보라지 않어. 그래 무언가 했더니, 〈야간열차에서 만난 화가〉라는 제목이었어. 그래 읽어보았

더니, 아— 글쎄 나의 청년기의 인상을 썼지 뭐야. ……그리고 주
인공 남매를 기억에서 더듬어 보았지만 얼굴이 잘 생각나지 않거
든. ……그건 그렇고 뉴욕에 인구가 격증해서 방房 구하기가 퍽 어
려워요. 우리는 벌써 일주일째나 찾아다녔어도 하도 큰집들이 있어
마땅한 곳을 못 얻었지. 내일도 또 찾으러 나가야 해…….

이 편지는 68년 4월 19일에 뉴욕에서 수도여사대의 제자 심경자에
게 보낸 편지 내용이다. 두 사람은 얼마인지는 정하지 않았지만 당분
간은 재충전을 위해서라도 뉴욕에 머무르고 싶었다. 그들은 그만큼
새로운 세계에 대해 목말라 있었고, 결코 폐쇄된 국수적 전통성을 고
수하고자 히는 한국 미술계의 힌단면적 현실에 동의힐 수가 없었다.
Hotel Lvcerne(Room 708) 201W, 79th Street, New York.
한 2주일 정도를 헤매고 다니다가 겨우 정하게 된 숙소의 주소였
다. 당시 뉴욕 생활에서 많은 도움을 준 사람들은 미술품을 애호하던
김용식 주미 대사와 그의 소개로 알게 된 유영수, 판화가 황규백과
독일인 의사 라이만 박사와 그의 부인 김명희 등이었다.
그 중 유영수는 운보에게 뉴욕 문화 센터의 전시회 주선을 위해
큰 힘이 되었다. 당시 그는 이미 61년에 도미해서 록펠러 센터에서
공공기관의 업무를 보고 있었다. 그런데 어느 날 김용식 대사가 전화
를 걸어와 한국의 저명한 부부 화가가 전시를 개최하고자 하니 주선
을 해달라는 것이었다.
운보와 우향이 주소를 들고 찾아온 것은 그로부터 며칠이 지난 뒤
였다. 키가 크고 무엇인가 깊은 생각에 잠긴 듯이 무서운 눈초리를
한 건장한 운보와 손을 잡고 들어서는 여인은 운보와는 반대로 아담
한 체구에 첫인상이 매우 세련되고 지적인 분위기였다.
"오시느라 수고가 많으셨습니다. 김대사 부부께서 자랑이 대단하시
더군요. 그런데 어떤 어려움이 있으시다구요. 물론 장애가 있으신 부

군과 이 뉴욕에 와 있다는 것조차 어려움이겠지마는요."

우향이 답례를 끝내고 덧붙여서 말을 건넸다.

"네, 저희의 이번 뉴욕 체류 목적은 한국 미술의 전통성을 현대화할 수 있는 방법을 찾아내는 데 있습니다. 그리고 지금까지 그려온 작품들을 이 세계적 시장에 선보이려는 뜻도 동시에 지니고 있구요. 제 남편 운보의 작품을 중심으로 뉴욕 전시가 가능하도록 주선해 주시면 고맙겠습니다."

유영수는 그러냐고 고개를 끄덕거리면서 어떤 장소를 원하는지 물었다. 그리고는 이들 부부가 적어도 한국 미술계의 최상급이라고 한다면 최소한 뉴욕 문화 센터 같은 곳이 이상적일 것 같다고 별생각 없이 대답했다.

"뉴욕 문화 센터가 있는데, 문제는 전시회를 할 수 있느냐는 것도 그렇지만, 설령 전시회를 한다 해도 4,5년은 족히 기다려야 될 것입니다."

순간 우향은 의자에 기댔던 허리를 앞으로 끌어당기면서 상기되었고, 운보는 묵묵히 두 사람의 대화를 지켜보고 있었다.

"유선생님, 저의 작품보다도 제 남편을 위해서 기회를 찾아봐 주세요. 저이의 작품을 그들이 직접 대한다면 상황이 달라질 수도 있을 거예요. 저이에게는 아마도 큰 용기가 될 것 같습니다. 어떻게 빠른 시일 내에 할 수 있는 방법이 없을까요? 저희는 다시 서울로 돌아가야 하는 입장이어서 더욱 그렇습니다. 은혜는 잊지 않겠습니다. 여보, 유선생님께 무슨 말씀 좀 하세요. 감사하다든가……."

이번에는 불규칙하지만 한 톤 높은 목소리로 운보가 말을 건넸다.

"뉴욕은 온통 회색빛이고 기름기가 흘러넘쳐요. 그런데도 이들이 일등국민으로 살아가는 것은 저렇게 많은 미술관·박물관이 있기 때문인 것 같아요. 이렇게 문화 인식이 높은 도시이기 때문에 아마도 저와 같은 사람의 예술세계를 이해해 줄 수 있을 것입니다. 부족하지만 저도 한번 기회를 마련해서 선보이고 싶습니다. 한번 도와 주십시오."

간결하고도 호소력이 있는 독특한 운보의 언변이 채 끝나기도 전에
유영수는 눈이 휘둥그래져 가지고,

"아니, 제가 듣기로는 김선생께서는 듣지를 못하신다고 하던데……
어쩌면 말씀을 이렇게 잘하십니까? 또 한면의 예술세계를 느낀 것 같
군요."

다시 우향은 애원을 하다시피 몇 차례에 걸쳐 간청했다. 운보의 작
품만이라도 좋으니 빠른 시일 내에 전시가 가능하도록 노력해 달라는
것이었다.

"저는 남편을 위해서 많은 것들을 버렸습니다. 저의 꿈도 현실도.
저이는 제게는 어떤 운명적인 존재가 되어 버렸습니다."

검은 투피스에 우미한 표정을 짓는 우향의 설득과 간청, 그리고 운
보에게서 풍겨오는 강렬한 매력은 첫 만남이었지만 유영수의 마음을
사로잡기에 충분했다.

당시 뉴욕 문화 센터는 코린이라는 사람이 이사장으로 있는 페얼
리 디킨슨 대학의 계열이었는데, 유영수는 대학측의 인사들도 그렇지
만 마침 그곳의 큐레이터와 평소 안면이 있어 차례로 접촉했다. 그들
은 역시 오랜 기간을 기다려야 하고 또 쉽게 선택할 수는 없는 노릇
이라고 말했다.

그러나 유영수도 만만치는 않았다. 그 특유의 국제적 매너와, 뉴욕
사회에서는 초년병이었지만 한국인 특유의 순발력은 설득력을 지녔
다. 그는 이미 김용식 대사의 지원을 받아 코린 이사장까지 선을 연
결했고, 큐레이터에게도 운보의 예술적 경력과 〈성화〉 시리즈에 대해
자세히 설명했다. 결국 일은 성사되었고, 70년에 김대사가 초청인이
되어 동양인으로는 장다첸(張大千) 다음으로 성대한 전시가 개최될
수 있었다.

동지적 부부

2차 뉴욕 체재 기간중에 세례된 강렬한 앵포르멜적인 인상을 가미한 새로운 경향으로 제작된 〈태양을 먹은 새〉·〈나비의 꿈〉 등은 60년대 후반의 대표작으로 분류된다. 우향도 완전추상인 〈작품 2, 3, 5, 8, 10〉을 제작하고, 선과 면의 재구성인 실험작 〈작품 10, 11〉을 남기게 된다.

그들은 뉴욕 생활이 외롭고 힘겨웠지만 인내했다. 우선 아이들 문제도 그렇고 자신들의 건강이나 향수병까지 겹쳐서 한달에도 몇 번씩 귀국의 충동이 일었다.

그러나 두 사람은 그 고독을 갈았다.

벼루에다 갈고 또 갈고, 하기야 운보는 그러기를 40여 년이었다.

"아무렴, 운니동에서 어머님 돌아가셨을 때의 참담함 같으려구. 우향, 우리는 어디로 가는 것일까? 그리고 당신은 도대체 어디서 나타난 존재인가? 이렇게 낯선 미국 땅에서 나그네 같은 여행객으로 생활해 보니, 마치 우리네 삶이 그런 것만 같아. 한없이 쓸쓸하고 이처럼 어둡고 답답한 심정으로 정처없이 떠나가는 뭐 그런 것들이 나를 파고들어. 우향! 그렇지만 내게는 우향이 있어. 때로는 당신이 그렇게 밉지만, 그것은 순간적인 감정일 뿐이겠지. 뉴욕에 와서 이렇게 새로운 세계를 경험하게 해주어 참 고마워. 나의 작품에도 많은 변화가 있을 것 같아."

운보는 우향의 손을 꼭 잡아 주었다.

"참, 당신두. 우리는 결혼 때 한 그 약속을 지키는 거예요. 당신도 내게 작업할 기회를 많이 주었잖아요. 그 성북동 집 가건물 화실을 지었을 때 미술관도 약속했지요. 설마 잊고 있지는 않겠지요. 겨우 2

백 년 역사에 뉴욕은 미술관이 이리도 많은데 우리는 뭐예요. 한국을 생각하면 왠지 눈물이 고여요. 그래서 우리가 이렇게 더욱 방황하는 지도 모르지만……"

우향은 그때 이미 가끔씩 프렛그래픽센터와 밥 블랙번 판화연구소에 가서 견학을 하며 어깨 너머로 제작과정을 익히곤 했다. 아침 일찍 나가서 저녁 열 시쯤 되면 우향이 돌아올 시간이었고, 운보는 자주 지하철역 앞에 마중을 나가 스케치도 하면서 스웨터 하나를 더 얹어 주었다.

"작품 구상이나 하지 일부러 나오시느라고 고생이세요? 배도 많이 고프지요? 지하철에서 막 올라오는데 빌딩 숲 사이로 오랜만에 동그란 보름달이 보였이요. 마치 한국에 있을 때 조신백자의 그 풍만한 곡선처럼 꽉 차 있었는데…… 저기 반쯤 보이지요? 저 달을 본 기념으로 우리 오늘은 외식 한번 할까요?"

그리고 브로드웨이로 나가 한참을 걷곤 했다.

우향은 이 기간 동안 운보에게 저며오는 침묵의 바다를 조금씩 느낄 수 있을 것 같았다. 그렇지 않아도 조금 수척해 보이는 얼굴이 몇 달 사이에 한결 더 핏기가 없어 보이기도 했지만, 우선 서로의 작업 스케줄 때문에 대화의 기회가 없었던 것이다. 그래서인지 언어를 구사할 수 없는 운보가 부쩍 외로워 보였다. 아니 어쩌면 그것은 우향의 자격지심 비슷한 여성적 본능에서 비롯된 심리적 반응이었을지도 모른다. 네 아이들을 한국에 남겨두고 이처럼 비약적 생활을 하고 있는 어머니로서의 처지도 그러했지만, 길어지고 있는 2차 뉴욕 체재는 자신의 고집 때문인 것 같은 생각이 가슴 한구석에 남아 있기 때문인지도 몰랐다.

그리고 그녀는 새로운 사실을 자각했다.

이제 뉴욕의 불빛들은 서서히 우향의 작업 환경에 하나의 희미한 구조물이 되어 자리잡기 시작했고, 우물에서 숭늉 달라는 식의 그 급한 운보의 성격시중이나 그야말로 기상천외한 돌발적인 행동들로부터 해방되고, 그 복잡한 한국에서의 생존경쟁을 위한 인간관계로부터 멀리 떠나서 오로지 작업에만 몰입할 수 있는 뉴욕의 단조로운 생활에 이미 깊숙이 빠져 있었던 것이다.

그런데 이상한 일은 운보의 모습이 쓸쓸해 보일수록 역반응이 일어나기 시작했다. 더욱더 작업 의지가 강렬해지고 자신도 읽을 수 없는 고독한 마력의 시간들 속에 깊이 침잠되는 것 같았다.

우향은 고뇌했다.

한 사람의 아내로서, 어머니로서, 더욱이 운보의 후견인으로서, 작가로서, 1인 4역을 짊어진 한국 생활과, 오로지 한 사람의 작가로서만 침몰될 수 있는 예술가로서의 푸른 초상이 두 갈래로 나뉘어 우향을 괴롭혔다.

그리고는 현실과 이상의 갈림길에서 어떤 것을 선택해야만 할 정도로 자신의 의지가 변해 있다는 것도 깨달았다. 그녀에게 있어 뉴욕은 그냥 떠나기에는 너무나 많은 것들을 깨우치게 해줄 제2의 출발이 가능한 낙토樂土와도 같았다. 적어도 작업에만 몰입할 수 있다는 조건 하나만 가지고도. 그러나 현실에 있어 그것은 꿈이었다.

오로지 홀로 뉴욕에 남고 싶었던 것이다.

운보는 우향의 그런 몰입이 처음에는 무척 대견스러웠고, 모처럼 만의 기회가 된 것 같아 그동안 자신과 가정을 위해 희생해 온 여건들을 보답해 줄 수 있는 시간들로 생각했다. 그러나 운보는 1년여가 넘어 69년 봄이 가고 있을 때는 여러 가지 여건상 더 이상 뉴욕에 머무를 수가 없다는 것을 확연하게 인식했다. 우선 경제적인 어려움이 가장 힘이 들었고, 아이들 교육 문제 또한 그에 못지 않은 난제였다. 그런 이유로 미국 화단의 인사들을 초청해서 감상회도 갖고 그 나름대로 교류도 했지만, 초보적인 인정이나 시도단계에 불과했고 직접 판매로 직결되기는 어려웠다. 그러므로 작업도 그만큼 안정된 상태에서 진행되기가 쉽지 않았다. 운보의 경우에는 우향과 다른 여러 가지 요인이 있었다.

자유롭지 못한 언어의 문제도 있겠지만 우향이 곁에 없으면 완전한 무인도였다. 어떠한 외부적 관계를 상정하기도 힘든 운보의 침묵이 그러했고, 우향은 판화라는 새로운 제작기법에 빠져들고 있었지만, 운보는 뉴욕의 첨단 회화세계를 곧바로 이해할 수 있는 독자적 연결 채널이 없었다. 오로지 눈으로 보고 느끼는 것밖에는 책자나 토론 등 그 사상적 방식을 통한 이해가 거의 전무했다.

게다가 진작 바닥이 난 체제 비용 또한 난제였다. 화랑들이 문을 열었다 닫을 때까지 온종일 그림을 들고 세일에 나섰지만 그 대다수가 허탕이었다. 그만큼 그들은 동양 미술에 대해서 무지하거니 무관심했다. 더군다나 라이만 박사나 가까운 친구들에게 돈을 빌리는 것도 횟수가 거듭될수록 쉬운 일은 아니었다.

그렇지만 적어도 그때까지는 운보가 먼저 우향에게 귀국을 하자는 말을 건네고 싶지 않았다. 글쎄 적과 같은 동지이자 부부이기 때문이었을까. 그 말은 분명 우향의 입에서 먼저 시작되어야 할 것임에도 불구하고 그녀는 한마디 말이 없었다. 운보는 그녀의 심경을 읽으려고 애를 썼으나 어디에서도 귀국할 뜻을 읽어내지는 못했다. 슬며시 자존심의 그늘이 드리워졌고 우향의 결정을 기다렸다.

그러나 운보는 이미 지쳐 있었다. 그녀의 결정만을 기다리기에는 너무나 지루한 시간들이었다. 분명히 운보에게 있어서 뉴욕은 하나의 쉼표와 같은 정박지의 의미를 지니고 있었다. 작업은 작업대로 큰 진전이 없고, 자기 스스로에게 신음소리만 내뱉게 되는 시간들이 몇 달 흘러갔다.

'현, 이제 그만 귀국합시다.'
라는 말이 목구멍까지 차오를 때가 수도 없이 많았지만, 그 고집, 운보를 지탱하게 해온 아집에 가까운 자존심 때문에 인내했다. 그대신 자신을 향해 이유도 없을 신음소리를 내뱉을 수밖에 없었다.

'여기서, 내가 왜 식은땀이 짙게 배인 여기서 지쳐 버린 육신으로 고뇌해?'

그래도 운보는 어쩔 수 없이 우향을 기다렸다. 그리고는 봄이 왔다.

그러던 5월 어느 날 두 사람은 밤이 깊어가는 센트럴파크 호숫가를 다시 걷고 있었다. 둘은 몇 달 사이에 말수가 부쩍 줄어 있었다.

한동안 숲 쪽으로 걷다가 우향이 호주머니에서 쪽지 하나를 꺼냈다. 그리고는 이렇게 썼다.

"저 뉴욕에서 한동안 혼자 남고 싶은데 어떻게 생각해요? 이 의미 있는 이별을 이해해 줄 수 있어요?"

운보는 어느 정도 생각지 않은 것은 아니지만 쪽지를 읽는 순간 겉으로는 표현을 안했어도 내심 당황할 수밖에 없었다.

어렴풋하나마 우향의 제의는 결코 단기간에 걸친 뉴욕 체재를 의미하는 것 같지도 않았고, 그것이 의미하는 것이 무엇인지도 추상적이었다. 얼마만큼 어떻게 이별한다는 것인지.

"…………"

그날따라 수없이 반짝이는 검푸른 하늘의 캔버스를 그저 멍하니 대리석처럼 외로이 서서 응시할 뿐이었다.

"당신 외로우세요? 저의 소원이기도 해요. 한번 마음 놓고 작업에 미쳐 보고 싶어요. 당신이라면 저의 이런 안타까움을 이해할 수 있잖아요. 사실 저도 그 외로움 때문에 망설였고 용기가 없었어요. 당신과 나, 그리고 가족 모두의 외로움 말이에요. 그러나 지금이 아니면 이제 언제 기회가 있겠어요. 그러나 이 모든 것은 당신 처분대로 하겠어요. 대답을 해주세요."

여전히 말이 없었다.

"…………"

그리고 곧바로 우향과의 결혼을 결정할 때,

'만일 결혼 후 서로가 일할 수 없다면?'

'헤어집시다.'

'각자 작품에 협조하되 간섭은 금물. 성격상 차이가 발생하면 미련 없이 헤어질 것'이라고 했던 조건이 자신도 모르게 긴 열차의 영상처럼 스쳐갔다. 그 조건은 어쩌면 줄곧 용수철과 같이 억눌려서 잠재되어 온 약속이었다. 그러나 그 약속이 이처럼 어처구니없이 거의 망각해 왔던 상태에서 제시될 줄은 상상할 수도 없었다.

무슨 대꾸가 있어야 했지만 그 야릇한 허탈감이랄까, 어느 면에서의 배신감이라고나 할까, 뭐 그런 것들의 낙진들이 여기저기 흩날리고 있는 듯했다.

운보는 그날 밤 잠을 이룰 수가 없었다. 아무리 잠을 청하려고 해도 상념들은 새벽 녘까지 나타났다 사라지기를 되풀이했다. 우향 역시 몸을 뒤척이며 잠을 이루지 못하는 모양이었다.

오래 된 창문 고리에 생긴 틈으로 찬바람이 솔솔 들어왔다. 뉴욕의 푸른 새벽이 스며들어 오고 있었던 것이다.

운보는 어쩌면 이 이별이 다시는 함께 할 수 없는 길고 긴 시간에 접속될 것 같은 느낌에 사로잡혔다. 그렇다고 우향의 제의를 단번에 반대할 수도 없는 그런 난처한 입장이었다. 어쩌면 그녀는 이미 스스로의 결심을 굳힌 듯하여 귀국을 설득하기가 이미 늦은 감이 들기도 했다.

더욱이 함께 귀국을 한다 해도 이 제의는 두고두고 꺼지지 않는 불씨가 될 것이라고 생각되었다. 며칠간을 오로지 이 문제만을 놓고 고민에 빠진 운보. 정말 진퇴양난이었지만 어찌 보면 이미 결정을 해 둔 듯한 우향의 마음을 되돌리기보다는 한 1,2년 정도 마음껏 작업을 하다 귀국하는 것도 좋을 듯싶었다. 그렇다면 서울에 있는 아이들은 어떻게 한단 말인가?

어쩌면 영영 이별일까?

누구에게 상의할 사람조차 없이 운보는 며칠간을 밤낮으로 생각했
다. 작품을 할 때도, 커피를 마시면서도, 멍하니 창을 바라보면서도,
아련한 담배연기의 춤을 응시하면서도, 답을 내릴 수가 없었다. 결혼
한 지 23년 만에 지극히 지성적으로 호소하는 우향의 약속 카드는
차라리 충고에 가까운 눈빛이었다고 말하는 것이 옳을 듯했다. 생각
끝에 운보는 결정을 내렸다.

어느 날 우향이 늦게 돌아온 날 운보는 스케치북 한가운데다,

"나 혼자 가겠소."

라고 맥없이 썼다.

"여보, 정말 고마워요."

운보는 우향을 살포시 끌어안았다. 그리고는 가능한 한 작은 목소리
로 속삭이듯 말했다.

"그렇게 하구려. 당신에게 꼭 23년 전에 약속했었지. 그 약속을 지
켜 주고 싶어. 그대신 많은 것을 배우고 작업해서 내게도 한보따리
풀어 줘야 해. 그럼 내가 먼저 돌아가서 애들은 돌볼게. 그리고 여기
에 현이를 불러서 같이 있어요. 나처럼 외로울 테니까. 그 아이도 오
고 싶어하고. 좋을 것 같아. 그러면 내 마음이 조금이라도 놓이지. 내
걱정은 하지 마. 난 늘 그런 사람이니까."

우향은 거의 속삭이는 듯한 대화를 단순히 언어로서만이 아니라
감정의 전달로서 흠씬 느끼고 있었다. 그리고 그 순간 자신도 모르게
뜨거운 눈물이 흘러 껴안아 준 운보의 가슴으로 스며들었다. 운보는
순간 가슴을 적시는 눈물만으로 우향의 북받치는 듯한 감정을 느낄
수가 있었다.

우향은 한동안 흐느꼈다. 참으로 오랜만에 느껴보는 남편의 품이었다.

"고마워요. 그리고 미안해요. 그러나 이렇게 하지 않으면 미쳐 버릴
것 같아요."

"내가 청년 시절에 스케치하러 원산을 갔는데, 명준 선배가 '별은

스스로 빛나는 것이야' 라고 말했지. 나는 그 말을 결코 잊지 않고 있어. 우리 각자 헤어져서도 스스로 빛나는 별이 되어 봅시다."

한참 만에 운보가 침묵을 깨며 물었다.

"그런데 얼마나 머무를 생각이야?"

"아직은 모르겠어요. 몇 년이 될 수도 있고…… 아니면 10년이 될 수도 있고. 시작을 했으니 어떤 결과를 얻어야 하지 않아요? 특히 제가 매료된 판화작업은 그 기법만 익히는 데도 몇 년이 걸릴 판이니……"

운보는 내심 놀랐다.

마음 속으로는 기껏해야 1,2년 정도려니 생각했는데 그보다는 훨씬 강도가 높았기 때문이다. 그렇다고 그런 자신의 속마음을 그대로 내보일 수도 없는 노릇이었다.

"기왕 이렇게 결정된 것, 그 기간이나 방식은 모두 우향이 결정해. 나도 새로운 각오로 시작할 테니. 우리 한번 시합하듯이 미쳐 봅시다. 여기 와 있는 세계 각국의 내로라 하는 대가들 코너를 보고 나는 항상 희망을 잃지 않았어. 우리도 얼마든지 가능성이 있어요. 한국 미술의 자존심을 우리가 한번 세계적으로 선양해 봅시다. 저들의 내면에는 지극히 미국적인 무엇만이 있는 것 같지만, 잭슨 플록·드쿠닝·마크 로드코·이브 클라인·마크 토비·톰브리 등 많은 작가들이 동양의 정신과 미의식에 상당 부분을 기초하고 있어요. 선禪이라든가 검도劍道라든가. 그러니 앞으로 우향은 그들이 찾는 그 핵심적 비밀들을 응축해서 대응하는 거요. 그것이 곧 한국적·동양적인 것이자 세계적인 것이오. 그럼 나는 일주일 뒤에 귀국할 테니 짐 좀 챙겨 주구려."

운보는 이미 이렇게 결정이 난 바에야 우향에게 용기와 자신감과 그리고 하루라도 빨리 자유를 주고 싶었다. 그리고 이미 지쳐 버린 뉴욕으로부터 한시라도 빨리 벗어나고 싶었다.

　며칠 후 귀국을 하루 앞두고 둘은 마지막으로 즐겨 찾던 센트럴파
크를 걸었다. 그날은 왠지 회색빛 안개가 짙게 내려앉았고 들릴 듯
말 듯한 인디언들의 북소리는 더욱 구슬펐다. 영혼을 달래는 운율 같
기도 하고 신의 제단에 바쳐지는 경건한 무곡巫曲 같기도 했다.
　"여보, 저 북소리 여전히 안 들리지요? 우리가 3,4년 전 처음 뉴욕
에 왔을 때 들리던 그 인디언들의 은은한 북소리가 들려와요. 자세히
한번 들어보세요. 어느 쪽에서 들리는 것 같아요?"
　운보는 한동안 정신을 집중했다.
　"저기, 메트로폴리탄 쪽인가? ……아마 그럴 것 같아."
　우향은 순간 놀라웠다. 운보의 직관력이 이렇게 맞아떨어질 줄은
미처 몰랐던 것이다.
　"어째서 그쪽인가요?"
　"그건 이유가 없어. 이론으로는 말하기 어려운 직감에 의한 거야.
마치 한점의 획을 긋든가, 붉은색 한 방울을 듬뿍 찍어 흰 화선지를
물들이는 것 모두가 직관 그것이야. 왜 물아일체物我一體라는 노장자
老莊子의 사상이 있잖아. 그것이나 이것이나."
　그리고 자신의 답변 결과에 대해서도 관심이 없는 듯했다. 그것이
어떤 폐쇄적인 면으로 비쳤을 수도 있겠지만, 적어도 그는 자신의 판
단에 대한 작은 신념 같은 고집이 바닥에 깔려 있었다. 사실이 그렇
건 그렇지 않건간에 그것은 곧 자신의 선택이라는 것만으로 끝나는
것이다.
　운보는 우향의 손을 꼭 쥐었다.
　"내가 쉰여섯이니 당신도 쉰이 되었구려. 10년이야. 결국 그 10년을
어떻게 보내느냐는 지금까지의 우리들의 노력이 어떻게 결실을 맺느
냐는 것이야. 나는 어제 저녁에 우향을 나의 아내라는 생각 이전에
예술가적인 입장에 세워야 한다는 결론에 도달했어."
　"그래요. 그 10년을 우리는 동지적인 입장에서 일할 수 있다면 분

명 저들과 견줄 수 있을 거예요. 윌리엄 드쿠닝이라는 작가 말이에요. 그가 미국에 와서 명함을 내밀 수 있기까지 무려 30여 년이 걸렸대요. 개인 대 개인일 수도 있지만 이것은 문화 대 문화가 만나는 일이기도 해요. 다만 아이들에게 죄스러울 뿐이에요. 선이·영이, 어린 그애들이 날마다 꿈에 선하게 보여요. 그리고는 나의 마음을 여리게 만들기도 하구요. 이제 당신이 나를 도와 줄 차례예요. 제가 고독할 것이라고 걱정하지만, 그 유명한 피카소도 '어떤 일이건간에 고독이 없이는 태어나지 않는다. 나는 아무도 알지 못하는 고독을 만들어 낸다'라고 말하고 예술을 비애와 고통의 딸이라고 말했어요."

이로써 우향은 그의 후반기 뉴욕 시대를, 운보는 귀국하여 후기 성북동과 인사동 시대를 열게 된다. 그들은 만남부터가 일상적 부부이기보다는 동지적이었다고 말하는 편이 더 정확할 것이다.

"예술을 사랑하면 진짜 사랑을 잃어버린다(Lamour de l'art fait perdre l'amour vrai)."

이것은 빈센트 반 고흐가 테오에게 보낸 편지 내용 가운데 리세핀의 말을 인용한 부분이다. 운보와 우향은 아직 그들의 진짜 사랑을 잃어버린 것은 아니지만, 나아가서 말한다면 그것은 일종의 계약적 관계로의 진입을 뜻했다. 적어도 두 사람의 예술적 삶 때문에 지금까지 선택하고 유지해 온 파행과는 또 다른 차원의 기약 없는 이별을 선언한 것이다.

우향은 이제 결혼 23년여 만에 부부라기보다는 예술가로서 굳게 다짐했던 언약 이행을 슬며시 요구했다. 그리고 결과적으로 운보는 이를 수락했다.

운보는 귀국 직전 이미 유영수가 주선했던 뉴욕 문화 센터, 즉 헌팅턴 미술관의 전시 날짜를 이듬해로 정하고 총총히 케네디 공항을 이륙했다. 우향은 몇몇 친구들과 함께 서서 싱긋이 웃으며 힘없이 서 있었다. 운보는 마치 서양사람들처럼,

"잘 있어, 현賢."

하면서 오른쪽 뺨에 가볍게 키스를 해주었다. 그리고 입국 심사대에 들어갈 때까지 손을 높이 쳐들고 손가락 언어로 사랑한다는 말을 했다.

희끗희끗해져 가는 운보의 모습이 사라질 때까지 우향도 같이 수화를 하면서 손을 흔들고 있었다.

운향화실을 열고

이 글을 쓰고 있는 곳은 뉴욕이 아니고 파리巴里요. 나는 지난 10일 황혼이 아름답도록 짙어가는 케네디 공항에서 몇몇 송별나온 친지들과 작별하고 안사람과는 아쉬운 정을 나누며 섭섭히 혼자 파리로 왔소. 안사람과 같이 왔어야 할 것인데 우리가 해야 할 일들, 이를테면 〈예술을 공부하고 공부한 예술을 세계에 소개해서 우리 민족성을 인식시키며 우리가 지닌 능력을 과시하는 일〉, 이것은 〈인생으로서 명예로운 일〉이기에 개인의 사소한 것은 부득이 희생시킬 수밖에 없겠지. …… 또 집 아이들을 너무 오래 내버려 두는 것도 걱정이어서 혼자 일시 귀국하게 되었고 해서 귀로길에 파리에 들렀는데, 여기서 금년 중 아니면 명춘明春에 전시가 논의되어 관계자들과 만나 구체적 결론을 짓기 위해 온 거요. 지금 파리는 한창 녹음이 우거져 있고 초록색의 싱그러운 향기가 풍기는 속에서 고색이 창연한 가옥들과 조각들이 잘 조화되어 어쩌면 그토록 내 마음을 감싸 주며 조용히 명상에 잠기게 하는지 모르겠구려……

1969. 6. 11. 파리에서 운보雲甫

　뉴욕에서 귀국길에 파리로 날아간 운보가 서울의 제자에게 보낸 편지이다. 여기서 운보와 우향의 이별은 결국 영원히 만날 수 없는 사별死別을 재촉하는 비극으로 끝나게 되지만, 우향은 생전 처음으로 자신의 작업만을 위한 뉴욕 시대로 진입한다. 운보가 떠나자마자 그녀는 판화연구소로 유명한 프렛 연구소의 학생이 되며, 어렵게 판화 기계를 구입해서 스튜디오를 만들었다.

　한편 운보는 파리 공항에 도착하여 마중나온 이강수와 오랜만의 해후를 했다. 앞서 언급했듯이 그는 일제시대에 식산은행 기관지《회심》지의 주간을 맡아보고 있을 때부터의 절친한 죽마고우였다.

　다시 파리의 고색창연한 미학을 탐닉했다.

　화려한 샹젤리제로부터 몽마르트르·몽파르나스 등 꺼먼 실루엣을 그리며 푸른 녹색을 머금은 가로수들도 여전히 위대한 화가들의 체취를 짙게 풍기고 있었다. 문고리 하나에도, 센 강의 축대 한켠에도. 분명 파리는 심미審美의 도시였다.

　다시 돌아갈 날이 가까워 오자 이강수는 걱정이 태산 같아졌다.

　"우향이 없는 운보의 여행은 불안하기 짝이 없어. 내가 이 두 장의 편지를 일어日語로 써 줄 테니 일본인 세관원과 스튜어디스에게 각각 보여 주게. 도움이 될 걸세."

　그리고는 달필로 유창한 일본어 실력을 발휘해서 하얀 백지 위에 붓글씨로 정성스레 써내려 갔다.

　운보는 친구의 호의는 고마웠지만 한편으로는 자신의 무능함을 탓하는 듯해 시큰둥했다. 그러나 어쨌든 성의이니 이강수가 건네 준 편지봉투를 호주머니에 받아넣고 전가족의 전송을 받으면서 일본행 에어프랑스 트랩에 올랐다.

　문제는 그 즉시 발생했다. 일본인 스튜어디스가 몇 번이나 왔다갔다하면서 말을 거는데 도무지 무슨 말인지 알아들을 수가 없었다. 운보는 편지 한 통을 꺼내 보여 주었다. 스튜어디스는 처음에는 연애편지나 되는 줄 알았던지 자꾸 거절하였다. 그래서 백지를 꺼내,

"私の友達が 書いた 書信です. 讀んで ください(내 친구가 쓴 서신이니 읽어봐 주쇼)."

라고 일본어로 또박또박 썼다.

메모를 읽어보고는 비로소 깍듯이 인사를 하며 음료수와 먹을 것 등을 가져다 주더니 그녀 역시 필담을 통해서 도와 줄 다른 일은 없느냐고 묻는 것이었다. 중간 기착지 경유 때는 교대하는 스튜어디스에게도 얘기를 잘해 놓고 가겠다는 내용의 필담도 남겼다. 도쿄 공항에 무사히 도착한 다음 세관에서 다른 하나의 편지를 꺼내 보여 주었더니 무사 통과에 극진한 대접까지 받았다.

'이강수가 도대체 무슨 말을 썼길래 이렇게 잘해 준단 말인가? 아무리 일본인이라 해도 희한한 일이지…… 그러나저러나 아이들에게 엄마가 오지 않은 것을 어떻게 설명해야 한담?'

어쨌든 친구 덕분에 편안한 여행을 한 셈이 되었다. 그러나 우향이 귀국하지 않은 사실에 대해서는 아이들에게 어떻게 설명해야 할지 걱정이 태산 같았다.

운보는 귀국과 동시에 우향과 동지적 입장에서 한 약속처럼 작업에 있어서도 최선을 다해야 했지만, 아이들을 돌봐야 하는 부담과 우향의 생활비 우송 등이 겹쳐 학교생활 이외에도 눈코 뜰 새 없이 바쁜 나날을 보냈다. 어쩔 수 없이 그동안 틈틈이 해오던 신문 삽화도 다시 시작하고, 다양한 경향의 작품을 시도했다.

"애들아 엄마는 뉴욕에서 작품활동을 하시기로 하셨어. 얼마가 될지는 몰라도 그동안 엄마는 우리들 때문에 못한 작품활동을 위해 최선을 다하려고 해. 그러니 보고 싶더라도 얼마간만 참아. 이제는 내가 엄마몫까지 대신해 줄게. 자 이거 엄마가 써보낸 편지야. 읽어봐."

"엄마는 정말 안 오시는 거예요? 아빠! 우리는 어떡하라고. 혹시

싸우시고 오신 것 아니세요?"

당시 장녀 현은 스물셋으로 뉴욕에 건너가 있었으며, 장남 완이 대광고등학교를 졸업하고 홍익대학교에서 디자인을 전공하고 있었다. 그 역시 곧바로 시카고에 유학을 하게 되며, 차녀 선과 셋째딸 영은 각각 열여덟, 열네 살이었다.

어느 날 영이 운보의 작업실에 놀러와서 먹을 갈아 주면서 슬그머니 질문을 했다.

"아빠, 뉴욕에서 그리는 그림이 그렇게 다른 그림이 되는 건가요? 엄마가 우리들이 싫어지신 것 아니에요? 저는 아무리 생각해도 무슨 일인지 다 이해할 수는 없어요. 솔직히 말씀해 주세요."

운보는 순간 당황했다.

"그래, 네 나이에는 이해하기 힘든 일이다만, 무엇인가 자신이 하고자 하는 일에 최선을 다한다는 것은 그리 쉬운 일이 아니야. 특히 예술가의 삶이란 평생 이 고독한 실험 속에서 지탱되어야 하는 거야. 더욱이 여자의 경우는 그 고독한 시간마저도 붙잡기가 쉬운 일은 아니지. 그래서 엄마는 아빠와 결혼을 승낙할 때도 서로의 작업에 방해가 될 때는 미련 없이 헤어지기로 조건을 붙인 것이야. 나는 그 약속을 지키고 있고, 또 엄마도 한 개인으로서의 생활에 대한 의무보다는 어떤 본능적이기까지 한 갈증을 해소하려고 하시는 거야. 그것은 나아가서는 우리 미술의 국제화를 위해서도 중요한 일이야. 그래서 엄마가 저렇게 고독한 길을 걷고 있는 것이야. 절대로 우리를 미워해서 그런 것이 아니야. 조금만 기다리면 건강한 모습으로 세계적인 여류화가가 되어 돌아오실 거야. 알겠니? 네가 갈아 주는 먹을 쓰니 더욱 용기가 생겨."

갸우뚱하는 영에게 많은 필담지를 통해 설명해 주었다.

시간이 흐르면서 선과 영은 자신들이 할 일이 무엇인가를 찾아서 할 수 있게 되었고, 아버지의 그 큰 뜻에 대한 이해에도 많이 접근하게 되었다.

운보는 이 쉽지 않은 우향의 공백을 감내해 가야 했다.

어디를 가나 항상 한복을 차려입고 나란히 짝을 맞추던 장면들이 극장 필름처럼 언뜻언뜻 지나갔지만 할 수 없는 노릇이었다.

"작업에 전념한다. 이것이 곧 이 고독을 이겨내는 일이다. 아무렴 우향의 고독과 비교될 수 있을까…?"

그러던 차 당시 한국 최초의 현대식 화랑인 반도화랑의 책임을 맡고 있었던 서양화가 이대원 선생 밑에서 일하던 박명자가 결혼을 했는데, 평소 화랑을 드나들면서 운보는 그녀가 매우 총명한 여자로 생각되었었다. 그래서 어느 날 차를 한잔 하면서 명자에게,

"난 백양회와 관계된 동남아 여행과 그리고 유럽 여행 때 다른 나라의 화랑들을 많이 둘러보았어요. 그런데 그 주인 중 상당수가 여성들로, 그 운영도 탄탄히 잘하고 있었어요. 그것은 아마도 남성보다 직관력이 세밀하고 서비스가 좋기 때문이라 생각해요. 우리나라도 이제 문화시대에 접어들었으니 아예 독립해서 화랑을 해보는 게 어때요? 나도 힘이 되면 밀어 줄 테니 용기를 갖고……"

라고 격려를 했다. 박명자는 당시 이미 산업은행에 근무하던 도진규와 결혼을 한 상태라 남편과 상의를 했다. 미술 애호가이기도 했던 도진규는 찬성했고, 결국 그녀는 용기를 내어 70년 4월 4일 관훈동 7번지에 〈현대화랑〉이라는 간판을 걸고 화랑계에 조촐한 첫걸음을 내디뎠다. 그것이 곧 후일 국내 최대의 사설화랑인 〈갤러리 현대〉의 전신인 것이다.

운보도 진심으로 축하했고, 개관전을 운보의 작품으로 해야만 한다고 부탁하는 바람에 권유한 책무도 있고 해서 선뜻 응낙을 했다. 전시는 70년 11월이었는데 대성황이었다. 관람객도 연일 만원인데다 50여 점의 전시된 작품들이 매진되었고, 게다가 열댓 점의 추가 주문까지 받았을 정도였다. 당시의 미술시장 상황에 비추어 보면 놀랄만한

반응이었다. 당대의 대가라고 일컬어지던 구룡산인 김용진·박수근·배렴 등의 작품이 몇천 원 하던 시절이었고, 그것도 대다수의 고객이 외국인이었을 때였다. 이런 시절에 운보의 인기는 대단한 것이었다. 덕분에 화랑이 기틀을 단단히 다지는 데도 도움이 되었지만 운보에게도 자극이 되었다.

작품의 소재는 다양했다. 산수를 중심으로 꽃이나 새·과일 등의 화조류에 걸쳐 그의 천부적이기도 한 다양한 대사들로 이루어졌으며, 추상으로의 시각확장과 서구 미술 의식의 수용에 따른 자유분방한 작업도 선보였다. 특히 그 중 몇몇 작품은 이미 후기 바보산수를 기약하는 듯한 민예적 체취가 스미면서 자유롭게 넘나드는 공간개념과 유희성이 엿보였으며, 그 유명한 청록산수가 등장했다.

마치 이상향의 산맥과도 같은 푸른 산봉우리를 배경으로 피리를 불고 가는 소잔등의 목동들이나 갈대·계류溪流의 서정성은 서서히 도시 문명에 찌들어 가는 시민들에게 어떤 몽롱한 피안의 세계와 같은 매력을 느끼게 했다.

한편 뉴욕에서는 구암동 시절의 〈예수성화전〉이 뉴욕 문화 센터에서 열렸고, 역시 성황을 이루었다. 그들은 능숙한 솜씨로 묘사된, 동양인으로 다시 태어난 예수 일대기의 성스러운 장면들을 대하면서 서양식으로만 이해되어 왔던 성경 내용의 독자적 해석에 찬사를 아끼지 않았다. 재미있는 것은 예수가 동방에서 태어난 사실을 잘 알고 있는 서양인들이 그것을 다시 동양적으로 표현한 사실에 대해 신기해 하고 있다는 것이 웃지 못할 아이러니였다.

센트럴센터 알프레도 발렌테의 기사에서는,

기본적으로 추상화가인 김씨는 새로운 것과 옛것을 결합해 학적學的이고 진실된 것을 창조했다. 정신과 기법상 최상의 작품들이다. 김씨는 그리스도를 날 때부터 십자가에 달릴 때까지 슬픈 신神으로 보고 있다.

그의 그림은 기도자의 정숙을 해치지 않으려는 듯 낮은 소리로 애기한다. 그의 개성 있는 표현과 한국인의 체취는 서구 전통의 빛과 장엄을 지니면서 신약新約의 이미지에서 재생되었다. 한국의 모습과 토착적인 색채로 표현된 이 성화들은 마치 성스러운 기도를 방해받지 않으려는 듯 조용히 속삭이고 있으며, 한국 민족이 느끼고 본 예수의 다른 일면을 서양사람들에게 강하게 일깨워 준다.

라고 쓰고 있다. 운보는 현지에 참가하지 못했고, 우향은 밀려오는 관람객들의 해설 주문 때문에 눈코 뜰 새가 없었다.

그리고 이듬해 71년 운보는 인사동으로 화실을 옮겼다. 우선 우향이 없는 성북동 작업실이 적적해서도 그렇지만 9년 동안이나 머물렀던 환경도 바꿔보고 싶은 충동이 일었던 것이다.

인사동은 이미 이 시기에는 문화적 생기가 거리의 곳곳에 스며들고 있었다. 영세하지만 표구사·골동상·화랑·화실들이 즐비하게 들어서고, 쌍화차와 커피 냄새가 짙게 배인 다방들이 몇 집 건너에 있었다. 요염한 마담의 서비스와 뭔가 토속적인 유자차의 향이 배어 있는 그런 풍류의 한식집들도 옛 조선시대의 기와 지붕 아래에서 골목골목 초롱불을 밝히고 있었다.

그것도 그렇지만 인사동에는 온갖 종류의 예술가들이 우굴대고 있었다. 그곳은 화가·소설가·시인·미술사가·골동상 등이 수시로 드나드는 사랑방이었기 때문이다.

〈운향화실雲鄕畵室〉

현판은 이렇게 썼다.

우향을 기다리면서 서로의 호인 운보雲甫와 우향雨鄕 중 한 글자씩을 딴 것이다.

그만큼 우향이 그리워서였을까…….

이렇게 해서 그의 황금기이기도 한 인사동 시대가 막을 올렸다.

천연기념물적인 존재

피카소와 결혼한 상태는 아니었으나 한동안 그와 사랑에 빠져 아이까지 낳았던 프랑수아즈는 유명한 말을 남겼다.

"나는 천연기념물과 동거하는 데 싫증이 났다."

운보 김기창 역시 기인적奇人的인 습관도 많고 훤칠한 키와 장승 같은 몸집에 긴 은발의 머리카락 하며, 무서운 눈매, 독특한 몸짓이 오히려 피카소와는 비교도 되지 않을 만큼 인간 예술품의 풍모이다. 이를 〈천연기념물〉이라는 말로 표현해서 얼마만큼 적당할지는 모르겠지만, 지구상 모든 예술가들의 기벽을 총칭하는 말로써 그만큼 적당한 말도 드물 것 같다.

주위 사람들에게 오죽이나 특별한 존재들이기에 그렇게 불리겠는가마는 50대 후반에 이르게 되는 그로서는 평소 청년 시절부터 잠재되어 있던 선천적 습관들이 불쑥불쑥 두드러져 많은 일화를 남겼다.

물론 우향이나 기타 가까운 관계에 있는 사람에게는 이러한 일들이 일화나 에피소드라기보다는 심하게 정신질환에 가까운 스트레스와 괴로움의 원인이 될 수도 있다는 것을 전제로 해야 했다.

그의 이 시기의 여러 가지 습관 중 가장 두드러진 것은 막무가내 또는 제멋대로라고나 할까. 무엇이든지 내키는 대로 해버리는 독선과 변화무쌍함, 그러면서도 집요한 고집이었다.

이러한 습관은 우향과 여행할 때도 나타났었는데, 거리를 걸어가다가 쇼윈도 앞에서 물건 구경이라도 하고 있을라치면 그 시간을 참지 못하여 이미 몇백 미터 앞으로 열심히 걸어가고 있는 것이다. 물론 방향도 모르고 가는 길이지만. 가뜩이나 아담한 체구인 우향이 땀을 흘리고 쫓아가더라도 허리를 찌르기 전에는 운보에게 알릴 도리가 없다. 어떤 소리도 들을 수 없는 그에게 불러봐야 무슨 소용이겠는가.

한번은 우향이 맨해튼에서 우연히 미국 친구들을 만나 서로 인사를 나누고 있을 때였다. 분명히 조금 전 곁에 있던 남편을 소개했었는데 어디론가 사라져 버리고 없었던 것이다. 두리번거리며 당황하는 우향을 보면서 미국인들이 배를 잡고 웃는 것은 당연한 일이었다. 결국 10여 분 동안 인근 거리를 찾아 헤맸는데 어느 골목길 계단에 앉아 담배를 피워 물고 있었다. 기가 막혀서 왜 거기에 앉아 있느냐고 물으니까 자신은 누구와 만났는지도 모르고 한참을 걷다 뒤돌아보니 우향이 없더라는 것이었다. 그러면서 도리어 우향에게 어디 갔었느냐고 화를 내는 것이다.

웃지도 화를 내지도 못할 일이어서,

"우리 노끈을 매가지고 다녀야겠어요. 왜 혼자만 그리도 빨리 가세요. 가뜩이나 가랑이가 짧은 여자를 놔두고."

그때마다 운보는 어린 아이처럼 어―허 웃어 버리고 만다. 자신이 불리해지면 잘 쓰는 제스처이다. 하여튼 우향은 어느 곳을 여행하더라도 물건을 제대로 보거나 살 수가 없어 신경이 날카로워진다.

또한 그는 기독교인이면서도 거의 신념에 가까울 정도로 미신을 신봉한다. 미국에서 어느 지방을 여행하려고 모든 예약을 마치고 공항으로 출발하려던 차였다.

택시를 막 잡아타려는데 운보의 와이셔츠 두번째 단추가 뚝 떨어지는 것이었다. 이를 본 운보는 두말하지 않고 집으로 돌아가겠다고 했다. 재수가 없어 가기가 싫다고 고집을 부리는 것이다. 여러 친구들과의 약속은 물론 호텔의 예약까지 끝난 상태라 해도 막무가내였다.

하는 수 없이 집에 돌아왔지만 언제 그랬느냐는 듯이 그림만 그리고 있는 운보를 보는 우향은 화가 머리끝까지 치밀어도 도리가 없었다.

이는 어찌 보면 미신이라기보다는 거의 편집증적인 요소에 가깝다. 또 하나의 편집적 증상의 예로는 숫자에 대한 절대적 기피현상이다. 여행을 갈 때 호텔 방의 번호가 자신과 맞지 않는 숫자이거나 4자가 들어가는 경우는 죽어도 안 들어가는 버릇이 있을 뿐더러 심지어는 자동차 숫자까지도 일일이 골라서 탈 때가 있을 정도이다.

그의 독선과 막무가내는 이후 성북동 집을 신축할 때도 마찬가지였다. 형제처럼 가깝게 지낸 수어지교水魚之交의 우송 최태호 사장이 주선한 이 공사는 처음부터 난관이었다. 설계된 대로 조금 진척해 놓으면 운보는 마음에 들지 않는다고 담벼락을 밀어 버리고는 다시 요구하고, 다시 지어놓으면 또다시 변덕을 부리고, 그러기를 수십 치례를 해서 결국 건축업자가 상당한 손해를 보고 혀를 내두르며 가더라는 것이다.

그는 수시로 변덕을 부렸다. 이렇게 했다 다시 저렇게 하고, 또다시 원래대로 해보고 싶은 충동에 못 견딘다. 그러기를 시도 때도 없이 반복해서 주위 사람들을 괴롭힌다.

결국 이후에 청주 집을 지을 때 최사장이 손끝만큼도 관여하지 않은 이유는 바로 이때 성북동 집 공사에서 운보의 이같은 순간적 변덕에 철저히 항복(?)했기 때문이었다고 술회했다.

일단 그와 계약을 한 사람들은 어떠한 경우에도 원래의 계획대로 일이 진행되는 경우가 별로 흔치 않았고, 밤낮으로 시달리기가 일쑤였다. 그만큼 그의 변화무쌍한 성격과 한없는 욕심·치밀함은 대범한 담력과 감성적 덩어리에 맞물려서 누구도 예측하기가 어려울 정도였다.

또 다른 하나의 독특한 습관은 독서와 의심이다. 이 두 가지는 서로 다른 성격일 것 같지만 사실은 서로 밀접한 관계가 있다. 그는 거의 매일 여러 종류의 책을 즐겨 읽으며 주간지나 신문도 거의 5,6종은 모조리 구독하는 편이었다. 이것은 평상시 그의 독서열에서도 비롯되지만 외부와의 직접적인 접촉이 불가능했기 때문이기도 했다. 특히 신문 구독의 지속성은 TV나 라디오의 청취가 불가능한 그에게는 빼놓을 수 없는 사회 참여의 기회였고, 사회적 현상 등에 대한 확인 작업의 일환이기도 했다.

그리고 운보는 자신에게 일어나는 새로운 사실이나 결과에 대해 부단히 의심했다. 그 이유는 무엇보다도 우선 상대방이 어떤 대화를 하고 있는지를 완전히 파악할 수 없는 입장에 있기 때문이고, 그럼으로 해서 자신이 미처 확인하지 못한 모종의 일들이 숨겨져 있을 것이라는 피해의식이 짙게 깔리기 때문이었다.

대화에 있어서 일화 중 하나는, 그의 나이 40대에 접어들면서부터는 이른바 독순법讀脣法이라 하여 상대방의 입술이 움직이는 것을 보고 무슨 말을 하고 있는지를 읽어내는 정도가 상당한 수준에 이르렀다.

운보의 의심에 대한 집착과 상상력은 타의 추종을 불허한다. 특히 자신의 작품이 인사동에서 현금과 같이 교환될 수 있었던 70년대의 미술시장 전성기 이후로는 '뒤주에서 인심난다'는 말처럼 숱한 사람들이 운보에게 접근하여 그림 동냥을 하게 되었고, 유명세를 치러야 하는 면에 있어서도 마찬가지였다. 자선바자회다, 기념전이다, 불우이웃 돕기다, 하며 그의 주변을 공략하는 방법도 여러 형태, 여러 종류였다.

이런 현상은 그렇지 않아도 확인에 확인을 요하는 운보에게는 언제나 부담일 수밖에 없었다. 그래서 그의 주변을 스쳐간 사람들이 필요 이상으로 의심의 대상이 된 적이 많다.

이러한 습관은 여행중이거나 주변이 불완전한 상태에 있을 때 자연히 더욱 심해졌다. 우향과 파리 여행 때였다.

친구의 소개로 안내를 맡은 유학생은 평소부터 운보의 예술세계와 그의 삶에 대해 평소 깊은 존경심을 가지고 있었고, 우연히도 가깝게

모시게 된 것을 영광으로 생각하고 성심 성의껏 안내를 하면서 우향
에게 양해를 얻어 그가 남긴 필담 종이를 버리지 않고 차곡차곡 모
아서 기념으로 간직하려고 가방에 챙겨넣었다.

이튿날에는 아예 녹음기까지 들고 나와서 그의 희한하기만한 구화
口話를 녹음했고, 훗날에 수필이라도 쓸 생각으로 우향에게 허락을
얻어 몇 가지 질문도 하면서 그의 예술세계를 기록했다.

우향도 그 학생의 진지함이 고마워서 사진도 같이 찍어 주고 성의
껏 대답도 해주었다.

그날 저녁,

운보가 호텔에서 잠을 자다가 갑자기 벌떡 일어나는 것이었다. 우
향이 놀라서 무슨 일이냐고 물어두 대답두 없이 불을 켜더니 신가한
표정으로,

"낮에 안내하던 그 사람 간첩이야."

라고 소리를 치는 것이다.

우향이 자초지종을 물으니 운보는 필담 내용을 모조리 수집한 것,
녹음기로 목소리를 녹음한 것, 사진을 몇 장씩이나 같이 촬영한 것
등이 모두 납치극의 일환이라는 것이었다. 북한 당국의 치밀한 조작
으로 안내자가 나왔으니 빨리 대사관에 신고하고 필담을 찾아오라는
것이다. 약간 눈이 충혈된 것이 초저녁부터 잠 한숨 자지 않은 모습
이었다.

우향은 그 청년을 가까운 친구가 소개한 것이고, 필담 등도 자신이
허락을 해서 가져간 것이니 잊어버리라고 설득을 해도 막무가내였다.

그렇다고 한밤중에 전화를 걸자니 받을 리가 없고, 운보의 성격이
워낙 그런 사람이니 한두 시간 그러다가 말겠지 하면서 다시 불을
끄고 아침에 얘기하자고 했다.

그러나 운보는 여전히 잠을 설쳤고 잘 마시지도 않는 양주까지 들
이키면서 아침이 되도록 우두커니 앉아 있었다. 밤새껏 잠을 설친 우

향은 억지로 토스트 한조각으로 식사를 마치자마자 대사관에 전화를
했다.

"여기 간첩을 신고합니다…… 저희 연락처는 ××호텔입니다만."

장시간에 걸쳐 설명을 하니 운보가 조금 안정되는 것 같았다. 그러
나 그런 엉뚱한 일로 간첩 신고를 한다면 아침부터 대사관 업무만 방
해한다고 퉁명스럽게 면박당할 것이 분명했기 때문에 전화는 상대도
없는 연극이었다. 그렇게라도 하지 않으면 운보의 성화에 그날부터의
스케줄은 허사로 돌아갈 수밖에 없었다.

그리고 장본인에게는 전화를 걸어 자초지종을 설명하고 필담과 사
진 일체, 녹음 테이프를 가져와서 설명하라고 했다. 호텔로 출발하기
직전에 연락을 받는 가이드 학생이 지니고 있던 운보에 대한 것을
모두 가지고 와서는 자신이 디자인을 전공하는 학생이며, 평소부터
존경해 왔고, 위대한 예술가의 흔적을 간직하고 싶어서 우향에게 허
락을 얻어 수집했을 뿐이라는 설명을 하니 조금 누그러졌다.

"나는 나를 납치해서 북한으로 데려가려고 온 사람인줄만 알았어요."
하면서 어느새 호텔 밖으로 나가서 번개같이 거리를 스케치하던 운보.

비행기 안에서 기념촬영을 하느라 관광객들이 플래시를 터뜨리면
서 포즈를 취하면 그 각도나 장면들을 기억해 두었다가 자신을 찍으
려고 했다는 의심을 풀지 않는 그의 편집적 의심증은 상상을 초월하
는 것이다.

이러한 피해의식에서 비롯되는 습관들은 대인관계에서도 자주 나
타나서 필요 이상으로 상대방을 의심하고 오해하는 경우가 빈번했으
며, 그로 인해 서로의 관계를 악화시키는 일이 적지 않았다.

이는 일반적으로 다른 장애자들에게서도 자주 나타나는 현상으로
서 운보 개인의 성격에서 비롯된 것만은 아닐 것이다.

이런 성격과는 조금 다르지만 농아이기 때문에 어쩔 수 없었던 에
피소드도 한두 가지가 아니다. 그 중 대표적인 것 하나를 소개하면,

지금의 1만 원권 세종대왕 초상을 그릴 때의 일화이다.

문교부 직원이 제작상의 일로 운보와 1시에 약속을 하고 성북동을 방문했다. 그런데 운보는 이를 까마득히 잊어버리고 위쪽 가건물 화실에서 문을 잠그고 깊이 잠이 들었던 것이다. 문을 흔들면서 목청껏 불렀는데도 잠만 자는 것이었다.

문을 열려고 한들 안쪽에서 잠근데다 단단한 구조를 뜯어낼 수도 없었다. 하는 수 없이 사다리를 창문에다 받쳐놓고 올라가 긴 대나무 하나를 꺾어 들여보냈다. 길이는 닿았는데 이번에는 어떤 부분을 건드리느냐가 문제였다. 잘못했다가 그 불 같고 변화무쌍한 성미를 건드려 화라도 내는 날에는 초상화고 뭐고 다 날아갈 판이니 신중을 기해야 했다. 몇 사람이 쑤군거리다가 발바닥을 간지럽히는 것이 가장 상책이라는 결론을 내렸다. 그래서 살—살 발바닥을 간지럽히니 운보는 꿈결인줄 알고 다시 그 큰 배를 바닥에 드러눕히는 것이었다. 더 세게 몇 번을 반복한 뒤 운보를 깨워 안으로 들어갈 수 있었다. 그 문교부 직원은,

"아예 다음부터는 주무실 때 다리에다가 끈을 매달고 주무시지요. 그러면 훨씬 마음 놓고 주무실 수 있을 텐데요."

이번에도 운보는 허—허 이마를 만지며 어린 아이처럼 웃고만 있다가,

"그럼 내가 귀머거리란 말이오?"

그의 이러한 기발한 해학적 공격에 여지없이 웃음바다가 된다. 운보는 마치 민화에 나오는 호랑이와 까치 그림처럼 해학적인 재치가 언제나 몸에 배어 있다. 어느 면에서는 노골적이고 유치한 욕심을 맨살 드러내듯이 빠끔히 들여다보이다가도 이 해학 때문에 그만 손을 들고 마는 경우가 많았다.

그러면서도 그는 고집이 세고 주관이 뚜렷했다.

당시 인사동에서 운보의 그림은 물론 현대화랑이나 다른 몇몇 군데

에도 있었지만 동문당同文堂 최태호와 심도식이 마치 친구처럼 교우
하며 많이 다투었다. 그런데 고객이 그림을 주문해 왔을 때가 문제였
다. 어떠어떠한 스타일과 소재로 그려달라는 토를 달면 운보는 대뜸,
 "작가가 그리는 것이지 주문하는 사람이 그리나. 자기더러 그리라
고 그러시지."
하면서 역정을 내는 것이었다. 결국 어렵게 작품을 받아가면 고객은
자기 주문대로 되지 않았을 경우 난색을 표하는 것이었다. 두 사람은
이러지도 저러지도 못하고 허둥댈 때가 한두 번이 아니었다. 그러나
그의 의리나 의협심은 이렇게 난처했던 일을 한순간에 식게 하고 만다.
 70년대 중반쯤의 일이다. 서울시의 모 경찰서장이 심도식을 찾아왔
다. 운보의 그림이 갖고 싶은데 돈이 없으니 어떻게 하면 좋겠느냐는
것이었다. 심도식은 곰곰이 생각다 못해,
 "그러면 당신의 한달 월급봉투를 뜯지 말고 그대로 들고 찾아가
뵈면 그도 움직일 것이다."
라고 조언해 주었다.
 사실 당시에는 이미 국내 미술시장에 동양화의 인기가 상승하기
시작하여 경찰서장의 한달 월급으로는 불과 손바닥만한 소품밖에는
살 수 없었던 시절이었다.
 그 경찰서장은 심사장이 시키는 대로 누런 월급봉투를 들고 성북
동을 찾아갔다. 그랬더니 운보는 두말하지 않고 최소한 그 봉투값의
10배는 됨직한 그림 한폭을 그려 주면서,
 "도둑놈이나 많이 잡아 주시오."
라고 하면서 악수를 청하는 것이었다.
 그러면서도 운보는 부모와 스승에 대한 효성이 극진했다. 스승 이
당 김은호 선생을 자신이 근무하는 수도여사대에서 모시고 있으면서
자식처럼 받들었고 평생 누구를 만나기라도 하면 스승 자랑을 그칠
줄 몰랐다. 그런가 하면 줄곧 어머니의 생각으로, 노후에는 어머님

곁으로 낙향할 뜻으로 72년 어머니 윤명의 고향인 충북 청원군에 2
만5천 평의 산을 사들이게 된다.

이러한 운보의 다각적인 면면은 마치 한 마리 인간 호랑이와 같은
외형적 풍모에서도 나타나지만, 선천적으로 풍부한 감성과 지나칠 정
도로 센 명기命氣를 타고난 그의 운명이라고나 할까.

시대에 획을 긋고 간 많은 예술가들의 삶에서도 쉽게 엿볼 수 있
지만 그들은 자신의 예술세계에 흠뻑 젖어 각종 기이한 습성 등으로
평범을 거부한다. 물론 그들은 의식적으로 평범함을 거부하는 것이
아니라 선험적인 감성, 그리고 인식으로 표출되는 잠재의식 그 자체
로서 불쑥불쑥 돌출되어진다. 흡사 삶 그 자체의 단면단면들이 한 편
의 소설처럼 말이다. 그러나 그들의 일탈된 기행이나 생활습관 등을
유심히 살펴보면 그 예술세계를 이해하는 데 적지 않은 도움이 된다
는 것을 깨달을 수 있다. 결국 그 연장선의 지평 저 너머에는 그들의
예술세계가 있기 때문이다. 이러한 면에서 보면 마틴 부버가,

화가의 시각 자체는 이미 하나의 회화이다. 왜냐하면 그가 보는
것은 그의 육체적인 눈이 지각하는 것만을 의미하지는 않기 때문
이다. 그것은 시각이 창출해 내는, 이차원적으로 고양된 그 무엇이
다. 그리고 이러한 산물은 이후에 생겨나는 것이 아니라 보고 있는
중에 나타나게 된다. 그의 청각, 그의 후각조차도 이미 회화이다.
왜냐하면 그것들은 화가로 하여금 사물의 회화적 특징을 풍부하게
느끼게 해주기 때문이다. 그것들은 화가에게 감각뿐 아니라 자극까
지도 제공해 준다.

라고 말한 것은 너무나도 당연하다. 운보의 독특한 기행奇行들 역시
모두가 그 예술세계를 이해하는 데 직접적인 도움이 된다. 그의 어린
아이 같은 웃음과 일탈된 행동들에서 곧 그의 색채와 형상과 터치가

샘솟고 있는 것이다.

우선 영혼 저 깊숙한 곳으로부터 불길처럼 타오르는 창작 열기가 그렇고, 어느 작가보다 다양한 작품 경향의 창출이 그러하다. 그의 작품은 기하학적인 분석과 분할보다는 직관을 중심으로 제작되어진다. 그리고 그의 전통적 사상에 대한 끈질긴 연구와 집착은 유교적 입장으로까지 연결되는 효孝의 정신에서 찾아볼 수 있다.

다른 한 측면, 즉 지독한 독선적인 성격에 있어서 만큼은 그 자신에게만 해당되는 것이 아니라 모든 예술인들에게서 찾아볼 수 있는 독재적인 특징이라고 보는 것이 옳을 것이다.

현대 미술의 아버지라고 불리우는 폴 세잔이 한동안 사과를 통한 입체적 분석에 심취했을 때 그의 모델에게,

"한 알의 사과가 되라."

라고 한 말은 예술가의 독선을 엿볼 수 있는 유명한 말이다.

그만큼 예술가들은 무법적인 자아도취에 빠져서 현실로부터 유리된 행동들을 자주 돌출시킨다. 그러나 이같은 폐쇄된 사고나 행동은 거시적 시각에서 보면 이해가 쉽지만 그의 주변에서 쉴새없이 시달림을 당해야 하는 사람들은 정신과 치료를 받아야 할 정도로 괴로울 수밖에 없다.

많은 예술가의 주변에서 함께 살았던 여인들이 그랬다. 하지만 우향은 여기에 운보가 장애자라는 또 하나의 장벽을 넘어야 할 뿐 아니라, 그녀 자신도 예술가였으므로 폐쇄된 소우주일 수밖에 없다는 사실에 직면했고, 아무리 운보가 다정다감한 또 다른 면이 있었다 해도 그 이유로 인해 역사적인 화가와 함께 살았던 그 누구보다도 평생을 괴로워해야만 했다.

'가까이 가면 뜨겁고 멀리 있으면 추워지는 사람, 운보.'

이 말은 주위 사람들이 60대와 70대의 그를 단적으로 표현한 것이다.

그만큼 그와 가까이 있으면 언제 불을 당길지 모를 정도로 뜨거운

체온을 소유한 사람이라는 뜻이고, 또 멀리 떨어져 있으면 춥고 또 그리워진다.

우향은 이와 같은 양극단을 제멋대로 넘나드는 남편과 살아야 했던 것이다.

운보를 닮은 세종대왕

우여곡절 끝에 운보는 1973년 이병두·이희승·신서호·스승 김은호의 고증을 받아 9개월 동안 세종대왕 기념사업회의 주문으로 세종대왕상을 그려서 탄신 5백76주년을 기념해 홍유릉 세종대왕기념관 일대기실에 봉안하게 된다. 어진御眞인 셈이다.

얼마 전까지만 해도 나라의 어용화가가 아니면 엄두도 못 낼 일을 운보가 그리게 된 것이어서 잔뜩 긴장을 하고 재료부터 급히 구했다. 마침 일본에 있는 친구 우사미 쇼고[宇沙美少吾]와 연락이 되어서 천과 물감 등을 준비한 다음 밑그림부터 차분히 그려나갔다. 그런데 문제는 아무도 세종대왕을 본 적이 없으니 그 문헌상의 고증이란 것도 들쭉날쭉일 수밖에 없었다. 뿐만 아니라 몇 살 정도의 대왕상을 그려야 가장 위엄 있어 보이느냐 하는 문제도 있고, 사실에 근거하여 그려야 하는 문제도 제기되었다. 어쨌든 기념관에 봉안한다면 역사적 존엄성도 고려되어야 하기 때문이다.

고증에 골머리를 썩이면서 학교만 끝나면 바로 인사동 화실로 직행해서 목욕 재계 후 향을 피워 놓고 작품에 임할 정도로 정성을 쏟았다. 우향도 없고 해서 때로는 인사동에서 침식을 하다시피 한 날이 적지 않았는데, 이당 선생이 가끔씩 들르는 것이었다. 운보가 육순이

되었건만 이당에게는 마냥 어린 아이처럼 보였다. 그런데 문제는 화실에 들어서기가 무섭게,

"기챙아! 좀 그려보았어? 이래가지고서야 어진이라고 할 수 있겠느냐?"

라고 하며 숨 쉴새도 없이 목탄으로 그려놓은 대형 초상화의 얼굴을 지우는 것이었다. 그리고는 그 유려한 필선으로 운보가 그려놓은 윤곽선을 가감하여 밑그림을 그린다.

82세의 노구이지만 일찍이 소년 시절에 고종高宗 어진, 즉 고종황제의 초상화를 그린 그로서는 제자의 어진이 마음에 들지 않는 모양이다. 〈청출어람靑出於藍〉이라는 말도 있지만 사실 당시의 운보는 이미 스승의 경지를 멀찌감치 넘어서 있었다. 이당의 말년은 사실상 이묵헌 시절의 이당이 아니었다. 그만큼 미술계가 성장해 있었고, 비교도 안 될 만큼 가치관이나 미술계의 규모, 인재 양성이 눈부셨다.

운보도 이묵헌에 입문하던 17세의 소년이 아니었다. 이미 그는 이땅의 미술계에서 최정상급 작가로서 작품에는 세계적 안목을 겸비한 노련한 사실성이 진하게 배어 있었고, 미술시장에서도 이미 이당의 가격을 웃돌고 있을 정도였다.

한참 동안 세종대왕의 어진을 만지던 이당이 차 한잔을 마시고는,

"임금님의 초상화를 그릴 때는 언제나 몸가짐과 마음 모두가 정갈해야 되는 법이다."

하면서 숨찬 걸음으로 계단을 되내려 간다. 운보는 스승이 수정을 하는 동안 거의 무릎을 꿇고 죄스러운 표정이 되어 연신 시중을 들다가 스승이 가신 다음에는 한동안 뚫어지라고 살펴본다. 그리고는 고통스러운 표정으로 다시 수정한 부분을 지워 원래대로 복귀를 시켜놓는다. 그러나 이당은 며칠 후 불현듯 다시 방문을 하여,

"기챙이 어디 갔느냐?"

하면서 화판 앞에 앉는다.

운보는 황급히 의자를 내밀고 차를 준비한다. 그 사이 이당은 벌써 헝겊을 들어 세종대왕을 성형수술하고 있다. 이전과 비슷하게 그려 놓은 턱이며 볼이 영락없이 이당 김은호를 닮았다.

모든 화가들이 그렇듯이 물론 그 자신은 전혀 인식하지 못하고 있지만 결과적으로 그 초상은 자신을 닮아가고 있었던 것이다. 이당이 돌아간 후 운보는 양심의 가책에도 불구하고 헝겊을 들고 다시 스승의 얼굴을 지워 버린다. 그리고는 결국 운보를 닮은 대왕상을 그려넣는 것이다. 물론 자신의 그림이 자신을 닮는 것은 그 자신이 전혀 알아차리지 못하는 잠재의식으로부터 비롯된 현상이었다.

이러기를 몇 번인가 반복하다가 결국 영정이 완성되었고, 그 모습은 물론 운보와 닮아 있었다. 그리고는 이 작품에 기초하여 75년에는 1만 원권 지폐에 인쇄된 상반신만을 다시 그리게 되었다.

그런데 이 영정에 대해 이의가 제기되었다. 인간문화재이자 종묘원 전이사宗廟院典理事로 있던 이재범의 이견이었다. 세종이 50세에 승하했음에도 그림 속의 수염으로 보아서는 70세쯤은 되어 보이고, 덥수룩한 흰 수염 대신 양이 많지 않은 검은 수염이 평범히 그려졌으며, 《세종실록》에 의하면 김종서를 인견하는 자리에서,

내가 풍병風病을 얻어 양쪽 어깨 사이가 무시로 쑤시고 통증이 발작하며, 또한 내 나이 올해 33세인데도 수모鬚毛 양쪽이 급작스러이 세었구나. 이는 내가 다병多病한 탓이로다.

라고 했는데, 여기서 수모鬚毛는 구레나룻, 즉 귀 밑에서 턱까지 난 수염을 말한다는 주장이다. 그렇게 보면 33세의 나이에 구레나룻이 희게 세었다면 50대에는 더욱 길게 자라 턱을 완전히 덮었을 것이라는 주장이었다.

뿐만 아니라 세종은 평소 고기를 잘 먹지 않았는데 이를 위장이

좋지 않은 것으로 보고, 여러 질병에 시달렸고 나이보다 노쇠했다는 기록에 근거하여, 그가 운보의 그림에서처럼 건강한 모습이 아닌 여위고 주름살이 있는 모습이라야 된다는 것이다.

이같은 의견이 발표되자 고증위원들까지 합세하여 갖가지 요청이 많았으나 운보는 그것을 모두 그대로 들어 주기에는 지나치게 근거가 없는데다가, 역사적 기록화라는 점에 있어서는 존경받는 인물로 이상화할 수밖에 없는 필연성이 있다는 점을 강조하면서 그 고충을 털어놓았다.

그후 운보는 〈김정호〉·〈조헌 의병장〉·〈달마상〉·〈신숭겸 장군〉·〈문무왕〉 등의 많은 영정을 제작하지만 세종대왕 영정에 쏟은 정성에는 따르지 못했다. 아이러니한 것은 그런 역사적 의미를 갖는 영정의 초상이 결국 화가의 얼굴을 닮고 있다는 사실이다. 작가 내면에서 흐르고 있는 묘한 본능이랄까. '모든 시詩나 소설은 자화상이다'라는 말과 같이 예술가들의 자아중심적인 대상의 해석방식은 어쩔 수 없는 일인 것도 같다.

특히 운보에게 있어서는 더욱 그러하다.

사랑과 그리움

"어느 작가에게서도 느끼지 못하는 뜨거운 호소력, 불덩어리째 울려오는 원동력이 가슴을 흔들어 놓았지요."

이후에 홍대 교수가 된 제자 이경수의 말이다. 그는 분명 이와 같은 불타오르는 원동력을 그리움으로 일관한 채 60대의 인사동 시대를 맞이했다.

인사동 시대.

즉, 그의 나이 50대 후반기와 60대 전반기는 고독과 기다림의 연속이었다. 당시 운보는 우선 성북동 식구, 뉴욕의 우향과 장녀 현, 인사동 화실 등의 살림을 경제적으로 책임져야만 했다. 당시만 해도 아무리 인기가 있었다지만 아직 동양화붐이 절정에 달하기 이전이었고 그림값 역시 그리 높은 편은 아니었다.

이같은 현실적인 어려움과 함께 참기 힘들었던 두 가지가 있었다. 하나는 그 이전부터 줄곧 조금씩 쌓여왔던 문제지만 미술계의 학파·계보간의 비열하기까지 한 경쟁과 비리, 그 타락에 대한 심한 환멸이었다. 이는 주로 〈국전〉 심사를 중심으로 해서 비롯되었고, 고질적이었던 여타 미술계 구조에 대한 울분이었다.

이 시기 그는 〈국전〉에 69년부터 74년까지 한해만 제외하고 연속 심사위원에 위촉되었지만 전시에는 참가하지 않음으로써 무언의 시위를 벌였다. 이같은 현실 속에서 당시의 그의 미술계 활동은 물론 교우관계에 있어서도 극히 제한된 몇몇 사람들과만 교류했을 뿐으로, 거의 홀로서기 시대라고 볼 수 있다.

비교적 가깝게 지냈던 사람으로는 역시 고 최순우 전 국립중앙박물관장이었다. 그리고는 대개가 후소회 멤버나 백양회 옛 화우들 중 일부였을 뿐이다.

그의 이러한 측면에는 물론 언어적 장벽이 가장 큰 요인이 될 수도 있을 것이나 그의 성격적 특징도 무시할 수는 없다. 때로는 상대로 하여금 신경질적으로 시달리게 만드는 의심증과 고집도 그렇겠지만 현실적 타협을 원치 않는 성격과 학파간의 선·후배적 뿌리가 없는 그의 외로운 위치 역시 적지 않은 요인이 되었다. 그는 미술계에서 독특했고, 마치 마을 어귀에 듬성듬성 서 있는 외로운 느티나무와 같은 입장이었다고 할까. 이러한 처지는 사실상 7,80대 역시 마찬가지여서 세상에 알려진 그의 화려한 삶과는 너무나도 차이가 있다.

다른 하나의 고독은 우향에 대한 그리움과 번민이었다.

뉴욕에 남겨두고 온 우향에 대한 운보의 그리움은 비단 정신적인 동반자로서의 사랑, 그런 것만이 아니었다. 그동안의 체험을 통해서 비로소 현실적으로도 우향이 차지하는 자리는 너무나 크고 거의 필연적이었다는 것을 느끼게 되었기 때문이었다.

그의 비서이자 부인이자 집안의 어머니이자 작가·교수였던 그녀는 확실히 여자라기보다는 여인이라는 표현이 어울렸다. 운보는 그녀를 '아내라기보다는 가깝게 범하기 어려운 여인'이라고 자주 표현하고 있지만, 그녀가 없는 자리는 정신적으로도 운보에게는 적지 않은 허탈감을 불러일으켰다.

그러나 운보는 편지나 전화 중의 어떤 방식으로도 우향의 귀국을 직접적으로 전달하고 싶지는 않았다. 그녀 자신이 스스로 돌아와 주기를 기대했고, 그것만이 모두를 위한 길이라고 생각했다. 문득문득 막내 영이나 둘째 선이 학교에서 돌아오면서 지친 모습을 하고 있을 때는 더욱 그 기대감이 배신감이라든가 허탈감으로 전환되어 동지적 부부라는 그 진정한 의미에 대한 회의만이 남았다.

비록 자존심과의 대결이기도 했지만 뉴욕 체재 5년을 지나면서부터는 견디기 힘들 정도의 현실적 스트레스가 여러 형태로 나타났다. 그 여파인지는 모르지만 건강에도 이상이 생기면서 진정한 동지라고 한다면 자신과 아이들을 이토록 내버려 둘 수는 없는 것이라는 원망 섞인 미움이 내뱉어졌다.

한편으로는 우향을 생각하면 왠지 뉴욕의 지하철에서 빌딩 숲 사이로 반쯤 보이던 보름달이 연상되었다. 마치 그 반쪽짜리 보름달만을 슬프게 바라보는 자신의 연민과 사랑과 미움이 뒤범벅이 되어 있는 것 같아 처량해지기까지 했다.

"돌아오지 않으려고 저러는 것일까? 아니 그렇진 않겠지. 한동안이라고 분명히 말했었고, 올해쯤에는, 내년쯤에는. 아이들이 어떻게 생각할까…… 그래 현, 당신을 슈퍼우먼이라고 인정하겠어. 없으니 그 자리가 크다는 것을 실감하겠다구. 그러니 이제 좀 돌아오시지……."

그는 거의 매일같이 우향을 생각했다. 그가 쓰던 붓이며 벼루며 화구畵具를 바라보면 센트럴파크의 장면들이 마치 영화의 한장면처럼 생생히 스쳐갔다.

운보는 기다림에 대한 많은 번민을 했다.

그러면서도 누구에게나 선뜻 내뱉을 수 없는 자신만이 간직한 이 번민은 누구도 아닌 그 스스로가 선택했던 부부의 길이었고, 번민이 얼룩진 5년여를 통해 미움과 그리움으로부터 걸러진 다른 차원의 동지적 사랑과 같은 미묘한 개념을 어렴풋이 느끼게 되었다.

어제 엄마에게 국제전화를 걸자 엄마는 '마이애미와 하와이의 국제판화전에 각각 1점과 2점이 입선되었다'는 반가운 소식을 전해 주셨습니다. 오랜만에 멀리 떨어져 있는 엄마의 음성을 들었습니다. 하지만 아빠는 엄마와 언니의 건강과 불편한 점을 묻고, 엄마도 아빠도 저희들의 안부를 묻노라 정작 저는 아무 말도 엄마와 나누지 못한 셈이 되었어요. 엄마는 "자세한 이야기는 편지로 할게. 너도 편지 좀 하렴" 하고 짧은 통화는 끝났습니다. 에티켓이라기보다 통화료 때문이죠. ……엄마, 남들은 납득하기 어려운 아빠가 음악영화를 좋아한다는 사실을 엄마는 어떻게 해석하세요? 엄마와 함께 많이 구경하셨다죠? 《가극왕歌劇王 카루소》·《오케스트라의 소녀》·《미완성교향곡》……. 이런 음악영화를 아빠는 몇 번이나 되풀이해서 보셨답니다. "같은 예술가적 입장에서 서로 통하는 점이 있다"고 아빠는 말씀하십니다. 제 생각으로는 아빠가 실제로 들을 수 없는 음악의 아름다움을 그 분위기로라도 느끼고 싶어하시는 것 같아요.

하지만 아빠는 "귀가 다시 들리는 것을 원치 않는다"고도 하십니다. 물론 이 말씀이 꼭 진심은 아닐지도 몰라요. 그러나 아빠는 '눈을 뜨게 되자 세상의 추한 것을 알게 됐다'는 렐트르튜의 불행 같이 욕설·험담·소음 등 세상의 소리를 듣게 될까 봐 그러시나 봐요. 그러면서도 "아내나 아이들의 목소리를 한번만이라도 들을 수 있다면 얼마나 좋을까"라고 술회하신 적이 있습니다.

엄마, 이런 이야기 들으신 적 있으세요? 아빠의 귀에 때때로 음악이 들린다는 사실을. 아빠는 완전히 청각을 상실하셨어요. 어떤 센 음파도 아빠의 고막을 울리지 못합니다. 그런데 아빠는 가끔 우렁차고 혹은 감미로운 소리를 혼자 듣는다는 거예요.

아빠가 우리의 목소리를 듣지 못하듯 우리도 아빠만의 귀에 들리는 그 소리는 듣지 못합니다. 아빠는 그 음악을 색채로 알려 주십니다. 우렁찬 음악은 아빠가 가장 좋아하는 초록색, 너무 싱싱해서 푸른 기까지 도는 첫여름의 초록색, 엄마나 저희들의 목소리는 "노랑이나 자주색일 테지"라고 하세요. 저 역시 아빠만의 귀에 들리는 음악이 아빠 작품의 색채처럼 아름다울 거라고 생각합니다.

요즘 저희들은 기타를 치며 노래를 부릅니다. 아빠는 가끔 제 기타를 뺏어 혼자 치시며 노래도 하세요. 가사도 없이 소리로만 나오는 그 곡은 아빠만의 세계에서 애창되는 동요죠.

아빠처럼 육체적인 불행을 극복하고 성공하기란 어렵습니다. 하지만 이렇게 순수하고 즐겁게 살기란 더욱 어렵습니다. 그래서 나는 아빠를 존경하기보다 사랑하는 감정이 더 큰 것 같아요.

요즘 아빠의 생활을 알려 드려야죠. 좀 컨디션이 나빠지셨어요. 어느 한의사가 진맥을 하고 "코끼리의 몸에 벼룩의 맥"이라고 하시더래요. 요즘 한약을 잡숫는데 가끔 작품에 몰두하다 약 먹기를 잊을 때도 있어요.

귀가시간은 거의 7시 이전. TV를 즐겨보시고 그 중에도 외화나 〈여보 정선달〉이라는 우리의 고전 해학극을 좋아하십니다.

또 골동품과 고서화 수집에도 열을 올리세요. 그 중에서는 20대의 아빠 그림들을 다시 사들인 것도 있죠.

가끔 저는 남들에게서 "어머니가 너무 오래 떠나 계신데 아버지께서 바람 안 피우시냐?"라는 농담조의 질문을 받습니다. 물론 아빠도 그런 말을 듣죠.

"이미 그런 감정의 시대는 지났잖아요. 정말 염려되는 것은 우리가 노후에도 자기 예술을 지닐 수 있느냐는 것입니다." 아빠는 이렇게 대답하십니다. 그러나 아빠가 유일한 외도를 하신 게 있습니다. 엄마와 의논도 없이 농장계획을 세우신 것 말이에요. "엄마가 옆에 있으면 땅을 못 샀을 거야"라며 아빠는 회심의 미소를 지었는데 엄마는 뒤에 이 사실을 듣고 역시 반대하셨죠.

내년이 아빠의 회갑입니다. (남편이 그렇게 늙었다고 느껴본 적 있으세요?) 그런데 아빠는 회갑연을 없애고 고희 때 지금까지의 작품을 모아 대大회고전을 여시겠답니다. 그때에는 지금까지 화가 운보雲甫의 작품에 대해 의문과 우려를 품었던 분들에게도 "명확한 대답을 하겠다"고 하세요.

47년 두 분이 결혼하신 후 국내에서 8번, 외국에서 5번의 〈부부전〉을 가졌습니다. 아빠의 대회고전을 위해서 엄마도 그곳에서 더욱 정진해 주시기 바라겠어요. 그래서 "떨어져 있었기 때문에 더욱 작품으로 융합될 수 있었다"고 말할 수 있는 새로운 〈부부전〉을 기대합니다. 안녕히 계십시오.

1973년 4월 8일 밤 딸 선璇 올림.

그 시절, 운보가 우향을 향해 번민이 얼룩지던 그때에 공교롭게도 이 시대 한 세기쯤은 앞서서 혁명을 일으켰고, 천재적 거인이라 불러도 손색이 없을 파블로 피카소가 91세로 6천여 점의 작품을 남기고 숨을 거둔 73년 4월 8일 바로 그날 아침에 둘째 딸 선이가 어머니에게 가슴 뭉클한 이 편지를 보낸 것이다.

편지에서처럼 선이와 영이는 홀로서기를 하고 있는 아버지를 지켜보면서 존경하기보다는 사랑한다는 보다 절박한 표현을 할 정도로 아버지에게 접근하고 있었다.

그것은 딸로서 아버지에게 느끼는, 무엇으로도 대신할 수 없는 값진 체험이었다. 예술가로서의 아버지보다는 한 평범한 인간으로서의 아버지를 진하게 느낄 수 있었던 것이다. 선이는 그때 이미 수도사대 응용미술과 졸업을 앞두었고, 영이는 수도사대에서 동양화를 전공하여 현·완을 이어서 미술가족이 되었다.

그래서였을까.

가장 예민한 나이인 여고 시절부터 대학까지 두 딸은 비록 어머니를 느끼지는 못했지만 아버지를 통해서 예술가의 삶을 어렴풋이나마 유추할 수 있었다. 그리고 예술가의 삶에서 고독이 지니는 의미라든가 현실로부터 닥쳐오는 부단한 장애적 요소들에 대해 실감하게 되었다.

그래서 선이는 조금이라도 어머니의 자리를 메워 드리려는 노력을 했다. 그러나 아버지가 가끔씩 빈 허공을 응시하면서 거친 숨소리만을 내쉰 채 어떠한 반응도 거부할 때는 한계를 느꼈다. 아버지와 어머니, 그리고 그 사이에 낀 어떤 예술적 고뇌, 그리고 현실.

이 많은 것들이 모두 아버지만큼 우뚝 선 커다란 바윗덩어리로 느껴졌다.

둘은 자주 어울렸다. 그리고 어울리려고 노력했다.

노래도 부르고 먹도 갈고 영화도 보면서.

선이는 아버지에게 푸른 정원과 같은 공간을 제공해 주고 싶었다. 그러나 여전히 운보는 쓸쓸했고 그 비애적 기다림은 지루해 보였다.

"아빠, 엄마에게 편지 쓰세요. 내일이라도 당장 오시라구요. 아빠가 요즘 저 맥없이 떨어지는 낙엽들처럼 너무 지치고 외로워 보여요."

두 손을 허공으로 치켜들고 입을 비쭉거리며 운보는 '어찌할 거야' 같은 표정으로 웃을 뿐이었다. 그리고 한참 후,

"아빠는 뉴욕에서 약속을 했다. 결혼식 때 한 그 약속을 꼭 지켜주기로. 서로의 작업에 방해가 될 때는 미련 없이 헤어진다는 것 말이야. 그러나 지금은 그렇게 헤어지기까지는 않았지. 다만 서로의 창작을 위해 여백을 갖는 거란다. 저 화선지에 흰 여백이 있어야 하듯이……."

쓸쓸히 그야말로 여백과 같은 알 수 없는 회한의 미소를 띠운다.

우향의 뉴욕 체재가 장기화되면서 그렇지 않아도 말 많은 미술계에서는 갖가지 추측이 나돌았다. 우향이 운보와 완전히 이혼을 했다든가, 우향이 귀머거리 남편을 두고 도망을 쳤다든가, 돈이 없어서 공장 직공으로 취직해서 비참한 생활을 하고 있다든가, 귀머거리 남편과 아이들을 놔두고 그럴 수 있느냐는 비난과 추측들이 꼬리에 꼬리를 물고 이어졌다.

들을 수 없는 운보이기 때문에 더욱 그러했을까.

아니면 운보의 그리움이 더 절박해져 가기 때문에 그러했을까. 이러한 소문에 아랑곳하지 않고 적어도 이 시기까지의 운보는 사생활적인 면에 있어서는 가히 청교도적인 생활을 했다고 말할 수 있다. 더욱이 여자관계란 상상도 할 수 없었다.

언젠가 당대의 명의로 손꼽히는 친구 유모 박사와 요정급에 속하는 한식집에 들렀을 때이다. 평소 유박사는 월전 장우성과 죽농 서동균에게 사사를 받아 그림 실력이 상당한 경지에 있었고, 운보를 존경하고 높이 평가했다. 그런데 운보가 그날따라 매우 외로워 보였다. 유박사는 생각다 못해 다음날 그 한식집에서 시중을 들던 미모의 아가씨 한 사람을 특별히 부탁해서 인사동 운향화실로 무조건 가보라고 했다.

사례도 톡톡히 치르고 운보를 편안히 모시라는 특명을 내렸다.

그 여자는 이튿날 유박사의 부탁대로 고운 한복을 차려입고 요염한 모습으로 운향화실의 문을 두드렸다. 문을 열자 여자의 화장품 냄새가 짙게 풍겼다. 마침 그림을 그리고 있던 운보의 얼굴이 달아오르면서 갑자기 당황했다. 분명 어제 그 한식집의 여자인 것으로 보아 유박사의 장난이라는 생각이 번뜩 떠올랐다.

그 여자는 옷고름을 수줍게 꼬아올리면서,

"선생님, 유박사님께서 특별히 모시라고 해서 왔습니다만……."

말이 떨어지기가 무섭게 운보는 화실 바닥에 갑자기 담요를 까는 것이었다. 아가씨는 영문을 모르고 우두커니 서 있는데, 그 위에 벼루와 붓·종이를 놓아 주고는 난데없이 그림을 그리라는 것이다.

"자—— 여기서 저 묵난墨蘭을 본떠 그려봐. 여기는 사군자를 치고 그림을 그리는 곳이야. 거기서 먹을 갈고 있으면 아가씨 마음이 한결 예뻐질 거요."

겸연쩍어진 여자는 두말 않고 얼굴이 홍당무처럼 붉어지면서 인사도 잊은 채 도망치듯 계단을 뛰어내려 갔다.

해 후

세종대왕 영정 제작과 후속 작품인 〈강무도講武圖〉를 다 그린 73년 후반기에 뉴욕으로부터 편지가 날아왔다. 그녀가 늘상 쓰는 형용사적 인사와 함께 장녀 현효이 결혼을 하게 되었다는 소식이었다. 겨울이 다 되어서 오랜만에 케네디 공항을 밟았다.

얼마나 변했을까…… 내심 아내의 모습이 궁금했다.

우향은 흰 투피스 차림으로 출구에서 기다리고 있었다.

운보는 우향을 멀리서 보자마자 그녀를 향해 우선 손을 치켜들어 수화로 인사를 했다.

우향도 사랑한다는 수화를 손으로 한참을 말하고 있었다.

"오랜만이야, 현."

"당신두요. 살이 좀 빠지셨군요. 고생 많았지요?"

둘은 잠시 말이 없다가 가볍게 포옹을 했다. 떠날 때처럼 운보는 이 범접하기 곤란한 운명의 아내에게 다시금 재회의 키스를 해주었다.

차창 밖에 비치는 맨해튼의 빌딩 숲, 이곳의 밤은 바로 인조적 은하수를 연출하는 현대 문명의 삐에로와 같은 게 아닌가……. 우향의 모습이 끝간 데 없이 솟아 있는 빌딩들과 함께 차창에 비춰지면서 쏜살같이 스쳐갔다.

2109 Broadway, APT 6-94, N. Y.

우향이 거처하는 조금 낡은 건물이었다.

방안에 들어서자마자 진한 기름 같은 잉크 냄새가 코를 찔렀고, 어둑어둑한 실내는 약 30여 평 남짓의 원룸으로 된 작업실 겸 주거공간이었다.

불을 켜니 판화 인쇄용 기계가 놓여 있고, 실험하다 만 작품들이 어지럽게 바닥에 뒹굴고 있었다. 마치 쓰레기통같이 느껴질 정도로 검은 잉크가 묻혀진 종이들이 구겨져 있는 한구석에는 채 완성되지 못한 흔적들이 드문드문 찍혀 있었다.

운보는 가방을 던져놓자마자 자신의 아내가 거처하는 곳에 온 것이라는 사실보다는 한 여류작가의 스튜디오를 방문한 듯한 것처럼 긴장된 표정으로 흥분이 되어 우선 그 구겨진 종이 몇 장을 불빛에 가까이 대고서 자세히 살펴보았다. 그리고 우향의 작업이 상당히 천착된 세련미를 한눈에 읽을 수 있었다.

"다른 작품들 좀 봅시다. 그 고생한 결과가 가장 궁금해요."

우향은 그렇지 않아도 성미가 급한 운보를 위해 며칠 새에 열서너 점의 판화를 준비해 두었다. 한 장 한 장을 넘길 때마다 운보의 표정은 변해 갔다.

"놀라워. 최선을 다한 흔적이 역력해. 역시 현은 저력이 있어."

"뭘요…… 이제 시작인데. 그러나 당신이 그렇게 평가해 주니 고마워요. 사실 저도 당신의 의견이 어떨지 궁금했거든요. 우리는 항상 서로의 비평가였잖아요."

그리고는 그동안 제작했던 작품들의 자료와 하와이 판화전에서 입상한 작품 등 여러 사진들을 보여 주면서 변천과정을 구체적으로 설명했다. 뿐만 아니라 판화기계 다루는 법과 기법적 단계들을 설명했다. 그리고 한참이 지나서야 우향은 아직 외투도 벗지 않은 운보의 모습이 눈에 들어왔다.

"제 정신 좀 보세요. 외투도 벗지 않은 채 이렇게 작품 자랑만 하다니."

그녀는 확실히 함몰되어 있었다.

운보가 서울에서 운향화실을 열고 생활의 번민 속에 빠져 세종대왕의 영정이나 청산도靑山圖를 그려야만 했을 때 그녀는 신념에 찬 새로운 세계로 깊숙이 빠져들어 왔다는 대조적 느낌이 스쳐갔다.

"현, 당신이야말로 무한으로 달려간 것 같소. 사실 난 그리 의욕적인 실험을 펼치지 못했어. 그런데 소문에 당신이 직공이 되어 어려운 생활을 한다던데 그건 무슨 소리요? 그렇게 어려우면 내게 애기를 하지."

우향은 찻잔을 올려놓으며 서두를 꺼냈다. 자세히 보니 얼굴에는 어느새 50대 여성의 연륜이 스며 있었고, 4년 전 그 얼굴과는 달리 더욱더 근엄함이 느껴져 왔다.

"아, 그 얘기요. 제 생활은 오로지 판화였어요. 처음에는 프렛 연구소에 나가다가 다시 6개월쯤 밥 블랙번에 나갔고, 최근에는 프렛에 다시 나가는 중이에요. 생활은 언제나 일정해서 아침에 나가면 밤

2,3시에나 돌아오는데 너무 피곤해서 손에 묻은 잉크도 지우지 못하고 엉망이 되어 오니 지하철에서 만난 한국인들이 아마 그렇게 생각했던 모양이에요."

운보는 잠시 머무르는 동안 실제로 불가사의하리만큼의 의욕으로 충만되어 있는 그녀의 생활을 체험했다.

마치 신들린 사람처럼 연구소로 달려가고 밤늦게 돌아오고, 돌아와서도 다음날 재료 준비 때문에 한동안을 쉬지도 못했다. 이 시기 우향은 삶의 목적이 소유나 명예 이런 것들로부터 멀찌감치 떨어져 있었다. 그보다는 오로지 창작을 먹고 호흡하고 입고 살았다.

실제 운보가 귀국하고 난 4년 반은 이런 생활의 연속이었다. 운보가 한국에서 청교도적인 생활로 일관했다면 우향은 뉴욕에서 작업생활에 혼신을 다했다. 어쩌다 여가가 생기면 몇몇 사람들과 어울렸는데 죽마고우처럼 가까이 지낸 친구 조종완·판화가 황규백 등과 어울리거나 교포들 중 문학을 사랑하는 모임인 〈신죽회〉에 나가 멤버인 시인 김송희·의사 전정열·이계향 등과 고국 얘기를 하며 향수를 달랬을 정도였다.

그 밖의 모든 시간은 연구소와 브로드웨이 작업실 및 거처의 어느 곳인가에서 몰입했다. 이 기간 동안의 그녀는 실로 초인적이었다.

친구 조종완의 아들 이영민이 언젠가 브로드웨이에 들렀을 때 그녀는 이렇게 말했다.

"잠을 자는 것은 곧 죽는 것과 같아. 잠자는 시간을 아껴야만 무엇인가를 할 수 있단다."

그 한마디는 그후 영민에게 있어서 삶의 좌우명이 되어 버렸다. 운보는 며칠 후 우향이 나가고 있는 프렛과 밥 블랙번을 견학했다. 웨스트 14번가 정도에 위치한 프렛과 그로부터 가까운 거리에 있는 밥 블랙번은 이미 세계적으로도 그 명성이 있는 연구소였다.

많은 서양사람들과 세계 여러 나라에서 온 유학생들이 집합해서

수십 대의 프레스 기계를 돌려가며 복잡 다단한 판화기법을 연구하
고 있었는데, 우향은 만학이었지만 이미 학습단계는 훨씬 넘어서서
다른 사람들을 가르치거나 더욱 고난도인 다색동판화, 즉 헤이터기법
이라든가 사진과 합성해서 제작하는 방법 등을 다양하게 연구하고
있었다.

우향에 대한 인기도 상당했다.

독특한 작업 소재나 내용들은 동양적 체취가 물씬 느껴지는데다가
아프리카·남미풍의 소재를 가미해서 더욱 세련된 신선함을 느끼게
했던 것이다. 그런 까닭에 이미 여기저기서 많은 주문을 받아놓았을
정도였고, 작업 태도에 대한 칭찬도 대단했다.

운보는 물감과 잉크투성이의 제작실에 들어가 롤러를 들고 한번
밀어보았다. 롤러의 무게가 보기보다 훨씬 육중했다.

"아니, 이렇게 무거운 것을 현이 매일같이 밀면서 작업할 수 있단
말이야?"

혀를 내두르면서 운보는 어린 아이같이 천진난만하게 웃고 만다.

집으로 돌아오는 길에 둘은 한참을 걸으면서 실로 오랜만에 대화
를 나누었다.

"한해에 몇 번씩은 드러누웠고, 친구들이 보살펴 주었어요. 그러나
저는 무아지경無我之境의 한순간 한순간 때문에 늙는 것도 모르고
이렇게 5년이란 시간을 보냈어요. 당신에게는 어떻게 말해야 좋을지
모르지만 이런 제가 가끔씩은 무섭도록 미워질 때가 있었어요. 당신
에 대한 미안함은 말할 나위 없고, 선이와 영이 때문에도 더욱 그랬
지요."

"그래? 미안하기는 했던 거야? 아무튼 우향은 내가 쫓아가기에는
숨가쁜 여인임이 분명해. 이렇게 야위어 가면서 당신의 꿈을 실현하
려는 것을 보면 또 이해도 되고."

"사실, 당신이라는 사람이야말로 쫓아가기는 너무 힘든 사람이에

요. 그래, 저 없는 동안 다른 여자들 많이 만나셨어요?"

"허—허, 우향이 그런 말을 다할 줄 아나? 사실 젊은 여자 한 사람을, 그것도 미끈하게 빠진 미모의 여자를 일주일마다 만났지. 육체미가 대단하던데."

"어머 그게 정말이에요? 그래, 그 여자가 얼마나 잘해 줍디까? 제가 여기 있기를 참 잘했군요."

하면서 우향이 운보의 눈을 뚫어져라고 쳐다보았다.

"왜 그러셔. 뭐 잘못된 점이 있나? 현은 예술과 함께 뉴욕 생활을 즐기는데 나는 목석이란 말인가?"

"그럼 정말이란 말예요?"

정말 화가 난 표정으로 우향이 다그친다.

"에헤이—— 질투는. 당신이 정말 질투라도 남아 있는 여자야? 사실은 수업 때마다 누드모델을 만나게 될 수밖에 없잖아. 아, 그러니 육체미가 얼마나 멋있는지도 감상할 수 있잖나. 이제 화가 풀린 거야?"

"그 말 믿어도 되는 거죠? 하기는 당신이 어떤 여자를 만나도 제가 간섭할 자격조차 있나요?"

우향은 갑자기 가라앉은 목소리로 자신을 향해 말했다.

"우향, 나는 당신만을 기다렸어. 그리고 그동안에야 비로소 비워진 당신의 공간이 얼마나 크다는 것을 느끼고 또 느낄 수가 있었지. 사실, 나야말로 우향에게 자격이 없었던 사람이지. 솔직히 말하면 그동안 원망도 많이 했고 미워도 해봤지만, 여기 와서 당신의 작업과 생활을 직접 보니 오히려 내가 부끄러워지는구먼."

거리는 가로등이 하나 둘씩 켜져 가고 있었다.

그런데 갑자기 돌발적인 일이 벌어졌다. 허리까지 닿는 장발을 한 윈 흑인청년 서너 명이 골목에서 튀어나와 운보를 포위하더니 알아들을 수도 없는 무슨 주문을 열심히 외워대는 것이었다.

순식간에 일어난 일이라 어리둥절하고 있는데 우향이 큰소리로 외쳤다.

"여보, 그들은 당신이 그들이 믿는 종교의 교주를 닮았다는 거예요. 그래서 구원을 해달라는 뜻으로 주문을 외워대는 것 같아요. 그러니 손을 한번 들어서 구원한다는 시늉이라도 해보이세요."

운보는 자신이 마치 인도의 성자가 된 양 폼을 한번 잡아서 그들의 머리를 어루만져 주었다. 그랬더니 그 흑인들은 엎드려서 동양식으로 절을 하는 것이었다. 겨우 곤경에서 빠져 나온 얼빠진 듯한 운보를 보고 우향은 배꼽을 잡고 웃었다.

"여보, 그리고 보니 당신도 장발에다 앞머리까지 빠져 나온 생김새가 무슨 교주 같기도 해요."

"내가 교주 같다고? 핫—핫—핫핫. 전번에는 인디언 같다고 그러더니 이번에는 교주라…… 미쳐도 보통 미친놈들이 아니구먼. 아니지, 제대로 보기는 봤지. 운보교 교주시니까."

"제가 뉴욕을 좋아하는 이유는 바로 그런 별종들이 많아서도 그런지 모르겠어요."

해후 뒤의 왠지 무거운 침묵이 바닥에 깔려 있는 듯한 어색한 분위기가 그날 교주사건으로 자연스럽게 부드러워진 듯했다. 그러나 며칠이 지나면서 다시 둘은 피할 수 없는 당면한 현실적 문제에 대해 고뇌해야만 했다.

오랜만에 센트럴파크를 다시 찾았을 때도 새들이 푸드득하며 호수 위로 날아가 물을 차고 사라졌지만 운보는 그저 바라만 볼 뿐이었다. 한동안 침묵이 이어졌다.

그러나 그 침묵은 4년 반 전에 그곳에서 느꼈던 이별의 감정과는 달랐다.

부부와 예술가적 입장의 이중적 괴리를 철저히 체험한 번민과 갈등의 표현으로서 운보는 무엇인가 서두를 꺼내야 했다.

그러나 운보는 자신의 서울생활에 비해 우향의 뉴욕 생활은 비교도 할 수 없을 만큼 행복하다는 것을 직접 확인했다.

동지적 삶인가?

부부적 삶인가?

운보는 번민했고, 뉴욕에 도착하면서부터 목구멍까지 차올라 오는 우향에 대한 요구, 그 요구는 오히려 혼미해지기만 했다. 서울에서도 비행기에서도 수백 번 반복해서 생각했다. 둘 중 하나여야 한다는 명백한 선택, 그 선택이 없는 두 사람의 관계는 더 이상 불가능하다는 결론의 첫머리가 운보의 자존심만큼이나 쉽게 터져 주질 않았다.

우향 역시 그저 방관자적 입장에서 모른 체할 수가 없었다. 운보가 뉴욕에 내릴 때 어떤 심경으로 침묵하고 있는가를 그녀는 누구보다도 잘 알고 있을 터였기 때문이다. 그녀는 아무리 운보의 양보가 절대적이라 해도 자신의 처지가 현실적으로 어떤 파행을 동반하고 있다는 것쯤은 너무나 잘 알고 있었기 때문이다.

"어차피 파행인 것을⋯⋯."

스스로를 위로했다. 운보와 처음 만났던 그 인연 자체가 거대한 파행을 내포하고 있었고, 그동안의 파란만장한 결혼생활 역시 그러했다. 그리고 어떤 운명이랄까, 그런 예상할 수 없는 것이 자신을 이끌어 간다고 생각했다.

그러나 여전히 운보와의 본질적인 문제에는 어떤 해답이 있어야 했다. 언제까지나 이와 같은 파행으로 지속될 수 있느냐가 눈앞에 직면한 문제였기 때문이었다.

운보는 운보대로 화두를 꺼내긴 싫었다. 결국은 우향이 선택한 것이니 우향이 먼저 귀국 여부를 결정해야 한다는 생각에서였고, 항상 그랬듯이 그것은 곧 자신의 자존심과 직결되는 아내 우향과의 거리감이기도 했다.

여러 날 둘은 작업실에서, 거리에서, 침대 위에서 많은 생각들을 반복했다.

둘은 체념이라는 것에 대해서도 여전히 생각해 보았다. 서로의 체념은 곧 부부적 관계로서는 어떤 극한상황을 상징하는 것이기도 했다.

해후였지만 정작 해야 할 말을 못한 채로 얼마 동안의 침묵이 흘렀다.

증오적 사랑

장녀 현의 결혼은 사실상 우향이나 운보의 입장에서는 원했던 것이 아니었다. 동성동본도 그렇고 상대가 별로 탐탁치 않았던 것이다. 특히 우향이 극렬하게 반대를 했지만 현의 설득으로 결국 결합은 이루어졌다. 신랑은 워싱턴에서 살고 있었으나 식은 뉴욕의 유엔 교회에서 치러졌다.

유영수·황규백·조종완과 신죽회 친구들이 현의 결혼을 축하해 주었다. 우향은 알뜰하고도 치밀하게 첫 혼사를 준비했고, 성공리에 마칠 수 있었다.

축제의 다음은 항상 그렇지만 그 화려함만큼 적막감이 감돌기 마련이다. 두 사람은 그 적막 속에서 다시 서로의 화두話頭를 찾아야만 했다. 딸 현도 워싱턴으로 가버린 다음이라 그런지 육중한 판화기계가 놓인 방안의 분위기가 썰렁해 보였다.

"현, 이제 그만 돌아갑시다."

한참을 창 밖의 은하수 같은 불빛들을 바라보던 운보가 결국 말문을 열었다.

인내의 한계에 도달해서였을까.

우향은 그때 종이를 고르고 있던 중이었다. 그녀는 운보의 조용하고도 전격적인 화두話頭에 가벼운 경련이 스쳐갔다.

"네…?"

우향은 많은 말들이 생략된 의문사를 던지면서 의자 위에 걸터앉았다.

"여기서 이렇게 한없이 무한으로 빠져들어 있는 현을 보니 뭐라고 해야 좋을지 모르겠어. 그러나 나는 이 말을 4년 반 동안 매일같이 하고 싶었소. 왜냐하면 나와 아이들은 당신이 필요해. 이유는 그 한 가지만으로도 충분해요."

숨을 가다듬은 우향이 말했다.

"저 역시 결단은 있어야 한다고 생각했어요. 한동안은 정신없이 작업에 빠져들다가 당신과 아이들이 그리워질 때면 저 무수한 불빛들 속으로 뛰어들고 싶을 때가 한두 번이 아니었어요. 지금 여기 와 계시는 수화 김환기 선생이 그 수많은 점들을 찍고 계셨던 것은 바로 그와 같은 향수의 심정을 물들이시느라고 그러셨을 거예요. 그런데 저의 현재는 너무나 안타까워요. 이 모든 것들이 이제 막 작업의 궤도에 진입하려는 중이라 미치도록 안타까워요. 솔직히 말해 선뜻 귀국한다는 말을 하지 못하는 이유도 작업 때문이에요. 당신과 아이들이 나를 필요로 하듯이, 저도 이 순간들과 가정 모두가 필요해요. 그리고 무엇이 먼저이고 무엇이 나중인지도 아직도 자신이 없어요."

이즈음 운보는 우향의 입놀림만으로도 그 뜻을 짐작할 수 있는 독순법이 상당한 경지에 이르러 있었다. 그러나 우향은 그 순간만은 필담으로 정확히 자신의 생각을 전달하고 싶었다. 서로가 오랫동안 떨어져 있기도 했지만 그만큼 미묘한 감정의 문제였기 때문이리라.

"다 필요하다면…?"

"제가 가는 방법도 있지만, 아예 당신이 여기 남는 것은 어때요?"

"그렇다면 아이들은?"

"그 아이들도 다 오면 어떤가요? 당분간이라도."

운보는 담배 한 대를 피워 물고 길게 연기를 들이마셨다가 창문을 향해 내뿜었다. 그리고는,

"그것은 말이 안 되오. 이민을 오자는 건가? 나는 이곳을 여행지로서는 받아들일 수 있어도 여생을 보낼 곳은 아니야! 나도 당신이 여기서 작업에 빠져 있는 것을 보면 마음이 약해져요. 그러나 현은 너무 오래 떠나 있었어. 어머니로서 영이와 선이에게 무어라 할 거야. 서울에서는 우리가 이혼이나 하려고 하는 별거단계라고 소문이 나 있어요. 소문이 두려워서가 아니라 좋은 방법을 생각해 봅시다."

터질 것이 터진 셈이지만, 운보는 우향에게서 지금껏 느껴보지 못했던 얼음장보다도 차갑고 자신의 영혼보다도 뜨거운 양면의 감정을 느꼈다.

'그대는 정녕 그 고통스러운 작가의 삶을 선택하겠소?'

마음 속으로 운보는 그녀의 감정을 초극할 정도의 지성적 판단과 각오에 순간적 경이로움까지도 느꼈다.

그러나 현실을 생각하면 자신의 화두가 여지없이 자존심을 거꾸러뜨렸지만 어쩔 수 없는 노릇이었다.

그녀는 확실히 범접하기 어려운 동지였고 아내였다.

두 사람의 고심과 논의는 며칠이 계속되었다.

그 방안은 세 가지였다.

하나는 운보만 귀국하는 것이었으나 그것은 곧 자동적으로 이별이라는 것을 전제로 한 결단이었다. 두번째로는 식구 모두가 뉴욕에 와 있는 방법, 세번째로는 아이들만 뉴욕에 두고 우향과 귀국하는 방법 등이었다.

그 중 우향이 귀국한다는 생각은 이미 영주권이 있었으므로 6개월마다 양국을 왔다갔다해야 하기 때문에 간단한 일이 아니었다.

그리고 이 며칠간의 결정은 그 결과가 식구 모두의 미래와 절대적으로 연결된다는 것과 자신들의 작품생활 역시 궤도 수정을 할 수밖

에 없는 처지였다.

다시 2주일쯤 지난 후 두 사람은 허드슨 강이 내려다보이는 커피숍에 앉아 있었다. 그날 마침 우향의 판화가 두 점이나 팔린 날이기도 해서 모처럼 외식을 하고 난 후였다.

그날은 우향이 말문을 열었다.

"저의 당신에 대한 사랑은 아직도 변함이 없어요. 그러나 한국으로 돌아간다는 것은 제게는 심각한 문제예요. 아무리 생각해도 저는 뉴욕에 남아 있는 것이 최선일 것 같아요. 그 이유는 어떠한 잡념도 없이 작업에만 전념할 수 있기 때문이죠. 가족이오? 물론 가정과 남편, 아이들 모두가 중요하지요. 그러나 저는 최소한 저의 본질적 존재가 행복해졌을 때 모두의 행복이 가능하다고 봐요. 그만큼 저는 지금 절박하고 괴로워서 어찌할 수가 없어요."

그렇다. 그녀는 이미 자기 스스로도 느끼지 못하는 사이에 지독히 독선적인, 한 지아비의 아내로서는 불가능한 발언을 예의 있게 하고 있었다. 사실 그녀는 뉴욕의 가장 가까운 친구 조종완에게 다시 한국으로 돌아간다는 것은 곧 죽는 것과 같다는 실토를 할 정도로 귀국을 두려워했다.

그것은 절대적으로 고국을 증오한다거나 반체제적인 입장이어서가 아니었다. 뉴욕이 천국이라는 의식의 저편에는 운보가 있었다. 문제는 자신이 가장 사랑하는 운보, 그 운보와의 부부적 관계로부터 비롯되는 것이었다. 거의 정신이상의 직전에까지 이르렀던 최악의 상태를 다시 반복하고 싶지는 않았다.

어쩌면 그녀는 한편으로는 운보를 열정적으로 사랑했지만 다른 한편으로는 그를 증오했는지도 모른다.

그것은 곧 예술가로서의 동지적 사랑의 저편에 부부로서의 그를 인내해야 하는 극한의 고통이 겹쳐져 있었기 때문이다. 그녀는 이 무렵 조종완에게 하소연하면서,

"평생을 단 한번도 속삭여 보지 못한 그 사람."
이라고 조종완에게 하소연했다. 심할 때는 불과 5분, 10분 사이에도 몇 차례씩 그 심경이 변화하면서 단 한순간도 마음을 놓지 못하게 하는 그의 기상천외한 독선과 아집은 아무리 그를 사랑하는 우향이라도 인내의 한계를 수없이 느끼게 했다.

그러나 그녀는 그 고통을 씹어삼켜 왔고, 그 찌꺼기들을 처리하느라 가슴 속의 다듬잇방망이를 수도 없이 두드렸던 것이다. 기상천외한 운보의 기벽과 예술가적 난관의 극복, 바로 그 두 가지를 그녀 자신도 그대로 잉태하고 있었고, 그 인내의 한계를 느끼는 시점에서 뉴욕을 선택한 것이었다. 그의 이같은 극한적 감정, 그것이 쌓이고 쌓여서 〈증오스러운 사랑〉이라는 역설이 복합된 심경으로 겹쳐져 있었던 것이다. 우향의 귀국을 두렵게 만든 것은 그 밖에도 오로지 작업에만 전념하면은 삶을 영위할 수 없는 한국의 사회적·가정적 환경도 있었지만 운보와의 관계에 비하면 그리 큰 문제는 아니었다.

그래서 그녀는 뉴욕을 사랑했다. 그 때문에,

"뉴욕은 파라다이스예요."
를 연발했던 것이다. 어느 면에서는 남겨두고 온 아이들에 대한 어머니로서의 책임감마저도 그녀의 창작 열정에는 용해되었다. 그녀는 사회적인 상태에서 자신을 종신형으로 선고해 줄 것을 기대했는지도 모른다. 뉴욕의 동지들, 즉 황규백이나 조종완도 이같은 고뇌를 그녀만큼이나 이해할 수 있을 정도로 신들린 여인처럼 뉴욕 생활에 삶의 모든 것을 내던졌던 것이다.

물론 그녀에게 뉴욕은 젊은 시절의 희생적 현실에 대한 상대적인 행복의 의미가 깃들어 있었기 때문이기도 했다.

우향은 연신 커피잔을 만지작거리며 운보에게 애원하는 눈빛으로 자신의 입장을 설명했다.

"그렇게 절박해?"

더 이상 말을 잇지 못하는 운보.

그저 심장의 저 심연에서 끌어오르는 답답함을 마음껏 소리라도 지르고 싶었다. 커피숍을 나와 잠시 강변을 거닐면서 그는,

"어어—어—어어어."

한없이 처절한 비애가 자신도 알 수 없는 폐부를 찌르는 소리를 마음껏 내뱉게 했다. 그것은 인간이 창조해 낸 인간들만의 언어와는 다른 것이었다.

언어가 없는 소리, 언어를 초극한, 모든 언어를 짓이겨서 응축한 추상적인 울부짖음이 마치 짝을 찾는 외로운 맹수의 울음처럼 차디찬 허드슨 강의 물결을 타고 사라졌다.

운보는 더 이상 종용하지는 않았다.

귀 국

1월 초쯤이나 되었을까.

그날도 우향은 밤 2시쯤에야 연구소에서 지친 몸으로 돌아왔다.

그런데 들어오는 모습이 조금 이상해 보였다. 판화 작품이 든 넓적한 가방을 메고 왠지 기우뚱한 자세로 문을 열자마자 벽에 기대서고는 바로 들어오질 않는 것이었다.

운보가 잠시 눈을 붙였던 침대에서 일어나 살펴보니 우향이 팔 한쪽에 심한 통증을 느끼는 것 같았다.

"왜 팔이 아파서 그래? 내가 주물러 주지."

하면서 가까이 다가가 보니, 코트 위에는 아직도 흰눈이 얹혀 있고 머리카락은 흠뻑 젖은 채 얼굴에는 눈이 녹은 것인지 눈물인지 모를

물기가 촉촉했다.

몹시 지친 듯 그녀는 흐느끼는 표정을 하고 있었다.

운보는 당황해서 수건과 담요를 가져다 주었다.

우향은 한참 후 커피 한잔을 마시며 의자에 걸터앉았다.

"눈이 오던가?"

"네, 많이요."

운보는 창 밖을 보았다. 불빛들이 거의 희미해질 정도로 많은 눈이 내리고 있었다.

"아름답구면."

"우리 문제, 그렇게 해요."

체념이 섞인 듯한 표정으로 우향은 갑자기 밖을 바라보고 있는 운보에게 필담으로 말했다. 그리고는 뜨거운 눈물이 흘러내렸다.

"어떻게 한단 말인가?"

운보는 적이 놀랐고, 갑자기 던진 우향의 결론적 체념이 무엇을 뜻하는지도 알 수 없었다. 헤어진다는 것인가, 아니면 함께 간다는 것인가……

"함께 귀국하겠어요."

"어—어—어떻게 어떻게 그렇게 결정했어? 그렇게 괴로워하더니. 여보, 그거 순수한 사랑이야, 아니면 양보야?"

"모두 다예요. 실은 저는 지금까지 창 밖에 내리는 흰눈들의 춤처럼 무엇인가에 빠져들고 있었어요. 지금 제 기분은 한순간 저 수많은 흰눈들의 춤을 멈추게 하는 것 같은 정지된 심정이에요. 그러나 어찌하겠어요."

"여보, 정말 고마워. 우향다운 결정이야."

운보는 엄지손가락을 치켜세우면서 우향에게 다가갔다. 손목을 잡으니 아직도 체온이 얼음장 같았다.

"아무 걱정도 하지 마. 내가 그 흰눈들이 서울에서도 내릴 수 있도록 해줄게."

오랜만에 우향은 운보의 그 큰 가슴에 파묻혔다. 그리고 기왕 갈 바에야 귀국일자를 가능한 빨리 잡고 당장 판화기계·종이·잉크·롤러 등 각종 재료를 정리하여 출국을 서둘렀다. 배편으로 보낼 것은 미리 우송하고, 7년여의 뉴욕 생활을 대충 정리했고, 귀국하는 길에는 파리와 도쿄를 돌아보기로 했다.

뉴욕 친구들과의 마지막 작별을 기념해서 둘도 없는 사이인 조종완이 조촐히 저녁을 마련했다.

"우향 언니 잘하셨어요. 제발 귀국해서 우선 좀 쉬시고 두 분 행복하세요. 뉴욕에도 가끔 들르시구요. 그런데 저는 언니 없이 어떻게 살죠? 누구에게 의지하며……"

종완도 순식간에 눈물을 글썽거렸다.

그만큼 둘은 단짝이었다.

케네디 공항을 이륙하면서 우향은 묵묵히 창 밖을 응시했다. 이것도 또 하나의 체념이구나 하는 생각해서일까……

운보는 다시금 그녀의 우울함과 체념을 어깨로 감싸안아 주었다.

"얼굴이 너무 헬쑥해. 서울 가서 좀 쉬어야겠어."

"고마워요. 사실은 당신도 많이 야위었군요. 모두가 저 때문이에요."

비행기는 어두워져 가는 활주로의 푸른 신호등 한가운데로 질주해 가다가 어느덧 구름 위를 날고 있었다.

파리에서는 이강수 부부와 우향의 서울 친구인 전호덕 등이 반갑게 맞아 주었고, 우향의 귀국을 축하했다. 도쿄에서는 만화가 김용환이 뉴저팬 호텔에 들러서 역시 반갑게 맞이했고, 우향은 실로 오랜만에 김포공항을 밟았다. 74년 2월 12일이었다.

선이와 영이가 공항에 나와 모녀들은 눈물바다가 되어서 한참을 껴안고 울고 있었다.

7년 만에 다시 보는 어머니, 아니 한 예술가로서의 어머니였다.

귀국과 동시에 우향은 장남 완의 결혼을 치러야 했고, 그동안 만나지 못했던 친구·친지들을 보느라 한동안 눈코 뜰 새 없이 바빴다.

운보도 그동안 재직하던 수도여자사범대학에 사직서를 던졌다.

진정한 작가의 길을 가려면 작가적인 삶을 살아야 한다는 생각이 목까지 차올랐고, 더 이상 후배 양성에 시간을 투자할 마음의 여유가 없었다.

우향은 6월 신세계에서 뉴욕 생활을 보고하는 의미에서 판화 58점과 태피스트리 6점 등으로 개인전을 개최했다. 〈작품 ㄱ, ㄴ, ㄷ, ㄹ〉·〈작품 가〉부터 〈작품 차〉, 〈작품 A〉부터 〈작품 U〉까지 경향은 크게 세 가지였다. 한 가지는 주로 공부했던 동판화를 위주로 한 에칭·실크스크린 등의 작품이었다. 약간의 오브제를 사용한 태피스트리와 다른 하나는 파피에콜레라는 기법으로 사진이나 신문·잡지 등을 찢어 붙이는 방법을 구사하고 있었다.

이같은 방법론적 차이에도 불구하고 그의 작업은 7년 전 한국에서 보여 주었던 한국적 미감에 기초한 시리즈들과 그 이미지가 연결되면서도 적나라한 인간의 나상裸像을 상징하는 추상언어나 아프리카·남미 등에서 보았던 역사의 기원에 대한 주제들이 많이 등장하였다.

미술계에서는 잔잔한 충격의 파문이 일었다.

당시만 해도 서울에는 본격적인 판화에 대한 인식이나 기법적 연구가 거의 없었기 때문에 미술계에서는 신선한 자극으로 그의 보고서를 받아들였다.

또한 주부 클럽 연합회에서 그동안 수여해 오던 신사임당상 수상자를 찾던 중 마침 귀국해 있던 우향이 적격이라고 생각하고 그녀에게 제6회 신사임당상을 수여했다.

모윤숙은 이때 그녀에게서 예술가의 향기와 현대 한국 여성상의 한 이상적 면모를 느꼈다고 말하고 있다.

운보 역시 분주했다.

귀국 즉시 도예가 안동오와 합작한 도화전陶畵展을 여는가 하면 7월부터 황석영 작 《장길산》의 삽화를 4년이 넘도록 《한국일보》에 연재하게 되며, 조헌 영정을 그려 금산의 칠백의총에 봉안하고, 이듬해 초에는 신숭겸 장군의 영정과 그후 1만 원권 지폐에 사용된 세종대왕상을 다시 제작하게 된다.

그러나 예상대로 귀국 후 한동안 우향의 작업은 불가능했다. 우선 7년간의 공백을 메우는 적응기간이기도 했지만, 판화를 하려면 그에 알맞는 작업 공간이 필요했고, 재료나 기구들이 아직 완전하게 옮겨진 상태가 아니었기 때문이기도 했다.

그러나 어떻든 7년 만에 우향은 귀국을 하였고, 운보는 다시 작업에 전념할 수 있는 기회를 갖게 된다.

민화 취미

운보는 우향의 귀국에 고무되었다.

어수선하게 갈피를 못 잡던 성북동의 살림과 아이들도 우향이 맡았다. 이제는 운향화실에만 나가면 되었다. 이른바 전업작가로서의 조건이 완전히 갖추어진 셈이었다. 이에 고무되어 운보는 평소 2,3년 전부터 해보고 싶었던 실험작업을 결행했다.

조선시대 민화의 천진함과 자유로운 시작에서 비롯되는 해학적인 화풍을 바탕으로 한 새로운 산수도는 없을까 하는 구상에 몰입했다. 그리고는 이윽고 자신의 화풍이었던 청산도, 즉 청록산수로부터 완전히 일탈하여 일상적 관습에 길들여진 회화적 미감을 한순간에 깨뜨려

버리고 싶은 충동이 감돌기 시작했다.

오로지 민화만큼은 그 전형적이고 답습적인 중국식 미감에 젖은 공간 배치나 소재, 원근과 사물의 일원화된 시각을 넘어설 수 있는 비밀이 충만되어 있다는 것을 강하게 느꼈던 것이다.

75년 봄에 터져나온 이른바 〈바보화풍〉·〈바보산수〉의 구상은 이렇게 다가섰다. 운보가 이렇듯 민화에 깊이 빠져들게 된 것은 그리 오래 전의 일은 아니었다. 그의 민화 취미는 우선 떡살 수집으로부터 비롯된다.

50년대 후반쯤 우향과 나란히 인사동을 지나가다가 우연히 발견한 백자로 만든 조선시대의 떡살 몇 개를 구입한 것이 인연이 되어 운보는 15년 사이에 약 2백여 개에 달하는 흙·나무·자기 등 각종 재료로 된 다양한 문양의 떡살을 수집하였고, 다식판에까지 취미를 붙였다.

각기 간결하고 고풍스러운 문양이 새겨진 조형적 아름다움도 운보의 미감과 딱 맞는 매력이 있었지만, 민예적 체취가 가득한 숨결을 직접 호흡할 수 있다는 점도 즐거움의 하나였다.

그리고 두 사람은 이를 단순한 취미생활로 그치지 않고 아예 작품의 소재로서 이용하였다.

우향의 60년대 중반 추상 시리즈에서 나타나는 여러 형태의 원형질은 바로 이 떡살의 이미지에서 비롯된 소산이었고, 운보 역시 직접적인 형태는 없지만 그 추상적 이미지에서 항상 민예적 미감을 흡인해 왔다.

떡살에서 시작된 그의 민예적 함몰은 여기에 그치지 않는다. 그는 70년대 초 피앙세 다방 이층에 있다가 다시 최태호가 심도식과 경영하는 동문당 건물 3층으로 화실을 옮겼다. 어느 날 답답하기도 해서 아래층의 최태호를 만나러 동문당 화랑에 들렀을 때이다.

마침 일본인 관광객들 여럿이 둘러서서 무엇을 죽 펴놓고 열심히 흥정을 하고 있는 것이었다. 기웃거려 보았더니 먼지가 조금 묻어나는 조선시대 민화들이었다. 가까이 보니 여러 가지의 그림이 있었지만, 그 중 문자도文字圖가 많았다. 〈효孝〉자가 크게 써 있고 그 안에 목단을 그리고 새나 구름 문양을 재미있게 도안해 넣은 그림도 있고, 호랑이와 까치가 서로 대화를 나누는 해학적인 장면, 십장생 등이 그려진 것도 있었다.

순간 운보는 쇠뭉치로 머리를 맞은 듯한 충격을 느꼈다.

"바로 저것이로구나. 내가 왜 진작 이런 보물들을 눈여겨 보지 못했던가. 저것은 바로 우리 민족의 미감 그 자체야."

운보는 그동안 세계 여러 나라의 여행을 통해서 어렴풋이 조선백자나 고려청자의 민화적 미감이 우리의 전통적 과제를 풀어나가는 데 가장 핵심적인 역할을 할 수 있으리라고 생각해 오기는 했다. 그러나 그날처럼 직접적인 체감으로의 자각은 아니었던 것이다. 글쎄, 일본인들에 대한 적대감정 때문에 더욱 격화되어서였을까.

"최사장, 저기 저 그림들이 일본인들에게 팔려간다는 말이오? 이건 너무나 분해서 참을 수 없는 일이오."

그날 운보는 동문당에 남아 있던 민화 대다수를 골라 다 사 버렸다. 한편으로는 그 충격적인 소재를 자기 곁에 두고 싶었고, 다른 한편으로는 일본인들에게 팔려가는 것이 분해서였다.

"앞으로 괜찮은 것이 있으면 모두 다 내 것이오."
라고 주문까지 해두었다.

그곳에는 동심의 세계에서만이 느낄 수 있는 천진스러운 형상과 색채의 유희가 자유분방하게 숨쉬고 있었고, 현대 미술에서는 도저히 느낄 수 없는 민족의 서민적 미감이 물씬 풍기는 해학과 재치가 있었다.

그후 그는 인사동 여러 곳에서 좋은 민화가 나오면 구입을 하여 수집품도 상당한 양이 되었다.

그의 민화 취미는 여기에 그치지 않고 애호적이긴 했지만 목기나 자기에도 상당한 매력을 느껴 한두 개씩은 항상 곁에 두고 즐길 줄 알았다.

운보의 이같은 민화와 민예품 취미는 그 시작에서는 우연적이고 취미적이었지만 이후에는 결국 그의 회화세계를 구축하는 최대의 자양분이 되어 75년 초의 그 유명한 〈바보화풍〉을 창출시키게 된다.

〈새벽 종소리〉·〈산곡山谷〉·〈정자亭子〉·〈거문고〉 등이 이때 제작된 작품들로서, 몇 작품은 초기 〈바보화풍〉을 대표한다.

파라다이스였어요

"서울로의 귀국이 현을 괴롭히고 있소? 귀국한 지가 벌써 1년이 넘었는데…… 작업을 시작할 때도 되지 않았소? 아직도 뉴욕에 대한 미련이 남아 있는 거요?"

우향은 이미 영주권도 포기했고 완전한 서울 귀국을 굳혔다. 그녀의 체념은 생각보다 빨랐고 오랫동안 헤어져 있던 운보도 누구를 괴롭히는 습관들이 조금 덜해져서 우향은 그렇지 않아도 이제는 본격적으로 작업에 돌입해야겠다는 생각이 달아오르고 있었던 터였다.

"뉴욕 좀 다녀와야겠어요."

"뭐? 뭐라고? 뉴욕에는 왜 또 간다는 거야. 아니 나를 놀라게 하려고 작정을 하셨나?"

갑자기 놀란 표정을 지으며 뉴욕행 애기에 민감한 운보이다. 게다가 해가 바뀌어 우향의 건강이 썩 좋지 않아 어떤 마음의 병이 생기지 않았나 살펴보는 눈치다. 이때의 우향은 팔에도 약간 이상이 있었지만, 소화가 안 되어 한양대병원에서 X—레이를 찍어보기도 했으며, 간을 체크하라는 의사의 지시를 받고 있었다. 그러나 이 부분에 대해서는 일정상 미국을 다녀와서 하기로 스케줄을 정해 두었다.

약간의 미소를 띠면서 안경을 고쳐 쓰는 우향이 흰 화선지에 이렇게 썼다.

"당신 곁에 있을게요. 약속했잖아요."

미처 정리되지 못한 뉴욕의 짐들도 그렇고, 재료도 구입할 겸 잠시 다녀오겠다는 설명이었고, 운보는 건강에 지장이 없다면 좋을 대로 하라고 쾌히 동의했다. 그러면서 농을 걸었다.

"우향, 이제는 정말 영영 안 오는 것 아니오?"

"당신도 참."

75년 9월 우향은 다시 뉴욕 땅을 밟았다. 여덟 살 아래였지만 친구처럼 동생처럼 지냈던 종완이 소식을 듣고 가장 반가워했고, 며칠간 그곳에서 머물기로 했다.

957 Park Avenue.

메트로폴리탄 미술관에서 불과 5분 거리에 있는 그녀의 집으로 택시를 달렸다. 종완은 당시 양장을 배워서 사업에 뛰어들었다가 침체되어 잠시 쉰 후 다시 문을 열려는 시점에 있었다.

그런데 우향의 여행이 그리 유쾌하질 못했다. 우선 장시간의 비행으로 지친 탓도 있지만 다운타운으로 들어가는 차 속에서도 줄곧 힘이 빠지고 빈혈 때문에 가방 하나도 제대로 들지 못할 지경이었다. 구토증까지 있었지만 겨우 참으면서 종완의 집에 닿았다.

반갑게 뛰어나온 종완이 우향의 행색에 깜짝 놀랐다.

"아니, 언니 얼굴이 왜 이러세요? 어디 아픈 거 아녜요?"

우향은 그저 과로한 탓이고 시차 적응만 하면 될 것이라고 가볍게 대답했다. 그리고 그날 저녁에 친구들의 환영 파티는 다음으로 연기해 달라고 부탁했다.

그러나 일주일이 가고 한 달이 가도 우향은 종완의 집에서 일어설 수가 없었다. 점차 얼굴이 누렇게 변해 가면서 황달기가 보여 가까운 의사들의 진찰을 받았으나 황달은 아닌 것 같다고 했다. 처음 한두 주일은 절대 식구들에게 알리지 말라는 우향의 부탁도 있고 해서 종완은 혼자서 병간호를 했으나 시간이 갈수록 더욱 심해져 갔다.

다급해진 종완은 뉴저지에 있는 우향의 친구 라이만 박사 부부에게 전화를 걸었다. 그들은 뉴저지에서 개인병원을 개업하고 있었다. 상황을 들은 라이만과 부인 김명숙은 급히 김명숙이 근무하고 있던 뉴저지의 서밋 병원으로 급송해서 검진을 받아야 한다는 결론을 내렸다.

친구이자 판화가인 황규백이 차를 몰아 병원으로 달렸고, 이미 수속을 끝내고 기다리고 있던 라이만 박사가 검진을 시작했다.

결과는 종양이 발견된 듯했고, 위암으로 판정되었다가 다시 검진한 결과 간암, 그것도 말기에 해당하는 절망적인 상태로 나타났다. 길어야 고작 몇 개월을 살 수 있을 것이라는 담당 의사의 통고였다.

그리고 그 통고는 번복되기 어려운 검사 결과에 의해 정확한 의학적 근거를 제시했다.

순간 종완은 김명숙의 부축 없이는 서 있을 수 없을 정도로 아찔해졌다. 라이만·김명숙 부부도 물론 마찬가지였다. 그들은 우선 한국의 운보에게 급전을 쳐서 그 소식을 알리고 워싱턴의 현이 부부, 그리고 시카고에 몇 개월 전부터 유학을 와 있던 장남 완이 부부에게 급히 전화를 걸었다.

라이만은 최선을 다해 비상대책을 강구했다. 마침 라이만 박사와 안면이 있는 의사들이 있어서 부탁을 하고 정밀검사와 치료에 들어갔다.

'우향 박래현 여사 위독. 급히 도미渡美 바람. 닥터 라이만.'

운보는 이 전보를 보는 순간 해저 깊숙한 어느 곳이 함몰되는 듯한 소리에 한순간 숨통이 막혔다.

운보가 뉴저지와 뉴욕으로부터 급보를 받은 것은 9월이었다. 충격은 두말할 나위 없이 컸지만, 우선 급한 것은 출국 수속이었다. 당장 여권 수속이며 비자 만드는 일들이 적어도 한달은 걸릴 뿐더러 그것도 그리 간단한 일이 아니었다. 이때 제자 문은희가 백방으로 수소문하여 국무총리실 기획실장으로 있던 친구 남편을 통해 김종필의 도움을 받을 수 있었다.

불과 며칠 만에 처리된 수속은 왕복 모두 여권도 없는 특별증서에 의해 가까스로 출국이 가능했고, 운보는 뉴욕으로 날아갔다.

비행기에서 운보는 생각에 잠겼다.

"도대체 무슨 병이란 말인가. 아니 그럴 리가. 혹시 교통사고는 아닐까? 내가 마지막 농담을 한 것이 잘못이었을까? 아니…… 아니겠지. 완쾌될 수 있는 병이겠지."

하면서도 왠지 그 전보를 받는 순간부터 불길한 생각을 떨쳐 버릴 수가 없었다. 태산 같은 걱정으로 벌써 며칠째 잠을 청할 수가 없을 정도이니 두 눈도 붉게 충혈되어 있었다.

공항에는 큰딸 현이 부부가 나왔다.

"아빠, 엄마는 강한 분이에요. 어떤 일이 있어도 일어나실 거예요. 엄마께 용기를 주세요. 그런데 아빠 눈이 왜 그렇게 충혈되었어요? 그렇지 않아도 심장이 안 좋으신데……"

딸의 위로를 받으면서 가을로 물들어 가는 차창 밖의 가로수들을 물끄러미 바라보고 있었다. 꼭 붙들고 있는 딸 현의 손목에서 전달되는 떨림과 체온에서 운보는 우향이 그저 심각한 상태에 이르렀다는 것을 직감적으로 느끼고 있을 뿐이었다.

그들은 우선 종완의 집으로 갔다.

운보를 대하자마자 종완은 이내 참지 못하고 눈물을 글썽거린다. 하루를 그녀의 집에 머무르고 이튿날 아침 일찍 한 시간 정도 거리인 뉴저지의 서밋 병원으로 달려갔다.

"아빠, 엄마 뵙기 전에 저희와 약속하실 것이 있어요. 절대로 엄마의 모습을 보고 놀라시면 안 됩니다. 초연하시고 용기를 가지세요."

딸 현이가 병원에 닿기 직전 운보에게 다짐을 받으려 했다. 그러나 이때까지만 해도 그는 어느 정도로 우향이 심각한 상태인가를 짐작할 수 없었다. 불과 2개월 전에도 큰 이상이 없었을 뿐더러 7년간의 뉴욕 생활에 익숙했던 그녀가 설마 어떤 사고를 당하리라고는 생각지도 못했다.

그러나 병실에 들어가 우향의 침대 앞에 선 운보는 눈앞에 펼쳐진 현실을 도무지 믿을 수가 없었다. 전신이 불에 탄 듯 검게 마르고 피골이 상접한 작은 한 여인이 시체처럼 누워 있는 것이었다.

"어—어 어어……."

어떤 말을 해야 할지 왈칵 쏟아지려는 눈물을 되삼키며 앙상한 우향의 손을 잡고 그녀의 이마에 키스를 해주었다.

"…………."

그리고는 아무런 말도 잇지 못하고 손수건을 꺼내 주르륵 흐르는 눈물을 닦았다.

우향도 운보를 보면서 앙상해진 양볼에 그저 눈물만 흘렀다.

우향을 차마 바로 보지 못하면서 연신 눈물을 삼키던 운보는 서서히 색채를 머금어 가는 창 밖의 느티나무숲을 멍하니 바라보았다. 그리고 눈앞에 펼쳐진 이 기막히고 충격적인 사실에 운보는 더 이상 스스로를 지탱할 수 없을 것 같았다.

"하느님, 어찌 이럴 수가 있단 말입니까…… 그래 얼마나 고생을 했소! 바로 연락을 할 일이지……."

"여보, 정말 미안해요. 당신과 아이들 모두에게……."

바로 라이만 내외를 만나 우향의 증세에 대한 자세한 설명을 들었다. 간암으로서 암세포가 전신에 퍼진 상태이며, 계속적으로 노력은 하고 있으나 그 회생 가능성은 거의 없다는 것이었다.

사형선고나 다름 없었다.

그야말로 그녀가 원했던 작업으로서의 종신형 대신 그녀는 뉴욕에서 생명의 사형선고를 받은 것이다.

어떤 대가를 치러도 좋으니 무슨 방법이 없겠느냐고 매달렸지만 이미 모든 가능성이 사라진 후였다. 그러나 운보·종완·규백 중의 누구도 희망을 버리고 싶지는 않았다.

우향의 곁에는 운보가 남기로 했다. 마침 라이만 박사의 집에서 기거하자는 제의가 있어서 그의 집을 숙소로 정하고 두 달 가량을 죽어가는 우향과 함께 지냈다.

우향은 삶의 애착이 누구보다도 강했다.

어느 누구도 우향에게 병세에 대한 직접적인 언급은 없었지만 대체적인 상태에 대해 짐작하고 있었다. 그러나 자신이 몇 달 안에 이 세상을 떠날지도 모른다는 정도까지는 모르고 있는 듯했다.

"당신 내가 무한으로 뛰어갈 때 그 우주선에 태워 주기로 약속했지요? 내년 봄에는 일어날 수 있으니 그때 다시 작업을 시작해야겠어요. 왠지 구암동 시절, 그 피난 시절이 생각나요. 미국인들 초상화를 그려서 먹고 살지 않았어요. 당신은 고집을 부렸었고."

"그래서 우리가 지금 여기 미국에 와 있을까? 참, 우향은 그토록 미국을 사랑했으니 이들 첨단시설이 잘 치료해 줄 거야. 세계에서 가장 앞선 의술이 있을 테니."

가능한 한 운보는 우향에게 용기를 주려고 노력했다.

두 사람은 10월 말경까지 병상의 대화를 했다. 나날이 검게 메말라서 처음 볼 때보다도 더욱 앙상해진 우향의 모습을 처절하게 애통해하면서 그의 곁을 지켰다. 그러나 그러한 우향의 비극에도 운보는 무기력할 수밖에 없었다.

병원 앞에는 드넓게 펼쳐진 숲의 행렬이 마치 수해樹海와도 같이 끝간 데 없었다. 때는 만추晩秋가 되어서 한가닥 바람만 스쳐가도 수많은 낙엽들이 우수수 춤을 추다 이내 맥없이 땅 위로 떨어져 수북이 쌓여갔다.

"여보, 저렇게 떨어지는 낙엽들을 보면 왠지 슬퍼져요. 우리 처음 센트럴파크에 와서도 낙엽을 많이 밟았지요? 그런데 이상하지요. 그렇게 슬퍼 보이면서도 색채로 쓸 때는 저런 갈색이 너무 좋아요. 그래서 작품에서도 많이 써봤지요. 아마 그것은 남미나 아프리카·이집트 등에서 봤던 이미지하고도 상당 부분이 연결되어서 그런 것일까요? 흙이나 모시나 뭐 그런 것을 많이 보아서일까요?"

"글쎄, 우향의 얼굴과 그 모습들이 바로 그런 색채 아니었을까? 그건 그렇고, 내 화필이 만일 의술이었다면 당신을 하루 만에 완쾌시켜 버릴 텐데. 안타깝구먼."

"당신 엉뚱한 것은 아직도 여전하구만요. 환갑이 넘으셨는데도 변한 것이 없어요. 그래서 당신을 사랑하지만."

"현, 내가 유명한 동시 한구절 읊어 줄게 잘 들어봐."

매암 매암 매암 울음 울 때에
쓰르람이 쓰르르 흉내냅니다.
작년에 간 부모가 그리웁다고
매암 매암 매암이 구슬피 울면
쓰르람이 쓰르르 위로합니다.
매암 매암 매암이 울음 그치면
쓰르람이 쓰르르 노래합니다.

동시가 채 끝나기도 전에 운보의 눈썹에 다시 눈물이 고여 있었다.

"아니, 여보. 그 동시는 바로 당신이 어렸을 때 운니동에서 쓴 것이 잖아요. 원래 제가 좋아했던 동시지만 이렇게 미국에서, 그것도 병상에서 들으니 더욱 슬프게 들려오네요. 그런데 눈물은 또…… 당신의 시 읊는 소리를 들으니 주책맞게 싸워가며 제가 말을 가르쳐 주던 때도 생각나고, 우리 부부싸움하던 때도 그리워져요. 저는 양은그릇을 무척이나 많이 발로 차댔어요. 그 그릇이 당신이라고 생각하면서. 그렇게 싸우는 것처럼 하루 빨리 일어나서 붓을 잡고 싶어요, 여보."

운보는 우향이 작품에 대한 새로운 구상과 그 감상에 빠져 있을 때가 가장 괴로웠다. 과연 그가 다시 일어나서 작업을 계속할 수 있느냐가 의문이었기 때문이다.

최후로 한달 정도 치료 결과를 기다리라던 진료 팀의 최종적 통고 이후 이미 한달 반이 지났지만 어떤 회생의 가능성도 보이지 않는 듯했다.

어느 날 시카고에서 완이 부부가 왔을 때 우향은 갑자기 하나밖에 없는 며느리 경아에게 바람을 쏘이고 싶다고 했다.

휠체어에 실려서 실로 오랜만에 바깥 공기를 쏘이면서 우향은 한 손에 성경책을, 한손에는 경아의 손을 꼭 잡았다. 그즈음 우향은 병상에 누워 가끔씩 성경책을 읽기 시작했다.

"경아야, 네게 너무나도 큰 바윗덩어리 하나를 안겨 주고 가는 것 같아 마음이 무겁구나. 네가 이제 어머니 노릇을 대신해야 한다."

우향은 이즈음 자신이 더 이상 가망이 없을 것이라는 것을 직감한 듯 체념 섞인 한마디를 남기는 것이었다.

죽음을 앞둔 우향의 가슴에는 운보가 마치 커다란 바윗덩어리 같은 존재로 느껴졌던 것이다. 자신의 동지이자 반려자였던 기상천외한 한 남자로서의 운보에 대한 최종적인 미련의 매듭이 멈추어서일까. 연거푸 그를 부탁한다는 유언과 같은 몇 마디를 반복했다.

며칠이 지나자 라이만 박사로부터 마지막 통고가 왔다.

"아무래도 얼마를 넘기지 못할 것 같습니다. 최선을 다했으나 워낙 심한 상태여서…… 이 정도도 그녀의 강인한 투병생활 때문에 연장

되어 온 것이라고 생각해도 좋을 것입니다. 한국으로 모셔가시지요. 본인은 거부하겠지만…… 아마도 잘 설득하시면 현명한 분이니까 알아들으실 것입니다. 뭐라고 말씀드려야 할지 죄송할 따름입니다.”

운보는 드디어 올 것이 왔구나 하는 생각으로 고민에 고민을 하다가 용기를 내어 우향에게 귀국을 권했다.

“우향, 이제 그만 돌아갑시다. 그래도 한국이 좋지. 좋은 공기도 마시고 한약도 먹고…….”

“싫어요. 가고 싶으면 혼자 가세요.”

운보의 말이 채 끝나지도 않아서 우향은 잘라말했다.

역시 라이만 박사의 말대로 우향은 처음에는 귀국을 거부했다. 그녀는 이 병원을 나감으로써 결국 자신의 운명도 끝날 것이라는 직감이 스쳤기 때문이었을 것이다.

그러면서 우향은 갑자기,

“저는 죽을 거예요. 곧 죽고 말 거예요!”

라고 소리치며 통곡을 하는 것이었다.

운보는 우두커니 창 밖에서 흩날리는 낙엽들을 바라보고 있을 뿐이었다. 평생을 두고 가장 사랑하던 그녀의 기가 막힌 순간들 앞에서 철저히 무기력한 존재로서 멍하니 서 있을 수밖에는 도리가 없었다.

순간 그는 모든 삶의 가치들이 붕괴된 채 무기력한 허상들만이 무중력 상태로 가라앉는 것 같았다. 그런 절망의 끝에 서서 삶의 애절한 통곡소리가 들을 수 있는 사람들보다 몇 갑절이나 증폭되어 고막을 뚫었다.

이제 와서 운보는 굳이 그녀의 죽음을 긍정하거나 부정할 수는 없었다. 그러고 싶지도 않았을 뿐더러 이미 그 단계를 훨씬 넘어선 절박한 기다림뿐이었다.

불현듯 그녀의 외침과 자신의 무기력 사이에서 운보는 극한의 고독과 비애를 처절히 맛보면서 어렸을 때 운명하시던 어머님의 마지막 모습이 선하게 떠올랐다. 눈을 떠서 천장을 한번 응시하다가 무슨 말인가를 남기려는 순간 숨을 거둔 어머니 윤명의 최후가 자꾸만 창 밖으로 겹쳐져 사라졌다.

"저에게 우향이 없다는 것은 곧 감정을 빼앗긴 화가의 몰골일 것입니다. 어머님 그리고 주님, 저에게 더 이상의 가혹한 시련은 없게 해주소서……."

운보는 그 널따랗게 펼쳐진 숲의 바다를 향하여 작은 십자가 하나를 세워 놓고 기도했다.

우향은 처음에는 완쾌되거나 아니면 아예 죽은 몸으로 한국 땅을 밟을 각오를 했던 것 같았다. 그러나 시간이 지나면서 그녀의 생각은 움직였다.

체념을 한 것인지 운보의 권유를 받아들여서인지 우향은 힘없이 말했다.

"성북동으로 가지요. 그곳에 가서 눕고 싶어요."

수해樹海의 낙엽들이 거의 다 떨어져서 앙상한 가지를 드러낼 때 두 사람은 그 한많은 케네디 공항에 서 있었다.

규백·종완·라이만 박사 내외와 워싱턴의 현이 부부, 시카고의 완이 등 모두가 함께 마지막 하직기도를 했다. 내내 우향은 눈물을 흘렸다. 그녀는 흐르는 눈물을 닦을 생각도 없었다. 그녀의 보이지 않는 영혼의 마지막 화폭에다 그들 한 사람 한 사람을 그리고 또 그렸다.

"고이 간직할게요. 여러분들과의 인연을……."

혈육과 친구들 모두에게 마지막 포옹을 끝내고 트랩에 올랐다.

"그래도 뉴욕은 파라다이스였어요. 그 시간들이 가장 행복했거든요."

우향이 애써 미소를 지으며 뉴욕에서 남긴 마지막 말이었다.

어느덧 초겨울로 접어들어 이슬비가 촉촉히 내리는 활주로를 비행기는 이륙했고, 우향은 가볍게 느껴지는 통증으로 비행 시간 내내 신음소리를 그치지 않았다.

경황이 없어서 하네다 공항에서 갈아타야 할 비행기를 놓쳐 버리
는 바람에 피곤과 통증은 참을 수 없을 지경에 이르렀으나, 가까스로
뉴저팬 호텔에서 하룻밤을 지내고 다음날 김포에 도착할 수 있었다.

절 명

서울에서는 우향의 귀국 연락을 받고 준비를 서둘렀다. 당시 국내
에서 암의 권위자로 손꼽히는 사람은 김경석 박사였는데, 뉴욕의 유
영수와도 안면이 있었다. 그는 원래 서울내과병원에 있다가 당시에는
백병원의 내과과장으로 옮겨와 있을 때이기 때문에 백병원이 적합하
다고 판단하여 수소문 끝에 입원실을 마련해 두고 앰뷸런스를 대기
했다.

올케 최옥영이 차 안에 타고 비행장 트랩 바로 아래까지 들어갈 수
있었다. 물론 긴급한 일이기는 했지만, 이 역시 운보의 출국을 도와 준
김종필의 특명에 의한 배려였다. 우향은 검은 코트에 역시 검은 밍크
털목도리를 하고 가장 먼저 트랩을 내려왔다. 휠체어에 앉아 운보의
도움을 받고 있었다.

"우향, 드디어 고국에 돌아왔소."

"제가 이런 모습으로……."

옥영과 선과 영·손인실·박을복, 그리고 몇몇 친구들. 공항에서는
자꾸만 울어야 할 일들만 있었던 모양이다. 불과 몇 개월 사이 처참
한 모습으로 변해 버린 어머니를 부둥켜안고 두 딸은 한참을 움직일
줄 몰랐다. 그리고 그 즉시 다시 백병원의 투병생활이 시작되었다.

서울 역시 뉴저지 서밋에서의 진단과 큰 차이가 없는 의견이었고,

치료라기보다는 얼마만큼 생명을 연장할 수 있는가의 필사적인 노력이었다고 말하는 편이 옳았다.

그녀 자신도 이제 이 믿을 수 없는 현실을 누구보다도 잘 파악하기 시작했다. 그러나 그렇기 때문에 오히려 그녀의 의지는 더 강해지는 듯했다.

마치 운명의 사자와 마지막 대결을 벌이는 듯한 극한치의 투병생활이 시작되었다. 연일 이어지는 여러 종류의 치료가 과연 얼마만큼 그의 생명을 연장할 수 있었는가는 의문이지만 서울에 귀국해서도 최소한 2개월 가까이 숨이 끊어지지 않았던 것은 완전히 그녀의 투지에 의한 시간들이었다고 말해도 무리가 없을 정도였다.

그녀는 화장을 했다.

친지나 친구들을 만나면서 자신의 비참한 모습을 그대로 보여 줄 수는 없다고 생각했기 때문이다. 화장 전에는 그녀는 누구도 만나지 않았다. 옥영에게 부축을 해달라고 해서 병실을 걷기도 하면서 꺼져 가는 생명의 하찮은 불씨라도 최선을 다해 붙잡으려고 했다.

마치 뉴욕 시절 작업에 대한 함몰에서 보여 주었던 신들린 여인의 초상처럼……

"현, 내가 잘못했어요. 그때 뉴욕에 계속 있게 했어야 했는데. 그랬으면 당신의 소원인 작업도 많이 하고 지금 이런 일이 없었을지도 모르지. 나 때문에 희생된 여인이 너무 많은 것 같아……"

소리없이 흐느끼는 듯한 남편을 향해 우향은 항상 창 밖을 내다보면서 말했다.

"우리는 동지잖아요. 당신이 그 빛바랜 어머님의 반지를 끼워 주던 이대 뒷동산이 생각나요. 당신은 나를 평생 괴롭힌 사람이지만 그만큼 나를 사랑해 줬어요. 그래서 동지적 사랑이랄까, 동지적 부부랄까. 저에게 바람이 있다면, 만일 제가 이 세상에 없을 때는 당신은 저의 몫을 빚지는 셈이에요……"

"싱겁기는…… 좀 고생하다가 일어날 거야."

"여보, 제가 좋아하는 그 동시 좀 들려 주세요. 매암 매암 매암 울음 울 때에, 쓰르람이 쓰르르 흉내냅니다…작년…에 간 부모가…… 그 다음은 생각이 나질 않아요."

그리고는 서서히 혼수상태에 빠져들어 가는 우향.

주름이 말라 속뼈가 그대로 드러나는 우향의 얼굴을 어루만지며 운보는 쓴웃음을 지었다.

만추晩秋가 다 가면서 마지막 샛노란 은행잎들이 유리창을 맴돌며 춤을 추다가 맥없이 아스팔트 위로 떨어져 갈 즈음 우향은 종교적 귀의를 원했다.

피난 시절 도와 준 적이 있는 김형민이 순복음교회의 최자실 목사를 모셔와 세례를 받았고, 주위 사람들의 권유로 안수기도도 받았다. 이헌재 박사 병원의 앰뷸런스를 이용해서 한동안 다녔지만 성령의 힘으로 생명의 빛을 되찾아 보려는 마지막 노력은 허사로 돌아갔다.

또다시 가을이 가고 검고 앙상한 가지들이 추위를 맞이하고 있을 때 마침 피난 시절의 은인 김형민이 병문안을 오면서 보라색 꽃이 소담하게 핀 양란洋蘭 한 그루를 가져왔다.

운보는 문득 우향의 마음도 전환시킬 겸 그 꽃을 그려보게 하면 어떨까 하는 생각이 스쳐갔다. 마약처럼 그녀에게는 그림을 그린다는 것이 어떤 특별한 의미가 있었기 때문이다.

"우향, 저 꽃을 스케치해 보면 어떨까? 내가 당신의 화집도 만들려고 준비중이야. 그러니 한 장 그려봐. 기분이 좋아질 테니."

우향은 좋은 생각이라며 유려한 필선으로 난꽃의 음영과 우미한 곡선들을 명료하게 연필로 스케치해 보았다.

1975. 12. 16. P.

사인은 이렇게 해두었다.

우향은 이 스케치 한 장을 남기고 다시금 깊은 혼수상태에 빠지기 시작했다. 그의 스케치북에는 반쯤 그리다 만 그림 한 장이 남아 있었지만 영영 다시 연필을 잡지는 못했다. 이 그림이 아마도 그녀의 절필작絶筆作인 셈이었다. 그녀는 영어·한국어·일본어가 뒤섞인 말로,

"여보, 나하고 같이 가요. 나하고 꼭 가야만 해."

"아버지, 돈 줘요…… 아버지……."

갑자기 이해할 수 없는 말들을 외쳐댔다.

옥영은 아침에 일어나 충혈된 운보에게 우향이 밤새 반복한 두 마디를 전해 주었다.

운보는 다음날 당장 1백만 원을 새 지폐로 바꾸어 담요 밑에 깊이 넣어 주었다.

"그래, 당신의 노자로 써야 돼. 멀리멀리 훨훨 날아가려면 노자가 있어야 할 것 아니야."

그리고 운보는 침통했다.

우향은 자신과 함께 먼 여행을 떠나고 싶다는 말을 반복했고, 운보는 어찌할 수가 없었다. 그녀의 어떤 고통과도 함께 하지 못하고 그저 우두커니 있는 한덩어리의 바윗돌처럼 신의 불균형을 바로잡을 만한 어떤 능력도 발휘할 수가 없었다.

많은 삶의 여정들이 한꺼번에 침몰되는 것 같았다. 혼수상태는 며칠 동안 계속되었고 공포가 닥쳤다. 그래도 조금만이라도…….

그는 기도하기 시작했다.

"주께서 저 여인의 사랑과 희생과 의지를 굽어……."

여기저기서 캐럴이 들려오던 그해 막바지에 들어선 어느 날 백병원의 주치의는 더 이상 산다는 것이 불가능하다는 결론을 내렸다.

성북동으로의 퇴원이었다.

50년대 이후 작업의 열정을 불태웠던 그곳에서 최후를 맞는 편이 낫다고 생각하여 퇴원을 단행했다.

이즈음 뉴욕에서 유영수가 날아왔고, 우향은 그를 향해,

"죽는가 봐. 완이를 잘 부탁해요……"

라는 말을 남겼다. 김종필은 그녀의 소식을 듣고는 문화적 업적을 기록하기 위해 훈장을 주자는 제의를 했으나 그럴 겨를조차도 없었다.

해가 바뀌어 1월 2일이 되었다.

신년 초하루 저녁부터 서울 시내를 점령하다시피 한 짙은 안개가 이튿날 아침까지 자욱하게 내려앉았다. 앞이 보이지 않을 정도의 짙은 안개가 성북동을 휘감았다.

까치 몇 마리가 감나무 가지 위에서 연신 소리를 냈지만 새는 보이지 않았다. 다만 반가운 손님을 맞으러 온 듯한 상쾌한 울음소리만을 반복하다가 사라지곤 하였다.

우향은 이 지독히도 자욱한 안개 속에서 밤새도록 헐떡이다가 힘없이 숨을 멈추었다.

마치 마지막 스케치를 끝낸 것처럼.

영혼의 그림자

'모든 예술의 원천은 연인으로부터'라고 말한 시인도 있지만, 적어도 남자에게 있어 여자의 미학적 논제는 역사가 시작되면서부터 예술가들에게서 만큼은 생활의 모든 리듬을 조절하는 조율사 같은 역할을 하였다.

그러므로 많은 예술가들이 자신의 연인들을 송두리째 작품의 소재로 삼았고, 그 숨결과 피부빛깔, 매력적인 눈빛을 향해 정열적인 광기를 불살랐다.

피카소의 대표작인 〈게르니카〉에 등장하는 마리 테레즈와 도라 마르 두 여인은 이미 올가 코흘로바와 결혼생활중임에도 사귀던 애인이었다.

《봄의 교향곡》·《D단조 교향곡》 등의 숱한 작품을 남기는 데 절대적인 상상력을 세례했던 슈만과 클라라의 열정적인 사랑, 운명적으로 만났던 쇼팽과 조르주 상드 등 모든 만남이 한결같이 파행적이고, 그 파행만큼이나 신비로운 영감을 불러일으키는 샘터였다.

운보에게 있어서 생전의 우향의 존재 역시 운보 김기창을 있게 한 정신적·현실적 동지의 의미를 동반하는 더 없는 연인이었고 경쟁자였으며 삶의 조율사였다고 말할 수 있다.

57세.

작가로서는 이제 막 절정에 오르는 나이에 우향은 운보에게 그야말로 창자가 토막토막 끊어지는 단장斷腸의 슬픔을 남기고 그 자욱한 안개와 함께 가버렸다.

운보의 나이 63세였다.

우향이 그토록 비통하게 죽음에 이른 원인에 대해서는 물론 누구도 명확한 해답을 찾을 수는 없지만 뉴욕 시절 가장 가깝게 지낸 조종완의 말을 빌면,

"그녀는 완전히 자신의 예술세계에 빠져 있었어요. 빵조각 하나로 아침 점심을 때우면서 오로지 판화 일에 몰두했고, 그 자체를 최고의 행복으로 알았습니다. 솔직히 말한다면 이 시기 4년 반은 아이나 남편 모두를 사랑했지만, 그녀의 예술세계에 대한 정열에는 미치지 못했던 것 같아요. 그녀는 자유롭다고 했어요. 누구의 신경을 건드리거나 간섭받지 않고 마음껏 자기 일만 하면 되었으니까요. 그렇게 자유를 만끽했으면서도 남편 운보의 흥을 보지는 않았습니다. 그녀는 천사 같은 존경스러운 한 여성이요 예술가요 인간이었습니다."

그가 뉴욕 생활에서 그토록 자유로움을 만끽할 수 있었다면 두 가

지의 추측이 가능하다. 하나는 작업에 대한 매력 때문이겠고, 다른 하나는 그만큼 견딜 수 없었던 운보와의 현실적 괴로움에 대한 상대적 반응이었을 것이다. 그러나 그후 그녀는 결국 운보와의 귀국을 결정해야만 했고, 그 과정에서의 고뇌가 뉴욕 생활에서의 육체적 학대와 함께 서서히 자신의 운명을 재촉한 하나의 원인들이었을 것이다.

그의 병은 한국에 오기 전 팔에 이상이 있을 때부터 이미 그 세포가 체내에 생성되었고, 시간이 갈수록 전신에 퍼졌다. 이후에 밝혀진 것이지만 소화기관의 이상을 호소했던 것도 모두 다 그런 증세 중 하나로 나타난 신호음이었던 것이다.

어떻게 보더라도 그의 죽음은 분명 운보의 세계관과 맞물려 있었고, 운보의 강한 명기命氣 세례를 너무나 가까이서 접해 온 결과일는지도 몰랐다.

이로써 운보를 그토록 사랑했고 그 자신에게 사랑이라는 이름의 고결함을 베풀어 준 여인 세 사람은 모두 이 세상을 떠나게 되었다.

열아홉에 어머니 윤명이 임종했고, 서른일곱에 전쟁의 와중에서 외할머니를, 환갑을 넘긴 예순셋에 부인 박래현을 잃게 되었던 것이다.

"20여 년마다 여인들이 떠나갔어요. 나의 은인과 같은 여인들이……."

라는 안타까운 회한은 그의 노년기를 한층 더 고독 속으로 빠져들게 했다.

우향의 죽음은 그녀 자신의 예술세계에 있어서도 안타까운 시점에 일어났다. 크게 보아 한국에서 활약하던 50년대 이전과 50년대 이후에서 60년대 중반까지의 눈부신 현대적 변신을 그녀 예술세계의 본격적인 2,3기로 본다면, 60년대 후반 이후의 7년간 뉴욕 체제는 그동안의 전통적 미감에 바탕을 둔 현대적 변신의 방법론적 몰입이 이루어진 시기였다. 이 시기 그녀의 작품은 회화보다는 판화·태피스트리가 주류를 이루지만, 여전히 또 다른 이국의 대지 위에 선 개척자의 모습이었다. 귀국과 함께 그녀가 운명한 바로 그 시기는 비로소 그동안의 작업과정에서 체득된 경륜을 바탕으로 판화·회화의 두 분야에 걸쳐 우향 스스로의 독자적 작업을 시도할 즈음이었다.

그녀의 죽음은 74년 7월 25일 뉴욕의 포트체스터에 있는 유나이티드 병원에서 오전 9시 40분에 뇌일혈로 61년 5개월의 생애를 마감한 수화 김환기와 더불어 한국 미술사에 있어서 하나의 커다란 손실이었다.

장례는 병원에서 세례를 받았기 때문에 기독교식으로 치러졌다. 미국의 아이들이 급히 귀국했고, 친지와 제자·친구들·미술계 인사 약 2천여 명이 조문객으로 다녀갔다.

금촌의 낙원묘지에 묻힌 그녀의 시신은 이제 더 이상 괴로워하지 않아도 되었다. 편안하게 잠든 모습이 한장의 판화처럼 운보의 뇌리 속에 선명하게 찍혔다.

우향의 죽음은 운보를 이루 말할 수 없는 충격과 실의에 빠지게 했지만 이 기구한 사별만큼은 어떤 식으로도 항거할 수 없었다.

"아빠, 엄마의 죽음은 우리도 어쩔 수 없었던 신의 결정이었지만, 엄마가 남기고 간 작품들은 언제나 우리 곁에 따뜻하게 남아 있어요. 용기를 내세요. 그리고 엄마 몫을 더하여 그림을 그리셔야지요. 그러시다간 정말 아빠마저 엄마를 따라가실 것 같아요."

"우향! 우향!"

원시인처럼 울부짖는 운보의 비통한 심경을 딸 영은 마치 어머니처럼 위로했다.

"그래, 어머니 모습이 그녀의 한 점 판화처럼 눈에 선하단다. 아빠가 빨리 일어나서 엄마 몫을 다해야지."

우향이 간 지 한달 남짓 되어 다시 기력을 찾은 운보는 우선 우향이 남기고 간 분신들을 정리했다. 미국에서 해운으로 운반해 온 판화기계와 잉크·종이·롤러 등이 아직 포장도 풀리지 않은 상태에서 주인을 잃은 채 우두커니 서 있었다. 최근까지 가장 가깝게 지내던 그녀의 분신들이었다.

　"한번이라도 현의 목소리를 들을 수 있었다면……"

　회상은 그때부터 평생 동안 계속되었다.

　매일같이 매순간마다 우향은 무한으로 날아가 버렸지만 운보의 뇌리 속에 판화처럼 각인되어 언제나 동지적 부부로서 동행했다.

　마치 영혼의 그림자처럼.

V

천연기념물이 된 바보

바보화풍

　운보는 다시 외로워졌고, 어둠의 편린들이 사방에서 허상화되어 나타났다 사라지고 사라졌다가는 다시 안개처럼 흐려졌다. 자각해야만 했다. 그리고 화필을 잡는 일만이 어떤 고독으로부터도 초극할 수 있는 탈출구임을 온몸으로 느꼈다.
　"우향의 몫, 그녀의 몫까지……."
　그녀의 몫이 남아 있었던 것이다. 그녀의 영혼을 달래 줄 꽃길을 만들고 싶었다.
　운보는 작업에 돌입했다.
　그 뼈저린 비탄의 감정들을 모조리 작업에서 쏟아붓는 심정으로 붓 가는 대로 생각나는 대로 작열하는 형상과 공간을 창출해 갔다. 그녀의 영혼이 깃들어 있어서 그랬을까. 그곳에는 어떤 우주만물의 법칙도 형식도 없는 무소유의 정관靜觀만이 있었다. 산과 나무와 들녘이 마음대로 노닐고, 해학과 소요유逍遙遊의 형상들만이 화가의 손에서 창출되었다.
　불과 2개월 만에 약 80여 점을 완성한 이 시기의 작품이 바로 그 유명한 〈바보산수〉·〈바보화풍〉이었다. 이 화풍은 이미 우향이 미국에서 귀국해 있던 1년 전쯤의 봄에 시작되어 있었으나 본격적인 궤도에 이르지는 못했다. 그러나 우향이 떠난 후 작업은 민화로부터 일탈된 자유로운 유희가 화산이 폭발하는 것처럼 직관적 열기에 의해 작열되었다.
　5월 남경화랑에서의 개인전으로 묶여지는 이 시기 작업들은 〈엿장

수〉·〈일장日長〉·〈오수午睡〉·〈비오는 날〉·〈행려行旅〉·〈호수〉·〈관폭觀瀑〉·〈십장생十長生〉·〈장생도長生圖〉·〈바보화조〉·〈바보수렵도〉 등 운보의 전생애를 통해서도 가장 절정기의 작품들이 불과 2개월 만에 집중적으로 제작되어진다.

〈바보〉란 무엇인가?

운보가 여기서 말하고 있는 바보란 천진이나 무위無爲에 근거하는 소요逍遙 개념이 바탕에 있다. 특히 정형화된 시각으로서 모든 사물을 눈으로 보고 느끼는 형상, 그 자체로만 인지하는 것이 아니라 그 물성物性과 형상의 본질 속에 흐르고 있을 가장 원초적인 순수성을 읽고 느낌으로써 무심의 세계에까지 다다르는 무위적 자유 해방을 누릴 수 있는 것이다.

그 무위적, 즉 아무것도 취하지 않고 목적으로 하지 않는 무소유의 정신세계에 이르면 곧 어린 아이처럼 천진한 상태가 되며, 그렇게 되면 사물의 크고 작음, 높고 낮음, 멀고 가까움이나 색채의 한계를 얼마든지 넘나들 수 있다는 것이다.

그는 말한다.

'도공陶工들의 손은 숙련되었으나 마음은 어린 아이처럼 천진했을 것이다. 손은 익고, 마음은 무심하고, 거기에 비쳐진 그릇들은 인공이기보다 자연에 가깝다……' 위의 글은 어느 문인文人이 쓴 도자기를 예찬한 구절이다. 도자기의 아름다움은 여기에 그치지 않는다.

나는 작가정신이 어린이가 되지 못하면 그 예술은 결국 죽은 것이라는 예술관을 가지고 있어요.

현대에 있어서 동양화는 자유화自由畵의 연장이다. 소인素人이나

초심자는 회화 입문에 있어서 우선 그 형식에서부터 들어가려고
한다. 그리하여 한 습성을 만들어 버리기 쉽다. 잊어버리는 일이 있
더라도 형식 속에 빠지면 안 되는 것이다. 우리가 어린이들의 그림
에 감탄을 아끼지 않는 것은 당초의 직각적直覺的인 면에 허위가
없는 까닭이다.

그는 반복해서 동심의 세계로 돌아가야 한다는 점을 강조하고, 원
시시대의 순수한 미적 감성과 심미의식을 요구한다. 이러한 기본적
바탕 위에서 조선시대 민화가 가지는 시공간의 자유로운 다원적 시
각과 해학성을 동시에 구사한다. 즉, 하나의 사물을 한곳에서만 바라
보는 것이 아니라 동시에 여러 곳에서 관찰하고 투시하는 다원적인
방향에서의 묘사를 가능케 함과 동시에 고도의 해학적 여유를 부여
하여 보다 일탈된 유희성을 구가하고 있는 것이다.

한 척〔一隻〕의 배가 나뭇잎 하나보다 작고, 학 한 마리가 집보다
는 크다는 의미가 여기에 있는 것이다. 자연에 대하여 첫인상에 허
위를 가하지 않고 내부에서 요구되는 그대로, 외계의 자극이라든지
이지理智의 지배에 끌려가지 않고 솔직히 자기가 느낀 대로 표현
하는 것이다. 형사形似를 무시하는 것은 아니지만 전적으로 구속되
는 것은 금물인 것이다.

복잡하고 신경과민에 사로잡혀 숨막힐 듯한 현실보다도 차라리
바보에 가까운 원시시대의 단순·소박한 환경으로 돌아가서 그들
의 미술 속에서 애정을 가지고 자기 길을 개척해 보고 싶은 정열
을 버릴 수가 없다.

그가 말하는 바보적 회화란 이와 같은 바탕에서 비롯되며, 그러므

로 그것은 바보라기보다는 오히려 현세를 일탈한 천재적인 면모를
추구하는 회화라고 해야 옳을 것이다. 그 자신도,
 "바보와 천재란 너무나 통하는 것이 많아. 종이 한 장 차이야."
라고 말하고 있듯이, 그는 현실적 굴레에 얽매인 아름다움의 규정이
나 형식보다는 그야말로 무한적으로 날아다닐 수 있는 자유로운 그
림을 그리고 싶다는 의지를 이 바보화풍에서 마음껏 분출하게 된다.
　그것은 청나라의 석도石濤나 팔대산인八大山人이 자연의 도道를
찾아 수묵의 점획을 유희한 것이나, 루소가 자연을 부르짖고, 고갱이
타히티를 찾았으며, 고흐가 오베르 쉬르우아즈에서 보리밭을 그리다
권총을 쏘았던 그런 회귀적 본능·자극·도약적 천재성과도 비견될
수 있다.
　노자老子는,

　가장 완전한 것은 마치 덜된 것과 같다. 그러나 아무리 써도 부
서지거나 닳지는 않는다. 가장 알찬 것은 마치 빈 것 같다. 그러나
아무리 써도 끝이 없다〔大成若缺, 其用不幣; 大盈若沖, 其用不窮〕.

　가장 큰 직선은 마치 굽은 것 같고, 최대의 기교는 마치 졸렬한
것 같고, 최고의 웅변은 마치 말더듬이 같다〔大直若屈, 大巧若拙, 大
辯若訥〕.

라고 말하고 있어서 큰 바보, 즉 대치大痴의 뜻은 바로 우리가 일상
적으로 생각하는 뜻의 바보와는 정반대인 가장 도인道人과 같은 의
미를 지닌다. 대직약굴大直若屈, 즉 가장 큰 직선은 굽어 있는 것처
럼 보인다는 뜻과 대교약졸大巧若拙, 즉 가장 큰 기교는 졸렬한 듯
보인다는 모든 의미가 곧 바보화풍의 본뜻을 보다 쉽게 해석해 주는
근거들이다.

우향의 죽음이 몰고 온 슬픔과 새로운 고독의 독백이 오히려 그 원동력이 되어서 비장적 승화를 이루어 낸 바보화풍의 집중적인 분출은 산수·화조, 즉 꽃과 새 등 여러 소재에 걸쳐 다양하게 다루어졌으며, 5월 남경화랑의 개인전은 미술계에 커다란 파장을 불러일으켰다.

그의 독자적 시각과 예술세계의 변신은 한편 한국 전통 미술을 모태로 한 현대적 재조명이라는 〈법고창신法古創新〉의 의미에서도 절대적인 가치를 찾을 수 있는 대표적인 사건이었다.

놓아자의 햇빛으로

우향의 죽음으로 운보는 아내를 잃었지만, 다른 의미로는 유일하게 의지해 온 동지를 잃은 셈이기도 했다. 그 공백을 바보화풍으로 샘솟듯 분출시킴으로써 그녀에 대한 그리움을 대신하게 되었다. 그의 마음 한구석에는 여전히 우향의 한쪽 심장이 뛰고 있었다.

남경화랑 전시가 성공적으로 끝난 뒤 다시 그녀의 체온이 온몸에 엄습해 왔다. 운보는 무엇이든 그녀를 위한 구체적인 노력을 해야만 그녀의 영혼을 달래 줄 수 있을 것이라고 생각했다.

그래서 첫번째로 떠올린 것이 미술관이다. 그녀와 서울 집에 처음으로 이사했을 때 손가락으로 맹세했던 그 장면이 생생히 기억되었다. 그는 즉시 최태호의 동의를 얻어 미술관을 지으려 했으나 돈이 문제였다. 1원 한푼 없는 운보가 미술관을 짓겠다니 최사장으로서도 답답할 노릇이었다. 그러나 운보는,

"어떻게든 지어야 해요. 우향과의 약속이니 내 모든 것을 바쳐서라

도 해야만 해!"

라며 다그쳤고, 최태호는 머리를 짜냈다. 다행히도 이 무렵은 인사동을 중심으로 미술시장이 경제적 호황으로 급격한 신장세를 보이기 시작했으며, 화랑도 상당수에 이르렀다. 그 중에서도 동양화는 절대적인 우세를 보여서 그림값이나 매매 면에서 가장 인기가 좋았다. 이른바 크기에 따라서 그림값이 정해지는 호당 가격제라는 것도 이때 본격화된 것이며, 그림이 현금과 같은 교환가치를 지닌 것도 이때에 이르러서 비로소 어느 정도의 개념이 형성되었다.

운보는 인기작가 중에서도 6대가, 즉 스승인 김은호로부터 이상범·변관식·허백련·노수현·박승무 등과 함께 어깨를 나란히 했다.

최태호는 하는 수 없이 운보에게서는 그림을 받아 현찰로 건축비를 대는 조건으로 하고 공사를 시작했다. 운보의 원래 계획은 바로 옆집에 있는 두 채의 기와집을 구입하여 규모 있게 짓는 것이었으나, 현실적으로 도저히 불가능했고, 살던 집만을 헐어서 이층으로 조그마한 미술관 겸 주거공간을 지었다.

우향처럼 아담하게 생긴 이 건물에다 약속대로 두 사람의 이름을 딴 〈운향미술관雲鄕美術館〉이라고 현판을 걸었다. 우향의 판화·회화·도자기 그림, 운보의 회화 등 50여 점을 전시실에 걸고 한편에서는 작업공간으로 사용하면서 우향을 추모했다.

그녀를 위한 추모작업은 계속되었다. 이듬해 78년 국립현대미술관에서 〈우향 박래현 초대유작전〉을 대규모로 개최하면서 그녀가 남기고 간 대표적인 작품들을 한자리에 모았으며, 한편으로는 수필만을 모은 《사랑과 빛의 메아리》를 화문집으로 출간하고, 대형화집 및 자신의 수필집 《침묵과 함께 예술과 함께》를 동시에 출간했다. 전시가 개막되는 날 운보는 이른 아침부터 미술관 돌계단 아래 앉아 그녀를 생각했다.

1943년 〈선전〉에서 특선에 올랐던 〈장粧〉으로부터 구암동 시절의 실험작과 1956년 한해에 두 개의 대통령상을 수상한 〈이른 아침〉과 〈노점〉, 그리고 60년대의 〈작품〉 시리즈, 70년대의 판화·태피스트리, 마지막 절필 스케치까지 그녀의 작품들은 마치 자신의 파란만장한 삶의 파노라마처럼 전시장을 가득 메우고 있었다.

"우향, 이제 당신의 영혼이 살 수 있는 집도 지었고, 이렇게 유작전도 열었으니, 그리도 괴롭던 병상을 훌훌 떨쳐 버리고 멀리멀리 날아가 봐……."

고인이 된 그녀의 작업은 한결 더 우미함과 절제된 사변적 전통 미감이 첨단의 현대적 기법에 적절한 조화를 이루고 있었고, 마지막으로 남긴 보라색 난꽃의 스케치처럼 투명한 이슬이 곳곳에 맺혀 머물고 있었다.

한편 이즈음에는 이미 둘째 딸 선이 미국으로 유학을 떠나 처음에는 워싱턴에 있다가 완이 있는 시카고로 옮겨 공부를 계속하고 있었다. 그렇게 되니 결국 서울에는 막내 영밖에 혈육이 없었다. 친척 김승호가 주변을 도와 주고 있어서 대체적으로 그와 함께 있는 시간이 많았는데, 주로 최순우·최태호·이규일·김승호 등과 신변의 일을 상의하고, 제자로서는 나부영·문은희·심경자 등이 가깝게 출입했다.

그러나 운보는 언제나 마음 한구석에 빈자리가 남아 있었고, 그 허허로움을 처연한 독백으로 되씹었다. 그러던 어느 날이었다. 조간신문을 보고 있다가 이윤희라는 한 어린 여학생이 돈이 없어서 심장병 수술을 하지 못하고 있다는 기사가 눈에 띄었다. 이제 겨우 열한 살인데 언니 은희와 안양의 소하동 빈촌에 살고 있다는 내용이었다. 운보는 즉시 연락을 취했고, 수술비와 학비를 우편으로 보내 주었다.

얼마 지나지 않아서 다른 한 편의 기사가 일간지에 실렸다. 박재권이라는 학생이 청각장애자란 이유로 미술대학에서 억울하게 불합격당했다는 사실과, 그 사실을 규탄하기 위해서 1백여 명의 장애자들이 한국구화口話학교에 모여 항의를 하고 있다는 내용이었다.

운보는 이 기사를 읽자마자 분개했다. 곧바로 박군에게 편지를 써서 격려를 했고, 편지를 받은 박군도 용기를 잃지 않고 학업을 계속하게 된다.

동병상련同病相憐이라 했던가. 운보의 새로운 자각이 시작되었다.

"저 불쌍한 장애자들을 도와야겠어!"

그즈음부터 운보는 장애자들의 슬픔과 애환을 조금이라도 도와야겠다는 생각이 싹트게 되었고, 이와 같은 일련의 일들을 계기로 해서 본격화된다. 그리고는 곧바로 농아들을 위한 복지사업에 뛰어들면서 예술가로서의 삶에 못지 않을 만큼 거대한 업적을 쌓는 노년기의 새로운 장을 열게 된다.

그는 이 사업의 출발로서 우선 급한 대로 80년 8월에 사단법인 〈한국농아복지회〉를 발족시키며, 헬렌 켈러의 탄생 1백주년 기념식에 참석하여 수화를 함으로써 1백만이 넘는 장애자들에게 희망을 주었고, 뇌성마비아·맹아들을 위한 자선 전시 참여와 농아들을 위한 여러 차례의 모금 전시를 개최하여 기금을 마련하게 된다.

연이어 이탈리아의 국제농아연맹총본부를 방문하여 한국농아복지회를 세계농아연맹(WFD)에 가입시키면서, 독일에 가서는 세계농아인 올림픽에 출전할 수 있도록 가입절차를 밟게 되고, 일본 농아인 대회에도 참석하는 등 해외로도 분주한 활동을 계속한다.

82년에는 강화도에다 1만여 평의 부지를 마련, 종합복지 센터와 기능훈련원을 건립하는 계획을 세웠으며, 효창운동장에서 〈전국농아축구대회〉를 국제농아축구대회 선발전의 형식으로 개최한다.

운보는 이와 같은 방식으로 지속적인 후원·복지사업을 펼쳐나가면서 한편으로는 사회적으로 언론매체를 통해 버림받은 장애자들의 현실적인 인식과 제도, 후원에 대한 개선방안을 구체화하여 호소하고 몸으로 마음으로 실천한다.

그러나 그의 이같은 지속적이고 신념에 찬 장애자 지원사업은 한

계가 있었다. 우선 사회적으로 부딪쳐야 하는 갖가지 현실적인 문제
들이 산적해 있었고, 엄청난 예산을 필요로 하는 경제적 여건과 동시
에 추진한 청주의 〈운보의 집〉 건립, 작품활동 등 눈코 뜰 새가 없는
일정 때문에라도 보다 체계화되고, 장기적인 사업으로서 연결할 수가
없었던 것이다.

이때 장남 완은 시카고에서 디자인 분야를 전공한 후 직장에 다니
고 있었다. 그러나 전시차 도미했다가 시카고에 들른 부친의 외로운
뒷모습을 대하면서 즉시 귀국을 결정, 자신의 전공과는 전혀 상관이
없는 농아복지사업에 젊음을 헌신하기로 마음먹었다.

81년 그의 귀국은 운보가 그동안 다져온 복지사업의 기틀을 본격
적으로 체계화하는 데 많은 활력소가 되었다.

운보는 이 시기 확실히 수혜자收惠者, 즉 사랑을 받아왔던 입장으
로부터 사랑을 베푸는 인간애를 실천하는 입장으로 변신해 있었다.
그의 잠재의식 속에서는 어머니 윤명과 외할머니·은사 이당·부스
박사·아내 우향 등으로부터 받았던 일방적인 사랑을 자신과 같이
천대받고 살아온 장애자들을 위해 희생하고 베풀어 감으로써 보답하
겠다는 의지가 담겨져 있었다.

83년에는 이탈리아 시칠리 섬 팔레르모 시에서 개최된 제1회 세계
농아연맹(WFD)에 최초의 한국 대표로 참가하며, 그때까지 유럽 중
심으로만 이루어졌던 기구 조직을 아시아 등 제3세계권까지 확대하
여 범세계적인 조직으로 만들어야 한다고 역설한다.

모든 대표가 농아인 관계로 이 국제회의는 시종일관 침묵 속에서
진행되었다. 운보를 비롯한 한국 대표단은 11차 국제회의를 서울에서
하자고 제안하는가 하면, 세계가 공용으로 사용할 수 있는 수화를 만
들어야 한다는 내용의 발의를 하였다.

사회복지 분야에 정부의 관심과 보조가 어려울 시기에 운보의 이
탈리아 대회 참가는 이후 국제사회에 진출하는 데에도 큰 발판이 되

었으며, 그 이전에도 독일·미국·이탈리아 등의 농아복지시설을 아들 완과 같이 두루 살펴보는 등 세계 각국과의 제도·시설 등을 비교하여 사업계획을 실천해 가게 된다.

개척자적인 입장에서 지극히 힘겨운 가운데 운보 부자의 노력은 계속되었고, 사재를 동원하여 복지사업에 투신하는 일이 얼마나 요원한가를 실감하고 있을 때, 운보는 다른 농아들과 함께 쾌거를 거두게 된다.

타이완(臺灣)의 타이베이에서 열린 동남아 친선 농아축구대회에서 일본과 홍콩·타이완을 모두 한 점도 내 주지 않은 채 대파하게 된다. 그들의 대부代父가 되어 직접 인솔했던 운보는 관중석에서 참으로 오랜만에 통쾌한 순간순간을 맛보았다. 대만 현지에서도 많은 농아들이 참석하여 관전했으나 시종일관 한국 팀은 우세한 경기를 펼쳤다. 이국의 관중석 한 코너에서 한국 응원팀 전원은 부둥켜안으면서 눈물을 흘렸다. 그들이 쏟아지는 감동을 억제할 수 없었던 것은 물론 대회의 우승컵 획득이라는 승리감 때문만은 아니었다. 그보다는 그들도 이제 세계무대에서 대등한 한 인간적 그룹으로서 경쟁할 수 있고, 대우를 받을 수 있는 무한한 가능성을 내포하고 있다는 자신감을 획득했기 때문이었다.

"잘했어, 이놈들아. 최고야 최고!"

검정색 선글라스를 낀 거구의 운보가 시합이 끝나자 운동장에 직접 뛰어나가 선수들을 일일이 껴안았다. 어느새 관중석에서는 누군가가 "우리 모두 다 행복합니다. 모두 다 사랑합시다"라는 수화를 높이 쳐들어 보였고, 일제히 함성을 지르면서 수화의 물결이 다른 나라의 관중석까지 퍼져나갔다.

모두모두의 손가락들이 하나의 언어로 이어지면서 그들 선수단들은 실로 오랜만에, 아니 생애 처음으로 무한한 생명의 찬가를 침묵으로 불러보았다.

일본·홍콩·타이완·한국 모든 나라가 각기의 수화를 하고 있었지만 그들은 결국 하나의 언어를 하고 있었다.

아나빔 수녀

그가 한참 복지사업에 빠져들어 갈 79년에는 장다치엔〔張大千, 1894-1993〕이라는 대만의 세계적 거장과의 만남도 있었지만, 스승 이당 김은호가 87세의 나이로 세상을 떠남으로써 우향 이후 또 한번의 큰 이별을 맞게 되었다. 1930년 운보의 나이 열일곱 되던 해부터 시작하여 큰절을 드린 것이 꼭 반세기가 지났다. 이당에 의하여 운보의 예술적 인생이 시작되었다고 해도 과언이 아닐 정도로 그에게 있어서 이당은 절대적인 은인이었고, 그가 배양해 온 화단의 중견들과 그 계보는 동양화단의 과반수쯤에 해당한다고 해도 과언이 아닐 정도로 교육적인 측면에서 막대한 영향력을 미쳤다.

운보는 다시 한번 통곡했다.

운보의 나이 일흔이 되어가면서 그에게 제2, 제3의 생명을 심어 주었던 존재들은 모두가 떠났다. 벼루에 연적의 물을 부으면 가장자리에 외로움이 가득 고여 차마 먹을 갈 수가 없을 것 같은 심정이 되어 운보의 아침은 시작되었다.

그리고 그는 항상 참혹한 고독병에 시달렸다. 신기神氣가 내린 듯 대작을 운필하다가도 창문을 물끄러미 쳐다보는 버릇이 생겼다.

굵은 먹물이 듬뿍 떨어져 무릎을 적셔도 멍하니 바라보기만 하는 눈빛은 초점을 되찾지 못했다.

그러던 어느 날 막내 영이가 성당에서 자원봉사를 간다고 하더니 며칠 만에야 돌아왔다. 그리고는 유자차 한잔을 들고 아버지 곁으로 다가와 앉는 것이다. 오랜만에 부녀간이 오붓하게 앉았다.

찻잔은 분청사기를 본떠 만든 것인데 그날따라 유난히 영과 어울려 보였다.

운보는 찻잔의 김이 연신 춤을 추다 사라지는 장면을 물끄러미 바라보다가 쥐고 있던 붓을 놓고 딸을 바라보았다.

영이 먼저 운을 뗐다.

"아빠, 저는 수녀가 되기로 결심했어요."

"뭐라고 했지? 다시 말해 봐."

"아빠, 수녀가 되기로 결심했다구요."

운보는 놀란 표정을 짓고는 한동안 말이 없다.

한손을 이마에 올려놓고 머리를 쓰다듬으며 거친 숨소리만을 반복하고 있는 아버지의 모습이 안돼 보였던지 영이는 다시 말문을 열었다.

"저 요즘 성북동 성당에서 청년들과 여러 군데 가서 봉사활동을 했어요. 거기서 저는 느꼈어요. 그 중증 지체장애자들을 위해 보다 덜 불편한 다른 장애자들이 사랑을 베푸는 것을 눈으로 몸으로 보고 느끼면서 많은 것을 깨달았어요. 아빠, 이 세상에는 아빠와 같이 장애자로 살고 있는 사람이 많아요. 그러나 그들처럼 비참한 절망 속에서도 희망을 잃지 않고 시를 쓰고 노래를 할 수 있다는 것은 하느님의 힘이 아니고서는 불가능한 일이에요. 하나의 아빠보다 더 수많은 장애자들과 어려운 사람들을 위해 제 일생을 바치고 싶어요. 허락해 주세요."

운보는 문득 7년 전 우향에게 뉴욕 체류를 허락했던 순간들이 스치고 지나갔다. 그리고 조금 전 딸 영이,

"하나의 아빠보다 더 수많은 장애자들과 어려운 사람들을 위해 제 일생을 바치고 싶어요."

라는 말이 다시금 되뇌어졌다.

"너는 내 딸이구나. 그래, 너의 이 대견한 모습을 엄마가 보았더라
면……"

"아빠, 죄송해요. 저만이라도 곁에 있어 드려야 하는데…… 저마저
떠나게 되니 외로우셔서 어떡하지요? 실은 그것 때문에 제 결정이 늦
어졌어요."

"엄마가 너를 잉태했을 때 나는 그 〈성당과 수녀와 비둘기〉 그림을
그렸고, 그림 속의 수녀가 너를 꼭 닮았다는 것 알고 있지? 참으로
이상한 일이구나. 하느님의 계시인가 보다…… 이 세상에는 수도 헤
아릴 수 없을 정도로 많은 장애자·가난한 자들이 있지. 내 딸이 그
들을 위해 일할 수 있다면 그야말로 최고의 예술품이야. 그림으로 그
리는 짓만이 아름다운 것은 아니지. 오히려 네가 선택한 일이 진정한
아름다움의 세계일 거야."

"그래요. 아빠는 붓으로, 저는 희생으로 각기 예술세계에 몰입하는
거예요."

운보의 막내딸 영瑛.

그녀는 중학교 시절부터 편지 속에서만 어머니를 만나야 했고, 아
버지 역시 대화하기가 힘들었을 뿐 아니라 몇 년간 외국에 나가서
돌아오지 않을 때가 많았다. 언니 선마저 미국으로 가 버린 다음에는
외톨이가 되었다. 그녀는 늘 혼자였다.

그리고 어머니의 죽음을 눈앞에서 생생히 목격했을 때 슬픔의 뒤
켠에서는 어렴풋하게나마 삶과 죽음의 진정한 의미에 대해 진지하게
생각하기도 했다. 그래서 철야기도를 다니면서 점점 신앙생활에 빠져
들게 되었다.

그때 그녀는 누구를 위해서 기도를 하는 일, 그 기도를 주재하는
신의 존재, 죽어가는 자들과 기쁨을 느끼는 자들, 그런 것들을 조금
씩 골똘히 생각해 보았다. 그리고 그 뿌리는 자신이 전공한 동양화
분야에서는 도저히 상상할 수 없는 어떤 바다와 같은 물줄기였다.

그러던 어느 날 성당을 기웃거리게 되었고, 성북동 성당의 출입은 청년회 봉사활동으로 이어졌고, 이때 후소회 회원으로서 운보에게 가끔씩 사숙을 하던 김정자가 있었다. 그녀는 오랜 기간 동안 수녀생활을 한 적이 있는 여류화가였다.

영이는 김정자와 가톨릭의 희생 봉사정신에 관한 의견을 나누었고 실제 현장을 찾았다. 삼선교의 〈사랑의 선교회〉는 중증 지체장애자들 중 남자들만 모여 있는 곳으로서, 장애인 수사들이 자신보다 정도가 심한 장애자들을 위해 사랑을 베풀며 살아가는 곳이었다. 영이는 그곳에서 봉사할 결심을 하고 환자들을 씻기거나 밥을 떠먹여 주기도 하고, 이름 모를 외국 수사들의 눈물겨운 희생을 돕는 일부터 시작했다.

그녀는 이들의 감동어린 삶의 현장을 지켜보면서 스스로 그 현장에 뛰어들면서 자신의 인생관을 새롭게 설정해야만 한다는 절박한 외마디를 질렀다.

그녀는 또한 여자들의 모임인 〈사랑의 고리〉에도 나가서 수녀들을 도왔다. 그들은 한결같이 삶과 죽음의 경계선을 수없이 넘나드는 비극적인 모습들이었다. 정신박약아로부터 두 다리가 잘려 걷지 못하거나 양쪽 팔이 없어 세수조차 하지 못하는 것을 보며 그들에게 있어서 하루하루의 양식의 의미가 얼마나 고귀하고 눈물겨운 가치를 지니는 것인가를 깨달았고, 한동안은 삼육재활원에서 그림 지도를 하는 등 다른 단체에 가서도 틈나는 대로 자신의 능력이 닿는 데까지 최선을 다했다.

그리고 그녀는 점차 미사의 아름다움을 깨닫기 시작했다. 경건한 기도 가운데 가톨릭의 의식은 외로움 속에 떨고 있던 그녀를 따뜻하게 맞아 주었다. 결국 그녀는 1년간의 교리공부를 자청했고, 그 기간 동안 영혼이 가는 길 중 어느 곳이 가장 가치가 있는 것인가에 대해 고뇌에 빠졌다. 그리고 성북동 성당에서 영세를 받았다.

영세명은 '아네스'로, 결과적으로는 기독교에서 가톨릭으로 개종한 셈이 되었고, 그 이후로 영의 성격이나 세상을 보는 시각이 점차 변해 가기 시작했다. 그야말로 안개처럼 어느 날 갑자기 사라지던 어머니의 초췌한 모습, 들을 수도 없으면서 세상의 소리에 골똘하게 심취한 아버지의 모습이 한꺼풀 정제되어서 어른거렸다. 그리고 다시 틈나는 대로 〈사랑의 선교회〉를 찾았다.

그러던 어느 날 영은 드디어 수녀의 길을 가기로 마음을 굳혔고, 그 중에서도 안양에 있는 마더 테레사 재단의 사랑의 선교회 수녀원을 택했다. 그녀가 굳이 이곳을 택한 이유는 신발도 신지 않고 새벽부터 저녁 늦게까지 철저하게 자신을 희생하는 테레사 수녀처럼 기도보다는 많은 실천적인 봉사를 중요시하는 수녀원의 이념 때문이었다.

그녀가 수녀원으로 떠나기 전에 오빠 내외가 시카고로부터 귀국했고, 운보·완·김정자, 그리고 우향의 조카 박철 이렇게 넷이 안양 수녀원 앞까지 그녀를 배웅했다. 그리고 아네스 영은 수녀원으로 들어가면서 마지막으로 말했다.

"이 세상에서 가장 어려운 사람들을 돌보면서도 가장 힘든 곳으로 가고 싶어요."

운보는 지팡이를 짚은 채 한손으로 그녀의 선택을 꼭 껴안아 주었다. 사랑의 선교회는 1979년에 노벨상을 수상한 테레사 수녀에 의해 1950년 인도 본원을 시발로 설립되었으며, 소외되고 병들고 갈 곳 없는 사람들을 돌보는 일을 하며, 수녀들은 많은 나라에 진출하여 꼭 같은 일을 한다. 그 수녀들의 교육은 인도·필리핀·홍콩 등지에서 이루어진다.

얼마 후 영은 해외수련을 위해서 홍콩과 필리핀으로 떠나게 되었고, 필리핀에서 첫 허원식이 있었다. 마닐라 교외에 위치한 이 첫 허원식에는 오빠 내외가 현지에서 동생을 축복해 주었으며, 다시 타이완에서 기간허원을 마친 그녀는 종신허원을 하면서 수도명을 아나빔이라 했다. 아나빔은 빈자貧者, 즉 가난한 자란 뜻이다.

영의 변신과 기도는 운보에게도 결국 많은 변화를 야기시켰다. 이후 종교생활로의 귀의도 그렇지만, 그동안 외로움에 절어 있던 사생활을 중관中觀의 자세에서 유지해 갈 수 있었던 것이나, 70대에 들어 본격화되는 장애자 복지사업 중심의 사회사업을 해나가는 데도 중요한 정신적 밑거름이 되었다.

그의 장애자 사업은 84년 청주 〈운보의 집〉으로 이사하게 되면서부터 본격화된다. 〈청주시대〉 첫해인 84년 초에는 복지기금 마련 전시회를 개최하였는데, 여기에는 70년대에 시도된 바보산수를 〈서상도瑞祥圖〉와 같은 새로운 시각의 십장생도十長生圖를 등장시키면서 바보산수·청록산수 등이 선보이게 된다.

그림에 학·사슴·불로초·소나무·거북 등의 문자가 등장한 것도 이때의 작품이었으며, 〈농악〉·〈모내기〉·〈심산계곡〉 등이 제작되면서 문자도까지 넘나들게 되는데, 이 모든 것은 청주로 이사를 한 직후 두문불출하면서 제작된 것이다.

이해 7월에는 1천3백 평의 대지에 2백90평의 〈운보복지원〉이 남양주군에 건립되어 청각장애자들의 직업훈련원으로 쓰이며, 홍콩 국제 농아인 축구대회에도 참가한다.

또한 세계농아연맹(WFD)은 로마 정기위원회에서 운보를 예술문화위원회 부회장으로 선임하게 되며, 숙원이었던 복지관인 청음회관을 지상 4층, 지하 1층으로 지었다.

이로써 남양주에서는 직업훈련을 주로 실시하고 서울 역삼동에서는 30만 청각장애자들을 대상으로 하여 청능훈련·구화口話·수화 강습·청력검사·보청기 훈련 및 청각장애자들을 위한 각종 문화·학술 활동을 실시할 수 있게 되었다. 특히 이곳에서 혜택을 주고 있는 청능언어훈련은 전국 청각장애자들에게는 결정적인 용기를 불어넣어서 수만 명이 이곳을 찾아 훈련을 받아왔다.

시카고로부터 귀국한 장남 완이 전공을 버리고 복지사업에 뛰어들

면서부터 운보는 더없는 원군을 얻었고, 꾸준히 판매되어 준 작품들
은 경제적 밑거름이 되었다.

운보는 이같은 사업들이 불과 10여 년 만에 성숙단계에 이르자 크
게 고무되었고, 우향의 그리움을 송두리째 복지사업에 쏟아넣었다.
그는 82년 예술원상을 수상하면서 이렇게 말한다.

장애자를 예술원 회원으로 선출해 준 것도 개인적 영광인데, 상
까지 받게 되었다니 여러분의 후의에 감사할 따름입니다. 이것이
개인의 영예에 그치지 말고 아직도 〈병신〉으로 사회의 냉대를 받
고 있는 다른 장애자들에게 용기와 신념을 주는 계기가 되었으면
합니다. 신체의 일부가 잘못되었다 해도 본인이 의지와 사회의 보
살핌만 있으면 얼마든지 정상적인 활동을 할 수 있다고 믿어요. 신
체보다는 정신의 병을 더욱 경계해야 합니다.

그는 육신의 병을 앓고 있는 것보다는 정신의 병을 앓고 있는 정
상이라고 생각하는 자들의 병이 오히려 문제라고 보고 이들의 냉대
와 멸시를 질타하였다. 이런 발언은 이외에도 기회가 주어지는 대로
각계 각층의 정부 기관을 향해 계속된다.

어느새 운보는 딸 아나빔 수녀의 큰 선택처럼 자신도 성직자의 삶
을 닮아가고 있었다. 어떠한 세속의 목적도 없이 그저 비통했던 자신
의 지난날을 회상하며 장애인을 위해 많은 그림을 그렸다.

그리고 '미술의 시각적 아름다움이라는 부류로서는 도저히 표현
불가능한 삶의 체현적 아름다움이 바로 이런 것이로구나' 하는 자각
이 나날이 쌓여갔다.

그는 가장 아름다운 방식으로 또 하나의 진眞과 선善의 세계에 다
다르는 미적 진실을 추구하고 있었다.

베드로

운보의 노년기에서 볼 수 있는 예술적 삶에 못지 않은 장애자 복지사업은 양면적이다. 그의 외곬적 삶의 내면과 치열한 독백은 그가 농아라는 이유만으로도 본질적으로 다른 작가들에 비해 사회적인 면에 있어서는 가깝게 접근하기 어려운 입장에서 출발하고 있다. 더욱이 그의 신체적 조건이 갖는 특수성에서 생각해 본다면 그가 어느 사회집단과의 관계를 긴밀하게 형성하고 협력적인 삶을 유지해 간다는 것은 극히 어려운 일이다.

그러나 운보의 노년기는 예술의 프리즘을 통해서 극히 적극적이고 그를 전후하여 예를 찾아보기 어려운 대사회적인 협력관계를 형성한다. 이 점은 어떻게 보면 대체로 강한 자기 고집과 주관적 독백을 전제로 하는 독재 예술가들의 삶에서는 찾아보기가 거의 불가능할 정도의 개방된 사회적 희생과 나눔의 봉사정신을 바탕으로 한 삶의 구도를 형성하고 있다고 말할 수 있다.

다시 말해 운보는 독자적 예술가의 삶을 구축했으면서도 다시 또 하나의 객관화된 사회인으로서 인간적 가치관을 실천하게 된 것이다.

물론 예술가적인 삶과 사회적 박애정신이 갖는 양자간의 관계가 그렇게 대립적이거나 양극화된 무엇이 있는 것은 아니다. 그러나 양자의 보편적 성격에 있어서 쉽게 교감되기 어려운 장벽이 가로놓여 있다.

그것이 예술가의 독선과 영감, 부단한 부정적 사고와 도전, 그리고 실험의식, 환영幻影(illusion)이라는 허상적 감성들을 한치도 용납하지 않는 대리석처럼 차가운 현실에서 맞부딪치며 괴리를 발생시킬 뿐이기 때문이다.

운보의 노년기가 갖는 의미는 바로 이같은 양극적인 성취에 있다. 예술성이나 사회사업적인 어느 곳에서도 그 순수성을 잃지 않은 채 모두 삶의 궤도로 실천해 보였다는 데서 예술가이기 이전에 인간적 가치의 구현이라는 차원에서도 의미를 부여할 수 있다.

그는 이 박애정산을 위해서 기꺼이 자신의 일부 예술세계를 땔감으로 사용했다. 그러나 그것은 예술의 존엄성을 무너뜨리는 현실적 타협을 의미하는 것은 결코 아니었다. 그와 같은 다량의 작업들이 결코 자신의 좌표를 바꾸어 놓을 만큼 지대한 부분을 점유하지도 않았을 뿐더러, 마치 중세 유럽의 이콘(icon)처럼 그의 목적은 명료하게 선善이나 진眞의 가치를 추구하는 데 있었기 때문이다.

앞에서도 이미 언급한 바 있지만 그렇다면 이와 같은 운보에게 있어 노년기의 박애적 삶의 근저에는 어떤 본질이 흐르고 있는가 하는 의문이 생기는데, 그것은 물론 자신이 장애자라는 더없는 동병상련의 이유와 어머니·우향·외할머니·이당 등에서 받은 사랑과 헌신의 반영이었다. 그리고 그보다도 결정적인 것은 종교적 삶에서 비롯되었다고 볼 수 있다.

특히 이 시기 그의 개종은 예술적 삶과 헌신적 박애의 삶을 연결짓는 더없는 기회였는지도 모른다.

1985년 그는 자신의 종교를 감리교·장로교에서 다시 천주교로 개종한다. 사실 그에게 있어서 애초의 종교적 변신은 일단 예수 그리스도를 자신의 신으로 섬긴다는 것과, 그가 남긴 사랑과 박애정신을 실천한다는 사실 그 이상도 이하도 아닌 보편적인 의미에서 거듭되었다.

그에게는 성경을 어느 위치에서 어떻게 해석하느냐 하는 문제는 중요한 것이 못 되었다. 이를 보다 넓게 해석해서 생각해 보면 불가나 도가道家 등 모든 동양 종교가 포용된 가톨릭 신자라고 해도 과언이 아닐 것이다.

　실제로 그는 일흔이 되던 해 기독교인임에도 수덕사 법당 건립을 위한 전시회에 작품을 출품한 경력이 있으며, 서울 자비원이 석가탄신일을 기려서 불사의 일환으로 청송교도소에 기증하는 작품 헌정에도 참여했다. 뿐만 아니라 소재 면에 있어서도 바보산수를 비롯해 불교적 체취가 짙은 테마를 많이 다루었다.

　노산 이은상은 그의 이러한 세계관을 화선畵禪이라 표현하고 있다.

　　어려서 이당헌〔以墨軒〕 찾아
　　스승 앞에서 먹을 갈았고
　　깃을 펼치면 하도 찬란해
　　봉鳳새 났다 기리더니만
　　오늘은 여의주如意珠 머금은
　　용龍의 모습 완연하이.

　　남들은 소음騷音을 들을 제
　　운보雲甫는 신神의 음성을 들었고
　　남들은 속俗된 말들로
　　온종일 지껄일 적에
　　운보는 님 데리고 앉아
　　회심會心의 밀어密語를 바꿨었네.

　　그의 분신, 우향雨鄕을 잃고
　　한밤에 우는 두견杜鵑새러니
　　고독과 정한情恨, 한가슴 안고
　　혼자 지키는 예술藝術의 세계
　　자재自在와 침묵沈默 속에서
　　새 경지境地를 열었네.

화상畵想이 떠오르면
속계俗界 선향仙鄕, 일순一瞬에 돌고
마음 내키면, 샘솟는 정열情熱
산수山水 인물人物, 화훼花卉 영모翎毛
한 자루 붓을 휘둘러
신神의 조화造化를 앗아오네.
어느 땐, 민화풍民畵風 그림
인간의 참모습 찾자 함이요
다시 어느 땐, 추상抽象의 붓끝
날카롭게도 눈을 찌르네.
모두 다, 멋과 해학이
씨가 되고, 날이 되고

맑은 시냇물 끌어들여
연당蓮塘 파고 정자亭子 지어놓고
뒷곁엔 사슴이 놀고
소나무 위엔, 학鶴이 떴는데
그 속을 거니는 풍류도인風流道人
그게 운보雲甫의 이상도理想圖러냐.

젊은 날의 그림 속에는
시詩와 낭만이 흐르더니만
이젠 유한有限에서 무한無限을 찾고
순간瞬間에서 영원永遠을 그려
달관達觀의 선실禪室에 앉아
무아경無我境을 주무르는가.

머리에 흰 서리 이고
돌이켜 보는 화필畫筆 50년
자리를 다시 펴고
붓 갈아 쥐고, 신神과의 대화
얼굴에 미소微笑를 띠우고
예술의 극치極致 가네.

이 글은 운보의 대형화집 발간에 부쳐 쓴 글이지만 수십 년간 대하면서 평소 이은상이 느꼈던 그에 대한 초상이라는 점에서도 쉽게 공감이 가는 글이라 할 수 있다. 이런 점에서 보면 그는 확실히 종교를 위해 종교인이 되는 그런 부류의 종교관을 갖지 않았다. 운보에게 종교는 삶의 한 형태이고, 그 체현되는 삶의 형태가 희구해 가는 예술이라는 평범한 생각을 하고 있었는지도 모른다. 여기서 특정 종교적 규율이나 내면적 의미는 마치 그의 회화적 변신의 폭이 자유롭듯이 제한된 형식과 규율이 문제되지는 않는다.

"……작년에 가톨릭으로 바꾸었지요. 특별한 뜻은 없고 이사를 한 번 했다고 생각하시면 됩니다. 내 생각에는 신교의 하느님이나 구교의 하느님이나 똑같은 하느님이라서…… 별문제가 없는 것 아니겠어요?"

그는 어쨌든 수원의 성 라자로 성당에서 그 유례를 찾아보기 힘든 장엄한 미사와 함께 영세를 받았다. 마침 라자로 성당에는 많은 예비 신부들이 피정을 마치고 추기경 미사를 보게 되어 있어서 이제 영세를 받는 입장으로서는 상상도 못할 만큼의 존엄한 자리에서 영세를 받게 된 것이다.

이렇게 된 데에는 이유가 있었다. 나병환자들을 돌보아 온 라자로 마을의 이경재 신부가 필리핀에 있는 가톨릭 관구를 다녀올 일이 있

어서 갔다가, 그곳에서 수련을 하고 있는 수녀 중 운보의 딸이 있다
는 말을 듣고 찾아가 영을 만나게 되면서부터였다. 그는 막내 영, 즉
아나빔 수녀를 만나서 불현듯 운보도 영세를 받아야 된다고 말했고,
아나빔 역시 할 수 있다면 이 신부가 도와 주었으면 좋겠다는 뜻을
비쳤다. 귀국 즉시 이 신부는 운보를 만났고, 날짜를 잡은 것이 추기
경의 미사가 있는 날이었다.

성당에는 일생 동안 농아들을 돌봐 준 독일인 까리다스 수녀와 몇
몇 애덕원 농아자활원, 애화학원 수녀님들, 아들 부부, 제자이자 수녀
였던 김정자 등이 참석했다. 세례명은 베드로였고, 김추기경은 성미
가 급한 것이 베드로를 꼭 닮았다고 농담을 건넸다. 운보도,

"남은 여생은 나와 같이 고생해 온 장애자들을 위해서 희생하겠습
니다. 오늘의 이 영광은 모두 천주님의 것입니다."
라고 답례했다.

이렇게 해서 막내 영, 아니 아나빔 수녀의 뒤를 이어서 운보도 가
톨릭인이 되었다. 운보는 성당의 미사가 끝나자 어린 아이처럼 천진
난만한 모습으로 한 연連이나 준비해 놓은 화선지 위에 그림을 그렸
다. 푸른 산과 골짜기와 피리 부는 목동과 날아가는 새와……

운보가 갑자기 천주교로 개종하게 된 원인은 이미 앞에서 말했듯
이 이경재 신부의 권유도 계기가 되었지만, 그보다는 사실 그 배경을
이해할 필요가 있다. 운보가 가톨릭을 접한 본격적인 계기는 아마 오
래 전부터 독일인 수녀 까리다스를 통한 감동 때문이었을 것이다.

수녀 까리다스.

농아들에게는 마더 테레사 수녀에 버금갈 정도로 헌신적인 그녀는
독일인으로서, 해방 전부터 38선 이북 원산에서 활동을 하다가 인민
군에게 붙잡혀서 복역을 한 적도 있었다. 그녀는 이북을 떠나 다시
구소련을 통해 독일 본국에 송환된 뒤 한국을 못 잊어, 6·25 이후
다시 남한으로 오게 되며, 전쟁 직후 서울의 폐허 속에서 봉사를 시

작한다. 그러던 어느 날 우연히 이북에서 돌봐 주었던 원산 출신의 농아를 만나게 되며, 이를 계기로 본격적인 봉사활동을 한다.

50년대 후반 그녀는 이후 후소회의 회원으로 운보의 제자인 김정자와 함께 〈애덕농아자활원〉이라는 농아들을 위한 초기단계의 시설을 돈암동에 세우게 됐다. 김정자 자신도 이후 수녀생활을 하게 되지만 당시는 학교의 교사였다. 그녀의 영세명은 마리스텔라, 그것은 바다의 별, 즉 길잡이라는 뜻이다.

둘은 여기서 독일을 비롯한 여러 나라의 후원단체에서 지원을 받아 농아들을 위한 재교육과 제반 복지시설을 건립하게 되는데, 70년대 후반부터 운보와의 인연이 시작되었다. 운보는 이들이 농아를 위해 새벽부터 한밤중까지 쉬지 않고 헌신적으로 봉사하고 있다는 사실을 마치 자신을 돌봐 주는 천사들이라고 생각하며 고맙게 여기고 각종 행사에 참여하게 되었다.

이후 마리스텔라, 즉 김정자는 교직 복귀와 수녀생활을 위해 이곳을 떠났지만 다른 많은 수녀들이 보강되었고, 70년대 초반에는 애화학교를 창설해서 구화口話만을 교육하는 단계로까지 발전한다.

운보는 감명을 받았다. 한국인도 아닌 외국인 수녀들이 그저 묵묵히 어떠한 대가도 바라지 않고 장애자들을 누나처럼 어머니처럼 혹은 친구처럼 보살피는 것을 보고 희미하지만 천주교에 대한 경건한 존경심이 싹트기 시작했다.

이후 까리다스 수녀는 애덕농아양로원까지 설립하여 농아들을 보살필 수 있는 시설을 체계적으로 완비하게 된다. 운보도 해마다 치러지는 각종 행사에 빠짐없이 참석했고, 그런 수녀들을 위해서 자신의 전시나 장애자들을 위한 주요 행사가 있을 때 언제나 까리다스 수녀와 그 일행을 초청했다.

그리고 그는 까리다스 수녀를 볼 때마다,

"수녀님, 바로 우리 농아들에게는 수녀님이 예수님과 같은 분이에요. 정말 감사합니다."

라고 하면서 마치 스승인 이당 김은호에게 하던 것처럼 고개를 숙였다.

이러한 연유로 천주교는 곧 소리 없는 헌신적 봉사를 가장 중요한 신념으로 여기는 종교라는 생각을 늘상 간직하게 되었고, 신부나 수녀들에 대한 존경심도 깊어졌다. 특히 까리다스 수녀는 그에게는 살아 있는 신과도 같은 존경의 대상이었다. 그러던 차 영이 수녀 아나빔이 되어 마더 테레사 재단으로 떠나게 되었고, 운보의 가슴 한구석에는 가톨릭에 대한 종교적 체취가 이미 상당 부분에 걸쳐 스며 있었다고 볼 수 있다.

그러나 까리다스 수녀와 마리스텔라는 20여 년 가까이 운보를 만나면서 단 한번도 가톨릭으로의 개종을 권유하지 않았다. 가톨릭의 교리처럼 오로지 그들은 오른손이 하는 일을 왼손이 모르게 묵묵히 일만 할 뿐이었다. 더군다나 그의 어머니, 스승 김은호, 가장 가까운 후소회의 화우 김학수·안동숙, 목사 김우영, 아들 완 부부 등은 모두가 개신교 신자들이었고, 청주의 집 앞에 형동교회를 세우는 데 절대적인 후원자 역할을 했음에도 불구하고 운보는 개종했다.

그의 개종이 희생과 나눔, 즉 박애와 봉사라는 가톨릭의 가장 중요한 정신을 오랫동안 지켜본 결과 비롯된 것이고 보면 결국 장애자를 위한 여러 사업들 이후 삶의 방향에 막대한 영향을 미쳤다고 볼 수 있다.

어찌 보면 우연한 기회에 타의에 의해서 비롯된 결과지만 생각해 보면 이와 같은 배경이 있으며, 그러므로 운보는 영세명을 정함에 있어서도 하느님에게 가장 가까이 가고 싶다는 뜻에서 〈베드로〉를 원했던 것이다.

그런데 그의 후반기 삶의 전기가 되는 개종에 있어서도 운보다운 믿거나 말거나 식의 에피소드가 있다. 즉, 그의 천주교 개종의 이유가 폭소를 자아낼 정도로 어처구니없는 데서 비롯된 것이라는 내용이다.

어느 날 아침 신문을 보던 운보가 갑자기 며느리 경아에게 질문을 던졌다.

"완의 서양 이름이 뭐냐?"

경아가 대답했다.

"네? 그냥 김완이지요. 서양 이름은 따로 없어요."

"그럼 나도 그렇다는 건가?"

"네, 그냥 김기창이라고 하지요. 미국식으로는 기창 김 그러면 더 정확하지만요."

"아니, 내 손주 영하는 레니, 영석이는 데니라는 서양 이름이 있는데 왜 난 없지?"

운보의 손자, 즉 완과 경아의 아이들인 영하·영석은 미국에서 태어났기 때문에 이름이 두 개였다. 영하는 레오날드, 영석은 다니엘이었고, 줄여서 레니·데니라 부르고 있었다.

경아는 서양 이름이라 해서 한국 이름이 달라지는 것은 아니며, 김기창은 어디서든지 김기창일 뿐이라는 설명을 했다. 언뜻 이해가 가지 않는다는 표정을 짓다가도 그의 독특하고도 엉뚱한 호기심과 욕심이 작용했다.

"그러면 수녀가 된 영의 서양 이름이 있지? 아나빔 말야. 그렇게 이름을 지으려면 어떻게 하면 돼?"

경아는 난감했다.

"글쎄요. 그러면 서양 이름을 하나 지어 드릴까요?"

"그러지 말고 아예 영처럼 천주교로 종교를 바꾸면 어떨까? 영도 권유하고 나도 느낀 바가 많아. 그냥 가톨릭도 좋을 것 같고, 이름도 하나 얻고."

어찌 보면 농담처럼 시작된 말이 결국 자신의 종교까지 바꾸게 되었다는 믿을 수 없는 일화를 운보는 심각하게 털어놓는다. 이것은 곧 운보를 이해해 가는 여러 터널 중 해학적, 즉 천연기념물적 바보로서의 진면목이라고 할 수밖에 없다.

그의 이와 같은 유아기적인 주관이나 순수·천진성은 성경을 해석하는 과정에서도 나타난다. 어떤 구절이라도 그는 자신의 입장에서 해석하고 비약적인 상상을 덧붙인다. 그리고 그것을 앞뒤의 상황에 의거하기보다는 단편적으로 읽고 이해하고 실천하는 것이 이전의 운보였다.

팔순이 넘어서는 피터라고 불리는 베드로보다는 왠지 아브라함이 마음에 들었던지 며느리 경아에게,

"아브라함이 좋을 것 같아."

를 연발한다.

그의 종교관은 언뜻 보면 마치 장난 같은 일면이 있으면서두 특히 후반기 삶에 있어서 막대한 유형·무형의 해탈로 나아가는 지표가 된 것만은 분명하다. 그는 헬렌 켈러의 〈아! 3일만 밝은 빛을 보았으면……〉이라는 글에서, 3일간만 눈을 뜰 수 있다면 맨 첫날은 사랑을 베풀어 준 분들을 모두 찾아보고, 둘째날에는 지구의 역사를 보기 위해 박물관을 찾을 것이며, 셋째날에는 자연과 벗하겠다고 했지만, 운보는 가족의 목소리, 친지의 목소리, 셋째로 꼽은 것이 신부님의 강론이었다.

어찌 보면 운보는 노년기에 접어들어 가톨릭을 통해서 한 세기에 가까운 삶의 의미를 정리해 가는 평화를 얻었다고도 말할 수 있다.

그는 영세 이후로 아무리 중요한 일이 있어도 가능한 한 일요일 미사에는 빠지지 않는다. 청주 〈운보의 집〉 가까이에 있는 시골의 내수성당에서 그는 기도를 한다. 무엇을 위해 기도하는지는 아무도 모르지만 자신과 같은 장애자들을 위해서 기도하는 일은 그 중에서도 가장 큰 몫일 것이라는 것은 어렵지 않게 짐작된다.

돈 키호테와 산초 판자

새까만 코에서부터 양입으로 찢어진 것만 보아도 무시무시한데 가끔씩 벌건 혓바닥을 낼름거리며 침을 흘린다. 유난히 흰 이빨이 금방이라도 달려들어 한입 물어뜯을 것 같다.

불독인지.

달리는 택시 조수석에 겨우 웅크리고 앉은 몸집이 크고 험상궂게 생긴 개와 운보의 눈싸움이 시작된 지 벌써 10여 분이나 지났다. 운보의 눈빛 역시 먹이를 앞에 둔 호랑이의 그것처럼 또는 그와 동등한 자격을 가질 정도로 간담이 서늘해지도록 날카로운데다가 장발의 머리에 콧수염까지 나 있다. 이 거구의 몸체가 미동도 없이 자기를 쏘아보고 있으니 견공도 예사롭지 않은 상대라는 생각이 들었던지 잔뜩 긴장한 표정이다.

호텔을 나서서 파리의 샹젤리제로 달리는 택시 안이다. 운보와 이규일은 뒷좌석에 나란히 앉아 세계 30개국 스케치 여행의 첫 도시에 도착, 커피를 마시러 가는 중이다. 그런데 이게 웬일인가.

크지도 않은 택시 앞좌석에는 송아지만한 맹견성 개 한 마리가 웅크리고 앉아 두 사람을 바라보고 있는 것이다. 아무리 파리의 택시들이 애인과 애견을 위해서 앞자리를 비워두고 다닌다는 말은 들었지만 애견치고는 몸집이 지나치게 큰 편이어서 도무지 이해가 되질 않았다. 냄새도 냄새지만 우선 불안한 마음에 간이 콩알만해져서 행여 개가 놀랄까 봐 이규일은 내리자는 말도 못하고 그저 앉아 있었다.

그런데 운보가 아무 말도 없다 했더니 택시에 타자마자 놀라는 기색도 없이 대뜸 그 불독처럼 생긴 개에게 싸움을 건 것이다. 50대 중반쯤 돼보이는 운전기사도 이상했던지 백미러로 힐끔힐끔 쳐다보다가는 무언가 심상찮은 기미를 느끼고서 보는 횟수가 잦아졌다. 오페라하우스를 지나서 카페와 백화점이 즐비한 대로를 달릴 즈음 운보가 무슨 행동을 개시하는 것 같았다. 갑자기 호주머니 여기저기를 뒤지더니 휴지를 두서너 장 꺼내 접은 다음 코를 있는 대로 풀어젖힌다. 규일은 웃음이 나와서 참을 수 없었지만 그렇다고 이 공포 분위기 속에서 마음 놓고 웃을 수도 없었다. 그러자 개도 짐짓 놀란 듯 눈을 몇 번 깜박거리더니 고개를 숙여 의자 위에 길게 엎드리는 시늉을 하고 만다.

글쎄, 천적쯤 되는 인간을 쳐다보기가 눈이 시려웠을까. 드디어 개선문을 한바퀴 돌아 택시가 멈췄다. 이규일은 행여 화가 난 개가 보복이나 하지 않을까 겁이 나서 있는 대로 눈치를 보며 계산을 하는데 운보는 쳐다보지도 않고 먼저 내려 어디론가 사라져 버렸다.

가방을 두 개나 메고 두리번거리다 보니 운보는 나폴레옹 군대의 승전도가 장엄하게 부조로 새겨진 개선문 한쪽 켠에 서서 뚫어져라 쳐다보고 있었다. 파리 시내에는 많은 동상이 세워져 있는데 운보도 동상처럼 움직이지 않았다. 빨간 목수건이 그의 긴 머리를 스치고 펄럭거릴 뿐이었다.

한 4,5분쯤 지났을까.

이번에는 건너편 카페로 걸어가서 덜썩 앉아 명상을 하더니,

"여기가 파리야."

라고 한마디 간단하게 던져 버린다.

규일은,

"네?"

하며 영문을 모르고 있는데 그 사이 운보는 조금 전 서 있던 개선문 앞으로 돌진하더니 번개처럼 붓을 놀려 스케치를 해치운다. 두 장째쯤 그렸을 때 젊은 남자가,

"므슈."

하며 카페오레 두 잔을 내려놓는다.

반쯤 마셨을까.

운보가 개선문을 정복하고 온 사람처럼 의기양양해서 커피 잔을 든다.

1981년 6월, 운보는 바람도 쐴 겸해서 《중앙일보》의 화필 기행 연재 여행을 승낙하고, 《중앙일보》 기자이자 이 시기 가깝게 지내왔던 이규일과 여행을 나섰다.

그는 비행기 안에서 규일에게,

"이번 여행은 동양화로 서양 풍물을 정복하는 일."

이라 하고,

"풍차와 마상검馬上劍 시합을 벌인 돈 키호테를 알아?"

라고 물었다. 그러자 규일은,

"돈 키호테는 몰라도 산초 판자는 압니다."

라고 썼더니 운보는 배꼽을 쥐고 웃었다. 그리고는 흡족한 파트너를 만났다는 표정을 지어 보였다.

돈 키호테와 산초 판자의 30개국에 걸친 2개월 반의 여행은 화필 기행도 기행이었지만, 여행 그 자체가 한순간 한순간 연극 무대를 방불케 했다.

이 시기 운보의 해학과 기행적 흔적을 찾아볼 수 있는 여행기의 단막들을 추려보면, 우선 스페인 마드리드에 도착했을 때의 일이다. 비행장에 내린 운보는 현지 안내자를 볶아댔다. 다른 어떤 곳보다 먼저 세르반테스 동상을 봐야 한다는 것이었다. 미처 호텔에도 들르지 않고 스페인 광장의 동상 앞에 선 운보.

'1547-1616. 세르반테스. 미쳐서 살다가 깨어서 죽었다.'

라고 써 있다는 비명碑銘 내용을 안내자가 백지에다 쓰니까 운보는 숙연한 표정을 순간에 풀더니 갑자기 의미심장한 말이라고 하면서 한바탕 크게 웃었다. 그러면서 엄지손가락을 동상을 향해 몇 번이고 추켜올렸다. 자신의 바보산수의 철학과 무엇이 상통되었다는 감격 때문일까. 어느새 스케치는 두 장째 넘어서는데 한 장을 훔쳐보고는 규일이 배를 쥐고 웃었다. 동상을 그리고 있는 것이 아니라 바로 돈 키호테와 산초 판자가 석양에 사막을 향해 걸어가는 모습을 그림자까지 길게 늘어뜨려서 멋드러지게 그려놓은 것이다. 운보는 유난히 마드리드 도착을 즐거워했다.

스위스 취리히에서의 일이다.

대한항공 한상범 소장의 친절한 안내를 받아 단골 호텔인 뫼벤피크에 투숙을 했다. 들어가자마자 운보는 호수 경치가 좋다고 옥상으로 가서 스케치를 했으면 좋겠다고 성화였다. 규일이 옥상까지 안내하고 방에 돌아와 한참을 쉬고 있는데 갑자기 바깥이 소란했다.

나가 보니 운보가,

"어—어—어."

하고 새파랗게 질려 소리를 지르고 있는 것이 아닌가.

규일이 놀라면서 왜 그러느냐고 물으니까 방 번호를 가리켰다.

1004.

언뜻 〈4〉자가 눈에 들어왔다.

운보는 절대로 4자가 있는 방에서는 잠을 잘 수가 없다는 것이다.

규일은 데스크에 내려가 짧은 언어 실력으로 설명을 해야 했다. 〈4〉자가 동양인에게는 죽음의 숫자이니 바꿔달라는 뜻을 간신히 전했으나 호텔 직원은 영문을 모르겠다는 듯 양손을 허공으로 벌릴 뿐이었다. 한참을 설명해도 여전히 무슨 말인지 모르겠다는 표정이다. 규일이 행운의 숫자인 〈7〉자가 있는 방으로 달라고 하니 그제야 이해가 간다는 듯 707호로 바꾸어 주었다.

운보는 그때까지 거의 평생을 기독교인으로서 살아왔지만, 한편으로는 역학이나 직감적 미신에 대해서 상상을 초월할 정도로 신뢰하였다. 심지어는 우향의 하관식 때에도 시간에 앞질러 왔다는 이유로 정해진 하관 시간까지 몇 시간을 기다려야 했고, 우향이 세상을 떠날 때 온통 안개에 휩싸인 사실을 잊어버리지 않고 있다가, 그녀의 죽음이 필시 물과 관계가 있으리라고 보고 선친의 묘를 파보니, 과연 물이 홍건하게 배어 있어 유명한 지관 지창용의 자문을 얻어 묘를 이장하게 된다.

물론 청주 〈운보의 집〉을 결정할 때도 그렇고, 연못을 판다든가 심지어는 계단 앞에 두꺼바 석물을 놓는 것도 이유가 있다. 돌로 만든 두꺼비 한쌍은 그가 어느 봄날 잡아먹은 구렁이 때문에 경호대장의 임무를 띠고 밤낮으로 운보를 지키는 것이다. 고급 음식점에 가서도 가끔씩 시중드는 여자에게 띠를 물어본다. 자신의 띠와 맞지 않으면 아무리 예뻐도 자리를 물리친다. 규일은 평소 운보가 대충 그런 고집을 가지고 있다는 사실은 알고 있었으나 막상 엉뚱한 곳에서 닥쳐보니 그저 어리둥절할 뿐이었다. 겨우 한시름 놓게 된 규일은 이튿날 이번에는 다시 엉뚱한 곳에서 괴로움을 당했다.

카펠 교·대사원을 중심으로 그림처럼 아름답게 펼쳐진 호수의 도시 루체른을 돌아보고 융프라우로 향했다. 관광 버스를 타고 전차역까지 올라가기로 되어 있었는데 마침 그 안에는 한국인이 네 사람 타고 있어서 서로 반갑게 인사를 나누고 외국인들과 함께 관광을 시작했다.

클라이네 샤이덱 역에서 전차는 3천4백54미터의 유럽 최고봉으로 향했다. 아이스 펠리스, 스핑크스 테라스, 전망대 서쪽의 융프라우, 동쪽의 뮌히, 앞쪽의 아이거, 그리고 아래는 아레치 빙하가 길게 뻗어 있었다.

그런데 빙하를 뚫어서 만든 아이스 펠리스에 들어갔을 때 운보가 손가락으로 무엇을 가리키며 소리를 질렀다. 규일이 놀라서 쳐다보니 얼음벽에 〈김기창·정명옥〉이라는 한쌍의 이름이 선명한 한글로 새겨져 있는 것이 아닌가. 당시는 한국 관광객이 그리 많은 편이 아니었고, 우선 한글을 본다는 것도 쉬운 일이 아니었다. 그래서인지 〈김기창〉이라는 이름이 더욱 뚜렷하게 보였다.

규일은 분명히 어떤 한국 관광객이 놀러왔다가 자기들의 이름을 기념삼아 새겨두고 간 것이라고 생각했으나 운보는 표정이 심각했다.

"아무래도 하느님이 나에게 내려 주신 여인의 이름인 것 같아. 내가 올 줄 알고 미리 써놓으신 거야."

하면서 줄곧 내려오는 버스에서 한국인 관광객 중 20대 초반의 미모의 여자가 아무래도 그 정명옥일 것 같다는 것이었다.

그 여자는 생머리를 허리까지 길게 늘어뜨리고 건강미가 넘쳐서 한참 싱싱한 젊음을 가득 머금은 상냥한 표정이었다. 운보는 몇 번이고 규일에게 이름을 물어보라는 것이었다. 머쓱한 표정으로 규일은 그 여자에게 다가가 기념으로 통성명이나 하자고 인사를 건넸다.

그러자 그 여자는,

"김혜영입니다."

하는 것이었다.

규일이 이제는 해결이 됐나 보다 하고 눈을 붙이려는데 운보의 표정은 아직도 미련을 버리지 못한 듯했다. 그리고는 호텔로 돌아가 앉자마자 이름은 상관없으니 바로 그 여자를 찾아오라는 것이었다. 아닌 밤중에 홍두깨고 남대문에서 김서방 찾기지, 밤새껏 시달릴 생각을 하니까 앞이 캄캄했다. 아무리 황당무개한 생각이라고 설득을 해도 운보는 쉬었다가 또 꺼내고 쉬었다가 다시 꺼내고 하는 식이었다.

그 특유의 고집이 발동한 것이다.

그때 규일은 비로소 생각이 났다.

떠날 때 공항에서 아들 완이,

"다녀오셔서도 저희 집에 오셔야 해요."

라고 했던 것이다. 그만큼 '두 손 들고 항복할 것이라는 뜻이구나' 하는 생각이 들었다.

　도무지 말이 되지도 않는 사실을 가지고 집요하게 물고 늘어지는 운보를 상식적으로는 이해할 수 없었다.

　그런데 희한한 일이 벌어졌다.

　저녁을 먹기 위해 느지막이 들어간 한국 식당에 바로 낮에 동승했던 한국인 관광객 네 사람이 앉아 있는 것이 아닌가!

　"아니, 운보 선생님 아니세요? 참 희한한 인연이네요. 여기서 다시 만나다니."

　반색을 하면서 김혜영이 일어선다.

　순간 운보는 규일을 바라보며 득의양양하게 만면에 미소를 띠면서,

　"내가 뭐랬어. 인연이야, 인연."

　규일은 어안이 벙벙해서 할 말을 잊어버렸다.

　희극 중 희극이기도 하고, 규일로서는 고통스럽기도 한 여행은 북구로 이어졌다.

　노르웨이에 들렀을 때 최석신 대사와 조봉균 공보관이 일정에도 없는 협만峽灣(fiord)을 가봐야만 노르웨이를 봤다고 할 수 있다고 권했다. 더욱이 미당 서정주 선생이 가장 아름다운 곳이라고 격찬을 했다는 말을 듣고 그곳으로 향했다.

　그리그의 고향이기도 한 베르겐에서 시작하여 라르비크까지 《솔베이지의 노래》를 들으면서 수많은 폭포를 보았다. 하늘에서 쏟아붓는 듯한 물줄기부터 거꾸로 오르다가 수직으로 내리꽂히는 장엄한 자연의 서사시가 펼쳐지고 있었다. 가장 높은 게랑게 협만에 올랐을 때는 미당 선생의 격찬이 이해가 될 성싶은 대파노라마였다. 말소리조차도 잘 들리지 않는 많은 폭포의 조화 속에서 운보는 혼잣말로 되뇌었다.

　"저 신神의 소리를 한번만이라도 들을 수 있다면 오죽 좋을까!"

　규일은 자신도 모르게 코끝이 찡해졌다. 그리고 운보는 언제 그랬더냐는 표정으로 마치 공중전에 참가한 파일럿처럼 여기저기를 세 번이나 오르내리면서 날렵한 속도로 수십 장을 스케치했다.

로마의 트레비, 일명 애천愛泉 분수에서는 거의 한나절 동안을 침묵의 대리석이 되어 물줄기만을 물끄러미 바라보고 있어서 규일의 애를 태웠다.

아무리 말을 건네도 묵묵부답이어서 하는 수 없이 기다리기로 했다. 분수를 둘러싸고 바로크 후기에 브란치가 조각한 해신 넵투누스와 트리톤이 역동적으로 조화를 이루고 있었다.

얼마나 지났을까.

관광객들도 거의 사라진 어둑어둑한 시간에 운보는 자리를 툭툭 털며 일어섰다. 그리고는 말했다.

"우향이 죽기 전 나와 여행하면서 여기에서 한참을 앉아 있었어요. 갑자기 그 사람 생각이 나서…… 우향 좀 만났지. 지금도 눈에 선해요."

그제야 규일이 이해가 간다는 표정을 지었다.

"그런데 이선생, 저기에 동전을 하나 던져요. 그때 우향과 왔을 때도 하나를 던져서 다시 오게 됐나 봐요. 하나를 던지면 다시 로마에 올 수 있고, 두 개를 던지면 사랑하는 사람을 만나고, 세 개를 던지면 헤어진다나."

그리고 운보는 한 개, 두 개, 세 개째의 동전을 던지려다가,

"헤어진다는데요?"

하고 규일이 말하자,

"헤어질 사람도 없는데 뭐."

하며 세번째 동전은 던지지 않았고 스케치도 없었다.

그렇게도 기상천외하게 종횡무진하던 운보가 완전히 꼬리를 내리고 이슬을 머금었다. 볼테르가 말했던 슬픔의 말없는 언어 그것을……

그는 해학과 비장의 변화무쌍한 굴곡을 오르내리면서도 가끔씩 규일이 놀랄 정도의 지식을 들려 주는 것이었다.

자동차가 센 강변의 퐁뇌프 다리를 막 지나려고 할 때 상념에 잠겨

있던 운보가 마침 지나가는 프랑스 국기를 든 소녀를 발견하고서는,

"프랑스가 외침을 받았을 때 풀이 죽어 있는 국민에게 용기를 불어넣기 위해서 아름다운 세 명의 처녀가 각기 빨강·하양·파랑색의 옷을 입고서 팔짱을 낀 채 프랑스 국가를 부르며 군인처럼 당당히 걸어갔대요. 국민들은 이 광경을 보고 용기가 되살아나 총궐기를 해서 적군을 물리쳤다는 얘기가 전해져요."

운보는 스스로도 다시 감동되었던지 흐뭇한 표정을 감추지 못했다. 그리고는 스케치북을 꺼내 색연필로 프랑스 국기의 색에 맞추어 처녀 셋을 그린 다음 택시기사에게 보여 주었다. 이를 본 기사는 처음에는 어리둥절하다가 곧 한참을 웃으면서,

"쀠주레쎄이에." (입어 보고 싶은데요)

라며 연신 최고라는 찬사를 보낸다.

모로코에 갔을 때의 일이다. 호텔을 나와서 택시를 기다리는 동안 운보는 심각한 표정을 짓더니,

"오, 장 가방."

을 외친다.

규일은 이상해서 왜 그러시냐는 표정으로 가방을 툭툭 쳤더니 그제야 장 가뱅이 주연한 《피에로》, 게리 쿠퍼가 주연한 《외인부대》, 잉그리드 버그만이 주연한 《카사블랑카》가 바로 이 모로코를 무대로 만들었기 때문에 그 기억이 생생하다는 설명을 해주었다. 그리고는 각 장면장면을 지금 막 극장에서 나온 사람처럼 자세히 묘사하는 것이었다. 규일은 그의 박식함에 혀를 내둘렀다. 평소 그가 무협영화를 비롯한 각종 영화를 섭렵한다는 말은 들었지만, 그 정도일 줄은 상상도 못했었다.

그들은 이외에도 서독·그리스·이집트·케냐·멕시코 등 30여 개국을 스케치하면서 돈 키호테와 산초 판자의 모습으로 칼과 창 대신 번개처럼 붓을 휘둘렀다.

작은 신의 아이들

　나는 때때로 예술보다 사랑에 더 열중하지 않았느냐는 질문을 받는다. 그러나 나는 곧 그 두 가지를 별개의 것으로 생각해 본 적이 없었다고 대답한다. 예술가란 오직 사랑하는 사람일 뿐이다. 예술가는 홀로 아름다움에 대한 꿈을 가지고 있다. 그리고 사랑이란 영혼이 소유하고 있는 꿈이다. 불멸의 아름다움을 바라볼 때 가질 수 있는…….

　춤추는 맨발의 여신 이사도라 덩컨의 말이다. 아름다움과 사랑은 예술가들에게 있어서 이처럼 영혼이 있는 한 떨어질 수 없는 꿈인 것일까. 운보에게 있어서도 〈사랑〉이란 그 시기마다의 변화된 해석이 필요하지만, 삶과 예술의 에너지와 같은 의미로서 논의될 수 있다. 특히 70대에 이르러서 도래하는 그의 〈사랑〉은 외형적인 형상만으로는 파악되지 않는 선적善的인 가치의 차원으로 진화된 종교론적 박애가 깃들여진 〈사랑〉으로서 종교적 의미의 헌신까지도 포괄하게 된다.

　이는 감각적이면서도 정신적 가치의 객관 타당성을 획득해야 한다는 데서 예술적 아름다움의 매력이 있듯이, 운보의 사랑은 생리적이고 쾌락적인 차원을 극복함으로써 비로소 황혼기의 희생과 나눔의 봉사적 사랑의 꿈을 실현해 가게 되는 것이다.

　그는 우향과의 사별 이후 일단의 방황을 거친다. 그러나 그 결과 오히려 더욱 철저하게 폐쇄되어 버린 고독의 터널을 통과할 수 있었다. 한동안 스쳐갔던 생리적 쾌락의 늪에 대한 체험으로 결국 진정한 사랑에 이르는 절제와 무상無常의 언저리를 깨닫게 한다. 적어도 사랑의 시각에 있어서 그의 중년기와 노년기가 예술과 인간적 사랑의 드라마를 연출했다면 황혼기는 예술과 박애적 사랑의 드라마를 실천했다는 정리가 가능하다.

다시 그의 봉사적 사랑의 현장으로 돌아가 보자.

80년대 중반으로 접어들면서 운보는 재소자들과 수감되어 있는 장애자들을 위한 박삼중 스님의 프로그램에 수차 참여하면서 그들의 교화에 적극 나서게 되며, 이 시기 연속되는 장애자 후원사업에 박차를 가했다.

우선 박삼중 스님은 영등포 교도소에 이어 두번째로 사면이 온통 흰색으로 둘러싸인 청송 교도소 벽을 그림으로 장식해서 정서적인 교화를 해야 한다는 운동을 벌이게 되는데, 이 사업에 운보도 적극 참여하게 된다.

운보는 청음복지회 소속 농아 50명과 함께 헌정식에 참석하여 전 재소자들에게 강연을 했고, 그 중 40여 명의 장애자를 위한 별도의 프로그램을 갖는다.

"나는 귀도 멀었고 말도 잘 못합니다. 그런 장애인인 내가 왜 이곳에 와서 여러분들을 교화하고 있겠습니까. 내 몸은 비록 불구지만 정신만은 건강합니다. 그러나 여러분들은 몸은 건강하지만 정신이 불구입니다. 진짜 장애인은 생각을 건전하게 하지 못한 채 사회를 어지럽히는 사람입니다. 그렇게 생각하면 아름답다라는 말은 결코 한 송이 장미꽃처럼 그 색상이나 생김새를 가지고 말할 수 있는 것은 아닙니다. 바로 여러분들의 가슴 속에 흐르고 있는 시냇물이 얼마나 맑은 것인가를 가리키는 말입니다.

여러분!

나는 임꺽정을 어려서부터 좋아했습니다. 왜냐하면 그분은 세상으로부터 항상 천대받고 살아왔지만 의리를 중요시하며 강인한 자세로

어려움을 극복해 갔기 때문입니다. 저의 어린 시절은 매일 동네 아이
들로부터 놀림을 받고 돌팔매질을 당하기 일쑤였습니다. 그래서 나는
유도가 3단이나 되도록 운동을 했고, 눈물을 참는 훈련도 했습니다.
여기에 비하면 여러분들은 얼마나 행복하십니까. 그리고 나와는 비교
도 안 되는 헬렌 켈러의 삼중고를 생각하면 더군다나 무엇이 두렵습
니까.
　여러분,
　이제부터라도 잘못을 뉘우치고 아름다운 마음을 가집시다."
　운보의 강연은 재소자들을 매료시켰다. 어느 누구의 강연보다도 호
소력 있는 그의 몸짓과 구화口話의 열정은 자신의 초라한 모습을 되
돌이보게 만들었고, 무서운 눈빛은 어떤 사람의 눈초리보다 근엄했다.
　"나는 여러분의 개과천선을 믿습니다. 그대신 나도 사회에 나가서
여러분의 사회 진출을 위해 최선을 다해 노력하겠습니다. 여러분들의
푸른 수의가 푸른 하늘의 빛깔이 되도록 말입니다. 이렇게 우리 농아
들이 쓰는 수화로 사랑합니다를 표시합니다."
하면서 인지와 새끼손가락을 펴고 엄지로 셋째·넷째 손가락을 감싸
안는 수화를 처음 인사 때처럼 해보였다. 강연이 끝나자 재소자들은
손바닥에 피가 맺히도록 박수를 쳐댔다. 한 5분쯤이나 운보도 그대로
서서 여전히 팔을 든 채 수화로 '사랑합니다'를 말하고 있었다.
　창 밖에 새로 그려진 벽화의 한부분이 햇살에 반사되어 재소자들
에게 갑자기 세상이 미치도록 그립게 하였다. 운보가 강당 문을 나설
때까지도 그들은 박수를 그치지 않으면서 반성의 거울을 꺼내 자신
의 모습을 비추어 보았다.
　강연을 마치고 다시 운보는 일일이 장애자들의 방을 직접 돌아보
고 정신적 불구까지 되어서는 절대 안 된다는 훈계와 설득을 하게
된다. 특히 농아 재소자 20여 명과의 수화 강연에서는 모두가 무릎을
꿇고 새사람이 되겠다는 맹세를 하여 다른 재소자들까지 감동시켰다.

어떤 여자 아이는 오른손을 펴서 왼손 주먹 위에 문지르는 수화로
써 진실로 운보를 사랑하고 존경한다는 수화를 몇 번이고 반복했다.
운보는 장애자들에게 만큼은 무사히 출소할 경우 교육을 거쳐 취직
을 보장하겠다는 약속을 했다.

86년 석가탄신일부터 시작된 이와 같은 교도소 교화에 참여하여
그해 겨울 의정부 교도소와 영등포 교도소에 작품 기증으로 교화사
업에 도움이 되도록 했고, 이듬해 1월에는 안양 교도소의 13명의 농
아 재소자들을 위해 내복 일체를 선물하고, 2월에는 제주도로 내려가
맹·농아, 소아마비로 인한 지체장애 재소자들을 위해 교화활동을 했다.

그는 박삼중 스님의 이러한 활동에 감명을 받았을 뿐 아니라 자신
도 사회적으로 장애 재소자들을 따뜻하게 맞아 줄 수 있는 정신적·
제도적 준비가 시급하다는 구체안을 여러 경로를 통해 건의하는 등
적극적으로 앞장서게 된다. 그것은 운보가 지니고 있는 대범성의 소
산이었다. 세상의 상식과 달리 선善이나 진리의 구현에 종교적 구분
은 있을 수 없다는 그의 평소 의지만은 가톨릭으로의 개종 후에도
크게 변함이 없었던 것이다.

그는 이때 비구니 한분이 주고 간 염주를 손목에 하고, 까리다스
수녀가 선물한 나무로 된 십자가를 가슴에 걸고서, "허—허" 웃고만
있을 뿐이었다.

"화백의 가슴에 부처님이 있습니다."

스님의 말씀에 운보는 두 손을 합장하고 답례한다.

이 시기 운보의 본격적인 장애자 돕기 사업은 여러 형태로 이루어
졌다. 그 대표적인 것이 〈청음회관〉·〈운보의 집〉·〈농아복지회〉의
직접적인 운영 지원과 잇달아 계속되는 출소자를 위한 복지원과 맹
인복지원 건립기금 마련, 장애자를 위한 미술전, 소년 소녀 가장 돕
기, 자선 전시 출품, 〈농이회〉, 즉 농아로만 이루어진 작가 그룹 결성
의 지원과 전시 개최, 전국농아학생 그림·글짓기대회 개최, 92년에

서울에서 있었던 아시아 태평양 농아인회의 및 체육대회 개최 지원,
뉴질랜드 크라이스트처치에서 열린 세계농아체육대회 참가, 농아인
으로만 이루어진 연극단 〈청음극단〉 창립의 적극 지원, 재소자 교화
사업, 기타 농아 관련 문화·학술행사의 직·간접적인 지원과 격려
등이다.

특히 그 중 〈농이회〉는 많은 농아들이 신문기사나 TV·잡지 등을
통해 운보의 삶과 예술세계를 접한 뒤 생겨난 수십여 명의 화가 지망
생들로 이루어졌다.

또한 이미 그림을 그려왔던 청소년들에게는 더없는 등불이 되어
많은 농아들이 화가의 길을 택했고, 〈운보의 집〉에서는 도자기에 그
림 그리는 훈련을 꾸준히 시켜왔기 때문에 그 숫자가 더욱 많아졌다.

그 중 신일수라는 소년의 이야기는 운보의 뒤를 따르고 싶어하는
수많은 농아들의 한 예로 다른 많은 사례들까지 짐작케 한다.

신일수가 잠일초등학교 5학년 때쯤의 어느 날, 하교길에 풀빵을 쌌
던 신문조각을 친구가 읽다가 던져 주었다. 신문에는 운보 김기창의
기사가 있었는데, 글의 내용 모두가 청각장애자이면서도 위대한 길을
갈 수 있다는 희망을 주고 있었다. 물론 운보의 어린 시절부터 어른
이 되기까지의 성장과정도 간단히 소개되어 있었다. 일수는 자신과
같은 처지의 농아인 운보의 기사를 골목길에 쪼그리고 앉아 읽고 또
읽었다.

그리고는 대문을 열고 어머니를 보자마자 그것을 내보이면서 운보
와 같은 사람이 되겠다고 말했다. 결국 그는 미술가의 길을 택했고,
어머니는 아들을 위해 무엇인가를 도와야겠다는 생각으로 고민을 하
다가 강남구청 바로 앞에 〈청작미술관〉이라는 화랑을 개업했다. 아들
에게 희망을 주기 위해 직업을 미술 관계 업종으로 바꾼 어머니 손
성례, 그들 모자는 운보를 찾았고, 이 이야기를 들은 운보는 마침 고
향과 종교까지 같은 이들 모자를 따뜻하게 맞아 주었다.

어머니 손성례는 무조건 아들을 위한 길이라고 생각해서 화랑을 열었지만 화랑의 운영이란 것이 그리 쉬운 일이 아니라는 것을 얼마 지나지 않아 깨닫게 되었다. 그러나 마음먹은 대로 꾸준히 밀고 나갔고, 그때까지만 해도 장애인들의 전시 대관을 꺼리던 화랑계 풍토에서 과감한 기획전을 연달아 마련했다.

청각장애자들을 중심으로 오순이 같은 구족화가의 개인 또는 단체전을 기획하면서 그들에게 기회를 부여했다. 운보는 언제나 후원자였고, 그때마다 오히려 작가보다 먼저 나와서 그들을 맞이하고 격려했다.

"소리와의 단절 속에 세속적인 욕구를 억제하며 창작에 전념해 온 여러분들의 의지와 꿈을 격려합니다. 우리는 남들은 알 수 없는 단장斷腸의 슬픔을 되씹으면서 이렇게 아름다움의 깊은 바다 속으로 헤엄쳐 갑니다. 우리들의 바다 저편에는 언어로써는 표현하지 못할 자유 의지의 유토피아가 〈사랑〉이라는 햇살로 휩싸여 있습니다. 여러분, 우리는 우리의 어머니·아버지, 그리고 형제들에게 절대적으로 짐이 되어서는 안 됩니다. 오히려 그 유토피아로 나아가 사랑을 베풀어야만 합니다. 바로 창작의 아름다움을 통해서……"

그후 신일수는 갖은 어려움을 극복하고 남들보다 4,5년 뒤늦게 결국 그토록 원하던 미술대학에 진학했다. 이와 같은 제2, 제3의 신일수가 전국에는 너무 많아서 숫자를 헤아리기 힘들 정도이다. 그들은 미장공으로, 용접공으로, 과학자로서 도공으로서, 각종 분야에서 자신들의 새로운 희망을 찾아나서고 있다.

"운보는 그들의 희망이며 햇살과 같은 존재입니다. 아마 살아 있는 용기의 신이라 표현해도 과언이 아니겠지요."

신일수의 어머니는 힘주어 말했다.

또 하나 영화에 얽힌 운보다운 일화가 있다.

1987년 겨울, 운보는 신문을 보고 강남의 시네하우스에서 상영중인 《작은 신神의 아이들》을 감상하게 된다. 실제로 청각장애자였던 말리

매틀린 주연의 영화로 그 뛰어난 연기는 그녀에게 그해 아카데미 여
우주연상을 안겨 주었고, 운보는 어떤 영화보다도 깊은 감동을 받았다.
　특히 남자 주인공 윌리엄 허트가 말리 매틀린에게 사랑을 표현하
는 과정에서 겪는 답답함과 고통을 참지 못하는 장면, 말리 매틀린이
남자 주인공에게 흐르는 음악소리를 보여달라고 하자 그 소리를 보
여 주려고 애쓰던 장면, 여주인공이 처참한 모습으로 어머니에게로
돌아가고 다시 어머니가 스스로의 잘못을 뉘우치고 딸을 맞아들이는
장면, 두 사람이 파티석상에서 해후하는 극적인 장면, 그 모든 순간
순간들에서 너무나 적나라하게 청각장애자들이 겪어온 애환을 감동
적으로 묘사하고 있었다.
　말리 매틀린은 비로 지신과 같았고, 윌리엄 허트는 우향 그녀였다는
생각이 들어서일까. 영화가 끝나고 불이 켜진 극장의 한가운데 앉아서
그는 일어설 줄 몰랐다. 많은 관람자들이 운보를 알아보고 손을 흔들
었고, 운보 역시 '사랑해요'라고 수화로 답했다.
　그리고는 급한 성미대로 곧장 수입영화사인 우진 필름으로 가서 영
화를 보다 많은 농아들에게 보여 줄 수 있는 방안이 있다면 자신도
돕겠다고 자청했다.
　"나의 감정을 모두 다 전달하지 못하는 답답함과 아무것도 들을 수
없다는 적막감 때문에 나는 마치 언제 폭발할지 모르는 시한폭탄과
같은 처지에 있었던 적이 한두 번이 아니었어요. 물론 이같은 답답함
이 화폭으로 옮겨져 예술적인 삶으로 이어지는 계기가 되었다고도
하지만 그 순간들의 그 자리에서 내 자신이 분해되어 버렸으면 하는
심정이었지요. 《작은 신의 아이들》을 보면서 문득문득 그때 생각들이
나서 마음이 찡했습니다. 우리 많은 장애자들이 이 영화를 보고 특히
구화口話의 필요성을 깨닫게 되었으면 합니다. 물론 주인공들이 보여
준 사랑의 과정도 큰 도움이 되겠지만요."
　운보의 요청은 즉각 받아들여져 농아들의 입장료는 낮추어 주고,

그대신 20일마다 추첨을 해서 운보의 작품을 직접 증정하는 식으로 보답했다. 영화는 연일 청각장애자들로 만원이었다.

운보는 이처럼 언제나 적극적인 것이 매력이자 자기 자산의 가장 큰 무기였다. 기관차 같다고나 할까. 한번 마음먹은 것은 즉석에서 결정하고 실행하는 버릇이 있었다.

사실 칠순을 넘긴 운보를 보고 의사는, "성한 곳이라고는 거의 없고 대부분이 위험 수위에 차 있는데 어떻게 살아계시는지 모르겠다"면서 그 비결은 그만이 갖고 있는 기운으로 볼 수밖에 없다고 했다.

어떤 사람은 이를 신이 베드로에게 내리는 은혜라고도 말할 수 있겠지만, 분명한 것은 그가 어떤 대기大氣를 천부적으로 소유한 거목인 것만은 부인할 수 없다.

70년대 후반부터 그는 이러한 봉사활동 때문에 더욱더 세상의 관심을 집중시켰다. 어떤 면으로 보면 그는 한 세기에 가까운 거대한 영화의 주인공 역을 하는 것처럼 그 용모나 움직임, 모든 것이 삶의 예술, 예술적 삶이었는지도 모른다. 사회적으로 그는 어떠한 대가도 원하지 않았지만 그는 결코 외롭지 않았고, 자의이건 타의이건 많은 명성을 획득하게 되었다.

"예술이란 아름다움을 추구하는 것인데 궁극적인 아름다움은 남을 위한 봉사에서 찾을 수 있습니다. 작업을 통해서는 정적인 기쁨을 얻을 수 있고 봉사는 동적인 기쁨을 가져다 줍니다. 화가가 예술만을 위해 살다 보면 환쟁이로 전락하지만 봉사가 곁들여지면 정말 예술가가 되지요."

그의 나이 78세, 1991년 10월 11일 제5회 인촌상 공공 부문 수상식에서 그가 그 어눌한 말투로 남긴 수상 소감이다.

그는 70년대 후반 이후로 흔히 세상사람들이 부러워하는 훈장·예술상·봉사상 등 각종 수상도 많이 했고, 예술원 회원도 되었다. 그리고 세종대학에서의 명예 문학박사 학위 등등은 그가 세상으로부터 결코 외롭지 않게 다시 사랑받고 있음을 증명하는 일련의 증표들이다.

심상적 소멸

빨간 양말에 흰 고무신.

어느덧 운보의 이미지 패션이 되어 버린 지 오래였다. 그는 이 평범하고도 독특한 패션으로 시골과 서울의 관청·호텔이며 수많은 외국 나들이를 헤았다.

그 양말에 그 흰 고무신을 신고 베드로 김기창은 어떤 일이 있어도 내수성당의 미사만은 거의 빼놓지 않고 참석했다. 일요일이면 그를 찾는 손님들이 예고 없이 들이닥치는 일도 많았지만 30분쯤은 꼭 미사를 위해 양해를 구했다.

그리고 그는 청주 〈운보의 집〉으로 이사를 하면서 동물들을 기르기 시작했다. 큼직한 새장에는 금계·메추라기·공작·오골계·염소·거위·오리 등 다양한 놈들이 있었는데 일제히 합창을 하면서 제각기 다른 모습으로 운보를 반겨 준다. 사슴도 몇 마리 기르고, 정자 밑의 연못에는 수백 마리는 됨직한 비단잉어와 금붕어들이 연잎을 헤치고 유유히 수영을 하고 있었다.

그의 일과는 새벽 6시쯤 일어나서 이들 말없는 친구들에게 먹이를 주는 것으로부터 시작된다. 미처 덜 깬 오리떼들도 운보가 다가오는 발자국 소리를 들으면 꽥꽥—꽥꽥 경쟁적으로 달려들면서 주둥이를 벌려댄다.

그럴 때면 운보는,

"먼저 달려드는 놈은 먼저 잡아먹어 버릴 테야. 네 이놈."

하면서 농을 건다.

공작들은 가끔씩 최상의 선물을 순간적으로 안겨 주곤 하는데, 거만한 자태로 사방을 주시하면서 활짝 열어젖히는 눈부시게 화려한 색채의 파티가 운보의 어린 아이 같은 천진성을 절정에 달하게 만든다.

"와—— 예뻐요, 예뻐요."

감탄사를 연발하며 넋을 잃고 바라보는 운보.

운보의 청주 일과는 이렇게 인간이 아닌 동물들과의 인사에서부터 시작된다. 그리고는 한시도 쉬지 않고 찾아오는 전국 각지의 팬들의 방문도, 그림 그리는 시간 이외의 소일거리이다. 특히 유치원과 초등학교 아이들의 〈운보의 집〉 방문은 시도 때도 없이 잦은 편이다. 그 이유는 물론 신선처럼 생긴 운보의 모습이 신기해서도 그렇겠지만 언제나 어느 때나 운보가 그들을 반겨 준다는 데서도 비롯된다. 아무리 바쁘더라도 유치원 아이들이 찾아왔을 때는 마당에 나가 손을 흔들어 인사를 하며 자신이 그들과 같이 병아리가 된다. 새장도 보여주고 잉어들이 노니는 연못·온실·사슴과 오리들이 있는 곳도 함께 걸으면서 안내한다. 때로는 호랑이가 무섭게 달려드는 모습으로 포즈를 취하고 기겁을 해서 도망치는 아이들을 숨바꼭질처럼 찾아내는 놀이도 해주고, 모이를 주면서 잉어떼들이 받아먹는 모습들을 함께 즐기기도 한다.

운보는 동심으로 돌아가 그 천진난만한 어린 아이들을 친구로 생각하면서 그들을 따라 노는 것을 마냥 즐거워한다. 그리고 그는 자연과 종교로의 회귀를 꿈꾸었다.

"예술이란 늙어 나이를 먹을수록 하늘과 대화를 나누며 어린이 세계로 귀의해야 한다고 믿어요. 이것이야말로 예술의 궁극적 목표가 아닐지……"

"나 또한 신과의 대화를 위해 여생을 바칠 작정입니다. 날더러 마지막 소원을 말하라면 '도인道人이 되어 선禪의 삼매경에서 그림을 그리는 것 '입니다. 내 예술의 중심 정신은 결국 진실과 순수성입니다. 진실하고 순수해야만 신과 대화를 나눌 수 있다고 믿습니다."

운보는 청주에서 어머니 윤명과 아버지 승환, 우향의 묘를 머리맡에 모셔놓고 아침 저녁으로 그들을 향해 절을 하며 세상의 많은 일들을 망각해 가기 시작했다. 내수성당을 나가게 되면서 생활의 패턴을 더욱 단순화했고 점진적으로 대자연의 심미상태에 접어들게 되었다. 그리고 쉼없이 스스로에게 던져왔던 가장 중요한 질문, 그것을 위해 깊은 생각에 잠기기 시작했다. 그것은 곧 자연과 신의 세계로 회귀해 가는 노년기 운보의 모습이었다.

화선지와 벼루는 호흡을 멈추었고 동물들의 합창을 들으면서 깊은 생각에 잠겼다. 그러던 어느 날 정자에 앉아 대님을 고쳐매다가 비단잉어들이 연잎을 헤치고 입을 내밀어 수면 위를 어른거리는 하얀 새털구름을 따먹는 시늉을 반복하는 것을 보았다.

새털구름.

하늘을 보니 푸른 하늘의 캔버스에 희디흰 구름들이 쉼없이 만나고 흩어지기를 반복하고 있었다. 한참을 올려다보아도 구름은 쉴새없이 새로운 모습으로 변신을 거듭하고 있었다.

오——.

새털구름의 천변만화와 비단잉어의 반복된 모습을 물끄러미 바라보며 무어라 형언할 수 없는 지각적 빗줄기가 스쳐갔다.

자유였다.

자연의 무한한 시공간의 자유. 그리고 점진적으로 자신이 지금껏 살아왔던 모든 욕망과 의지의 편린들이 마치 거대한 빙산덩어리처럼 묶여져 지구의 축 저편 어딘가를 향해 통째로 떠내려가고 있음을 깨달았다.

시공간의 축이 무수히 십자가를 그으면서 운보라는 빙산덩어리가 녹아 흐르는 거대한 바다가 있다는 것을 느꼈다고나 할까.

그는 스스로가 자유로울 수 없는 육체적 조건 속에서 그 무한한 바다를 느끼고 대자연의 자유를 지진처럼 느낄 수 있었다. 그리고 돈 키호테나 천연기념물적 바보와 같은 그런 방법들의 욕구가 여행을 시작했다. 다음날도 질문은 계속되었다. 그 자유는 다시 어디로 가는가?

그것이 진정 해탈과 같은 무한의 터득이라면 이 오색의 현상세계만을 프리즘처럼 그려왔던 자신의 예술세계는 어떻게 되는가? 비단잉어가 한정된 연못에서 무수히 반복해서 헤엄치는 그 이치처럼 어이없이 갇혀 버리거나 허물어져 버릴 수 있다. 그리고 진정한 자유를 구가한다고 생각했던 그동안의 삶들이 과연 까리다스 수녀의 바다같은 자유에 비견될 수 있느냐는 의문은 또 어떻게 되는가? 예술이라는 교묘한 위장술로써 사치의 극단으로 치달아왔던 것은 아닌가? 갑자기 청음극단의 공연과 새들의 합창과 비단잉어·새털구름·수녀들의 미사가 겹쳐져서 연못 위를 맴돌았다.

청주로의 낙향은 운보에게 이렇듯 많은 상념에 잠길 시간과 여유를 제공했다. 그곳에서는 상당 시간을 홀로 스스로를 거꾸러뜨려야 했다. 그처럼 자기를 향해 제기되는 의문이 덧없이 쌓여갔고, 그 더미들은 모두 다 형상 없는 스케치들인 셈이었다.

그의 성찰은 자연의 자유와 그 생육화성生育化成을 조화시키는 어떤 궁극적인 창조주나 도道의 이치, 그리고 진정한 인간의 자유, 결국 삶의 항해를 반문하는 질문이기도 한 독백으로 거듭되면서 연못을 맴돌았다. 그리고 혼돈으로부터 그 작은 깨달음의 원점으로 귀결되기 시작했다.

자유, 대자연의 자유를 획득하는 것은 자아가 우선 자유로워야 했고 자아의 자유는 현상적 속박으로부터의 해방이었다. 그 예술적 현현顯現은 무엇인가? 그것은 현학玄學을 통한 순수의 극치로 돌아가는 것이었다. 현학적 귀결은 그것을 해결해 줄 수 있는 회화적 입장의 해석이었다.

그리고는 갑자기 비단잉어의 그 화려했던 색채들이 사라지고 중간색의 그 도도한 오색 프리즘과 장미꽃의 붉은 색상들이 모두 색채를 떠나 있었다. 마치 자신의 청각적 침묵이 있었듯이 눈앞의 시각들이 색채의 침묵으로 내려앉았다. 그것은 결코 흑과 백이라는 무채색의 유한개념도 아닌 색외색色外色이라고나 할까. 그저 지각적 무형의 색채만이 밤과 낮처럼 또는 유有와 무無의 관계처럼 초탈된 황홀함으로부터 비롯되었다. 그리고서 일단의 혼돈이 꼬리를 내렸다.

자유라는 언어의 한계는 분명치 않았지만 스스로를 거꾸러뜨리고 답하고 소리를 질러야 하는 시간이 길어지면서 많은 화려한 단추들이 하나 둘씩 떨어져 갔고 70년 동안 묻어 있던 온갖 이물질의 공해적 찌꺼기들이 시간을 두고 흩어지기 시작했다. 그리고 시각도 청각도, 마치 자신이 끊임없이 자신을 변화시켜 가는 한무리의 흰구름처럼 관조의 숲으로 빠져들어 절제의 극한으로 치달아가는 새로운 미학의 세계를 느끼기 시작했다.

모든 것은 서로가 서로의 생명을 관통하고 있었고, 여전히 비단잉어들은 수면에 어른거리는 흰 새털구름을 먹고 있었다. 사물과 사물들의 침묵이 곧 시각으로서도 하나가 되는 침묵의 지평을 느끼게 되면서 색채는 날아가 버렸다.

그것은 장자莊子가 말한 무성無聲의 음악, 즉 소리 없는 음악에 의해 다다른 육극六極의 음악이었고, 색채 없는 색채로 다다른 색의 세계였다. 즉, 난오성亂五聲·난오색亂五色, 즉 소리와 색채가 오히려 진정한 소리와 색채를 가리는 현란한 방해물이 되어서는 안 된다는 소리와 색채 초극의 예술론과 같은 것이었다.

운보는 색채로서도 형상으로서도 가장 궁극적인 회화적 유희는 과연 무엇일까를 생각했다. 그것은 회화적 언어 체계의 중대한 반성이었고, 언어의 세계, 언어가 주체가 된 세계에 대한 관념적 언어의 반문이기도 했다. 언어가 언어의 체계에 대해 거꾸러뜨리려는 시도를 시작한 것이다.

관념적 언어.

지금까지 그랬을 것이라고 생각해 왔던 관념적 언어로서의 회화세계가 다시 연쇄적인 붕괴를 초래했다. 운보는 어느새 현상으로서는 보거나 듣거나 만지거나 소리지를 수 있는 그런 유형의 그림을 그리려는 의식으로부터 멀어져 있었다. 그러한 세계관을 과연 눈으로 지각되는 비단잉어나 공작새의 화려한 현상적 색채 감각과 눈에 보이는 형상의 프리즘으로써 표현할 수 있을까 하는 반성으로 이어졌다. 그리고 수백 호가 되는 큰 화선지 위에 이틀이나 갈아놓은 먹을 대걸레에 듬뿍 묻혀서 하나의 점을 찍었다.

화선지는 그 점 이상의 무엇을 예시해 주지 않았으므로 며칠간을 하나의 점만으로 귀결되면서 머물렀다. 그리고 다시 직선과 곡선이 시작되었고 광열하는 듯한 관념의 몸짓이 걸레붓의 춤으로 이어져 작열되다가 다시 그 하나의 점으로 환원되었다.

춤은 끝났다.

이것이 바보산수의 뒤를 잇는 〈점·선 시리즈〉 또는 〈심상 시리즈〉라 이름하는 대걸레의 이벤트였다. 이 경향은 물론 그가 당시까지 간간이 시도해 왔던 한자에 대한 추상적 재구성에서도 많은 형식적 모티프를 얻었겠지만, 본질적으로는 형상과 색채 등 현상세계에 대한 초극적 입장에서 대자연과의 사변을 통한 제1단계의 의식 소멸에 진입한 회화적 결과물이었다고 말할 수 있다.

거대한 화면에 생성되는 큰 일곱 개의 묵점墨點만으로 그의 작업이 멈춰질 때 이미 여기에는 현상에 대한 소멸이 치열한 십자가를 그으면서 침잠되어져 간 것이다. 1930년 네덜란드의 반 되스버그는,

"한가닥의 선, 하나의 색채, 하나의 면 이상으로 구체적인 것이 있을까……"

라는 말로써 진정한 추상, 그것은 곧 구체미술(Art Concrete)일 수 있

다고 선언한 바 있지만 동양적 입장에서 보면 현학적인 색채의 탈피와 의식의 침잠을 통과한 상망相忘·양망兩忘의 무명성無名性이 1차적 의식 소멸의 근저에 흐르고 있다고 볼 수 있다.

알버트 호프스태터는 종교와 예술은 둘 다 자유스럽고자 하는 충동으로부터 시작된다는 말을 하였다. 그래서 예술과 종교는 동행관계에 서 있다는 생각이 지배적이다. 그리고 어떤 형식의 구애나 방해가 없는 큰 자유를 위해서 예술가들은 우주 전체를 총괄하는 철학적이고 종교적인 세계관의 섭취를 갈망하게 된다. 운보에게 있어서 성당의 미사 역시 바로 그러한 갈망이었고, 가장 순진한 진실에 대한 조형적 접근으로서의 심상 결과까지 유희하게 되었는지도 모른다.

이러한 사유의 결과들은 사물과 사물의 화합과 인간과 자연, 인간과 인간들에 대한 거시적 관점이 형성되며, 그 마지막 두 가지를 동양에서는 음양陰陽이라 했고, 바로 직전의 요소들을 팔괘八卦, 음양오행陰陽五行이라 부르며, 이 모든 것의 초월이 〈도道〉였다.

운보는 비단잉어와 흰 새털구름의 상관관계를 생각했고, 그로부터 모든 사물의 화합과 그 응물應物의 자세를 오직 수묵만으로 절제된 대형 점선들을 유희하게 된 것이다.

형상이 없는 추상이었지만 그 걸레춤에 의해 작열하는 수묵의 흔적들은 비바람치는 침묵의 등성이를 80년 가까이 걸어왔던 자신의 숨은 심상적 화상과 같았다. 천하대장군처럼 마을의 어귀에 우뚝 선 그의 모습으로 비춰진 삶의 내면에서 숨쉬었던 온갖 고독과 비통한 사랑의 노래가 그 걸레춤의 여백을 타고 소멸되어 갔다.

그는 이 새로운 시리즈로 89년 국립현대미술관의 대전시실을 가득 메운 채 근작과 옛 작품들을 한자리에 모아 대규모의 회고적 전시회를 열었다.

호한간흥濠漢間興.

그다운 현판의 글씨처럼 3백 년 명당이라는 탁 트인 청주 〈운보의 집〉에서 팔순을 앞에 둔 새로운 심상적 차원의 의식 소멸을 시도한 것이다.

듣지 못하는 축가

어느 날 아들 완이 청주로 급히 전화를 걸어왔다.

"막내 작은아버지가 이북에 살아 있다는데요. 그리고 기옥이 고모두요. 오늘 어떤 사람이 김기만이라는 낙관이 있는 그림을 들고 왔어요."

"뭐뭐라? 기만이가…! 그게 정말이야? 어디에 있다는 거냐?"

"아마 평양에서 화가로서 꽤 알려진 것 같습니다. 기옥이 고모는 의사라고 하던데요. 서로 연락이 가능하도록 힘써 보겠습니다. 그림은 가지고 바로 내려가지요."

기창은 기가 막혔다. 6·25 때 헤어져서 바로 밑의 동생 기학이 말고는 모두가 생이별을 했던 동생들이 북녘 땅에서 살아 있다니 와락 눈물이 나왔다.

"어머니 기뻐하세요. 아이들이 살아 있답니다. 제가 죽기 전까지는 한번 보고 가야 어머님께 면목이 있을 텐데……."

소식을 듣자마자 뒷동산의 어머님 묘소에 올라가 절을 했다.

그림은 완전히 북한 작가들의 매너리즘에 빠진 초보적 단계의 상업화 같았다. 다른 봉투에는 흑백사진 한 장이 있었고 뒷면에 '존경하는 형님께 인사드립니다. 동생 기만 올림'이라는 본인 서명이 있었다.

그후 알아본 결과, 그는 6·25 때 월북한 뒤 평양미술대학을 졸업하고 미술가동맹중앙위원을 지내왔고, 공훈예술가 칭호를 받아서 30여 년간 그림만을 그려왔다는 것이었다.

그러나 기옥·기태·기백에 대한 소식은 자세하게 알 수가 없어서 답답하기만 했다. 그리고 혈육과 같았던 친구들의 소식이 약간 있었다. 그토록 가깝게 지내던 죽마고우 정종녀는 일본에서 유학한 후 평양미술대학 조선화 강좌장·문예총중앙위원 등을 지낸 후 인민예술가의 칭호를 얻고 이미 84년에 세상을 떠났으며, 운보의 청년 시절에 이당 김은호 문하의 선배로서 그처럼 다정했던 이석호는 조선화 분과위원장까지 지내다 공훈예술가의 칭호를 받고 이미 71년에 세상을 떠났다는 사실이었다.

"나만 남겨두고…… 종녀·석호 형, 당신들 다 떠났구나. 그때도 그렇게 무정하게 훌쩍 가버리더니. 그대들은 우리 이당 선생님께로 갔으니 거기서도 인사를 잘 드리게. 나도 머지 않았으니 우리 거기서나 만날 수밖에."

운보는 내수성당을 찾았다. 텅 빈 조그만 성당 구석에 앉아서 뒤늦게나마 그들의 영결미사를 보았다.

1993년 그해는 살아 있는 동생들의 소식을 들어서도 좋았고, 자신의 전무후무하리만한 규모의 일대 회고전을 개최해서 기뻤다. 2년간 준비해 오던 다섯 권 분량의 전작도록도 발간하고, 1천2백여 점이 넘는 작품들을 예술의 전당 한가람미술관 전관에서 선보이게 된 것이다. 세계적으로도 거의 예가 없는 이같은 대규모의 이벤트는 그저 그다운 면모를 읽게 해주는 거창한 경이로움이었다.

준비과정에서 34년 13회 〈선전〉에 입선한 〈정청靜聽〉이 일본의 나라 현 건설회사 사장이 극히 양호한 상태로 소장하고 있다는 사실이 밝혀져서 운보를 흥분케 했다. 이 작품은 북한에 있는 기옥과 권번 기생의 딸이었던 첫사랑 이소제를 모델로 그린 것이기 때문이었다.

얼마 만인가. 갑자기 그녀에 대한 상념이 일었다.

"제가 그렇게 곱게 생겼나요? 기창씨는 과장이 심하네요."

하얗다 못해 창백한 피부에 붕대를 맨 목덜미와 마지막 남긴 그녀

의 필담이 팔순이 다 된 운보의 뇌리에 선하게 떠올랐다. 그러나 모두
다 덧없는 꿈이었다.

또 하나의 소득이 있었다. 평양의 조선미술박물관에 운보의 작품
32점이 별도의 〈운보실〉이라는 코너에 진열되고 있다는 사실도 알게
되었던 것이다. 형제간의 생이별도 서러운데 자신의 작품마저 두 개
의 분단된 조국에서 전시되다니 기구한 운명이었다.

한가람미술관의 운보 대회고전은 연일 초만원을 이루었고, 총 10만
여 명의 관람객이 다녀갔을 정도였다. 전작도록 발간 행사도 신라 호
텔에서 5백여 명의 인사들이 참석한 가운데 거행되었다.

이 자리에서 축가를 부르게 된 성악가는 이렇게 말했다.

"저는 평생 동안 수많은 축가를 불렀습니다. 그러나 그 주인공이
제가 부르는 축가를 듣지 못하는 분인 경우는 이번이 처음인 것 같
습니다. 그래서 가슴이 메입니다. 진심으로 진심으로 당신의 예술과
삶을 축복드리면서 이 노래를 바칩니다."

노래가 불려지는 동안 장내는 숙연했다. 그리고 본인의 인사말을
들어야 하는 다음 순서가 되었다. 그러나 그는 아무리 호명을 해도
나타나지 않았다. 마침 소변이 급했던 탓에 성악가의 말뜻도 알아듣
지 못하고 그만 화장실로 갔던 것이다.

몇 분이 지나서야 여전히 흰 고무신에 빨간 양말을 신고 계면쩍은
듯 입장을 하였다. 숙연했던 장내에서는 일시에 파안대소가 거듭되었
다. 다시 운보다운 퍼포먼스가 터진 것이다. 그리고 박수갈채가 그치
지 않았다.

공교롭게도 그 기념식장은 바로 장충단공원, 즉 그가 일곱 살의 나
이로 보통학교에 등교하던 첫날 귀가 멀게 된 그 운동장이 보이는 바
로 그 자리에 있었다.

73년.

운보가 다시 그 자리로 돌아오기까지는 73년이라는 세월이 흘렀고,

그 사이 그는 변함없이 공원을 지키고 있는 고목들처럼 우뚝 선 거목이 되어 있었다.

이 시대의 문화적 엘리트들이 보내는 진정한 존경과 자유 의지의 갈채를 받으면서…….

그러나 그의 이 영광되고 일생 일대의 기념할 만한 의미 있는 순간에도 끝까지 나타나기를 사양하는 한 사람이 있었다. 그는 운보가 사랑하는 막내딸 아나빔 수녀였다.

그녀는 그때 마침 귀국해서 안양 테레사 수녀원에 와 있던 중이었다. 귀국 이유는 필리핀에 있다가 마카오로 전보 발령을 받았는데, 마카오 당국은 마더 테레사 재단이 수녀복을 입고 입국하는 것을 거부했기 때문에 본부에서는 입국할 때까지의 기간 동안 한국으로 돌아가 있을 것을 지시했기 때문이었다. 그녀는 언제나 그렇듯이 일에 열중이었다. 미혼모들이 버리고 갔거나 지체 부자유가 된 어린이들을 씻어 주고 먹여 주는 등 그들의 그늘진 곳 일체를 돌봐 주고 있었다.

그녀가 안양에 와 있다는 것을 처음에는 불과 소수만이 알고 있었지만 그 소식을 입수한 매스컴에서는 즉각 출연과 인터뷰 요청은 물론 전시장으로의 외출을 부탁했다. 삽시간에 소문이 퍼졌고 요청이 쇄도했다.

그러나 그녀는 묵묵부답. 움직임이 없었다. 수녀 아나빔은 병들어 있는 한 어린 아이에게 미음을 먹여 주는 일이 세상사람들 앞에 나서는 것보다 소중한 일이라고 생각했을까?

수녀원의 문은 여느 때처럼 굳게 닫혀 있었고 아이들의 울음소리가 새벽부터 수녀들의 발걸음을 바쁘게 했다. 특종에 굶주린 기자들의 요청과 설득이 끈질기게 계속됐지만 아나빔은 여전히 외출을 사양했다. 그리고 얼마 후 다시 임지인 홍콩의 테레사 수녀원의 수련장의 중책을 맡아 말없이 서울을 떠났다. 오직 그녀의 희디흰 칼러만이 펄럭였을 뿐 공항에는 역시 아무도 없었다.

자아무욕

충청도 두메에 방앗간이 있고
할아버지는 쿵다쿵
방아 찧는데
그 옆에 눈 크고
눈썹 긴 아가씨가
도사리고 앉아서
흩어지는 쌀을
비로 쓸어모으고 앉았는데…….

"나의 이 노래가 전국으로 순식간에 퍼져서 내가 가수로 유명해질 것 같아 걱정이야."

생김새만 보아도 움직이는 예술품이고 인간장승처럼 기념물과 같은 팔순의 운보 김기창.

흥이 나는 청주의 아침이면 그는 실제로 자기가 사는 형동리 마을 어귀에 있었던 방앗간을 소재로 해서 스스로 지은 이 노래를 마음대로 불러댄다. 물론 부를 때마다 가사도 다르고 곡조도 마음대로 변하는데다가 남들이 어떻게 알아듣는지도 모른다. 더군다나 어느 누구도 이 노래를 따라 부를 수가 없지만, 순식간에 유행될 것을 장담하는 모습이 영락없이 그를 가장 많이 찾아오는 유치원생들, 아니 그 자신이 다니던 중앙유치원 시절의 천진난만한 모습과 닮아 있다.

마치 80여 년이라는 순식간의 여행을 마치고 온 나그네처럼.

그는 청주 생활의 일요일이면 내수성당에 일찍 나가 문 앞에 서서 미사하러 오는 동네사람들과 일일이 악수하면서 맞아들이는 일을 도맡아 한다. 미사가 끝나면 다시 청주의 충북 농아복지회 사무실로 직행해서 전국 각지에서 모여드는 장애자들을 만나고 그들에게 용기를 준다.

"구화口話를 배워야 해. 너의 미래는 저 하늘만큼 무한하지만 너의 장애는 거기에 비하면 바늘구멍만큼 작은 것이야. 말을 할 줄 알면 다음에 꼭 취직시켜 줄 테니 명심해요."

운보는 일일이 농아들의 어려운 입장을 들어보고 그 부모들과의 상담도 마다하지 않으면서 있는 힘을 다해 용기를 불어넣기에 분주하다. 그리고는 그가 즐겨 먹는 해장국집이나 갈비집으로 직행하여 마파람에 게눈 감추듯 순간적으로 자기 몫을 처리한다.

그렇게 귀한 음식도 아니건만 유난히 이 두 가지 미각에 심취해서 가끔 있는 인터뷰나 강연회 때도 이 갈비집과 우거지 해장국집이야말로 모든 대답의 결론인 것처럼 연결지어 버림으로써 폭소를 자아낸다. 그렇게 되니 다른 사람들에게는 이것이 마치 선문답禪問答처럼 비약적인 상징으로 보여져 혼돈과 함께 갖가지 상상을 야기시킨다.

한번은 경희대학교의 특별 강연에서 어떤 학생이,

"최근 광주 비엔날레가 열리고 있는데 미술계에서는 지나치게 편향적인 전시 기획에 많은 문제점이 있다는 지적이 있습니다. 선생님께서는 관람하신 후의 감상이 어떠셨는지요?"

운보는 질문이 끝나자마자,

"우거지국이 너무 맛있었어요. 근처에 가면 최근 개발된 온천이 있는데 목만 내놓고 벌거벗은 채 들어가 있으면 최고입니다. 여러분도 꼭 한번 들러보세요."

심각한 답변이 있을 것으로 생각하고 필기도구를 꺼내던 학생·교수 등 참석자들이 일제히 폭소를 터뜨린다. 그러면서도 그의 이 기상 천외한 대답에는 그가 하고 싶은 말이 이미 여러 가지 의미를 농도 짙게 내포하고 있다. 그러나 운보는 시치미를 딱 떼면서 이번에는,

"청주 근처에 평양냉면집이 유명하니 꼭 한번 오세요. 내가 대접할 테니."

잠잠해지려던 실내가 또다시 배를 쥐고 폭소를 터뜨린다.

다시 한번 대히트를 친 운보는 마치 홈런이라도 날린 타자마냥 의기양양해서 한손을 쳐든다.

역시 '사랑해요'라는 수화이다.

돈 키호테나 천연기념물적 바보다운 선문답을 그는 누구나 알아듣기 쉽도록 절묘한 방법으로 해학을 섞어 받아넘긴다.

팔십을 넘긴 운보, 그에게는 어느덧 아끼는 것들이 있다. 얼마 전부터 간간이 피워 왔던 파이프는 그 해학과 침묵을 이어 주는 징검다리처럼 황혼기의 그에게 빼놓을 수 없는 친구이다. 그리고 하나는 오동나무로 만든 십자가가 달린 묵주이다. 이 묵주는 잠을 잘 때나 외출을 할 때 언제든지 그의 상징처럼 목에 걸려 있다. 그가 존경하는 독일인 수녀 까리다스가 영세 기념으로 30년 동안 걸고 다닌 것을 운보에게 선물한 것이다. 운보는 가끔씩 파이프를 입에 물고 옛친구나 그리운 사람에게 무조건 다이얼을 돌린 후 상대방이 받든 말든 혼잣말을 한다.

"나 운보요. 한번 들러 주오. 그럼 안—녕."

어떤 때는 받는 사람이 있지만, 어떤 때는 그렇지 않은 경우도 있었다. 심지어는 아예 신호조차도 가지 않는 아주 오래 된 번호도 있지만 운보는 그런 것에 개의치 않는다.

그의 청주집에는 그토록 우향이 좋아했던 동시에 나오는 매암매암도, 쓰르라미의 쓰르르 울음소리도 수없이 울어대지만 그에게는 모두가 침묵으로 멈춰 있어서일까.

사람들이 그리워진 것이다.

어쩌다 하는 외출을 빼고는 한가람미술관 대회고전 이후 운보는 청주에서 거의 이런 평범한 생활로 하루를 보낸다. 묵향墨香을 가까이 한 지도 이미 오래이건만 그림 그리는 일에는 별 흥미가 없다.

한밤중에 잠을 자다가 심장마비가 와서 서너 번이나 죽을 고비를 넘긴 뒤로는 더욱 그리는 일이 무상해졌다. 그대신 만나고 싶은 사람들과 어울리고 식사하고 차 한잔에 〈방앗간집 처녀〉 노래라도 부를라치면 기분은 그만이다.

가끔씩 찾아오는 치매 현상은 그의 이러한 동심 같은 의식들을 상상의 세계로 연결하는 데 오히려 긴요한 도움이 된다.

ㄱ가 자주 써먹는 내용은, 이북에 있는 누이 기옥이 홍콩 대사관에 가서 망명을 요청, 응급 보호 처리중이라 완이 곧 모시러 갈 것이라는 내용이다. 워낙 심각하게 말을 하여 듣는 사람은 깜짝 놀랄 사실이라고 눈이 휘둥그래지지만 뒤에 지켜선 비서 김형태는 아니라는 가위표를 연신 반복하며 사실을 정정한다.

이를테면,

"예술은 원초적으로 끝이 없는 것이지요. 그 원초적인 것이 예술이고. 원초적 동굴을 나는 들어가 보았어요. 아프리카 여행 때 아무도 없는 그곳에서 예술을 느꼈지요."

언뜻 들어보면 몇 가지 해석이 가능하지만 사실은 그의 풍부한 상상력 덕분에 현실적 원초성과 예술세계의 원초성이 순식간에 하나로 연결된 것이다. 유유히 연못을 헤엄쳐 다니는 비단잉어가 흰 새털구름을 따먹고 있다고 생각하듯이 다시 말한다.

"피카소 미술관에 들렀을 때 잉어들이 글쎄 '아리가도, 아리가도' 하는 것이야. 가만히 살펴보니 훈련을 시켜서 동양사람만 오면 그렇게 하는 거야."

순전히 믿거나 말거나지만 흐드러지게 웃는 소리에 모든 것이 혹

— 날아가 버리고 만다.

노년기 그의 상상적 어휘력은 종횡무진 추진력을 발휘한다. 한번은 어느 지방에 내려가 갑작스럽게 장애자들을 위한 연설을 하는데, 도지사·시장·군수에서 시작하여 너무 많은 사람들이 와서 연설이 끝난 뒤 3천만 원 가량을 즉석에서 거두어 그곳 농아복지회에 희사했더니 너무 고마운 나머지 황구黃狗 한 마리를 즉석에서 요리해 오더라는 것이다.

요리를 맛있게 먹고 아침에 일어나니 갑자기 자기도 모르게 멍—멍—멍 개소리가 튀어나오더라는 것이다. 웃지도 않고 근엄한 표정으로 필담을 하는 그의 모습이 더 코미디적 요소를 자극한다. 역시 믿거나 말거나지만 그칠 줄 모르는 그의 상상력은 밤새껏 현실과 가상적 상상을 분주히 넘나든다.

그의 필담은 다시 계속된다. 자신이 심장마비로 한밤중에 사경을 헤매고 있을 때 자신을 들쳐업고 청주의 병원으로 뛰어가 응급처치를 받게 했던 것은 〈운보의 집〉 일꾼들 중 가장 바보라고 생각했던 한 일꾼이었다는 말로 숙연한 중간 결론을 맺는다.

실제로 이때 만약 몇 분만 늦었더라면 그는 우향의 곁으로 갔을 것이라는 게 의사의 말이었으니 그 바보 같다던 일꾼은 곧 생명의 은인이 된 셈이었다.

그러면서 그는,

"바보란 바로 덜된 것이지요. 예술도 끝이 없는 것이어서 언제나 덜돼 있을 수밖에 없지요. 그래서 나는 무조건 바보산수이지요."
라고 말한다.

그는 팔순이 넘으면서부터는 묵향墨香과 화선지 위에서 형상의 필획을 통한 산수가 아닌 사유의 산수를 그린다.

"그림은 손으로 그리지만 진짜 그림은 마음으로 그려요. 많은 이들이 내가 시골에 와서 그림 한 장 안 그린다고 걱정하는데, 천만의 말씀. 지금도 내 머리는 쉬지 않고 움직인다 했더니, 운보도 이젠 다 늙었다고 걱정."

그의 필담은 한 장 한 장이 가시적인 화려함 대신 편안한 사유의 결과물을 천진하게 내보이고 있다. 그가 그림을 그리기보다는 생각의 드로잉을 통해 천진무구한 바보산수를 그리고 있다는 사실은 장자莊子의 미학사상에 비견될 수 있다. 즉, 그물은 고기를 잡는 도구로서 물고기를 잡고 나면 그 그물은 잊어버리고, 올가미는 토끼를 잡고 나면 잊어버리라는 〈득어이망전得魚而忘筌〉·〈득토이망제得兎而忘蹄〉의 사상은 바로 모든 인간들의 시간과 공간적 욕구와 현상적 의식의 소멸을 뜻한다.

그가 이미 〈점·선 시리즈〉로 불리는 심상작업에 진입했던 70대 후반기의 작업은 이와 같은 차원의 1차적 의식 소멸을 시도한 경우이며, 이 시기에 와서는 다음 단계인 회화적 형식 그 자체를 뛰어넘는 유한개념의 초극·초탈을 이루고 있다고 말할 수 있다.

이것이 제2의 의식 소멸이라면 미추美醜·선악善惡·시비是非, 즉 아름답고 추한 것, 선하고 악한 것, 그렇고 그렇지 않은 것들에 대한 모든 것을 허구로 볼 수 있는 것은 가치의식의 소멸을 뜻하며, 노장老莊에서는 이를 절대경지의 단계적 소멸과정으로 본다.

"자아무욕自我無欲을 늙을수록 심각하게 느껴요. 늦은 감이 있지만 이런 곳에서 혼자 지내는 운치는 《삼국지》의 제갈공명을 생각나게 합니다."

그는 마치 필사의 결전을 끝낸 무사와 같이 갑옷을 벗고 삶의 평범에 귀의하려고 누워 있는 제갈공명식의 와유臥遊를 구가한다. 즉, 그는 모든 그물과 올가미를 던져 버린 어부와 사냥꾼처럼 〈방앗간집 처녀〉를 자작해서 마음대로 흥얼거리는 충청도 산골의 촌로로 돌아가 자아무욕으로서 세상의 이치와 그 이치의 결말들을 망각하려는 연습을 한다.

"내가 어디 찻집에 들어가도 야—— 호랑이가 나타났다고 소리치며 달려와서 나는 온천으로 도망칩니다. 벌거벗고 원초적 예술을 끝없이 생각하지요."

운보의 예술세계는 팔순을 넘어서면서 그 차원을 달리하고 있다. 마치 비단잉어가 흰 새털구름을 따먹고 있듯이, 운보는 평범의 자아 무욕으로 돌아가 까리다스 수녀의 선물인 오동나무 묵주 하나만을 목에 걸고 나신이 되어 어떠한 상념도 없이 그림이 없는 그림의 세계에 누워서 와유를 즐긴다.

최병식崔炳植

경희대와 중국문화대 예술대학원을 거쳐 성균관대학교
대학원에서 예술철학 전공으로 철학박사 학위를 받았다.
미술평론가로서 《미술의 구조와 그 신비》《동양회화미
학》《한국현대미술의 정체성 연구》《아시아 미술의 재발
견》《동양미술사학》 등 9권의 저서와 다수의 논문을 발표
했으며, 현재는 경희대 미술학과 교수로 재직중이다.

천연기념물이 된 바보

초판발행 : 1999년 4월 30일
2쇄발행 : 1999년 9월 10일

지은이 : 최병식
펴낸이 : 辛成大
펴낸곳 : 東文選

제10-64호, 78. 12. 16 등록
서울 종로구 관훈동74번지
전화 : 737-2795
팩스 : 723-4518

ISBN 89-8038-916-7 03810

東文選 文藝新書 124

천재와 광기

—— 미술과 음악, 그리고 문학에서

P. 브르노 [著]   김웅권 [譯]

　범인들은 예외적 인물, 비범한 인물, 즉 천재를 꿈꾸지만 천재가 짊어져야 할 고통에 대해서 생각해 보는 경우는 드물다. 그들 대부분은 안정을 파괴하는 변화를 두려워하고, 기존 질서와 가치체계에 순응하며 길들여진 대로 살아간다. 그러면서 동시에 수어진 삶의 틀을 부수고, 세계의 변혁과 억시 창조의 주역이 되는 천재를 꿈꾸는 모순된 욕망을 드러낸다. 하기야 인간 존재 자체가 모순 덩어리가 아니던가.

　『천재는 모든 사람들을 닮아 있지만, 아무도 그를 닮을 수 없다』고 저자는 말하고 있다. 천재는 그만이 가지고 있는 특별하고 독창적인 자질을 범인들은 가질 수 없기에 아무도 그를 닮을 수 없는 것이다. 이 비범한 자질이 그로 하여금 몸담고 있는 사회에 반항하게 하며 새로운 세계를 꿈꾸게 한다. 그러나 그것은 또한 그를 사회로부터 소외시켜 고통을 안겨 주고 광기를 부추긴다. 천재는 기존의 세계로부터 단절되지 않을 수 없으며, 단절은 광기를 부르고, 광기는 그를 병적 상태로 몰고 간다. 여기에서 해방되기 위해 그는 작품을 창조하는 산고(産苦)의 세월을 보내야 하는 것이다. 일반적으로 그의 운명은 예술 분야에서, 특히 언어예술 분야에서 비극적인 경우가 많으며, 이 비극의 중심에 광기의 그림자가 드리워져 있다.

　광기, 그것은 천재의 필연적 속성인가? 정신과 의사이자 인류학자인 저자는, 이런 근본적인 질문에 대해 다양한 관련 테마들을 유기적으로 연결시키면서 접근하고 있다. 그는 천재들에 대한 존경과 따뜻한 애정을 가지고 예술작품이 지닌 신비성의 한계에 도전하면서도, 이것이 결국에는 신비로 남아 있음을 인정한다. 만약 어떤 예술작품이 하나의 도식적인 해석에 의해 완전히 파헤쳐진다면, 그것의 가치는 금방 추락의 길을 내달릴 수밖에 없을 것이다. 그것이 커다란 신비로 남아 있을 때, 그것의 위대성은 지속적으로 독자의 마음에 울려온다.

기근, 전염병, 폭력, 죽음……, 과연 종말은 오는가?

서기 1000년과 서기 2000년
그 두려움의 흔적들

조르주 뒤비   양영란 [譯]

서기 1000년, 세상의 종말을 앞둔 중세인들은 어떤 두려움에 떨었을까? 그리고 어떻게 행동하였을까? 지금 서기 2000년을 눈앞에 둔 우리 현대인들은 어떤 두려움을 가지고 있는가?

20세기 후반 최고의 중세사가로 꼽히는 역사가 조르주 뒤비가 중세의 두려움과 현대의 두려움을 명쾌하게 파헤친다.

현대인들에게 나날이 봉착하는 어려움에 보다 현명하게 대처케 하고, 그들의 미래에 대한 확신감을 불어넣어 주는 데 도움이 되지 않는다면 도대체 역사라는 것이 무슨 소용이 있겠는가? 과거의 심성을 탐험해 보는 것은, 오늘날의 위험들에 보다 잘 대처하는 데 반드시 도움이 될 것이다.

지금으로부터 800년 혹은 1000년 전에 살았던 사람들도 현재의 우리만큼이나 불안에 떨었다. 생존문제에 고통을 받았고, 사나운 이방인들의 침입에 대한 공포에 사로잡혀 있었으며, 죽음과 친숙한 전염병의 공포 속에서 비참하게 살았다. 즉 기근과 폭력, 역병, 그리고 사후 세계에 대한 두려움 속에서 말이다. 조르주 뒤비가 진보하는 세계 속의 징후군들로 명확하게 나타나는, 현대의 두려움들에 대해 관심을 기울이는 것도 바로 이러한 중세의 두려움에서 출발한다.

그러나 풍부한 교훈을 얻을 수 있는 것은, 반드시 두 시대가 지니고 있는 상이한 성격에서도 아니고, 또한 두 시대의 유사한 성격에서도 아니다. 오늘날처럼 비참함을 동반하는 고독은 1000년경에 살았던 우리 조상들에게는 전혀 알려져 있지 않았으며, 서기 1000년을 맞는 중세인들은 세상의 종말을 결코 의심하지 않았다.

중세인들의 상상력과 두려움들을 보다 구체적으로 설명하기 위해 많은 도판들이 제공된 이 책에서, 조르주 뒤비는 대담이라는 형태 속에서 자신의 견해를 분명하게 밝히고 있다.

★ 97 프랑스 베스트셀러 종합 1위
★ 스티븐 스필버그 영화화 결정
★ 프랑스 전국민을 울린 감동 에세이

잠수복과 나비

장 도미니크 보비　　양영란 [譯]

"나는 단지 인생에서 아주 나쁜 번호를 뽑았을 뿐, 나는 장애자가 아니다. 나는 단지 돌연변이일 뿐이다."

　어느날 갑자기 찾아온 뇌졸중. 유일한 의사 소통 수단인 왼쪽 눈꺼풀을 깜박거려 써내려 간 글이 하루에 반쪽 분량. 15개월 동안 20만 번 이상 깜박거려 완성한 감동의 에세이.

　마지막 생명력을 쏟아부어 쓴 이 책은, 길지 않은 그의 삶에서 일어났던 일화들을 진솔하게 묘사하여 세계인의 심금을 울리고 있다.

　그러나 그의 이야기는 유머와 풍자로 가득 차 있다. 슬프지도 측은하지도 않으며, 억지로 눈물과 동정을 유도할 만큼 감상적이지도 않다. 오히려 멋진 문장들로 읽는 이를 즐겁게 해준다. 그리하여 살아남은 자들에게 희망과 용기를 주며, 삶의 그 모든 것들이 얼마나 소중한가를 새삼 일깨워 준다. 아무튼 독자들은 이제껏 경험해 보지 못한 진한 감동과 형언할 수 없는 경건함을 맛보게 된다.

"

　나는 점점 멀어진다. 아주 천천히. 그러나 확실히 멀어지고 있다. 항해중인 선원이 자신이 방금 떠나온 해안선이 시야에서 사라져 가는 광경을 바라보듯이. 나는 나의 과거가 점점 희미해져 감을 느낀다. 예전의 삶은 아직도 나의 내부에서 불타오르고 있지만. 점차 추억의 재가 되어 버린다.

　……

삶으로 나 있는 모든 길이 그러하듯 돌이킬 수 없이 지나가 버린 과거에 대한 향수, 떨쳐 버리기 어려운 미련들……. 돌이켜 생각해 보면 그것들은 사랑할 줄 몰라서 떠나보내야 했던 여인일 수도 있고, 잡을 줄 몰라서 흘려보낸 기회일 수도 있으며, 멀리 날아가 버린 행복의 순간일 수도 있다.

…….

여름이 끝나간다.

클로드가 인쇄체의 확실한 필체로 우리의 이야기를 써내려간 청색 겉장의 큼지막한 공책, 여분의 볼펜으로 가득 찬 학생용 필통, 가래를 뱉아야 할 경우에 대비해서 쌓아 놓은 휴지 뭉치, 커피를 마시러 가기 위해 클로드가 가끔씩 동전을 꺼내는 빨간 지갑. 지갑 가운데 지퍼가 열린 틈새로 호텔방 열쇠, 지하철 표 한 장, 4등분으로 접은 1백 프랑의 지폐 한 장이 보인다. 마치 지구인들의 주거 형태와 운송수단 및 상거래 수단을 연구하기 위해, 외계인들이 가져갔다가 돌려 준 물건 같은 느낌이 든다. 이 낯익은 풍경을 대하며, 나는 막막한 심정이 되어 생각에 잠긴다. 열쇠로 가득 찬 이 세상에 내 잠수복을 열어 줄 열쇠는 없는 것일까? 종점 없는 지하철 노선은 없을까? 나의 자유를 되찾아 줄 만큼 막강한 화폐는 없을까? 다른 곳에서 구해 보아야겠다. 나는 그곳으로 간다.

"

1997년 3월 첫째주, 《잠수복과 나비》는 프랑스 전 서점에 일제히 깔렸다. 장 도미니크 보비는 자기만의 필법으로 쓴 자신의 책을 그의 소중한 한쪽 눈으로 확인할 수 있었다. 그리고 3월 9일, 그는 15개월 동안 옥죄던 잠수복을 벗어던지고 훨훨 한 마리의 나비가 되어 날아갔다. 자유로운 그만의 세계로, 우리에게 사랑과 희망의 메시지를 남기고…….

프랑스 전 국민들은 이 젊은 지식인의 죽음 앞에 최대한의 존경과 애도를 보냈으며, 3월 14일 국영 프랑스 TV는 그의 짧지만 치열하고도 아름다운 마지막 삶을 다큐멘터리로 방영하였다.

【편집자의 변】 언제까지고 자신의 심금을 울리는 책 한 권을 지니고 있는 사람은 행복하다고 했습니다. 《잠수복과 나비》가 바로 그런 책이 아닌가 합니다. 한번, 두번, 세번, 읽으면 읽을수록 그 감동의 깊이가 더해 옵니다. 슬프거나 외로울 때, 그리고 지쳐있을 때, 가슴 속 저 깊은 심연에서 그의 목소리가 들립니다. 이봐요, 인내심을 가져야 해요!

★ IMF 이후 한국 대학가의 필독서로
  자리잡은 문제작
★ 97, 98 전 유럽의 실업시위를 촉발시
  킨 화제의 책
★ 97 프랑스 베스트셀러 비소설 1위
★ 프랑스 [메디치賞] 수상작

경제적 공포

비비안느 포레스테   김주경[譯]

노동의 부재는 神이 내린 은총?

이제끼지 한번도 거론된 적이 없는 본질적인 질문이 제기된다. "살아갈 권리를 갖기 위해서는 살아남을 수 있는 〈자격〉이 필요한가?"라는 질문이 그것이다.

권력과 재산, 그리고 당연하다고 공인된 특권을 소유하고 있는 극히 적은 무리의 소수인들은 이미 자동적으로 이 권리를 가지고 있다. 그러나 인류의 나머지 사람들로 말하자면, 그들이 살아남을 〈자격〉을 갖기 위해서는 사회에, 그리고 그 사회를 지배하고 관리하는 경제구조에 〈유용한〉 자들임이 증명되어야 한다. 그 경제는 지금 어느때보다도 사업성, 즉 시장경제와 잘 혼합되고 있다. 〈유용하다〉는 것은, 언제나 〈수익성이 있다〉는 것을 의미한다. 이익을 얻기에 유용하다는 뜻이다. 다시 말해서 〈이용할 만하다〉는 것이다. (〈착취하다〉라는 말은 저속한 표현일 테니까?)

이 자격은(삶에 대한 권리라고 하는 편이 나을 듯하다) 곧이어 노동을 해야 할 의무, 고용되어야 할 의무의 형태로 바뀐다. 그리고 그 의무는 이후로 시효를 상관치 않는 절대적인 권리가 되며, 그 권리가 없는 사람에게 있어서 사회적 제도는 거대한 암살기구가 되고 말 것이다.

하지만 살아갈 권리를 더 이산 행사할 수 없을 때, 그 권리에 다가갈 수 있게 해주는 의무를 수행하는 것이 금지되었을 때, 우리에게 강요된 것이 실행 불가능한 것이 되어 버렸을 때, 그때는 〈살아갈 권리〉라는 것이 어떻게 되는 것일까?

〈추방된 자〉에서 〈배제된 자〉로, 그리고 〈제거된 자〉로

"우리의 일자리를 가로채 놓고, 그것도 모자라 부끄러운 줄도 모르고 감히 임금인상까지 요구하다니!"

아직 일자리를 갖고 있는 사람, 비록 봉급은 얼마 안 되지만 그래도 실직당하지 않고 일하러 다니는 사람을 보면, 〈제거된 지방질〉은 그를 일종의 특혜자로 여긴다. 남의 이익을 가로챈 자가 바로 그자라고 여기는 것이다. 진짜 특권자들이 한껏 누리고 있는 특혜는 단 한번도 문제삼아 본 일이 없으면서!

피도 눈물도 없이 냉정하게 퍼져가고 있는 불안감 속에서 떨고 있는 자들 중,

극히 미미한 숫자의 사람들만이 싸구려 일감을 차지하는 혜택을 입게 될 것이다. 그렇다고 해서 그들이 빈곤으로부터 벗어날 수 있는 것은 아니다. 그리고 그외의 사람들은 여전히 모욕감과 박탈감, 그리고 위기감을 동반하는 불안감에 떨고 있게 된다. 어떤 삶은 그 불안감 때문에 단축되기도 할 것이다.

우리 인생에는 〈이용당하는 것〉 외에는 다른 〈일〉이란 절대로 존재할 수 없는가?

인간을 이용하려는 불행보다 더 끔찍한 것이 있는데, 그것은 바로 이용당할 기회마저 상실하였다는 사실이다.

그래서 "수익성을 올리는 데 이용할 만한 가치가 없는 자들의 삶도 과연 〈유용〉할까?"라는 질문이 되풀이되는 것이다. 그런데 이 질문 또한 "살아갈 권리를 갖기 위해서는 살아남을 수 있는 〈자격〉이 필요한가?"라는 질문의 반향이다. 이 질문에서는 뭔가 두려움이 새어 나온다. 걷잡을 수 없이 확산되어서 정당화된 이 공포는 쓸모없는 잉여 존재라고 인정된 수많은 인간들을 보지 않으면 안 된다는 데서 오는 공포이다. 열등한 존재나 버림받은 존재가 아니라, 〈쓸모없는 잉여 존재〉라고 평가된 사람들. 그래서 해로운 존재로 낙인찍힌 사람들……

머지않아 다시 흡수할 것이라고 한없이 되풀이되는 헛된 약속을 믿고 싶어하는 이유

우리는 정말 고요함의 폭력 속에서 살고 있는 것이다.

고요함과 그 속에서 자라나는 폭력의 논리는 생략의 원리를 기초로 하고 있다. 생략의 원리라니? 잘난 척하는 고요함과 무례한 폭력의 희생자가 된 비참한 자들의 존재와 빈곤이라는 문제를 아예 생략해 버리고 무시하는 원리를 말한다.

말 없이 시행된 이 제도가 가져온 결과는 대개 범죄로 드러나며, 때로는 살인행위로 나타날 때도 있다. 그러나 너무나 조용하게 이루어지는 이 폭력의 공격성은, 우리 같은 사회에서는 이제 포기해 버린 요소라고 할 수 있다. 지금 이 시간 우리 옆에서 시들어가고 죽어가는 사람들이 있는데도, 그대로 방치하고 있다는 사실이 그 증거이다. 그리고 이런 결과의 책임을 아무런 힘도 없는 그들, 즉 누구의 관심도 끌지 못하는 실업자들 자신에게로 돌리고 있다. 왜냐하면 일자리가 완전히 바닥이 났다는 것을 뻔히 알고 있으면서도, 그들에게 일자리를 찾지 않으면 안 된다고 명령하고 있으니까.

착취당할 기회조차 없는 〈쓸모없는 잉여존재〉들

자신들이 요구하는 것을 거절당하고, 그 요구에 부응하려는 불확실한 소망도 거절당한 그들은, 외부와 차단되어 있을 때만 유효한 자기들만의 규범을 만들어내는 수밖에 없다. 그것은 바로 어긋난 규범, 반란의 규범이다. 그렇지 않으면 정신착란 상태에 빠지는 수밖에 없으리라. 그래서 마약의 덫에 걸리고, 테러리즘의 유혹에 빠지게 되는 것이다. 폭력을 쓰는 프롤레타리아가 되려는 유혹도 벗어나기 힘들다. 결국 그렇게 된 것이다!

전국유명서점판매중
정가 7,000원

　　인도의 종교미술, 다시말해 의례미술은 매우 깊은 역사적인 뿌리를 가지고 있다. 그리고 무엇보다도 그것은 살아 있는 전통이다. 그 밑바닥에는 하나의 통일된 목표가 있다. 그것은 바로 우주와의 일체를 인식하기 위한 조화와 전체성의 탐색이다.

인도종교미술

아지트 무케르지⋯⋯⋯⋯著
편집부⋯⋯⋯⋯⋯⋯⋯⋯譯

　　종교미술이란 영혼의 진정한 모습을 찾으려는, 또 우주와 하나됨을 깨달을 수 있는 상태로 나아가는 수단 또는 길이다. 이러한 깨달음은 자신의 외부에 있는 어떤 것을 추구하는 것과는 다르다. 그것은 오히려 자아의 내부에서 발견되는 일종의 환영이다. 갖가지 모습을 하고 있는 세계에 숨겨져 있는 통일성은, 모든 생명과 인간의 관계 속에서 명료한 것이든 아니든 상관 없이 발견된다. 숭배의례는 인간의 존재 안에 있는 각각의 원자와, 또 모든 원자들과 접촉하는 통로이다. 그래서 숭배의례를 통해 자아의 완전한 합일이 이루어진다. 의례를 통해 아무리 존재가 미미하고 시덥지 않다든가, 또는 광대하고 이해 불가능한 것이라할지라도 언제나 움직이고 있는 세계, 즉 자가트Jagat에 살고 있는 인간의 삶에 중요하지 않은 것은 없다는 것을 깨닫게 된다.

　　전통적으로 인도의 종교미술은 생명의 원리와 자아가 점차적으로 합일하게 되는 사드하나Sādhanā를 공유하는 한 가지 방법으로 쓰인다. 서양의 종교미술이 이미 제도적으로 완비된 형태를 묘사하고 있는 반면에, 인도의 종교미술은 매일 접하는 것이지만, 보편적인 것과의 합일 그리고 전체를 관망할 수 있는 의식의 확장을 꾀하고 있다.

　　미술품들은 종교적인 또는 의례적인 고유성을 가지고 있다. 신들의 비위를 맞추고 기원하는 의례나 불경스런 힘을 몰아내는, 또는 통과의례 혹은 죽음과 환생의 반복에 종지부를 찍는 의례이든간에 종교의례는 하나의 중심점이 되며 에너지를 집적한다. 주문을 외우는 것에 이어서 의례적인 동작을 취하게 되고, 의례적인 동작을 취한 데서부터 물건과 용구 들이 봉헌물로 쓰여진다. 어떤 동작의 형태나 제구의 배치 등으로 의례의 미적인 면이 훨씬 돋보이게 된다. 성스러운 공간에는 사원과 얀트라Yantra가 있어야 한다. 사원과 얀트라는 성스러운 힘을 나타내는 추상적인 상징, 또는 상像이며 핵심이다.

"사물을 본다는 행위는 언어보다 선행한다."

　미술비평의 새로운 지평을 전개시킨 본서는 영국BBC에서 방영된 《Ways of Seeing》이라는 획기적인 내용을 기초로 하여 현재적 시점에서 시각을 어떻게 다룰 것인가를 보여주고 있다.

　고전적인 명화뿐만 아니라 19세기 사진발명 이래 파생된 방대한 이미지나 미디어세계를 근거로 하여 시각구조를 새로운 각도에서 조명해낸 작품이다. 따라서 시각과 미디어를 함께 생각하는 데 유익한 시점을 제시하고 있으며, 새롭게 미술이나 미디어를 접하려는 이에게 훌륭한 길잡이가 된다. 참신한 내용과 풍부한 그림자료가 미술사의 폐쇄성을 탈피하여 새로운 미술사를 정립시켜 나간다.

이미지 — Ways of Seeing
視覺과 미디어

著 —— 존 버거
譯 —— 편집부
定價 —— 8,000원

1 — 이미지의 변용
보는 관점의 위상
언어설명의 신비화
복제환경의 의미
회화의 새로운 가치
분해된 이미지

2 — 사회공간화된 이미지

3 — 「보는 것」과 「보여지는 것」
광경으로서의 여성
NUDE와 NAKED
「나체」의 기능

4 — 보여지는 여성들과 그들을
둘러싸고 있는 여성들

5 — 소유할 수 있는 그림
소유형식으로서의 회화
모순된 화법
새로운 장르
풍경과 자연으로의 침투
유화의 본질

6 — 「보는 것」 가운데의 「소유하는 것」

7 — 광고 이미지
욕망의 발산
광고언어와 회화언어
현실에서 비현실로

8 — 본다는 것의 위상기하학
시각 메커니즘
사진의 발생과 그 배경
부르즈와의 시각
수집가 역할을 담당하는 미술관
자연으로부터의 이탈
복제환경의 확산
전람회에서 광고로
새로운 관점의 위상

東文選 文藝新書　12

원시미술 Primitive Art

아프리카 미술 일반을 시대별 지역별로 구분하고 많은 그림자료와 함께 객관적인 시각에서 효과적으로 서술한 미술서. 주술이나 종교의식 등의 풍속과 예술과의 관계를 통해 아프리카 미술을 새롭게 조명하고 있다.

著 —— L. 아담　　　譯 —— 金仁煥
定價 —— 9,000원

「예술은 예술가의 심정 표현인 동시에 그의 생활 전체·환경·역사와 따로 떼어 놓을 수 없으며 밀접한 관련이 있다」

원시미술은 우리들, 즉 현대 문명사회를 살아가는 사람들에게 신비의 존재일 뿐만 아니라 깊이를 헤아리기 힘든 마술적 힘과 본원적 감성의 세계를 일깨워 준다. 원시미술은 본질적으로 비문명적인 상황 속에서의 인간생활의 초기단계에서 형성된 미술임에도 불구하고 문명인에게 거듭 시사하는 바가 많다.

우리가 원하는 것은 원시미술에 대한 일반적 정의라기보다는 그것을 올바르게 이해함으로써 얻을 수 있는 학문적 성취이다. 더불어 원시미술의 본질과 실체를 파악하여 모든 현대미술가들에게 모종의 창의적 영감을 불어넣을 수 있는 단서가 얻어지리라는 기대를 저버릴 수 없다. 원시미술과의 만남이란 그 자체가 즐거움이며 기존의 문화가치나 척도만으로는 해결하기 힘든 예술의 자생력을 키울 수 있는 능력의 원천이 되리라 믿는다.

東文選 文藝新書 125

중국은사문화

馬　華·陳正宏【著】
姜炅範·千賢耕【譯】

　중국에는 이 세상에서 은사가 가장 많았고, 그 은사들의 생활은 〈숨김(隱)〉으로 인해 더욱 신비스럽게 되었다. 이 책은 은사계층의 형성에서부터 은사문화의 특징에 이르기까지 구체적이고 생동감 넘치는 수많은 사례를 인용하였고, 은사의 성격과 기호·식사·의복·주거·혼인·교유·예술활동 등을 다각도로 보여 준다. 또한 각양각색의 다양한 은사들, 즉 부귀공명을 깔보았던 〈세습은사世襲隱士〉, 험한 세상 일은 겪지 않고 홀로 수양한 〈일민逸民〉, 부침이 심한 벼슬살이에서 용감하게 물러난 조정의 신하, 황제의 곡식을 먹느니 차라리 굶어죽기를 원했던 〈거사居士〉, 입조入朝하여 정치에 참여했던 〈산 속의 재상〉, 총애를 받고 권력을 휘두른 〈처사處士〉, 그리고 기꺼이 은거했던 황족이나 귀족 등 다양한 은사들의 다양한 은거생활과 운명에 대해 서술하였다. 그들 중에는 혼자서 은거한 〈독은獨隱〉도 있으며, 형제간이나 부부·부자나 모자 등 둘이서 은거한 〈대은對隱〉도 있으며, 셋이나 다섯이서 시모임(詩社)이나 글모임(文社)을 이루어 함께 은거하는 경우도 있었다. 그들은 대부분 산 속 동굴에 숨어 살거나, 시골 오두막에 깃들거나, 산에서 들짐승과 함께 평화롭게 살거나, 혹은 시체 구더기와 한방에서 산 사람도 있었다. 이들은 소박한 차와 식사를 했지만 정신만은 부유하여, 혹 산수시화山水詩畵에 마음을 두고 스스로 즐기거나 물외物外의 경지로 뛰어넘어 한가롭고 깨끗하게 지냈으며, 심지어는 마음이 맑고 욕심이 적어 평생 아내를 맞이하지 않기도 하였다. 이 책은 은사생활의 모든 면을 보여 주는 동시에, 중국 고대사회에서 은사들이 점했던 특수한 지위와 중국문화에 은사문화가 미친 영향 등에 대해 깊이 있는 연구를 진행하였다. 풍부하고 생생한 내용에는 재미있는 일화도 있지만, 깊이 있는 견해 또한 적지 않다. 중국문화의 심층을 이해하는 데 상당한 도움을 줄 것이다.